WANG

网

田永宽◎著

U0898089
人生之路就像网，
漫漫前行，当求索！

中国经济出版社
CHINA ECONOMIC PUBLISHING HOUSE

·北京·

图书在版编目（CIP）数据

网/田永宽著
北京：中国经济出版社，2011.8
ISBN 978－7－5136－0711－7
Ⅰ.①网… Ⅱ.①田… Ⅲ.①长篇小说－中国－当代 Ⅳ.①I247.5
中国版本图书馆 CIP 数据核字（2011）第 064548 号

责任编辑　杨邵川
责任审读　贺　静
责任印制　张江虹
封面设计　任燕飞设计室

出版发行　中国经济出版社
印 刷 者　北京市昌平区新兴胶印厂
经 销 者　各地新华书店
开　　本　710mm×1000mm　1/16
印　　张　23.75
字　　数　386 千字
版　　次　2011 年 8 月第 1 版
印　　次　2011 年 8 月第 1 次
书　　号　ISBN 978－7－5136－0711－7/I·41
定　　价　35.00 元

中国经济出版社 **网址** www.economyph.com **社址** 北京市西城区百万庄北街 3 号 **邮编** 100037
本版图书如存在印装质量问题，请与本社发行中心联系调换（联系电话：010－68319116）

自 序

记得2003年初春,正是“非典”肆虐的时候。我幸而偏安青岛一隅,倒也泰然,只是一些工作不得已暂时放一放了。除了前期签合同的客户要按计划开展工作之外,已经不能再开发新客户了。因此,难得的一段清闲时间,无意中促成了我的第一部书《简单管理:神奇的杠铃模式》的创作。

其时,我做管理咨询工作也有几个年头了。从最初对企业管理的茫然不知,到接连参与几个项目的日渐成熟,我逐渐感觉到一些东西沉淀下来,那就是我对企业管理的认识与创新。于是乎,一股前所未有的创作欲望不期而至,构思、起稿、修缮,一气呵成,并因视角独特得到了出版社的青睐,付梓出版了。事后想想,我都觉得不可思议。一个从未有过创作经验的人,怎能说写就写,且有新意呢?想必正如“十月怀胎,一朝分娩”。如果没有前期的经验、案例等素材的有意识地积累,出书,不是说说就能做到的。

之后的两年,我相继出版了简单管理三部曲的后续之作:《简单管理:如何做到观念与工具的平衡》、《简单管理:不能不借鉴的海尔管理》,算是我在简单管理的探索路上的阶段性总结。在第三本书出版的4年后,结合工作经历和认识的深入,我的第四本书《简单管理:企业价值的七项通则》出版了。其实在做管理咨询的同时,我就尝试着创新,而小说则成为我希望驾驭的创新。不过,我认为任何一本书都应该是一部完美的作品,粗制滥造是不负责任的。更何况作品的创作不是一蹴而就的,而是经由不断地积累和沉淀,并且还要遵循一定的社会准则,若是想当然,那就违背我创作的原则了。基于此,我这颗创作的心趋于沉静,我还需要继续观察和体验生活。

时间就这么被普通的不能再普通的生活占据。好在我的工作不需要按部就班,我得以充分享受工作和生活带给我的惬意。不知不觉,儿子上了幼儿园,转眼间又成了小学生……哦,原来生活就是这么不经意地带给你惊喜,并让你对未来不断向往。我似乎总想把自己看成一个初涉社会的毛头小伙，殊不知，我离那个青涩稚嫩的我已经渐去渐远。

想想也是。自大学毕业，掐指算来，业已跨越了一个生肖轮回，10 多年的成长不可避免地遇到这样那样的困惑。追求人生目标，或是生活的归宿，我意气风发地踏入职场，编织属于我的人生的“网”。其实，社会也好、职场也罢，不都是一张无形的“网”？在“网”中，我们有梦想、激情，当然也有抗争、郁闷甚至彷徨，以至于当初的不谙世事被世故老成取代。一路走来，我经历了太多的事，而很多事，回过头看，竟然都和“被”有关。从最初的“被规则”，到后来看似掌控“规则”，困惑似乎越来越少了。然而，困惑真就没了？不，今天，我们面对的困惑比以往更是“有过之而无不及”。

现在，多留意周围，你就会发现，这是个如此开放的世界、追求个性解放的世界。形形色色的欲望无时不挑动你我那颗早已经不堪重负的心。很多事如“脱缰野马”、如“山雨欲来”，更有甚者超出了社会准则约定的底线。一时间，人间万象，数不胜数。而祖先遗留下来的传统美德，诸如道德、准则、规范等伦理纲常则被抛到九霄云外，只是在偶尔做作的时候，才被拿来“借力”。

其实很多事，比如职场所谓的“潜规则”，或者某些社会上不待见人的事，我们可能或多或少地被“洗礼”过。对此，我们抱怨有之、打击有之、懈怠有之，但不可否认的是，任何事物都处在逐步完善之中，毕竟对美好的追求是人类的一种本能。我们每天工作的职场是这样，我们生活的社会更是如此。对这一点，我的认识也是在转变之中。如果说我们更多的时候是在抱怨，或者逃避，或者抵触，这些都无助于社会的前进。我对一句话记忆深刻：交通就像天气预报，说的总比做的多。什么意思呢？我想有车之人会有感触。一提到交通状况，司机们总会滔滔不绝地说出一大堆应该怎样，而当需要以身作则的时候，那可就不一定和说的那么贴切了。所以，放眼全国大多城市，交通就像一个“毒瘤”，腐蚀着原本宁静温馨的生活空间。

此外，工作在职场，每个人的心很难平静，甚至升华。所谓的升华，无非就是保持从容淡定的心态。当你被越来越多的职场规则左右的时候，保持一个平常心，很难。每个人都是一个利益追求体，这并不为过。但是当资源有限的时候，有可能你的利益就要通过“侵占”他人才能获得。所以，当你小心他人的时候，他人也正在这样对你。通常，两败俱伤是家常便饭。毕竟以现在职场人士的聪明，要想“神鬼不知”地对对方做些小动作，几乎是不可能的。

在这样的职场生存背景下，很多人或主动、或被动地陷入“规则”之中。就算不情愿，那也没办法。实际上，大家都不情愿，但因为这是“规则”，就只好琢磨“规则”了。想必这就是我们的特色文化吧！大家都习惯“揣着明白，装着糊涂”。大家都如此，有损失吗？答案是肯定的。比如由此产生的内心是与非、善与恶的胶着，那不就是一种对身体的折磨？就像所谓的“亚健康”，不正是拜职场“规则”所赐的“毛病”？

职场如此，社会上当然也会存在诸多“规则”。不过就像我前面提到的，任何事物都处在自我完善之中，未来会更美好的。我相信，很多事与其推到重来，倒不如痛定思痛去改善。而我认为能做的，就是从自身做起，本着包容之心，在既定的道德准则之内，少说多做。特别是现如今，社会进步，人心思安，批判是推进社会变革，促进社会进步；包容则是造就和谐，并且能够指导我们完善不足之处。

有鉴于此，在经历抱怨、指责之后，我的认识愈发理性化。当然，社会上有些事，我无法“慧眼看清”，而说到职场，我的经历倒是可以看成一幕大戏。激情、奋斗，甚至是权术与厚黑，我都深有体会。而把这些感悟借小说展示出来，又成为我强烈的创作欲望。我想把它写出来。

单纯地描写职场点滴，似乎不足以成为一种有着深厚底蕴的文学作品，至少我是这样认为的。而那些能与时代结合，并体现时代主旋律，也就是时代所倡导的精神的作品，才是我期望的。其实这个时代，我觉得更需要“规则”，一种体现并弘扬社会主旋律的规则。

有了这样的认识，整部作品的创作基调，或者说目的也就明确了。作品不仅要结合时下大众元素，更要折射我们这个时代的追求，我觉得这才是我所创作的这部作品的一点“清新”。

一部好作品，内容的设计不可或缺。一个步入社会的年轻人，面对事业与爱情，他的人生轨迹会怎样？这是故事的主线。而贯穿其中的，不乏跌宕起伏的故事情节以及对各式人物的刻画，借以展示年轻人在成长路上的曲折与坎坷，进而引申出我对社会、对人生的认识。

以之为序！

田永宽

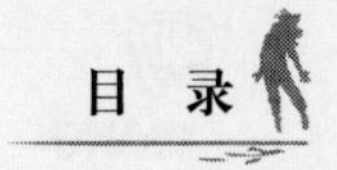

目录 Contents

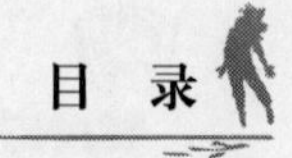

一 机缘巧合

自打火车汽笛鸣响的那一刻起，龚求真就再也抑制不住自己激动的泪水。别了，我的“象牙塔”；别了，我的“梦”。面前，再也没有熟悉的老师和同学，却坐着一个同样啜泣的大眼女孩。龚求真想不到，从那一刻起，他们注定心灵相惜。

龚求真隐在树后，时不时探出头来，瞄一眼女生宿舍门口。今天是学校组织的一次大规模的毕业生双向招聘会，他知道，她一定会去的。

他追她，不，应该说暗恋她也有两年光景了。自打大二时被舍友拖进舞场，意外和她共舞一曲后，她那娇小可人的俊俏模样就深深地吸引了他。也就是从那一刻起，他有事没事地找机会接近她。他有意，可她却极力躲避，即便见了面，也是冷若冰霜。在以后的日子里，接二连三的拒绝令他心灰意懒，他似乎断了对她的念想。然而，毕竟在一个校园，总有不期而遇的时候。每当在自习教室，或是打饭途中偶遇时，他那颗好不容易按捺住的心就又被撩拨起来。他假装对她熟视无睹，也没有进一步的行动，他怕她拒绝。挂着这个心结，两年过去了。转眼，他们就要离校了。他知道，留给他的时间不多了，他不想大学时光留下遗憾。

"我要去现场看看，万一有更合适的呢，能不留校就不留校吧！"远远的，传来她软绵绵的声音。

他靠着树的身体绷得更紧了。他不想被她发现，因为他看见一个女孩跟她一起出来。

他悄然跟在她身后。

庆幸、庆幸，那个女孩不知何故和她分开了，他的机会来了。

跟着跟着，她似乎注意到了他。她猛地停下，转身怒道："你跟着我干什么？"

"我，我，"他一时语塞，"我想……"

"对不起，我要去招聘会现场，我没时间。"她语气硬硬的，转身欲走。

他一时什么也不顾了，急向前一步，恳求她道："我也去，我们一起走吧！"

她白了他一眼，咬着嘴唇，终于没有拒绝。

一路上，他没话找话。

"我的就业单位过年的时候已经定下，那个城市就在海边，真是太美了！哎，你喜欢大海吗？"

“嗯，还行吧。”

“再有几个月就要离校了，可能，我就没机会再见到你了！”

“哦。”

“其实这几年我，我，嗯，要是时光能倒流的话，我想和你……”

她低着头，不再言语，只是步子更快了。

他不得不在她身后亦步亦趋。

一眨眼的工夫，热闹的场面跃然眼前。同学们三五成群，正准备入场。

她看见同学，小跑着过去。

他呆若木鸡，傻傻地看着她娇小的背影。

“别看了，龚求真，你早干什么去了！”舍友拍着他的肩膀，取笑道。

“是啊，来不及了！”他喃喃自语。

“算了，你没时间追了。你说你，这几年那叫追呀？碰两次壁就怕了，见面还假装不认识，哪有你这样追女孩的？我要是你，真喜欢她，分分秒秒都得缠着她，能像你现在这样？”

龚求真懊悔地低下了头。

“你现在是肚子里有货，不饿了，我还得碰运气呢！要是没事，你在这等我的好消息！”

一声铃响，门刷地打开，同学们挤挤擦擦涌进招聘现场。

他有点不甘，就想着干脆在这等她出来，再厚一次脸皮。

“你真是恣哦，”舍友的脑门顶着豆大的汗珠踉踉跄跄地挤出人群，一脸羡慕地对龚求真嚷道，“你看你，唉！早知这样，我也提前……”

龚求真笑而不语，心想：你就顾着和你的小女朋友卿卿我我，哪还有心思提前联系工作！随手摸出一张纸巾，递了过去。

接着，他侧了侧身子，向会场里面张望。透过宽大的玻璃窗，满眼都是同学们摩肩接踵的样子，就像赶大集似的，好不热闹。此时，虽然还未到盛夏，但巴掌大的地方拥着如此多的人，没有谁还能淡定自若、潇洒自如地“推销”自己。大家一时间好像行走在火炉之上，一阵阵燥热从心底升腾，进而转化为汗珠，从额头强行渗出来。几乎每个同学都在重复着相同的行为，那就是“挤”，偶尔抬手擦拭额头，却不经意地在额前画出黑亮的“印痕”。那些“能征善战”的，满场挤来挤去，一不小心就成了大花脸，让人一看忍俊不禁。

“你不是在等她吧，算了，在学校待不了几天，你们能有什么结果？再说了，你也不是真心喜欢她，还是到单位找你的那一半吧！”舍友搭着龚求真的肩膀，强行把他拥走了。

龚求真偶尔回头，显得依依不舍。他多么想再次看到她的身影。三番五次之后，他失望至极。也许舍友说得对，真正属于他的那一半，注定在临海等着他。

招聘会结束，同学们展示自我的那根神经一松下来，整个人都像散了架似的。好多同学甚至懒得吃晚饭，大家似有默契地提前进入了休息时间。

龚求真轻松得很。他闲来无趣，独自一人顺着台阶，信步而上，来到宿舍楼顶。

还好，楼顶再无旁人，龚求真得以静静地倚栏而立，仰望夜晚深邃的星空。

在同学们眼里，龚求真离校前夕的这段时间，简直就是作壁上观，惬意极了。

其实龚求真心里清楚，他看似悠然自得，实则百转千回。在那个异常阴冷的冬日，龚求真可谓费尽周折，终于定下了就业单位。此刻，他的思绪恰如断了线的风筝，扶摇直上，直奔那个让他魂牵梦绕的城市……

那是毕业前夕的最后一个冬日。

年前，学校放假。借这个机会，龚求真受老乡林源之邀，特地在回家前，来到临海——一座海滨城市，鼓足勇气要找到一份满意的工作。

在火车上折腾了一天一夜，临海到了。龚求真不紧不慢地收拾了一番，下了火车，走出站台。

在内陆环境长大，龚求真天生对大海有一种强烈的归属感。临海这座城市以宽大的胸怀对外来人张开了怀抱，很多初来乍到的外地人到临海的第一件事就是近距离和大海接触。龚求真没有问路，他早已嗅到了海水的味道，那是一种淡淡的腥味。被这种诱人的味道牵着，龚求真有生以来第一次触摸大海。海风习习、白帆点点、汽笛声声、海天一线，偶尔还能在近滩的礁石缝中发现从未见过的小螃蟹，真是让人有种置身天堂的悠哉！

置身其中，龚求真感受到从未有过的轻松、愉快。他差一点就喊出来：临海，我来了！

美妙的感觉似乎总是停留在梦境里。龚求真初次见到大海的兴奋以及对这座城市的新奇感很快就被随之而来的“残酷”现实所取代，他没想到找工作会是这么难。来这座城市的几天里，龚求真穿梭于不同性质的人才招聘市场，简历倒是投了一大堆，但都石沉大海，没了下文。龚求真本想再复印一些资料，多投几家。可是，一次意外的“偷听”，让他彻底打消了这个念头。

又是一次大型人才招聘会。忙了一天，龚求真总算把一大包简历发了出去。眼看着快到下班的时间了，偌大的招聘现场鲜见应聘者的身影，大都是招聘单位的人，他们都在忙着整理资料。看着人少，龚求真就想再投几份简历，可肚子突然间哩哩啦啦地疼起来，于是他就跑去厕所。

厕所门开，一阵脚步声。龚求真听声音判断，大概是两个人。“哒”的一声，那是打火机的声音。紧接着，就听到一个人的抱怨声：“一天下来，吵吵闹闹的，头都快炸了。哎！收简历收得手都软了，我看几百份是有了！”

好奇心使然。龚求真一动不动，想听他们接下来还说什么。

“每次都收这么多简历，哪能看得过来！不知道老板是怎么想的，明摆着公司现在不缺人手，可他动不动就让我们过来招聘。每次带回这么多简历，他老人家连看都不看！”

听到这句话，龚求真的心突然像被蜜蜂蛰了似的，一下子紧了起来。

“我看这次也别把简历都带回去了，随便找个几十份，剩下的都处理了！”

“处理，什么意思，就放在这，行吗？”

“不懂了吧，肯定不能放这，让人看见不好。”

“你是想……”

“记不记得上次招聘，我和一同行聊得挺热乎的，他每次招聘会结束总要处理一些简历！”

“他不把简历带回公司？”

“带什么带！告诉你，这里有专门回收简历的。每次招聘会结束后，大门一关，有些人就从后门进来，论斤收。既然有人收，我想总比乱扔要好，你说呢？”

一阵短暂的沉默。

“行！就这么办，带一部分像样的回公司交差，其余的就处理了！可，这

样合适吗?”

“你傻了,什么合适不合适的,赶紧走吧!”

“咣”的一声,门关上了。

费尽心思做的简历,就让他们糟蹋了,还当废纸给卖了!龚求真觉得这个现实有点残酷。

从人才市场出来,旁边就是公交车站。等车的人不少,多数人看上去,基本上都是龚求真这样的学子,个个眉头紧锁,难见笑容。也难怪,大家的简历都成了废纸,谁还能笑得起来!

龚求真回到林源宿舍的时候,已经是华灯初上,万家灯火了。

宿舍里,林源走来走去,正焦急地等着龚求真。门开,灰头土脸的龚求真挪了进来。

林源一看,赶紧迎上去,重重地拍了下他肩膀,急切地问:“这么晚了,你怎么才回来?看你没精打采的,是不是没碰到合适的?”

龚求真看了一眼林源,并未回话,而是径直走到窗边,看着窗外。

林源在一旁默默地注视着龚求真的举动。看这样子,林源知道,他肯定碰到比找工作还难的事了。

“现在工作不好找吧?说说看,是不是还遇到别的事了?”林源拿起水杯,放在龚求真面前,“先喝点水,慢慢说,到底是怎么回事?”

龚求真转过头,无精打采地看了他一眼,又低下了头。半晌,他微微摇头,苦笑:“都是些什么人,还配出来招聘,这样的单位,请我去都不去!”一边自言自语,一边从包里拿出简历,“啪”的一声,砸在桌上,用手指着这份简历,“你看这些简历,要是当废纸卖的话,多少钱一斤?”

林源扫了一眼桌上的简历,目光最后定格在龚求真少见的愤怒表情上,有点懵。

龚求真一五一十地把听到的内容讲给了林源。

林源听完,无奈地笑了笑:“对这种事,你就不要往心里去。把简历当废纸卖,我还真是头一次听说。不过我倒是有所耳闻,有些公司到现场招聘,不见得真正招人,他们可能打着招聘的旗号,为公司作宣传。社会上有这样一种认识:经常招人的公司,一定发展得很好。其实这种认识也不全面。我还觉得公司经常招人,也许意味着人员流失快,企业不稳定呢!”林源顿了顿，拿起简历，递给龚求真，“现在到现场应聘，效果不是太好。你想想，就那么短的时间，人挤人的，能留给每个人多少面试的时间，双方怎么能充分了解？我看咱们还是换个思路。”

听林源说换个思路，龚求真顿觉眼前一亮，双眉猛地舒展。他兴奋地问：“换个思路，你有什么好办法？”

“其实我这几天一直在考虑你找工作的事，总觉得跑来跑去不是办法。说来也巧，今天我出去办事，无意中碰到一个学长，他比我高两级。大家虽然没有交往，但一见面就认出了对方。我没想到在临海还能遇到校友，所以就和他聊了聊。这么一聊，得知他正在给一家叫蓝海的公司做项目。他说这个公司不错，我就向他提起你找工作的事。他建议你直接去蓝海应聘，他们要是问的话，就说是介绍来的。”林源说完，从兜里拿出一张纸，递给龚求真，“这是蓝海人力资源部经理助理的电话，据他说这个女的挺厉害，能通过她这关，也就差不多了。不行你明天打个电话，争取个面试机会。”

龚求真转动着眼珠，半信半疑。他接过来一看，上面写着一个女人的名字：秦薇。

第二天早上9点，龚求真看着手中的电话，似乎想着心事。他慢慢用手摩挲着话柄，过了片刻，抬手猛地拍了拍额头，喉咙间滚动着低沉的声音：还怕什么，就这样了！“丑媳妇总得见公婆”。打定主意后，心里反而平静下来。龚求真拿起电话，麻利地按下了秦薇的电话号码。

“你好！蓝海公司，我是秦薇。”电话那头，传来一阵柔和中透着干脆的声音。

龚求真稳定了一下情绪，清了清嗓子，说：“对不起，秦助理，耽误您工作了。我叫龚求真，是来临海找工作的。我的一个校友介绍我到蓝海公司，他说这是一家非常出色的公司，我很想成为其中的一员。今天冒昧地给您打电话，就是想争取一个面试的机会。”

“嗯，你是想应聘？不过公司的招聘工作已经结束，我建议你还是再找其他的机会吧！”秦薇客气地打断了龚求真。

龚求真略微有点发慌。他再次给自己打气，厚着脸皮说：“秦助理，我这几天收集了不少公司的信息，自认为我的专业能力符合公司的要求。您看，我大老远从外地到这，就是想加入蓝海。不瞒您说，要是连面试的机会都没有，我真是没心情回家过年。更何况如果我再找别的公司，那就连回家的路费都不够了。秦助理，您就给个机会吧，让我去面试，我会让公司满意的。”

那边，秦薇一时没有答话。龚求真耐心地等，他相信自己刚才那番话会起作用的。半晌，秦薇的语气果然软了下来：“公司的招聘工作确实已经结束了。嗯……要不这样，你过来吧，先看看再说。”

龚求真听完，暗自窃喜。一番道谢之后，他悬着的心暂时“落地”。欣慰之余，龚求真倒也清醒。他知道第一关是过去了，接下来的面试一定要把自己最好的一面展示给她，争取能到蓝海工作。在临海找工作的这几天，龚求真可谓处处碰壁，他都有点心灰意冷了。因此，蓝海，就好像是他能留在临海的一根救命稻草。龚求真紧紧握了握拳头，暗下决心，无论如何也要抓住这次难得的机会。

临海这座城市不大，龚求真按图索骥，顺利地找到了蓝海公司。

龚求真在门口站了一会，他在初步打量着这家公司。林源说，看一个公司，外在的一些细节就能找出一些端倪。看外观，门面是否整洁、无破损；看人，是否忙碌、精神足，仪表和行为是否有板有眼。单就这两样，如果你看得舒服，那么公司肯定差不到哪去。这样的公司，你就有必要争取。他看了一会，觉得林源提的两点都满足，看来没错，那就进去吧！

登记之后，龚求真客气地谢过门卫，并沿着门卫的指向，来到了一栋方方正正的四层楼前。按门卫的说法，这就是蓝海公司的办公大楼。

一楼大厅除了几个忙碌的工作人员之外，四周还布置了许多醒目的展台，展台上摆满了各式各样的展品，可谓琳琅满目，吸引着每一个访客的眼球。

“你好！请问你找谁？”迎面走来一位穿深蓝色西装的女士。

“我叫龚求真，秦薇助理安排我过来面试。”龚求真上前一步，拿出纸条，“您看，这有她的电话。”

她并未接过纸条，只是瞥了一眼，机械地说：“秦助理的办公室在三楼，你上到三楼，然后左转，最靠里的房间就是。”

一路挤车过来，龚求真觉得发型有点乱，他想在见到秦薇之前，拾掇拾掇自己的仪容。为了避免被三楼的人撞见，他先是到了二楼卫生间。确定无人之后，他对着镜子一阵忙活，直到自己看着满意为止，这才继续上三楼。

不一会，龚求真来到了秦薇的办公室门前。“咚、咚”，龚求真轻敲门。

里面传来一个细细的声音:“请进!”

龚求真轻推门。

办公室分里外两间,中间有玻璃做隔断。玻璃中间的部分贴着一层薄膜,只能看到里间的天花板和地面。好在龚求真个子高,微微踮起脚,就看到里面有两个人在办公。在龚求真眼里,整个办公室布置得就像是女孩的“闺房”:办公桌隔断上不是挂着小宠物,就是摆着艳丽的不认识的小花;座椅的靠背罩着粉色的座套……完完全全的女人世界。办公室虽然面积不大,但办公桌、电脑、复印机、整理柜等一应俱全,而且并不显得凌乱。外间办公室坐着两个人,一张U型办公桌正对着门口,两个年龄相仿的女孩分坐左右。“你好!我是龚求真,请问哪位是秦助理。”龚求真小心翼翼地问其中一个抬头看着自己的女孩。

女孩还未答话,就听里间一个有点熟悉的声音:“你就是打过电话的龚求真?”

龚求真循着声音看过去,里间一个人在招呼自己。猜到她就是秦薇,龚求真冲门口的那个女孩微微一笑,然后就快步向里间走去。

龚求真边走边打量她:饱满圆润的瓜子脸,白白净净的,秀发齐整地向后盘起;虽然笑不露齿,但给人的感觉却是严谨中透着亲切的微笑,再加上闪动着的黑亮双眸,似有万有引力,吸引接近她的人;一袭深蓝色的职业装,在高高的个子衬托下,不胖不瘦的身段显得那么得体、大方,典型一个白领丽人。

龚求真进来的时候,秦薇正在看资料。一听有人找她,忙站起来。就在她不经意的抬头一看的一刹那,她的身子冷不丁一抖,嘴唇微动,欲言又止。她低下头,轻轻一咳,旋即露出职业般的笑容,招呼龚求真。

龚求真来到秦薇近前,正欲开口说话,就见秦薇摆手示意他坐到侧面的座椅上。“你先把你的情况介绍一下,然后我再看看怎么安排。”说完,她把记事本翻开。

一切都按计划好的,龚求真有选择地介绍自己,特别是在能否适合蓝海工作的方面,他“添油加醋”,眉飞色舞地说着。

秦薇边看简历边听,偶尔在本子上记下内容。待龚求真说完,她放下简历,一时不语,似乎在沉思。龚求真忐忑不安地看着秦薇,内心在不断地祈祷,但愿能过她这一关。

好长一会，秦薇拿起电话。龚求真在边上听着，她好像给哪个领导打电话，还说了自己的事。放下电话，秦薇简单地问了几个问题，诸如在学校除了学习之外，都参加什么社团、有什么体育爱好、毕业前夕的实习做得怎么样；对蓝海的认识以及如何开展工作的设想等等。龚求真对这些问题早已轻车熟路，自然拣好的说。看着秦薇偶尔点点头，龚求真知道，她这关应该是没问题了。

秦薇给龚求真的安排是到二楼见负责生产的图青厂长。

图厂长看起来50多岁。个子不高，但显得格外壮实。可能是做厂长不容易，头发稀稀落落的，中间那片，完全是不毛之地，唯有把两边仅有的若干长发盘上，算是填补了空白；鼻梁上架着一副黑丝边的大眼镜，一看就是学识渊博的主。

要给对方好的印象。想到这，龚求真微微向前躬了躬身，一字一句地说："图厂长，您好！我是龚求真。刚才秦助理给您打电话了，她让我到您这面试。"说完，龚求真把一份简历放到了图青面前。

图青拿起简历，翻了一页，就斜着眼盯着龚求真，并摆手示意他坐下。

"你的专业还可以。公司现在的生产规模稳中有升，的确需要更多的专业人才。"图青扶了扶眼镜，翻着简历，低声说。

龚求真马上接过话："图厂长，我的专业对口，我一定会把能力发挥出来，做好工作的！"

图清并未理会，而是继续看龚求真的简历。当翻到最后一页的时候，图青摘下眼镜，放在一边，并用手指揉了揉鼻梁两翼，眯缝着两眼，自顾自语道："生产一线的工作很辛苦，加班是常有的事……"

"没问题，图厂长。您看，我年轻力壮，而且对工作充满兴趣，我觉得我有充沛的精力应对工作。"龚求真向前欠了欠身，有意配合自己如此高涨的情绪。"图厂长，我真心希望能来蓝海工作，我会努力的。"

"公司来的新人都要先通过人力资源部的面试，然后再根据需要转给相关的专业部门。"图青说完，戴上眼镜，看着龚求真。

龚求真知道，员工招聘，首先要人力资源部认可才行。可是刚才在秦薇那，她并没有明确表态，现在图青这么问，让他一时不知所措。

短暂的沉默后就是灵光一现。不管图青是什么意思，一定要让他认为秦薇对自己的面试已经通过。想到这，龚求真语气坚定地说："图厂长，刚才我在秦助理那，谈了很多加入蓝海后开展工作的想法，她非常认可。谈完后，她就让我到您这，我记得她好像说过，人力资源部通过还不行，还得用人部门再面试通过才行。”说到这，龚求真自信地看着图青，眼睛一眨不眨。

“生产部门的用人计划确实需要调整，我这边要增加一些人手。你的专业对口，如果有可能加入公司的话，一定要把能力发挥出来。”图青把简历递给龚求真，若无其事道，“这次面试就这样，至于能不能录用，还要人力资源部把关。你看看秦薇怎么安排。”

龚求真接过简历，给图青鞠了个大躬，道谢后转身离开。

同样，回到秦薇这，龚求真如法炮制，说了一大堆图青认可自己的话，言外之意就是图厂长对他的面试通过了。听龚求真这么说，秦薇略微想了想，竟然没有和图青再作电话沟通，就视为龚求真的面试通过了。在作了一番安排后，龚求真加入蓝海基本上算是“板上钉钉”了。

一切都如此顺利，出人意料，又在情理之中。

“当你踏上月台，从此一个人走，我只能深深地祝福你，深深地祝福你，最亲爱的朋友，祝你一路顺风！”

带着颤音的歌声糅合着浓浓的伤感传入龚求真的耳中，硬生生地把他从遥远的回忆中拉了回来。

“你喝老子，(方言，并无骂意)别唱了！”龚求真循着声音望去，咂吧咂吧嘴，喉咙间忍不住轻轻爆出一句“粗口”。

难怪龚求真如此“嚣张”。他将近 1 米 8 的个子，别说在班上，就是在系里，那也是“鹤立鸡群”一族。好在龚求真天生细皮嫩肉，个子突出，却不属于膀大腰圆那种类型；不戴眼镜，给人的感觉却是斯文儒雅、文质彬彬的。

时间转瞬而逝，临别的时刻到了！为了避免在车站抱头痛哭的那一幕发生在自己身上，龚求真强硬地拒绝了同学要送他一程的心意，独自一个人离开了宿舍。

时近中午，正是一天中最热的时段。艳阳高照，金光闪闪的万缕光束，一股脑地倾泻而下，直“淋”得行人全身“湿漉漉”的，让人很不自在。

龚求真未受干扰。他背着包，低着头，无暇顾及校园熟悉的一草一木，而是快步走着。学校门前，那条笔直的马路上，车，依然川流不息；人，照旧来来往往，一切如常。龚求真放下背包，不由自主地闭上了双眼，他想静静地听一听这喧闹的声音。虽然吵闹,但却比以往更亲切。不知过了多久,龚求真睁开眼,慢慢地转过身来,看着眼前熟悉的一切。此刻,不知为什么,龚求真似乎并无太多的恋恋不舍。相反,他倒有点“大姑娘急上轿”的感觉,毕竟那座海滨城市对龚求真更有吸引力。他对未来的工作、生活充满了向往,他恨不得飞也似的一头扎进那座海滨城市。那里,有蔚蓝色的大海、有与他专业对口的工作、有太多需要打交道的各色人、有他寻找的“另一半”、还有……很多,很多。这些都让龚求真神往。现在的他,已经没有心情驻足流连。“以后肯定会有很多机会的,来母校看看,也不是难事。”龚求真看似淡定,但还是忍不住走到校门一侧,细细抚摩着刻着校名的牌匾,一遍又一遍。原本被灰尘包裹着的白底黑金字,被他这么一顿触摸,豁然亮光闪闪,又恢复了往日的神采。

这次出行,龚求真随身只带了个背包,其他行李早已打包邮过去了。所谓“无包一身轻”,龚求真很顺利地到了车站。在站台,不知为什么,越是临近开车的那一刻,龚求真原本抑制的恋恋不舍冒出头来。看着大多数人都上车了,龚求真意识到他将要远离这里,眼睛渐渐地湿润了。龚求真强忍着眼泪,他不想哭,他觉得一个男子汉,不应如此。远处传来一声清脆的鸣笛声。要开车了!乘务员在车厢门口,正收着标有车厢号的指示牌,边收边吆喝:“开车了,快上车!”龚求真艰难地迈开步子,上了车。车门“砰”的一声关死,车慢悠悠地动起来。曾经熟悉的景物,向后移动,渐次模糊。龚求真眼眶中的泪水积攒起来,终于模糊了他的视线。旋即,一滴滴豆大的泪珠从眼角挤了出来,渐渐变为涓涓细流。

不一会,火车出了城市,开始向目的地加速前进。车轮滚滚,渐行渐远,熟悉的城市已如斑斑点点,愈发模糊,直至完全消失。现在取代泪水的,是内心深处的一种失落,真不是滋味。

不知过了多长时间,龚求真终于稳定了情绪。他特意拿小镜子照了照,觉得眼睛不那么红了,才开始到车厢里寻找自己的座位。

龚求真手拿着车票,小心翼翼地左右挪移,一番曲折后,总算挤过拥堵的过道,找到了自己的位置。看着座号与票面一致,龚求真把背包甩在行李架的空当处,一屁股坐了下来。

车越来越快。窗外的景物还来不及细看,就被瞬间抛向远方。看的时间一长,龚求真就觉得大脑晕晕的,甚至还有点恶心。他摊开双手,狠劲地揉搓自己的脸颊,就像赌气时用搓衣板搓衣服那样,似乎想把那一层薄薄的脸皮搓下来。一抬头,他发现坐在对面的是个女孩。

龚求真起身从包里拽出一本书,漫无目的地翻着,时不时地用眼角的余光偷看那个女孩。女孩似乎沉浸在伤感之中,黑黑的大眼睛被泪水洗过,显得更加光洁透亮。泪水依然在眼圈中滚动,女孩时不时拿出纸巾,微微擦拭。或许被情绪左右,女孩并没有留意到对面投过来的目光。

女孩呆呆地看着窗外,一动不动,像一尊塑像。"别看了,吃个水果!"女孩旁边一个胖乎乎的男孩,手拿一个削好的苹果,递到女孩的面前。女孩连看都没看,摇了摇头,带着情绪道:"不吃!"男孩看此情景,似乎已经习惯,一笑而过,再没有说什么,自己吃了起来。

龚求真看得真切,心想:原来这男孩是一起的,看他大献殷勤的样子,估计是这个女孩的男朋友!

龚求真胡思乱想,"不小心"把书碰掉了。也巧,书落在了女孩的脚面上。女孩一激灵,低头看了看,俯身捡了起来,放在茶几上。

龚求真连忙说声谢谢。可女孩面无表情,连看都没看他一眼,继续看着窗外。

就在此时,吃苹果的男孩开口了:"你看的是什么书?"

"《大话历史》,"龚求真看着他,把书递了过去,"你们是一起的,哪个学校的?"

"嗯,一起的。"男孩接过书,含糊地应了一声,开始随意地翻阅。

男孩看着书,女孩看着窗外,而龚求真呢,无事可做,除了打瞌睡,偶尔也会醒来,假意搓着脸,顺带偷看那女孩几眼。

不知不觉,天渐渐暗了下来,车外,大部分时间都是乌黑一片。拜车内有限的灯光所赐,大家还能看到车窗外半尺见方的地方,偶尔看见路旁的车灯,一眨眼就消失在漫无边际的黑暗之中。只有行至某个市镇,才能一览万家灯火。没多久,车厢里的侧灯相继亮起,强烈的白炽灯四处投射光束,把整个车厢点得更亮,亮如白昼。

龚求真摸了摸微陷下去的肚子,自言自语道:"都快瘪成一口锅了,该泡面了!"

龚求真刚一起身,就见女孩还在想着心事,忍不住问了一句:"还不吃饭?用不用我帮你泡一包?"

女孩抬头看了一眼，笑着摇摇头，轻声说："不用！"她双手托着腮，又看着黑漆漆的窗外。

龚求真自讨没趣，转而拍了拍那个男孩的肩膀："你呢？"

男孩一摇头，客气地说："谢谢了，我们过一会！"

龚求真嘴角微微一咧，泡面去了。

不一会，方便面泡好了。龚求真慢慢地把封盖掀开，顿时，一股特有的带着添加剂的香味喷涌散开。闻着香味，龚求真的饥饿感更加强烈，他迫不及待地吃了起来。

女孩或许也饿了，再加上香味的刺激，就对那个男孩说："你饿吗？"男孩好像正等着呢，一听女孩问，忙接过话："饿了，我去泡面！"

女孩点点头，男孩兴高采烈地拿着面盒，去接开水。

陆陆续续地，车厢里的乘客有的泡面、有的喝酒、有的啃着干面包……总之，吃什么的都有。一时间，整个车厢弥漫着说不清道不明的"香味"。

吃罢，车厢逐渐安静下来。坐了一下午的车，大家都挺累的，再加上"酒足饭饱"，"瞌睡虫"开始活跃起来。没多久，就听见车厢里鼾声四起。

坐着睡觉，别提有多难受了。龚求真换了好几个姿势，就是睡不香。折腾了半天，他实在难抵困意，这才迷糊过去。

毕竟睡不沉。龚求真动了动，懒洋洋地直了直腰，顺带看了看表。一看时间，原来已近零点。"哈，"龚求真张大了嘴巴，刚打了一半哈欠，就见对面那个女孩正在看书。他一时清醒，赶紧捂住了嘴，忍不住问："你怎么没睡？"

女孩知道龚求真是在问自己，却并未抬头，只是随口说："刚才睡了一会，不舒服，就想看看书。"

女孩旁边的那个男孩，斜倚着靠背，呼噜呼噜的，睡得正香。

龚求真不想错过这个机会，他想怎么也得和这个女孩聊聊。现在车厢难得安静，况且那个男孩又在睡，现在就是接近这个女孩的绝佳时机。龚求真还注意到，女孩正在看他的那本书，于是看似随意地问："你也喜欢看历史！"

女孩一听，点了点头："我从小就喜欢历史，还差一点上了历史系呢！"

龚求真听女孩这么说，内心不禁一阵狂喜。自己就喜欢历史，正好和这个女孩有共同话题了！

就算是相见恨晚。以历史为切入点，他们之间的话题不知不觉多了起来。在聊的过程中，龚求真得以大大方方地仔细端详女孩：不胖不瘦的样子，看起来娇小玲珑；乌黑的大眼睛，水灵灵的，一看就透着灵气；两根大辫子，左右垂至肩胛，发梢扎着蝴蝶形水晶夹，在车顶白炽灯的照射下，愈发耀眼夺目；团圆圆的脸，给人一种胖乎乎的感觉，特别是一笑起来，嘴角边两个能盛滴露的小酒窝瞬间呈现出来，让人喜不胜喜。在龚求真眼里，女孩虽然不带着妖娆艳丽的美，但却让人越看越顺眼，亲切柔美、乖巧可人……

随着聊天的深入，龚求真知道了女孩的名字——鹿灵，还知道那个男孩是他的老乡，他们也是去临海工作。鹿灵在校学的是企业管理，并且年年是优等生，因而有机会进了当地一家比较有实力的管理咨询公司。那个男孩由于有某种关系，进了一家事业单位，轻轻松松就得到了让人羡慕的工作。此外，龚求真还套到一个他自认为最重要的信息：男孩一直在追鹿灵，但鹿灵并未表态接受。对此，龚求真有点费解，她既然不接受他，为什么还到同一个城市工作，而且他们的关系看似又如此随意呢？

从一开始透过手指缝“偷窥”了鹿灵之后，龚求真就觉得她是那么喜相，不由自主地想接近她。而鹿灵一开始根本就没有在意眼前这个高高大大、阳光端正的男孩，或许离别的忧伤完全占据了她的心，她甚至反感龚求真没事找事。一下午，鹿灵对他都是不理不睬的，可现在却和他言谈甚欢，就像早已相识似的。二人都不曾想到，他们居然会聊得这么高兴。可能是同样身在异乡，远离家人，同样要去一个陌生的城市工作，彼此间的一种亲切感，把两个人的关系拉近了许多。

二 初来乍到

在龚求真眼里，蓝海的一切都是那么新鲜：个性十足的上级、充满煽动力的入职培训，还有他一见钟情的女同事。激情之余，工作自是卖力，但新人就该如此吗？

经过漫长的“煎熬”,龚求真乘坐的火车终于在一阵短促的鸣笛声中停靠在站台一侧。

临海到了。

和鹿灵同行的男孩很有“眼力见儿”,大包小包全由他一人扛起,而鹿灵显然习惯男孩的举动,先下了火车。

站台上,临别的那一刻,龚求真似乎意犹未尽。他犹豫了一会,然后怯生生地开口向她要了联系方式。如获至宝后,他讨好地对她说:“这一路上,和你们在一起真开心。”他又转向男孩,礼节性地伸出手:“对了,还不知道怎么称呼你,我叫龚求真。”男孩手里拎着大包小包,一时间腾不出手来,只能眼神向下左右瞥了瞥,故作无奈地说:“我叫周天,她叫鹿灵,我们是老乡,而且还是一个系的。”龚求真被他的样子逗笑了。“我们就在这说再见吧,等稳定下来,我请你们吃饭!”龚求真随口说。

鹿灵并未答话,只是一直低着头。周天则向前探了探身子,斜挡在鹿灵前面,对龚求真干脆地说:“那我们再见吧!”说完,扭头便走。鹿灵抬头看着龚求真,轻声说:“有时间来找我们,再见!”言毕,转身随周天而去。

龚求真呆呆地站着,一直目送鹿灵娇小的身躯被如潮的人流“淹没”,这才懒懒地迈开步子,向出站口走去。

龚求真得以到临海,还多亏林源,他在大学认识的一个高他一级的老乡。

在大学期间,龚求真参加的公共活动并不多,偶尔几次班级联欢会或系部组织的舞会兴许能见到他的身影。倘若兴奋到一定程度,龚求真就会跃跃欲试,作出不同寻常的举动。比如说班级的元旦晚会,他现场表演的情歌就很有“星味”,让那些女生都叹为观止。

林源虽然较龚求真更愿意参加集体活动,但他却是个不善言谈的人。待人热情、做事认真是龚求真最佩服林源的地方。一般说来,只要参加,他绝对让别人挑不出个不是来。源于老乡的关系,而且彼此间有相互吸引的地方,他们才一直交往下去。

林源其貌不扬。第一印象的确让人不深刻,甚至给人一种不好接近的感觉。但就是林源,让龚求真认识到了第一印象并不一定都是靠谱的,以貌取人更是不可取的。随着交往的增多,龚求真越来越认可这个实在、乐于助人的老乡。

林源比龚求真早一年毕业。林源就业的城市就是临海,但他的工作单位却并不怎么样,是一个"半死不活"(林源语)的国营厂。(龚求真不明白,这个半死不活的厂子是怎么吸引林源的?)

即便天各一方,他们之间依然保持着紧密的联系。来往间,龚求真对临海的印象日渐美好。临海依山傍海,风景秀丽、气候宜人。此外,林源还经常提到,说临海的姑娘个顶个水灵、高挑,漂亮极了。这些都让龚求真心动不已。

终于如愿以偿!龚求真再次踏上临海这个让他做梦都想着的海滨城市。

龚求真这次到林源这,可不比上次。上次来临海,一切都是未知,龚求真忙着找工作,还真没有心情好好与林源聊工作、生活,甚至是临海的姑娘。而这一次不同,毕竟他的工作已尘埃落定。没有了找工作的艰辛与茫然,龚求真就想先到林源这里,好好请他吃顿"大餐"。

林源自然不会接受龚求真请吃"大餐"。"不用,这次还是我请你。一来祝你找到好工作;二来,嗯,我想想……对了,祝你早日讨到临海美女做老婆。"林源哈哈大笑,"走,我带你去吃海鲜'大餐'。"

说是海鲜大餐,其实他们就是找了林源宿舍附近的一家家常海鲜馆,点了一些蛤蜊、扇贝、海虹等大众海鲜。对他们来说,那些所谓的生猛大鲜现在是吃不起的。

"看你的样子,比上次轻松多了!"林源给龚求真的杯中加满了当地的特色啤酒,笑着说。

"是啊,没有找工作的压力,真是一身轻松。"龚求真端起酒杯,微微抿了一口,啧啧赞道,"嗨,别说,真不错,这是我喝过的最有味道的啤酒,太爽口了!"

"这酒在临海很受欢迎。特别是夏天,临近傍晚,不时看到有人光着膀子提溜着塑料袋,里面装的就是这种泛着酒沫的鲜啤酒,那可是夏天一景!"

“用塑料袋装酒，没听说过。不过公司的宿舍据说能开火做饭，那我以后就可以经常下班后提着袋子回宿舍了。”龚求真双眼紧盯着从杯底向上翻滚的气泡，难掩兴奋。

一杯酒下肚（一斤杯），龚求真就觉得好像坐了一次过山车，整个头都晕晕的。他放下酒杯，忍不住打了个长长的嗝。刹那间，他明显感觉到，一股夹杂着酒精味的气流从喉间喷涌而出。他下意识地做了个掩嘴的动作，随即又拿起酒杯，示意林源再帮他加满。（此时，龚求真还不会提溜袋子倒酒）

酒已填满。龚求真重又瞪大眼睛，盯着酒杯，直到泛起的金黄色的泡沫渐渐分解并消散。他下意识地摸了摸嗓子，再次品味第一口酒下肚的那种感觉：不像以前喝过的啤酒苦味十足，更没有白酒那种火辣，恰似有丝丝冰碴滑过喉间，那种清爽透心凉的感觉随即冲向全身各处。这种夏日里从不曾感受过的冰凉让龚求真的身体为之一震，原本因兴奋、燥热而散发着热量的躯体瞬间由内而外地被“洗礼”。他的心静了下来。

这当中，龚求真没有配合林源接着干第二杯酒的举动，而是摆手示意林源放下酒杯，他想了解林源在这一年中工作的情况，看看是否有自己应该注意的方面。

“林源，你比我早一年工作，我想你肯定会有一些心得，能不能讲讲，我好有个心理准备。”

“是啊，这一年确实有很多感触。”林源抚摩着酒杯，一本正经道，“踏入社会参加工作和在学校的学习生活，完完全全是两码事。我跟你唠叨唠叨，就当是经验之谈吧！”

“太好了，你说！”龚求真目不转睛地看着林源，马上接过话。

“我们在学校真的很单纯，除了好好学习之外，和老师、同学的关系也很简单，完全是自己想当然，根本不需要‘看脸色行事’。我们和关系好的同学一起玩的时间多，但和那些关系不好的也没有什么大矛盾；对哪个老师讲的课不认可，可以抱怨抱怨，或者向班主任反映。而现在工作了，那就不一样了。”林源喝了一口酒，继续严肃地说。

“怎么不一样了？”龚求真急切地问。

“参加工作，除了要发挥自己的专业优势，把能力体现在工作上，更重要的是如何处理和同事的关系。当然了，沟通很重要。只有善于沟通，才能做好工作，这是我参加工作以来最深的感受之一。像我们搞技术的，首先就要多学习、多实践，把自己的技术活做好，这是根本；其次，要学会察言观色、明辨是非，让他人满意，更关键的是让你的领导满意，这样你就会少吃亏。”林源就像一个老师，有板有眼地在给龚求真“传经布道”。

“你说这些很难理解！”龚求真看着林源，微一摇头，诧异道，“不至于这么复杂吧！”

“可不是，刚开始我也不知道，不过后来经过一些事，就明白了。”林源颇有些无奈地说，“你刚参加工作，就应该有意识地留意这些事，该总结的总结、该改正的改正。刚到一个新环境，做事谦虚一点，对同事要客气、对领导要尊重。千万不要怕多干活，闹情绪，现在做得越多，对将来就越有好处。来，咱们再干一个！”

“哐当”一声，二人碰杯，杯中酒一饮而尽。

龚求真虽然喜欢喝酒，但酒量却很有限，这杯酒下肚，就不只是头晕了，明显是有些醉意了。

林源看起来倒是没事，脸不红心不跳的，看来工作后，酒量大涨啊！

觥筹交错中，二人都喝了不少酒，话题越扯越远，工作、同事、老板，甚至是人生，当然也少不了临海漂亮的姑娘。一说到姑娘，微醉之下的龚求真异常兴奋；相比之下，林源却故作郁闷。一问，林源自嘲：海边长大的姑娘，个子都是高高的，我这身材，还得踮着脚 kiss（亲吻），真是难于上青天啊！

大笑过后，就是大口喝酒。

和林源一聊，龚求真似乎一夜之间成熟了。明天就要开始的工作真的能做到游刃有余吗？龚求真急着想要答案。可是这答案不好给，真想将答案百分百解出，看来只有亲身实践了。

此时，龚求真坚定了一个信念：通过自己的努力，得出一份完美的答案。虽然和林源的交流让龚求真提前了解了一些初涉社会、参加工作可能面对的事，但这些并不足以让他完全立足于职场。林源毕竟工作才一年，他的看法并不成熟，更何况有些经验并不能单纯地通过说教传授，关键还在于个人的悟性以及实践的积累。面对即将到来的工作，龚求真的思绪很是纷乱，怎么也理不出个头绪。

现在的龚求真并没有重视林源讲的那些关于工作当中的注意事项，或者说是职场的所谓“规则”。正所谓“经验只可意会，不能言传。”一个初次踏入职场的人,又怎么能聪明到深谙职场规则,最多不过是“道听途说”而已。龚求真还算是明智的,他希望多听一些建议,能提前了解工作,以后碰到这些事也能有个处理的参照。此外,抛开深层次的东西(此时的龚求真还不太懂什么是职场规则),他自认为和同事谦虚和蔼、多承担一些工作,做好分内的事就是职场的全部。然而,职场果真如此吗?

龚求真这次不是过客,而是真真正正的蓝海公司的一员。他填好入门登记后,昂着头,三步并作两步,去秦薇那办理报到手续。

龚求真虽然和秦薇只见过一面,其他时间都是通的电话,但他总是觉得和她很熟。秦薇对龚求真的一切举动,在他眼里,都像是关系很好的同事,甚至是朋友一样。

很快,龚求真就来到秦薇的办公室门前。他正要敲门,门一下子开了,秦薇抱着一摞厚厚的资料出来。一看是龚求真,她先是愣了一下,不解地问:“龚求真,你怎么提前来公司,不是还有个暑假?”

龚求真向后让了让,略微躬了躬身,难掩兴奋地说:“秦助理,我今天过来报到,想早一点开始工作。”

闻听此言,秦薇若有所思地点了点头,说:“嗯,也好,现在来报到的大学生有几个,再加上从社会招聘的,可以作为第一批入职培训的员工。你先到办公室等等,我一会给你办入职手续。”她转头向里面看了一眼,“你进去吧!”

龚求真坐下没多久,秦薇就回来了。可能是走得急了,她刚一落座,马上就喝了一口水,还下意识地用手做扇子,边煽风边轻轻吐着气。

龚求真把学校发的已经盖好公章的就业协议书等资料拿出来,一并放在桌上。秦薇并没有仔细看,而是随手把这些资料放在一个文件盒里,并从下边的抽屉中拿出几张纸,递给龚求真。

“这是新员工入职的表格,你按要求填,不清楚的问我。记住,内容一定要详细。”秦薇叮嘱道。

“好。”龚求真赶忙应声,并从随身的背包里拿出笔,开始认真地填写。

表格填写得很轻松。不一会,龚求真就将填好的表格放在了秦薇的面前。

“您看,表格我填好了。这样,行不行?”龚求真嗫嚅着问。

"我看看。"秦薇拿起表格,开始逐项审阅。

良久,秦薇才将审好的表格统一放到一个档案袋里,"可以了。龚求真,你的报到手续就算办完了。接下来你要先去行政部,找馨璐领一些办公用品和宿舍钥匙。如果还有其他不明白或是要求,随时提出来。"说完,她一眼不眨地盯着龚求真,直到他点头示意明白后,这才抬头看了看墙上挂钟显示的时间,"哟,快中午了!龚求真,你还是下午办这些事吧!中午就在公司就餐,一会我给你餐券。"

龚求真一听,刚来就能在公司吃饭,不觉心头一喜。本来龚求真还想着再对秦薇说些客气的话,没想到她又递过来一打纸,并示意自己到外间去看。龚求真似有不甘地点点头,起身去了外间。

虽然看着资料,但龚求真时不时地抬头借故看一眼秦薇。出乎他的意料,秦薇看似严肃,但言语中给人的感觉却是那么和蔼可亲,一点也没有高高在上的架子。对初来乍到的龚求真来说,他的确算是幸运的,能与秦薇这样的同事共事。尽管日后围绕龚求真身边的各色人物粉墨登场,跳梁小丑也好,正人君子也罢,她的严谨中带着亲切永远让人难忘。"要是每一个同事都如同她那样,该多好!"龚求真的内心深处暗暗希望,或者说是祈祷。

中午休息的时间刚到,秦薇就让龚求真去餐厅用餐。

龚求真拿着餐券,问了几问,这才转到餐厅。可能是刚到开饭的时间,偌大一个餐厅,来就餐的人并不多。

站在餐厅门口,一股不曾嗅过的饭香味飘过来,龚求真的肚子配合着"咕咕"叫了叫。他快步走到餐车前,把餐券递上去。打饭师傅接过餐券,板着面孔问:"你的盘子呢?""什么,盘子?"龚求真不明就里,一时愣在那里。这也难怪,龚求真第一次到餐厅,他不知道,员工就餐的餐盘就放在拐角处的餐具台上。正当龚求真按师傅的示意转身要取的时候,面前突然多了个锃亮的餐盘,耳边同时响起银铃般的声音:"这个给你!"龚求真扭头一看,身边赫然站着一个高挑女孩:年纪轻轻的,与自己有一拼的个头,打着波浪卷的乌黑长发在一侧自然散开;柳叶状的细眉微微上翘,略微深凹的大眼睛、高鼻梁、尖下巴,内衬雪白的牙齿;龚求真惊讶对方的美艳,又想起林源提到的临海美女,不禁心中一漾,直勾勾地盯着她看。

看到龚求真在那发愣,女孩似有不满,用轻轻的声音催促道:"看什么,还不拿着!”

听女孩一说,龚求真马上“醒过来”。他接过餐盘,尴尬地笑了笑,连声谢谢都忘说了,胡乱要了两个菜,赶紧找个地方坐下来。

龚求真放下餐盘,视线并未离开那个女孩。真幸运,女孩竟也坐到了这张桌子前。龚求真假装拿调料瓶,就势移了移位,坐在了女孩的正对面。

“对不起,刚才谢谢都没说。”龚求真一脸诚意,边拌饭边歉意地说。

女孩抬起头,不以为然地说:“没什么。哎,你是新来的吧!”

“我刚毕业,今天来公司报到。”

“哦,还是大学生呢!那,你在哪个部门?”女孩放下筷子,双手放在桌上,目不转睛地看着龚求真。

“当初面试的时候是在生产部。今天报到,人力资源部还没安排我去。秦助理让我下午去行政部,找馨璐领办公用品,还有宿舍钥匙。”

“巧了,我就是馨璐。”女孩又以命令式的口吻道,“记住了,下午一上班要先到行政部找我,我怕忙别的事就没时间了。”

“我知道,谢谢!”看着女孩盛气凌人的样子,龚求真不敢怠慢,赶忙答应道。话音刚落,他似乎想起什么,挠了挠头,不好意思地说:“我还没自我介绍呢,我叫龚求真。”

在龚求真见过的女孩中,这个女孩绝对是娇艳且散发着高贵气质的美女。龚求真坐在对面,吃的什么都不知道了,满眼,不,满脑子都是女孩那美得不能再美的样子。

馨璐吃得很快。临走,她以玩笑的语气嘱咐龚求真,下午先到行政部,否则就不给他宿舍钥匙,让他晚上没地方住。

龚求真目送馨璐,直到她的倩影消失在拐角处。碍于视线无法拐弯,他才被迫收回。

馨璐走后,龚求真更觉得面前的饭菜食之无味,但又不好倒掉。他只好一边想着馨璐的模样,一边吃饭,勉强搭配着将餐盘的饭菜一扫而光。

午饭过后的这段时间,龚求真一个人在会议室,如坐针毡,他在等下午上班的时刻到来。虽然跟馨璐只见了一面,但龚求真却对这个女孩难以忘怀。他自己都不清楚,怎么能被馨璐深深地吸引。见到馨璐的第一眼,龚求真就觉得自己这颗心一下子就被她“捏住”,动弹不得。这种感觉是龚求真以往从来没有过的,他甚至认为,这就是传说中的一见钟情。鹿灵,甚至在学校曾经苦苦追求的那个女孩,都没有带给他这种一见倾心的感觉。“不管那么多了。既然做了同事,日后就少不了接触,会有机会的!”龚求真暗下决心,一定要想方设法博得馨璐的好感。

下午,上班的时间终于到了,龚求真准时来到馨璐的办公室。

馨璐正低头整理桌上的资料,根本没注意到龚求真进来。

龚求真并未招呼馨璐,而是悄悄地走到她的桌前,静静地看着她,爱慕之意溢于言表。

馨璐偶然间注意到桌前多了个身影,忙抬起头,正好与龚求真四目相对。就在与馨璐目光相接的一刹那,龚求真佯装看到了什么,目光转向一边,以掩饰盯着馨璐看的尴尬。

馨璐敏感地注意到龚求真的尴尬。她头又低下,边整理资料边说:“你需要什么办公用品?告诉你,第一次就这样,等下次要领的话,一定要先在本部门提前一个月申请,否则什么也别想领出去。”她抬起头,双手托着下巴,眨着眼道:“你们新来的马上要进行培训,我看你还是领个记事本和几只签字笔吧!别的就算了,现在还用不着!”

馨璐说完,不管龚求真是不是还需要别的,站起身,对龚求真“命令”道:“你跟我来!”

龚求真跟在馨璐身后。一股淡雅的芳香“吊”着他的鼻子,一路来到办公室旁边的小库房。馨璐取了一个厚厚的记事本,还有一个签字笔盒,递给龚求真。

“签字吧!”馨璐在本子上刷刷地写完龚求真所领的办公用品明细,拿给他看。

“签字,签什么字?”龚求真一头雾水,问她。

“你领了东西还不签字?”她指着签字的地方,“签了字就证明你已经领出这几样东西,我便于统计!”

馨璐的手白白净净的。她的手指纤细,涂着淡淡的银白色的指甲油,特别是右手小拇指根处,有一颗圆圆的痣,镶嵌在光滑细腻的手面上,煞是好看。

“就这么几项还看不明白?”馨璐催促道,“别愣了,写上你的名字!”

“对,对,”龚求真的注意力由原先的不解早就转移到馨璐的纤纤玉指上,此时被馨璐打断,不觉脸颊发烫,慌乱地签了自己的名字。

从公司到住宿的地方不远，也就几站路的距离。到目的地之前，龚求真一直在和大学时住的宿舍对比：是不是上下铺住着；是不是也有门卫大爷看门，偶尔有女同学来玩，大爷就用异样的眼神询问登记！

龚求真正想着呢，“吱”的一声，车子一个急刹停下了。

“好了，到地方了，别忘把东西带好！”司机师傅一声吆喝。龚求真忙起身，拿着背包下了车，跟着宿舍管理员向一栋居民楼的门洞走去。宿舍被安置在居民楼里，公司特意为他们这些刚入职的单身员工临时租了房。

在宿舍管理员的带领下，龚求真走进了属于自己的“家”。这个“家”的硬件条件不错，可以洗澡，还可以开火做饭。可一进到卧室，映入眼帘的却是左右两边并排摆放着的单人床，这令龚求真顿感失望。

宿舍管理员机械地向龚求真告知各项管理条款。在长篇累牍的叨叨声中，龚求真不时哼哼哈哈地应着，偶尔走了神，还被管理员白了一眼。过了好一阵子，管理员终于念完了条款，又给了龚求真一张名片，并告诉他，有需要的话就打电话。说完，不待龚求真理解与否，管理员就急不可耐地离开了。

本想要问问开火做饭的事，哪想到管理员这么急着就走了。龚求真无奈地把门带上，从客厅找出早已邮寄过来的行李，整理好床铺后四仰八叉地躺了下来。

龚求真躺在床上，浮想联翩。

虽然闭着眼睛，但他的大脑却在飞速旋转，不过转来转去，始终都是馨璐的影子。

转了一会，龚求真才意识到，今天应该还不算正式上班，估计明天，不是要参加培训吗，也许明天才是踏入社会、参加工作的开始。

此时此刻，对龚求真来说，旧的一页早已成功翻过，新的一页已然开篇。未来充满机遇和挑战，龚求真那种迫不及待要迎接挑战的精气神已经“开弓上弦”了。

“来吧，未知的未来，我准备好了！”龚求真展开双手，内心呐喊着！

对新人来说，首要的工作就是参加培训。

公司要求所有新来的员工——大学毕业生以及社会招聘者都聚到阶梯教室，统一接受入职培训。

教室布置很简单,除了桌椅摆放整齐之外,最为醒目的就是悬挂在讲台上方的大红条幅——欢迎加入蓝海公司。

龚求真没敢坐到前排,而是挤到了中间的位置。落座之后,他四处张望,教室里坐着大约50多号人,其中居然还有看着年龄挺大的“叔叔”辈的人。龚求真惊诧这几个人都到了这把年岁还得和他们这些年轻人一同接受培训,不由得想到了自己老的时候。到了那个岁数,能被返聘,还是回家养老?

龚求真正漫无边际地想着,突然被一个来自讲台的熟悉的声音打断。那是秦薇的声音:严谨、干脆又不失柔和悦耳。

“请大家安静!入职培训现在开始!”秦薇的声音不大,但很严肃。话音一落,教室马上安静下来。

“欢迎大家加入蓝海!我是人力资源部的部长助理秦薇,很高兴能和各位一起共事。作为人力资源部的一员,我会责无旁贷地为大家作好服务,并真诚地希望你们在蓝海能有更好的发展!”秦薇高亢的声音说。

凌乱的掌声响起。

秦薇环视大家,接着说:“今天是各位加入蓝海的第一天,也是入职培训的开始。我希望大家能够重视培训,理解并熟悉公司的相关业务和规章条款,以便今后能更好地开展工作。在正式的入职培训之前,我们先请人力资源部蔺部长讲话,大家欢迎!”

秦薇话音未落,掌声如火山喷发,瞬间整齐划一、震耳欲聋。在掌声的“簇拥”下,一个平头矮个、步伐轻盈的人走向了讲台。

他就是蓝海公司人力资源部部长蔺有成,一个貌不惊人,但显得颇为精干的人。

“加入蓝海的新朋友们,大家好!我是蔺有成,欢迎你们!”蔺有成夸张地冲大家挥手。

“各位加入蓝海,证明你们认可蓝海,相信在蓝海能够大展宏图,做出一番成绩。对此,我深信不疑。看着你们如此高涨的激情,我也被你们感染。我对大家很有信心,我相信大家一定会在蓝海实现心中的梦想。你们说,是不是?”蔺有成近乎“吼”的声音覆盖了全场每一个角落。

“是!”台下一片高低起伏的附和之音。

蔺有成的演讲很煽情,现场气氛一下子活跃起来。

“作为一家声誉显赫的公司，蓝海绝对是大家成长的最好的平台。你有多大的本事，蓝海就会为你提供多广阔的空间。大家充分施展自己的才能，可以把蓝海发展得更好，同时，你又会不断地取得进步，实现与蓝海的共同发展。”

说到这，蔺有成转过身，在身后的白板上画了一个卡通人上台阶的图。

“大家看。”蔺有成放下画笔，用手指着，“画得不算好，但我想借此说明刚才的一番话。人的一生就是在上台阶，要想获得成功，你就要克服苦难，一级一级向上，这样才能站得高、看得远。而台阶就好比是企业，你的成长离不开企业搭建的一级级台阶。二者只有充分地融为一体，才能共同达到一个期望的高度。”

龚求真在下边专注地听着，不是很懂，但他隐约中感到蔺有成讲的话在理，是那么回事。

台上的蔺有成继续说：“我的比喻在座的各位也许会有歧义，但不妨碍我们对企业与员工共同成长的重要性的认可。大家要意识到，蓝海的发展离不开各位的努力，蓝海的发展同样也能成就各位的人生价值。要想实现这一点，我想说最后一句，那就是：从现在开始，重视入职培训，了解公司，快速进入角色。成就你们的梦想就从现在开始吧！我简短说这些，谢谢各位！”

在经久不息的掌声中，蔺有成连连向大家挥手表示谢意。这掌声既是对蔺有成讲话内容的认可，同时也饱含着大家对美好明天的期盼。

“领导讲话就是有水平，应该向他多学习，你说是吧！”掌声还未落，坐在旁边的同事感慨道。

龚求真依稀听到有水平之类的话。他接过话：“他讲的内容离我们太远，我不是很明白，特别是他画的那个图，也太勉强了。不过他确实挺会煽动人的，我都被他的激情感染，现在的情绪比一开始要高了。”

“啊，你这么认为！”同事用费解的眼神看着龚求真，然后小声嘀咕，“现在就不认可领导讲话，等着吧，哼！”

龚求真依然注视着蔺有成，并没有听到同事的低语。

蔺有成讲完，马上就离开了教室。秦薇再次走上讲台，主持接下来的培训。

“现在，我跟大家简要说明今天的培训安排。上午由各部门分管负责人或主管介绍具体业务，大家认真作记录。下午我给大家讲解公司的人力资源管理制度和企业文化，晚上我们会利用一个小时的时间进行业务考试，检查大家的培训效果。我要提醒大家，培训成绩会作为大家试用期的考核结果的一项，希望大家要认真对待。”

秦薇的话刚讲完，台下一片寂静，偶尔从某个角落冒出一声轻微的叹息，然后现场就更加的死气沉沉，与之前的激情四溢形成了鲜明的对比。

一天的培训下来，龚求真头昏脑胀。虽然会上主管不同业务的领导都作了介绍，但由于龚求真从未接触这些业务，他并没有理解多少，无非是机械地记录，以便应付晚上的考试。此外，还有一个导致他昏昏沉沉的原因是某些人的照本宣科，就像在学校遇到的个别老师，一上课就坐在讲台后面念天书。要是碰巧赶上下午，没准就把“瞌睡虫”招来了。在这些主讲者中，讲市场和企业管理的两个人让龚求真记忆颇深。印象深不是对内容的理解程度，而是两个人的培训风格吸引了他。

讲市场的是公司的业务总监，叫兰可心。他年纪轻轻的，听说毕业也就四五年，很受公司重视，是公司重点培养的对象。这一点，在他出场前，秦薇就有过介绍。这么年轻就升到如此职位，让龚求真羡慕不已。他猜想这个兰可心必有过人之处，否则也不会毕业没几年就当上总监。

兰可心长得人高马大，很是敦实，方方正正的大脸廓与他的身材相得益彰。不过他说话的声音总是混杂着微微的鼻音，给人的感觉有点不利索，无形中使他的阳光外形打了折扣。

别看兰可心的声音不怎么中听，可他同样是擅长调动现场气氛的“高手”。如果说蔺有成的讲话激情十足，那么兰可心则是在激情之外又能有恰到好处的掌控。一旦他注意到大多数人对业务方面的规章制度不感兴趣的时候，他就不失时机导出案例，而且大都是他亲身经历过的。以他现有的成就看，他的经历值得借鉴，想必这是大家重又竖起耳朵的原因。

兰可心讲完，秦薇接着介绍下一位主讲人——企管部部长管华。

按秦薇的介绍，管部长有着辉煌的经历。曾经做过高校教师、国企和外企的主管，并自办过一家管理咨询公司。在为蓝海作管理咨询的时候，与老板一拍即合，项目一结束，硬是让老板留下，负责蓝海的企业管理。

管华40出头，个子中等，体态微胖，鼻梁上架着一副银丝边眼镜，看样子温文尔雅，给人一种很亲切的感觉。他的讲话，看似不紧不慢，但却字字珠玑，同时又不乏互动式的案例共享。自始至终，现场气氛被他调节到位，每个人都不由自主地参与进去。

这样的老师讲课，大家都爱听，而且讲的内容又让人记忆深刻，这是龚求真对管华的第一印象。

正如有准备才有打胜仗的把握一样，龚求真虽然很多内容听不懂，但他记录全面。利用晚饭后休息的这段时间，他独自一人找了一个僻静之处，重新梳理了一天的培训内容。他现在不清楚考核结果意味着什么，但他知道，如果考不好，可是很没面子的。

如同在学校考试一样，有了充分准备的龚求真一气呵成，出色地交出了职场第一份应试答卷。这份答卷是眼下龚求真擅长的，也就是照本宣科的考试。而与学校考试不同的是，职场中随时随地要接受的是实践考试，纸上谈兵是行不通的。

一天的培训很辛苦，但收获颇丰。龚求真对公司有了进一步的了解，并认识了一些领导、同事。每个人看起来都非常客气、友善，这让龚求真内心深处感到幸福，并对接下来的工作充满了热情和自信。

正合龚求真心意。他被安排在人力资源部实习，而秦薇则是他的直接上级。

出乎龚求真的想象。秦薇给他的第一印象很好，那么亲切、平易近人。然而真的和秦薇坐在一间办公室，接受她的领导那就是另外一回事了。坦诚友善的背后是严肃认真、雷厉风行、坚持原则。

秦薇并没有给龚求真安排独当一面的工作。除了看一些人力资源的资料外，龚求真多数时间干的是跑腿的活。不是收发传真，就是给各部门传阅文件，有时还被安排搬运大桶水等体力工作。看似毫无怨言，但龚求真心里难免打起小九九：这一天真没闲着，都干体力活了，难道这就是工作？再有就是，有时活干得不到位，秦薇还能话里带话批评他两句，这让他不免感到一丝失落。

时间就这么一天天过去。龚求真想不通，自己不仅要把秦薇安排的工作做完，别的部门的工作也能安排到他这。除了行政部，每次有其他部门安排来活，龚求真都是一脸的不情愿。时间长了，他们连声谢谢都不说了。相反，要是行政部的活，龚求真却是很乐意过去，因为大多数都来自于馨璐的安排。总之,龚求真现在对待工作的态度,分成截然不同的三种:对秦薇交办的工作,他一脸严肃,马上做;对其他部门的安排,他拉着老长的脸,应付了事;对馨璐的事,他喜形于色,屁颠屁颠抢着干。时间一长,有的人似乎看出了门道,有指桑骂槐的,也有谆谆教导的。秦薇就曾经告诫过他,一个职场新人,多做些工作是好事。虽然会存在有的人故意欺负新人,动不动就颐指气使,但你也不要把不满情绪写在脸上。工作做得怎么样,大家看在眼里。如果大家在工作的时候,都能想着让你帮忙,你就真的成熟了。秦薇说的这番话,龚求真并未完全理解,但在别的部门叫他干活的时候,情绪还是收敛了一些。可没过多久,龚求真又有点忘乎所以,有一次,他差一点撸起袖子,和对方大干一场。

让龚求真工作以来第一次发火的还是那次参加培训,坐在他旁边的方天明。他现在让人羡慕地分到了市场部实习,而且经常能出差,做个市场调研之类的工作。

方天明长得有点"贼眉鼠眼"的,双眼眯成一条线,与细长的身子垂直成横纵两条线,就像个不规则的"十"字。本来龚求真并不抵触方天明,况且又是同事,大家"低头不见抬头见"的,不至于"动刀动枪"。可就是这个人,却让龚求真难压心头怒火,大发了一通脾气。

市场部经常要作调研,或者搞个促销活动。一到有活动的时候,市场部就得临时找一些人。为了能更好地做活动,不知是哪路高手建议兰可心,能否在活动的时候,把公司实习的大学生都用上。方天明很会办事,每到活动前,他就游说龚求真他们,参加他的活动小组。一次两次还行,可每次都有安排,龚求真就不耐烦了。严格来说,龚求真他们不属于市场部管理,更别说轮到方天明指挥他们。再者说了,每次活动都是义务,分不到丁点费用,大家就不愿意再参加此类活动。不参加也就罢了,方天明经常威胁说要把这事告到老板那去。有一次,方天明还真做到了,龚求真他们都挨了上级一顿"善意的批评"。

眼下,又是公司新一轮促销活动的开始。有些人很聪明,事先请了假,休息日就可以不参加活动了。龚求真没这么做,他认为方天明已经告过状了,不好意思再来找了。可没想到,方天明还真来了。

"明天正好是周末,市场部要作一个大型的促销活动,能不能帮着发传单?"方天明试探着问。

龚求真一听，一股火腾地冒出来，心想：这家伙脸皮还真厚，告了状，还好意思来！

看着龚求真铁青着脸，紧闭双唇，方天明阴阳怪气地说："我都安排好了，也和领导打过招呼了，明天你可要准时到现场。"

一听他说话的腔调，再看看他始终睁不开的眼睛，龚求真就更来火了，但他还是强压着，大声道："不好意思，我明天有事，不能参加活动。"

方天明一听，呵呵笑了起来："行了，别找理由了。"他走过来，拍了拍龚求真的肩膀，故意用威胁的语气道，"要不我再告一次状？"

这下龚求真可真控制不住自己的情绪，他"噌"地站了起来，撸起袖子，瞪起双眼，指着方天明，气愤地说："我跟你说清楚，我现在在人力资源部实习，不是市场部。如果这是公司的安排，可以正式提出来，你不要胡乱给我安排。我还跟你说了，我明天就是有事，活动我去不了。"

看到龚求真动气了，方天明似乎觉得自己的行为不妥，于是满脸堆笑道："别生气，我不也是为了公司？既然你明天有事，那就算了。"他收起笑容，鼻子一哼，转身走了。

方天明一走，龚求真马上认识到自己的做法不合适。"他又要在背后说我坏话了。不行，还是去吧！多一事不如少一事，等实习结束，正式上岗，就不会有这些乱七八糟的事了。"龚求真心里唯有如此安慰自己。

三 言简意赅

龚求真对工作规则还不怎么熟悉,独当一面的工作就来了。或许是急于证明自己,或许是上级惜字如金,交办的事项还模糊着呢,他的工作就开始了。所谓做正确的事,才能正确地做事,一开始方向要是错了,工作还能匹配吗?

秦薇不在公司。确切地说,她被老板外派进修,至少要两周的时间。这段时间,秦薇对龚求真的工作安排是:进一步熟悉公司文件,协助部门同事做好下一年度人力资源规划需要准备的资料。

得知秦薇外出学习,而且两周之后才回来,龚求真内心一喜,顿感如释重负。一直以来,秦薇对工作的严谨让他时刻感到压力在肩。现在好了,她不在,龚求真想当然地认为这段时间可以喘口气了。

人算不如天算。秦薇走后的第二天,龚求真的麻烦事就来了。部门的张大姐让龚求真把截止到目前为止公司下发的人力资源规章制度整理出来,重新编号备案。此外,张大姐还要求,在整理资料的时候,最好能详细地看看其中的内容,有与现在不相符的,做出标记。当然了,如果提出建议,那是最好。龚求真站在张大姐的旁边,听着听着,感到头皮一阵阵发紧,心想:不会吧!那么多的制度,让我怎么整理?而且还要提建议,我上哪知道是不是与现在不符?我怎么会修改呢?龚求真脑子里一连串的问号,但又不能推辞,只得硬着头皮含糊着应了一声:“好吧!”一听,明显言不由衷。张大姐似乎看穿龚求真的心思,眉头一紧:“不是多难的工作,认真就行。”她把一份书面工作通知单递给龚求真,又拿了一支笔。

一看她拿着笔,龚求真立马想起刚来的时候,馨璐就让他在办公用品明细单上签字,还说什么签了字就是证明。看来自己的名字真不能随便签,签字了就证明已经接受这项工作,完不成的话,可是要负责任的!龚求真像个木桩似的直挺挺地立在那,就想着签字的事。张大姐看他愣着,不由得“哎”了一声。龚求真回过神来,尴尬一笑,赶紧签了名。

回到座位,龚求真开始盘算如何完成张大姐交代的工作。他的初步打算是把所有的制度找出来,按创建时间的先后编号,再放到一个新建的文件夹就可以了。至于提建议,龚求真觉得不管合适与否,不是自己说了算的,何必费工夫。想了一会,龚求真似乎很满意自己的打算,嘴角一动,露出一丝得意的笑。

年轻人干工作就是利落。没几天,龚求真就完成了工作。他把新制度文件夹拷给了张大姐，却没有详细说明工作的情况，就当没事发生似的。

果然好景不长。交完工作的第二天，张大姐神情严肃地把龚求真叫到会议室，她有话要说。

跟在张大姐身后，龚求真的心里七上八下的。很快，一丝不安掠过他的心头。

“小龚，这几天工作辛苦了，我听说你连续几个晚上加班……”张大姐的话中似乎带着溢美之意，可她的面部表情却有些不自然。

龚求真一听，张大姐显然是表扬他。悬着的心落了地，他的心里转而美滋滋的。

龚求真正美着呢，突然，张大姐语气一变，异常严肃地说：“工作虽然努力，却没有完成。换句话说，你根本忙得不对方向。”她把早已打印好的一份资料递给他，“这是其中一个制度，是关于培训效果考核的，你有没有仔细看？”

龚求真接过资料，粗略地看了看，抬头对张大姐解释道：“这个，这个么，关于培训的，我应该看了。”他抬手搓了搓前额，声音越来越低，“我觉得没有要修改的。”

“年初部门定的关于培训效果考核的制度，着重强调的是培训之后的工作是不是比之前有进步，也就是从工作中检验培训的效果。经过一段时间的实践，效果有，但不明显。所以，现在的培训考核，增加了书面考核，结果要体现在个人的月度工作考核。你不是参加过几次培训，书面考核都很好，怎么就说没有要修改的内容了。”

龚求真眨了眨眼睛：“我、我……”他一时语塞。

“你加班加点工作，这是好事。但是，在一个公司里，每个人的工作都不是独立的，而要与其他人相匹配。你认为工作做完了，结果却没达到，我还得重新来。如果你的工作达到了标准，那我们的工作就能融为一体，这就是匹配。还有，小龚，不明白的地方怎么不马上问，别总是闷着头工作。你这么做，我还以为你都懂，可谁知道结果会是这样，唉！”她叹了口气，“这样吧，你再好好看看公司的制度，不懂的地方多问问。”她又是一声轻叹。

张大姐起身，正欲离开，似乎又想起了什么。就见她转身敲了敲桌子，意味深长地说：“小龚，你工作努力，大家有目共睹。但是，大姐还要多说你一句，工作要把握方向。方向不对，不论你工作多么努力，效率多么高，结果一定事倍功半。就像这次工作,你无非是把制度排序而已,可我要的是一套现在可行的制度。懂了吧!”

张大姐撂下话,转身走了。龚求真直愣愣地看着她带上门,不免心生困惑:匹配?什么意思?我把自己的工作做好了,不麻烦别人费二遍事,这就是匹配?还有,她说的方向,难道她是说我高效率地做错误的事?龚求真反复品味着张大姐的话,却始终想不出个所以然来。过了许久,他似乎悟出其中的道道,猛地拍了拍额头,算是对自己的惩罚。

龚求真回到办公室,一坐下就注意到里间和外间,除了内勤小王,其他人都不在。“小王,大家都出去了?”他随口问道。

小王正坐在电脑前快速地敲着键盘,跟着嘟囔了一句:“蔺部长叫他们开会。”

“你怎么还不去?”龚求真脱口而出。话一出口,他随即意识到,小王只是内勤,蔺部长开会,她哪有资格参加!

小王不知听没听见,仍旧敲着键盘。

原来张大姐一回办公室,就从小王那里得知,蔺部长召集大家开会,就现在。

“秦薇外出学习,她的工作你们一定要分担,不要总是打电话问。”蔺有成的目光依次扫过大家,“今天开个会,大家谈一谈近期的工作,看看有什么难题需要在会上解决。”

蔺有成的话音刚落,就见大家似有默契地低下头,或摆弄手中的签字笔,或刷刷地在本子上写着什么,就是不见有人接话。

蔺有成一看,知道还得按老办法来,就直截了当地说:“按座位的顺序,老张,你先来!”

被领导点名,张大姐微微皱了皱眉。她先是清了清嗓子,接着把本子翻开,拿起笔,低声说:“那就我先来!开会之前,我正在和龚求真谈工作,没来得及准备,就简单说说秦薇出差前交代我的工作的进展情况。”

汇报自己的工作,张大姐可谓如数家珍。在她之后,几个专业主管依次汇报了各自的工作。蔺有成不时地作记录,偶尔也会打断对方,插问问题。

时间不长,每个人都简要地汇报了工作。按惯例,现在该蔺有成总结了。

“每个人的工作我都清楚了,个别问题刚才也穿插着问过。总的来看,秦薇不在，大家的工作还是能有条不紊地开展，尤其是个别员工能主动自己找工作，这是好现象，我希望大家继续保持。”说到这，他顿了顿，环视大家，“今天的会，除了了解大家近期的工作之外，还有一项内容，公司要对新员工进行阶段性的实习考核。小王，你负责绩效，会后做个方案报上来。有没有问题?”见小王用力一点头，他接着道，“今天的会就到这，小王，尽快报上来!”

蔺有成起身欲离开。就在大家陆续站起来，准备离开会议室的时候，蔺有成突然摆摆手，示意大家坐下。“对了，我记得老张你说开会前正在和龚求真谈工作，”他转向张大姐，“那借这个机会，都谈谈你们对这批新员工的看法。老张，还是你先说。”

一听领导要了解龚求真的情况，张大姐痛快地点点头，前前后后把如何安排龚求真工作、他的整个工作过程以及结果如何不达标等都说了出来。

蔺有成听完，双眼圆睁，一副意想不到的表情。随即，他呵呵一笑：“先不说别的，就说龚求真连续几个晚上加班，值得表扬。现在还想着加班的员工，不多啊!”他看了看大家，“你们几个，也说说吧!”

大家你一言我一语的，或实话实说、或主观臆断、或旁敲侧击。总之，一阵七嘴八舌下来，龚求真他们这些新来的员工工作做得怎么样就在他们的评头论足中被下了结论。

回到办公室，蔺有成点燃一支烟，倚在办公桌边缘，凝视着窗外。

烟雾笼罩之中，蔺有成双眉紧锁，神情颇为焦虑。

难怪，他这样的公司元老，虽然身兼人力资源部部长与工会主席的双重职务，却并不能让他如意。在某些明眼人的眼里，工会主席看似名头响，实则是个委身的虚职，而背后的寓意更成为他坐立不安的原因。

烟灰缸里散落着数个烟头，蔺有成依旧吞云吐雾，双眸深邃。

作为公司的元老，蔺有成跟着老板创业，一直走到今天，的确不容易。用他的话讲：“没有功劳，还有苦劳!”而老板曾经的一席话，却让他心里凉了半截，又不免有种“兔死狗烹”的凄凉。

“既然是公司的元老，就要起个表率作用，要是不能适应公司的快速成长，自己落伍了，那就要做两手打算：要么拿出二次创业的劲头，知难而进，迎头赶上；要么主动让贤，让有能力的人崭露头角。”对老板的这番话，蔺有成可谓诚惶诚恐，他由此感受到了莫大的危机。在他看来，秦薇或许就是那个带给他危机的人。老板将秦薇提升作助理，并全面负责公司的人力资源管理，这就是个危险的信号。言下之意很明了，以他目前的观念和思路，做人事工作还可以，但却难以达到规划人力资源体系的高度。蔺有成不甘心就此“退居二线”，却又不敢在老板面前流露出半丝的心有不甘。好在老板还让他做人力资源部的经理，也算是秦薇的直接领导，所以他似乎看到了转变危局的曙光，老板并没有把他“一竿子打死”。现在的蔺有成，看似心安理得，内心却在蠢蠢欲动。他必须要有所行动，让老板看到他其实“宝刀未老”。正所谓“有机会要上，没有机会创造机会也要上。”这不，趁秦薇不在，他召集大家开会，一来让大家别忘了，他还是部门经理；二来则要借机了解某些人。他心里清楚，这样的机会，有些人是不会放过的。也许秦薇某项工作的“失误”正好可以在此“不小心”抖落出来。而这正顺应了蔺有成之意。正是利用这次开会的机会，他自认为找到了可以打压秦薇的借力工具。

某些人在会上对秦薇一再“放纵”龚求真的做法表达了不同的意见。在这些有意或是无意的话语中，竟让蔺有成捕捉到了某种信息，龚求真“有幸”成了他关注的对象。

龚求真感觉怪怪的，蔺部长怎么会突然找他。在蓝海的这段时间，他几乎就没怎么招呼过自己。每次遇到蔺有成，龚求真不过是礼节性地点点头，称呼一下而已。今天他突然叫自己去办公室，能有什么事呢？龚求真正在琢磨着，就听小王嚷道：“龚求真，你还磨蹭，你让蔺部长等你呀！”

“我这就去！”龚求真应道，随即稳了稳紧张的情绪，飞也似的跑出办公室。

蔺有成坐在办公桌前，正看着电脑屏幕。听见门外的敲门声，他马上合上笔记本，放在一边。

龚求真心怀忐忑地走了进来。

“小龚，你坐！”蔺有成靠着椅背，双手交叉抱着膀，随和地说。

桌前放着两把椅子，龚求真挪开一把，屁股贴着座椅边沿坐了下来，怯生生地问：“蔺部长，您找我？”

“你们这批大学生进公司的时间也不短了。把你叫过来就是想了解一下，这段时间工作怎么样，当然还有生活方面的，比如住宿舍，习不习惯？”蔺有成关切地问。

龚求真一听他问这些，一下子感到轻松了许多。不知不觉中，他往后蹭了蹭，双手搭在座椅的扶手上。

“蔺部长，挺好的！我下班后都是自己做饭，吃得舒服又便宜！”龚求真本想顺带比画一下他练的颠勺的动作，不过看到蔺有成不苟言笑的脸，也就没敢造次。

龚求真本以为蔺有成接过他说的话，但没想到他只是点点头，并未回话。龚求真略微尴尬，一时间不知该怎么往下说。

可能是蔺有成看出龚求真的心思，转而微笑道：“听说你最近经常加班，难得啊！”

龚求真知道蔺有成提到的加班指的是什么。他坐在那，突然感到不自在。龚求真现在不确定张大姐在会上有没有说他工作不合格的事。蔺有成突然间提到此事，让龚求真搞不清这是表扬还是变相批评。想到这，龚求真知趣地恢复到一开始的坐姿，像个犯错的小学生，低着头，等着蔺有成的批评。

“你刚参加工作，难免有些小问题，可以理解。有问题不可怕，就怕不及时总结。要是这样的话，你的工作永远都不会有起色。”

龚求真不住地点头，一脸虔诚。

“小龚，你来蓝海是秦薇面试的？”蔺有成不经意地问了一句。

龚求真只想着蔺有成和自己谈工作，没想到他话题一转，问到当初面试的事。龚求真虽然有些疑惑，却并未过多考虑，只是点了点头：“是她面试的。我第一次来临海的时候，冒失地给她打电话，就想争取面试的机会。很幸运，她让我到公司面试，还安排图厂长二次面试，我这才进了公司。”

见蔺有成不动声色地看着自己，龚求真就想着要不要详细说说面试的过程。龚求真正欲开口，就见蔺有成动了动身子，似乎自语道：“做好工作不是一蹴而就的事，除了必要的总结和改善之外，不明白的还要及时问，多向老员工请教。”

“怎么又绕回工作上了，他到底要说什么？”龚求真此时更加不解，一时懵在那里。

蔺有成接着语重心长地说：“作为你的上级领导，我和秦薇，都希望你能尽快地胜任工作。当然，我们更有责任指导你，帮助你进步。”

“蔺部长，我知道大家给我的帮助都很大，特别是秦助理，她给我安排了适合我的工作,还不厌其烦地指导我,让我受益匪浅。”龚求真坦诚地应道。

“哦?是这样?”蔺有成双眼一眯,“秦薇的工作能力很强,她带着你,那可是你难得的学习机会,千万要抓住!”

龚求真一个劲地点头称是。

蔺有成微微一笑。他随手拿出一个记事本,打开,面部表情恢复了严肃:“小龚,有一项工作,我希望你能独立完成。”

龚求真心里一沉,心想果不其然,到底还是有事。他这么大的领导,还不至于谈心那么简单!

蔺有成可谓惜字如金,交办的事三下五除二就说完了,而且没问问龚求真清楚与否,就示意他去忙了。龚求真的背影还未离开蔺有成的视线,他的目光就转向了那个小本。本子上写着密密麻麻的字,仔细一看,并不是给龚求真安排的工作内容,而是有关秦薇进修的内容。

看着看着,蔺有成合上本子。他转过身来,视线飘向了窗外。在他看来,也许外出进修的应该是他,可老板却指明让秦薇去,似乎隐含着某种暗示,这让蔺有成重又陷入沉思之中。

蔺有成安排给龚求真的工作是到各部门发放培训需求问卷,收集后整理出目前公司的培训需求梯次以及建议,并形成书面报告报上来。

一想到蔺部长安排的工作,龚求真就感到一阵阵“虚”。一虚是他没想到蔺部长会亲自安排工作,而且看起来还很重视;二虚则是他不知道能不能做好这项工作。蔺有成毕竟是一部之长,安排工作不像秦薇那样细致,龚求真也没敢问太多,就稀里糊涂地接下工作。

按龚求真的理解,这项工作无非是把问卷发下去,待大家填完整后再收上来。然后根据内容逐项整理,就像做统计一样,按需求多少排列下来,不就形成了梯次了!而说到建议,龚求真虽然发憷,但有了上次的教训,他就想着怎么也得拿出自己的想法。至于成熟与否,就顾不了那么多了。

想法有了,接下来就是行动。不过在行动之前,龚求真还需要设计一份培训需求问卷。这份问卷难住了他。他左思右想,白纸黑字的,设计什么内容好呢,真是不好把握。怎么办?要不自己先设计看看?想到这,龚求真展开一张纸,拿起笔来。刚在白纸上写下《培训需求问卷》,龚求真就停下来。他突然想起,上次张大姐安排工作跟他说的一番话,什么匹配,什么闷着头工作等。现在想想,这不又要开始闷着头工作了。龚求真心里很明白,以他现在的能力,拿出一份让领导满意的问卷,有点天方夜谭。如果硬着头皮勉强为之,耽误时间不说,再让别人重新来过,那就又是不匹配了。“庆幸啊,及时纠正了错误,看来还是有进步的!”龚求真这么一想,竟有些飘飘然,他为自己学会了总结感到高兴。可高兴劲一过,问题又来了。问卷怎么办?这是工作的开始,总不能拿着本子当自己是记者,边采访边做记录。龚求真想了想,眼下只有在电脑上先找找,看看有没有以往用过的问卷好拿过来借鉴。

正当龚求真啪嗒啪嗒乱点鼠标的时候,馨璐动听的声音在耳边响起:“看你忙的,做什么呢?”一听是馨璐,龚求真也就没抬头,心不在焉地应道:“设计问卷呢。”

“你们又准备培训了!”馨璐边说边凑近,“让我看看你设计的问卷。”

“还没成型。”龚求真双手挡着电脑屏幕,怕被馨璐看到他在调用别人的问卷。

“哎呦!哎呦!”馨璐连着两个“哎呦”,“还不好意思呢,用不用我教你?”

馨璐这么说,倒提醒了龚求真。他想了想,觉得也是,赶忙堆着笑脸说:“那你就给我提建议,怎么设计问卷内容更合适。”

馨璐一汪如水的大眼睛眨了眨,故作神秘地说:“告诉你,如何才能设计一份好的问卷。”她又看了看里间,贴在他的耳朵旁,小声道:“问你姐呗!”说罢,她抿着嘴,憋了一小会,随即忍不住笑出声来。

龚求真还以为馨璐能指点一二,没曾想让她开了个玩笑。虽然一肚子不舒服,但看着馨璐如花的笑靥,只得干瞪眼傻笑。

馨璐含着笑,不再睬他,转身朝里间走去,边走边喊:“张大姐,你的办公用品申领表有问题,张大姐!”

馨璐走到里间,龚求真双眼又直勾勾地盯着电脑发呆。他知道馨璐口中的那个姐指的是秦薇,可她还得过几天才能回来,打电话去问又不方便。一时间,他的脑子乱乱的,不知道该从何处下手。

不知过了多长时间,“啪”的一下,有人拍了拍龚求真的肩膀。

“发什么呆?”小王拿了一份附有传阅单的文件放在了他的桌上,“看看吧,看完了就签字!”

龚求真此时还在想着问卷,连看都没看一眼他眼前的文件,拿起笔机械地签了自己的名。

“你不看看内容?”小王问,“还是看仔细些好,文件上的内容和我们大家都有关。”

既然小王这么说了,龚求真随手拿起文件,仔细看起来。细看之下,里面的内容还真跟每个人有关系。原来小王拿的文件,是关于将加班工资转化为绩效工资的试行办法。说白了,以后没有加班这一说。即使在八小时以后,工作时间也不能算加班。结合工作的内容,如何提高效率,尽可能在上班时间完成,这是它的出发点。不过对习惯加班的某些人来说,以后就不会有蹭加班费的机会了。

对龚求真来说,他早就认为该这么做了。前段时间,他天天加班到很晚,但那是取决于工作完成的情况。他要尽可能在规定时间完成,如果完不成,拿出额外的时间也是应该的。不像有的人,明明没什么事,却偏偏下班不回家,怎么也得磨蹭一两个小时。可别小看个把小时的加班,累计下来,一个月也能多拿不少钱。

龚求真把这份文件递给小王,无意中嘀咕了一句:“这么做就对了!”小王似乎没听清,脱口就问:“你说什么呢?”龚求真正要重复刚才的话,可转念一想,小王不就是经常加班吗?可别让她误解是在说她,就赶忙解释道:“没什么,我觉得还是要看实际情况,毕竟有的人工作就是多,不加班怎么行,是不是,小王。”小王拿着文件,撅着嘴自言自语道:“可不是?改来改去的,真是!”

看小王要走,龚求真忙伸手拉住她,嬉笑道:“小王,能不能帮我设计一份培训问卷?”

小王停下来,有模有样地想了想:“问卷每次都是秦助理负责的,可她还要过段时间才能回来。你让我提建议,可我也不是专门做这个的,能提什么。不过有一点,我觉得既然问到需求,你就得具体到每一个人真正的需求是什么,这样才能有针对性。我多了也不了解,你还是再找张大姐、李干事他们问问吧!”

问张大姐,她又要讲这讲那;问李干事,算了,那人挺怪的,聊天可以,请教问题就别指望了!一想到这,龚求真脑海中立马就浮现出请教问题时李干事那张异常深邃的脸,做作得令人忍俊不禁。掐指算算,参加工作有一段时间了，龚求真现在能感觉到，除了秦薇之外，张大姐还凑合，而其他的人好像都不愿谈工作的事。尽管你确实有难处，向对方寻求帮助，有的人根本就是爱答不理的，有的人看起来倒是热心十足，可回过头来想想，实际能借鉴的少之又少。秦薇就不一样。对龚求真请教的问题，她都能全面讲解，甚至在龚求真还未意识到问题的时候，她就能及时指导。做秦薇的下属，龚求真学到不少东西。不过秦薇对待工作的严谨，有时也让人受不了。好在龚求真觉得自己是新人，又有对秦薇的好感，纵然她批评，他都一概接受，而且心里还暖暖的。这种感觉，既没有张大姐批评他时的不以为然，也没有面对蔺有成时的忐忑不安。

下班的时间到了，龚求真就想着赶紧回宿舍，清静地躺一会，好让紧绷了一天的神经松下来。

刚打开宿舍门，龚求真就听见卧室传来阵阵啪啪声。不用进去就知道，里面一定又开打了（打牌）。"唉！"龚求真不由地叹口气，心生不悦。

卧室的门虚掩着，依稀看见屋里暗黄色的灯光下，围坐的四个人正在吞云吐雾。龚求真推门而入，正准备将外套挂在门钩上，定睛一看，方天明赫然也在。真是太阳从西边出来了！以往他来宿舍一定有事，用他的话说都是为了公司的事。这无缘无故的，他怎么过来打牌了？龚求真倍感奇怪。他边挂外套边调侃道："哇，天明兄，今晚怎么有闲情逸致，到这打牌，没布置工作吗？"

方天明抬手甩出一套牌，动作甚是利索。"我觉得好像有点挖苦意味。布置工作，我哪敢，就是过来玩玩牌。"他把手中的牌又呈扇形展开，冲着下家吼道，"该你了，要不要！"

龚求真悄然站到方天明身后，扫了一眼牌，赞道："好牌！这么好的牌要是不赢的话，真说不过去了！"

方天明似乎懒得理会龚求真，自顾盯着下家出牌。

龚求真看他们玩得尽兴，就知趣出来，坐在客厅的沙发上，想着培训问卷的事。

没多久，里面的噪声渐小，想必大家玩得差不多了。"这牌玩得，真痛快！哎呀，坐了一天，我的腰都散架了！"方天明懒洋洋的声音通过门缝"溜达"出来。

“你真是站着说话不腰疼！有机会听专家讲课,还在这抱怨!”其中一个牌友的声音。

“专家讲得是好,可内容和我在问卷上填的需求不一样。说实话,不是我想听的,课堂上就是提不起兴趣。”

龚求真在客厅,他们的谈话听得真切,特别是方天明提到的问卷令龚求真心中一动。他推开门,看似心不在焉地问:“老方,你刚才说到培训,是公司组织的?”

“不是,要是公司组织的,你这人力资源部的领导能不知道?”方天明强睁着双眼,歪头看他,“咨询公司组织的公开课,我是他们的会员,就免费去了。”

“看不出来,你还挺爱学习的!”龚求真酸溜溜地说。

“你可别这么说。有这样的机会,还多亏兰总。有一次,兰总参加他们公司的课,我跟着去了,也就顺理成章成为他们的会员。这次培训,兰总没时间,我费了好多口舌才争取到听课的机会。”

龚求真在一旁,听着听着,心里竟然冒出一种说不出的怪。一方面,他嫉妒方天明有机会到外面听课;另一方面,他似乎一瞬间改变了对方天明的印象。毕竟他还争取在外面学习,可自己就没这种意识。

“老方,我刚才听你说到问卷,能不能让我看看。”龚求真生怕方天明拒绝,说话陡然间客气许多。

方天明看着龚求真,愣了一会,突然笑了起来:“好,好,我想想。对了,我记得当时还复印了一份,我给你找找。”说完,他走过来,拍了拍龚求真肩膀,用同情的语气低声道,“问卷不好设计吧!”

虽然心里反感方天明的做作,但龚求真的面部表情却是相当的舒展。或许是他刻意示好,或许是他急切想看到专业公司做的问卷,以至于龚求真并未多想方天明是怎么知道他在设计问卷。“你好好找找,我先谢谢了!”龚求真央求道。

方天明转过身来,从包里拿出笔和本,坐下来,对龚求真说:“老龚,问卷等我回去再找。正好现在大家都有时间,要不我把我能想到的说说?”

龚求真眼睛一亮,也坐下来,盯着方天明的本子,欣喜地说:“那当然好了!”

见他们二人有事,其他牌友也就没兴趣再侃了,陆续散去。

卧室里，就他们二人，很静。方天明的嘴皮子利索，言语中对如何设计问卷了如指掌；龚求真的笔杆子麻利，书写健笔如飞。那一刻，二人似乎沉浸在知识的海洋里，切磋交流，不胜言表。

蔺有成安排的工作给了龚求真第一次独立接触各部门、下属公司负责人或相关主管的机会，也让龚求真感受到，原来职场中每个人的热情是不一样的。在和他们接触的过程中，有的人对龚求真非常客气，甚至有些下属分公司，一把手亲自接见，并安排专人配合龚求真的工作；而有些部门，特别是总部的个别职能部门就没当回事。就拿营销策划部来说。龚求真觉得听过兰可心的课，而且见面还能相互招呼，就没多想，径直奔向他的办公室。一进办公室，龚求真就被兰可心的秘书挡住了。龚求真忙打个招呼，说明来意。待弄明白是怎么一回事后，秘书小姐随手就把表格放在台面上，不以为然地说了一句："放在这吧！"龚求真很意外，怎么说大家都是为了工作，她就不能通报一声？龚求真白了她一眼，就想直接找兰可心，当面把工作说清楚，也好让他的部门重视起来。

就在这时，兰可心房间的门一开，他手拿一沓纸出来。

看到他，龚求真马上问候："兰总，您好！人力资源部要统计培训需求，我把问卷拿过来，想跟您说明填写问卷的基本要求！"

兰可心瞥了他一眼，转而冲秘书吩咐道："这样的事你安排就行了！"

看到这，龚求真有些着急："兰总……"龚求真刚一开口，就被他一句生冷的话打住："我知道了。"说完，兰可心大步离去。

"讲课的时候挺热情的，怎么现在就像换了一个人似的。"看着兰可心远去的背影，龚求真大为困惑。

龚求真没有解释，因为秘书小姐根本就没容他解释。正当龚求真为难的时候，方天明不知什么时候从兰可心的房间走出来。

得知龚求真正在为问卷的事发愁，方天明就和秘书小姐耳语了一阵。就见她时而抿着嘴笑，时而涨红着脸，做出佯装要打方天明的样子。一看他们，简直就是在打情骂俏。又过了一会，龚求真注意到她神情愉悦地把问卷放在资料夹里，这才略感宽心，因为他知道，那个资料夹是专门用来装急需呈报的重要文件的。

方天明走过来搭着龚求真的肩膀，拥着他边走边小声说："知道我刚才

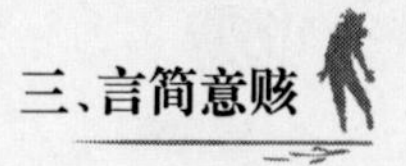

说什么了?”

见方天明诡异地一笑,龚求真摇了摇头:“我哪知道你说什么,反正看你把她说得笑个不停。”

方天明停住,一脸收不住的坏笑:“跟你有关。”他回头看了看,“我跟她说,你这个人可是人力资源部的重点培养对象,更何况人高马大,英俊潇洒,你这样对他,不觉得有点‘暴殄天物’!”

龚求真闻听此言,哭笑不得。尽管知道他是在开自己的玩笑,尽管脸上有些挂不住,但龚求真并未言语反讥他。毕竟秘书小姐收了问卷,方天明的做法虽然不是正儿八经的,但能办成事,也算是有招。

“等我有时间,帮你盯盯,放心!”方天明自信满满,令龚求真悬着的心落了下来。或许源于方天明在他需要帮助的时候出手相助,亦或许折服于方天明的高明手腕,此时的龚求真如此信任方天明,这让他自己都感到不可思议。

龚求真的问卷调查总算是有惊无险地按计划完成,并给人力资源部全体同事以及蔺部长作了汇报。在汇报的过程中,包括一些人的配合程度,抵触或是支持,他都不加修饰地一股脑倒出来。汇报完后,蔺有成让大家分头看问卷,结果大家一致的感觉就是实际的效果并不好。有些问卷一看就是对付;而有些问卷,看似完整,却并不切合实际。为此,蔺有成在会上严厉地批评了龚求真,并责令他写一份报告,重点说明工作的失误和心得,第二天交上来。

会后,龚求真依旧是一头雾水。

龚求真不明白自己的工作为什么招致大家的批评。在他看来,蔺有成根本就像换了一个人似的,毫无以往的随和,而是专门挑自己的毛病,还暗示其他人“声讨”自己。整个会就是批斗大会,里里外外都是他龚求真的问题。龚求真好几次想插话,为自己辩解,但蔺有成根本就不给他机会。原本是自己汇报工作,但龚求真却感觉自始至终他都被蔺有成牵着鼻子走。会议时间难得的短,龚求真还头一次碰到这么快就结束的会。会后,当龚求真还在那坐着,两眼发直的时候,张大姐说了一句工作要看清方向之类的话,让龚求真更是丈二和尚摸不着头脑。

“雾水”远未散尽,龚求真坐不住了,他要问问蔺有成,自己的工作到底出了什么问题,总不能这些那些的全是问题吧!

龚求真敲了敲门，未待里面的人招呼，就推开门，大步向蔺有成走去。

“蔺部长，我想问问您问卷调查的事。您看，这是我第一次独立承担的工作，经验有限，和标准会有差距。可是在会上，大家你一言我一语，怎么一下子冒出那么多的问题。”龚求真开门见山道出了自己的不解。

其实龚求真推门一进来，蔺有成就注意到了他情绪上的异常。蔺有成含笑不语，静静地打量他一小会，就摆手示意他坐下。“小龚，进入公司以来，一直是秦薇管理你的日常工作，是你不善于学习，还是她指导不到位。总之，你这次的工作，过程和结果都没有达到要求。”

龚求真一时想不明白。自己的工作，跟秦薇有什么关系，更何况她现在不在公司。龚求真微微欠了欠身，坦诚地说：“蔺部长，是我的问题，我学习不到位。其实，一直以来，秦助理对我的工作指导最多。这次培训需求调查，以前我没做过，她也没讲过，所以会有一点点问题。”

“不是一点点问题，而是思路和执行的大问题。”蔺有成语气坚定地说。

接下来，蔺有成带着批评的口气，不留情面地指出龚求真的处处问题，期间总是有意无意地带出秦薇管理下属的问题。说来说去，龚求真渐渐明朗了，默默归纳一下他提到的问题：一、未明确领会要求，盲目开展工作；二、工作过程中不注意协调与跟踪，以至于一些部门和员工应付了事；三、未及时对进度状况作汇报。对这些问题，龚求真再一次意识到，还是自己平常总结不够，才会出现这样的结果。这么一想，龚求真反而觉得蔺有成的批评并不为过，自己的确有很多地方需要改正。他站起来，一脸愧疚道：“蔺部长，谢谢您的批评。是我做得不够好，我回去好好总结，一定改。”

“小龚，你工作的时间不长，出现问题在所难免。不过在公司，老员工带新员工这是不成文的规定。秦薇作为你在人力资源部实习的主管，她有责任带好你。仅从工作结果来看，秦薇对你的管理还是有问题的。可以说在专业能力方面，秦薇能胜任本职工作，但在具体的管理员工方面，她还有待提高。”他双手交叉着，看着龚求真，“是不是？”

如何管理下属，龚求真怎能知道，也就看不出秦薇对自己的管理有哪些不足的地方。“蔺部长，我很佩服秦助理。她专业知识强，而且对我，对其他人，都很热情。对于不明白的工作，她总是尽可能地讲解，让人清楚该怎么去做。所以，我个人认为，她绝对是一个优秀的管理者。”

蔺有成盯着龚求真，嘴边露出一丝难以觉察的笑，“好吧，你回去把报告

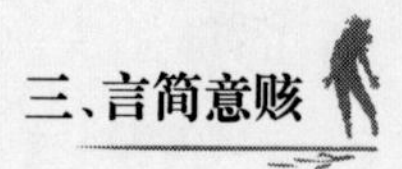

好好整理,尽快拿给我看。”

看着龚求真出去,蔺有成的目光又转向记事本。他翻开其中有标记的一页,右下角处稀稀落落的几个字,看起来应该是人名,其中就有秦薇的名字。

蔺有成拿起笔,思考了半天,圈了几个人的名字,包括秦薇。

龚求真的报告整理得并不顺利,好在蔺有成似乎忘了此事,并未叫龚求真到他办公室去。

几天后,秦薇在外学习结束,回到了公司。

秦薇回来之后并没有马上召集大家开会,而是与个别主管单独聊聊她不在的这段时间,工作的进展情况如何。

龚求真作培训需求调查,秦薇知道了,她还知道蔺有成在会上是如何高调批评龚求真的。

其实秦薇刚一回来,龚求真就急着想汇报工作。可每次秦薇都以要和他人谈话为由,叫他等等。

一连几次都是这样,龚求真心有怨言。他认为自己不是主管,地位自然低人一等,就连谈话也要等最后。

秦薇回来的第三天,这才把龚求真叫到会议室。她想必知道了龚求真工作的全过程,因而并没有让他汇报,而是说了一些关于培训需求调查的事。

“工作看似简单,其实不然,关键要结合公司的发展要求,要考虑到员工业务提升的空间,做到有针对性地培训。因此,你要开展工作,首先思路要明确,不要想当然,否则很可能事与愿违。”

秦薇说话一语中的,可龚求真并未领悟,心里还在念叨自己出了力又挨批的事。

秦薇一看龚求真紧闭双唇,心知他还没转过弯,内心不免泛起一股恨铁不成钢的滋味。她非常希望龚求真第一次独立开展的工作圆满完成。秦薇虽然作为助理,但是对工作要求很高,对下属的指导更是尽心。从工作的角度看,龚求真一而再、再而三地出现失误,作为他的主管,秦薇自知难辞其咎。而让秦薇倍感意外的是,龚求真怎么突然间就成了众矢之的。一个还处在实习期的大学生,竟然入得了蔺有成的“法眼”,那就不仅仅是纯粹为了工作。一想到这，秦薇心中隐隐有种不好的感觉。

再看看龚求真，木讷的样子，似乎还是不理解。秦薇的思绪又转回刚刚说到的工作，心平气和地说：“你要知道，我们部门虽然作为服务部门，可承担的责任却很大。我们既要明确公司领导的意图，又要让其他部门和下属公司准确地执行。就拿培训来说，首先我们要明确为什么做培训。培训一定是对接公司的发展，让员工有达到这种要求的能力，这是培训的关键所在。如果仅仅问大家想学什么，我肯定，需求绝对五花八门，很少能有与公司要求接近的。”说到这，秦薇拿起水杯喝了口水，“比如你吧，你现在最想接受的培训是什么？”

龚求真略一思忖，道：“说实话，我不是很清楚现在到底要学什么。如果说参加培训，我可能更想接受有关业务的培训，特别是技巧方面的，我想这会有助于我更好地开展工作，也就是提高工作效率。”

听龚求真这么说，秦薇点头道：“就是这样。每个人都会主观地从自身的角度看待培训，这没错。你刚参加工作，如果让你参加纯粹的业务培训，你能理解并接受的会很少，因为你还没有真正融入到蓝海这个环境中去。而现在，多看看公司资料、多和其他员工沟通、多观察他人是如何工作的，过了这段时间，你自然就会熟悉。到那时，你才能更好地独立开展工作。”

龚求真听着听着，似乎明白了，不住地点头。

看着龚求真点头，秦薇话题一转，似问非问道：“蔺部长也给你讲了一些工作中应该注意什么吧？”

龚求真惭愧地说：“蔺部长先是狠批了我，然后又指出哪些方面出了问题。对了，他还提到过你，说什么你管理下属还有待提升。”他停了一下，“说心里话，秦助理，这段时间，你对我工作上的帮助真是不少，只不过我不争气，让你受牵连了！”

秦薇盯着电脑屏幕，面色淡然，好像没有听到龚求真说的话。

龚求真本来想接着说蔺有成是如何评价她管理下属的能力，不过看到秦薇无动于衷，马上意识到不合适，也就知趣打住。他挨过蔺有成的批评，知道被领导说的滋味，也就不想再复述蔺有成说过的话，他怕秦薇心里不舒服。

看着秦薇并没有叫自己离开的意思，龚求真就想为何不借这个机会，把报告拿出来，让她先过目。要是没问题了，再把报告交给蔺有成。

想到这，他从资料袋里拿出重写的报告，放在秦薇的桌上，嗫嚅着说：“这是我写的报告，请，请领导指正。”

秦薇看了龚求真一眼，拿起报告，无奈地笑着说：“又是这种情况。上级交代的事，如果要重复完成的话，这就是下级工作不到位。我记得张大姐曾经对你说过，看来你还是没有意识到总结并加以实践的重要性。这点我不想再重复。”她随意翻开一页，粗略地看了看，就把报告递给他，“我看这页报告中提到了协调，那我就简单讲讲同级之间该如何协调。你回去要认真总结，尽量把心得转化到实际的工作中去。”

龚求真赶紧翻开记事本，像个学生，紧盯着秦薇。

“同级之间因为没有层级关系，所以不存在上传下达，对待工作实际上不能通过行政的命令让对方完成。也就是说，蔺部长给你布置工作，但你却不能张口闭口就说是蔺部长吩咐的，毕竟其他人不是蔺部长的直接下属。通俗点说，就是不能拿‘高帽子’压人。这一点，在今后的工作中要注意。”

“‘高帽子’压人，”龚求真喃喃道，“我什么时候拿‘帽子’了，难道蔺部长布置的工作不是事实？”

“此外，你要切记，在不违背原则的前提下，尊重优先。也就是说，一定要在尊重对方的前提下与之协调，同时还要明确对方参与的重要性。要让对方知道，体现在你向上级汇报时，会点明人家对你的协助。你想想，与同级进行协调，讲究一些方式、方法，总比冷冰冰的‘命令’要好，是不是呢？”秦薇缓缓地说。

看着龚求真时而健笔如飞做记录，时而驻笔沉思，煞是认真，秦薇不禁流露出一丝欣慰的微笑。

秦薇并未打扰龚求真，而是将目光转向屏幕，沉思起来。她沉思的可不是与龚求真有关的事，而是关于此次进修的事。有机会出去进修，不管是什么原因，有一点是肯定的，那就是老板对自己更加器重了，秦薇对此心知肚明。她虽然一向以工作为重，但也并不是不谙工作之外的事。随着老板对自己的认可与日俱增，她明显感到蔺有成态度上的微妙变化。“怎样做更合适呢？”秦薇反复问自己，“既能减少工作过程中的阻力，又不至于招致他人的不满？”

秦薇一时找不出答案。她的思绪愈发纷乱，除了要顾及蔺有成，兰可心也没让她平静过。对了，还有眼前这个“不长记性”的龚求真。一看到龚求真那双纯净得不掺一丝杂念的眼睛，秦薇就不免担心：他可别卷进来！

四 言不由衷

“双面人”越来越多。龚求真虽然琢磨不透，但他能感觉到某些人当面和背后的差异。言不顾行、行不顾言，这些老职场们很会揣着明白装糊涂。总之，“兵来将挡，水来土掩”。责任不是到此为止，而要学会“击鼓传花”，或者干脆避而远之。

龚求真无论如何也想不到，自己的月度考核就因为那一份重新写的报告，由B级降到了C级。批评也好，非议也好，龚求真都能接受，而最令他郁闷的是，工资只能拿到当月的60%。再扣掉一些杂七杂八的费用，到手里的票子就像过山车一样，一滑到底。

手里攥着工资单，龚求真就想找秦薇问个明白。他一直认为，不就是结果和要求有点小差距，还不至于这么严重。再说了，批也批过了，怎么还得扣钱？

龚求真呆呆地坐着，工资单在他手里不经意被搓揉成小纸团了。一旁的小王心情总是那么好，其实她这个月的考核结果也是C级。看着龚求真怒形于色，小王站起来，偷偷瞄了里间一眼，凑到他近前，低声说："别看了，再看也变不了A，还是想想今后怎么做好工作吧！"她又神秘兮兮道，"这次考核结果好像是蔺部长最后定的，真不知道他是怎么想的！"

龚求真听她这么说，不禁一怔。

"你作的是培训需求调查，我做的是工资统计，这些工作以前我们可都没做过。"小王抱怨道，"真不知道蔺部长为什么安排我们做这些并不熟悉的工作，还不让打扰秦助理。"

说者无意，听者有心。龚求真不由得揣摩起蔺有成的用意。虽然他不明白蔺有成在秦薇外出的这段时间为什么如此关心部门的工作，但当他的视线再一次转到手里的那个小纸团，进而想到被扣得体无完肤的工资单，就忍不住咬牙切齿。

二人正说着，门"吱扭"一声。小王或许意识到是谁进来，面色微变，冲龚求真使了个眼色，赶紧挪回自己的位置，噼里啪啦地开始打字。

龚求真转头一看是秦薇，忙起身，边展开工资单边嘟囔道："秦助理，不就是出了一次错，考核怎么就成C了，我，我想不明白！"

"有时间还是好好想想工作怎么做，别在这种事上纠缠不放！"秦薇板着面孔，言语中透着怒其不争的味道。

龚求真从未见过秦薇如此态度，就没敢跟进去。

龚求真坐下来，并未抱怨秦薇。相反，他倒是觉得蔺有成过于苛刻，自己怎么说也是加班加点才拿出报告的，他不是还表扬过，当时真看不出他能作出如此严厉的考核。

“不行，我得去找他，无论如何他都要给我个说法。”龚求真打定主意。

还没到蔺有成办公室，老远，龚求真就看到蔺有成从办公室出来，图青紧跟在他身后。

看着他二人前后走出办公室，龚求真心想他们一定是在谈工作，就想着先回去。可他转念一想，说不定蔺有成只是送图青出来。自己现在的情绪不好，即便回去也是坐立不安的，万一让秦薇看见，说不准又得挨批。

没想到蔺有成和图青一前一后，双双向走廊尽头的一间小会议室走去。看着他们的背影，龚求真心生疑惑。这个小会议室经常当库房用，他们过去干什么？

好奇心使然。当二人进了会议室，龚求真看了看四周，没人注意他，便装做若无其事地走了过去。

门虚掩着。龚求真看不到里面，但隐约听到他们的谈话声。

为了避免被他人发觉，龚求真佯装有事，来来回回经过门口，偶尔在门口处驻足片刻，才得以断断续续地听到一些内容。不听还好，一听，龚求真如梦中人被惊醒，内心一阵悸动，像个木头桩子似的定在门口。

原来他们的谈话中竟然提到了自己。

“蔺部长，旺季可是说来就来，生产一线缺人，尤其是专业技术人员。”图青无奈道，“人力资源部是不是能尽快招聘几个，就算应应急！”

“这人也不是说招就能招来的，”蔺有成面带难色，“合适的人才更是可遇不可求！”

“对了，我记得你们部门那个实习的小伙子，叫什么，龚…”图青稍一停顿，“龚求真，对，他可是搞技术的，这都过去几个月了，怎么还留在人力资源部？”

“龚求真，”蔺有成随口道，“当初是你面试他的？”

“是啊！”图青点头道，“他来的时候，技术人员已经招够了，我不好再额外增加人手。不过，既然秦薇已经安排了，我也就走个面试程序。”

“嗯，是这样。”蔺有成转过身，低声自语。

“蔺部长，”图青开着玩笑问，“你们部门什么时候高抬贵手放人？”

就听蔺有成略带挖苦的声音："放人，还是让秦薇安排吧！她可是很看好龚求真。"

龚求真在门外，就这句话听得真切，一下子瞪大了眼睛。他大感诧异，心想：看好我，她看好我什么？我不是听错了吧！

"龚求真，你在那干什么！"不远处，一个尖溜溜的声音传来。不用回头看，龚求真就知道是方天明，全公司只有他才拥有这样难得的"天籁之音"。

龚求真快步走向方天明。他边走边说："我刚才做了个方案，头昏脑胀的，想找个安静的地方待待。"走到近前，龚求真故意用拳头捣了方天明一下："你叫什么，怕别人听不见？"说罢，他一手搭在方天明的肩上，"走，到你部门坐坐！"二人比肩朝方天明的部门走去。走着走着，方天明还不时回头，瞄一眼走廊的尽头。

有意为之的偷听，让龚求真感到不可思议的不是别的，而是蔺有成所说的"她可是很看好龚求真"这句话。"她看好自己，难道是她喜欢自己？"念头刚一闪现，旋即被他否定。"不可能，这不天方夜谭吗！她对自己有好感不假，但要说是那种男女之间的喜欢，绝对不可能。"至于蔺有成为何要当着图青的面说如此不着边际的话，龚求真一时想不通。

不过在这之后，龚求真多了个心眼，他有意识地观察秦薇对自己的态度。令他失望的是，秦薇依然如故，怎么看也看不出她有那层意思。她不仅仅对龚求真，对其他员工也是一样的亲切。龚求真也曾遐想，秦薇喜欢自己，那是多美好的事。但现实是，秦薇是个好上级、好同事。蔺有成说的话，经不起推敲。

随着时间的推移，在秦薇的帮助下，龚求真渐入佳境，成长迅速。临近春节，公司召开年度大会。在秦薇的推荐下，龚求真得以获得新员工成长进步奖。就在老板颁发奖状的刹那，龚求真留意到秦薇正微笑着冲他点头，并暗暗竖起大拇指。龚求真知道，那是她在恭喜他，更是在鼓励他。

回到宿舍，龚求真仰在床上，双手展开奖状，笑眯眯地看着，沉浸在喜悦当中。

就在此时，挂在腰际的手机响起。龚求真忙放下奖状，静静地听着特殊的铃音。他知道，这是专门为他认为重要的人而设置的铃音。龚求真摘下手机，一看来电号码，原来是鹿灵打来的。自从车站一别，他们偶尔通过几次电话，却是大半年的时间没见面了。一想到鹿灵的可爱模样，龚求真的心头不禁涌起无限的思念。

鹿灵很幸运，一到公司，就被安排到外地某大学管理学院接受培训。学业结束之后，她又幸运地以咨询助理的身份参与了两个异地的项目。也就是说，从毕业到现在，鹿灵几乎没在临海待过。此时此刻，鹿灵打电话过来，龚求真就想把自己获奖的消息第一个告诉鹿灵。

“你还在外地？”龚求真一骨碌坐起来，迫不及待地问，“快过年了，你是不是也该回来了？”

“我现在就在临海，”鹿灵欢喜道，“终于忙完项目了。”

“太好了！”龚求真高高的声音，“哪天我去找你们，有好消息告诉你。”

“找我们？”鹿灵之前的欢喜马上转为平静，“行，你看什么时候？对了，你刚才说有好消息，能不能提前透露啊！”

龚求真按捺不住，把他获奖的事“炫耀”了一番。鹿灵则静静地听着，分享他的喜悦，还时不时啧啧称赞。

放下手机，龚求真双手交叉当枕头，又躺下来。鹿灵水灵清秀的样子不断跳跃着出现在他眼前，令他的心痒痒的。

“嘿，说你呢！”龚求真的耳边响起方天明独特的声音。“想什么呢，一看就不是好事。”

可能是美梦被意外惊醒，龚求真带着怨气问：“找我有事？”

“是不是好事，”方天明故作神秘，“我不敢说，但绝对是个机会！”

“有好事你就说，别在那卖关子。”龚求真爱理不理地说。

“你现在还不知道吧，”方天明把嘴凑到龚求真的耳根子下，“公司准备上一个项目，这几天正在作项目组成员的内部推荐。”

龚求真下意识地躲了躲，砸吧嘴说：“上项目就上呗，跟我这小员工有什么关系。”

“别说没关系，”方天明满怀憧憬道，“进了项目组，不就有机会真正做一些事了。如果项目顺利，发展成新公司，那我们不就成元老了？”

龚求真对进项目组不感兴趣，对方天明说的也是懒洋洋地附和，直到方天明知趣离开，他才又静下心来，回味和鹿灵在火车上初次见面的情形。

第二天一上班，龚求真就从秦薇那里得知，公司的确要上一个项目。得知此事，龚求真突然间有些意外，他意外的是，方天明一个普通员工是怎么知道的？

正巧，馨璐来了。她对着龚求真的耳朵轻声喊道："龚求真，你可要忙了！"

龚求真抬头看着馨璐，眨了眨眼问："我要忙什么事？"

"你还不知道啊！"馨璐一脸意外，"公司要上项目，已经成立了一个项目组，你是其中的一员。"

龚求真本以为她开玩笑，可一看她认真的样子，不禁愕然。

"你看你，"馨璐嗔怪道，"进了项目组，你还不高兴！"

"馨璐，你刚才说我是其中一员，"龚求真一脸疑惑，拉着她的胳膊问，"你是听谁说的？"

"兰可心，"馨璐脱口而出，"他也是项目组的，负责市场调研。"

"他说的？"既然兰可心都这么说了，进项目组一定是确有其事了。龚求真无奈地笑了笑，摇头道，"看来是要忙了。你说他们怎么会选上我呢？而且，你们都知道的事，我还蒙在鼓里！"

不待龚求真想太多，急冲冲回到办公室的小王就通知他，项目组成员马上到会议室开会。

一看小王有板有眼，龚求真忙拿起本子，冲馨璐做个鬼脸，一溜烟跑了出去。

会议室坐着屈指可数的几个人：蔺有成、秦薇、管华、图青、兰可心。方天明赫然也在。

蔺有成坐在本应老板坐的中位上，看来这次会议由他来主持。

待龚求真坐下，翻开记事本后，蔺有成清了清嗓子，开始发言："项目的介绍，我想大家都看过了，我就不再说什么了。公司上这个项目，需要不同专业的人才。本着从内部择优选拔的原则，经过推荐，方天明和龚求真两位同事加入项目组。"说到这，蔺有成看了看管华，"管部长，您是项目组的总顾问，如何确保项目能顺利进行，您是不是先说说！"

管华轻轻点头，正欲开口，秦薇突然接过话："蔺部长，针对项目组成员的构成，我们能不能再讨论一下。既然这个项目对公司很重要，那么人员的选择是不是应该慎重考虑。"

听秦薇这么说，蔺有成略一沉思，点头道："可以，秦薇，你是怎么想的？"

“我认为目前需要增加的是一些有经验,具备较强专业能力的人才。”秦薇看了看龚求真,“像龚求真这样入职时间短,还处在实习期的员工,在经验和技术方面不甚成熟,让他承担诸如设备选型、厂家合作等工作,我认为目前并不合适。”

龚求真坐在一边,听秦薇说自己不合适,心里紧跟着嘀咕道:“她是怎么想的,说我不合适,哪里不合适,就因为工作时间短?”龚求真虽然表面对进项目组不感兴趣,可当他真的参加这个会,他的潜意识中非常希望能借机做出一番成绩。现在秦薇直白地否定自己,这让龚求真接受不了。

蔺有成并没有理会秦薇的顾虑。这时,兰可心发言了。他慢条斯理地说:“秦助理,龚求真进项目组,我认为是合适的。他好歹工科出身,搞技术的。再说了,图厂长忙于生产,不能拿出太多时间,但是他可以指导龚求真。”

兰可心说完,蔺有成马上接过话:“老板也是这个想法。当初我推荐龚求真的时候,就是按照老板的意思。公司一定要培养自己的后备人才,多给年轻人机会,也有助于公司的长久发展嘛。”说到这,他看着龚求真,“年轻人,一定要抓住成长的机会!”

尽管龚求真觉得蔺有成说的有点冠冕堂皇,但心中却是一阵高兴,一丝骄傲的轻笑随即挂在脸上。

“蔺部长,”秦薇道,“您说的是。可我还是希望大家能再考虑一下。在对外协厂家的调研、设备选型甚至是安装等方面的工作,我们需要的是有经验的专业人才。”

蔺有成沉思片刻,接着看似认可地点点头,大声说:“我想前期项目组成员先这样安排,同时我们也要作好从外部招聘的准备。秦薇,你现在就注意随时跟踪我们掌握的人才资源。一旦项目进展需要,我们要随时补充人员就位。”

既然蔺有成代表的是老板的意思,秦薇也就不好再坚持了。

接下来,管华对如何做好项目代表老板提出了框架式的建议和要求,人员职责分工也初步定下来。龚求真负责有关合作厂家的选择以及设备组装、调试等工作。这些工作,对龚求真来说,都是全新的,可以说既是机遇也是挑战。

会议结束后,龚求真轻松地扣上笔帽,合起本子,难掩兴奋之情;可内心却对如何开展工作以及未来的前景感到一片茫然。

可以说，这还是第一次，秦薇在公开场合表达了与蔺有成相左的意见。在秦薇看来，龚求真进项目组，而且还破天荒地独自承担分量较重的工作，确实勉为其难。站在公司的立场，她了解老板对这个项目的重视程度，她认为一定要选择一些有经验的专业人员。倒不是龚求真不行，而是参与项目的时机不对。也许项目进行到一定程度，各项工作都步入正轨，他再以助理的身份参与，更为合适。而现在，蔺有成自作主张让龚求真进项目组，他这种不同以往的行事风格，不得不令秦薇心生疑惑。

“秦助理，”龚求真走过来，打断了秦薇的思绪。

“是进项目组的事吧！”秦薇并未抬头，只是随口说。

“秦助理，”龚求真心虚地说，“进项目组的事太突然了，我都没准备，也不知能不能胜任。”

见秦薇不睬自己，龚求真急了，恳切地说：“秦助理，你能不能找蔺部长说说，别让我进项目组了，我实习才半年多，实际的工作经验也不多，我真怕耽误工作。”

听到这，秦薇“啪”地把记事本合起来，盯着龚求真，还是一言不发。

见秦薇用一种异样的眼神盯着自己，龚求真感到不自然。一项严谨的秦薇，居然还卖起关子了！

“龚求真，”秦薇正色道，“这次你进项目组，所做的工作和你的专业对口，应该说是个好机会。”

秦薇说的话与他在会上说的截然不同，龚求真心里不免怪怪的。他想不通，再看看秦薇古里古怪的样子，眼前的她和会上的她简直就是判若两人。

看着龚求真不是眨眼就是皱眉，秦薇就知道他在想什么。“你要独当一面，肩上的担子可不轻啊！”她随手拿出一张纸，在上面画着，“从现在开始，你要把自己看成一个管理者，就算是管理自己的管理者。”

龚求真边听边看秦薇在纸上画的图，有点像金字塔，还有几个小卡通人在向上爬。

“你看看，”秦薇指着图，“看出什么了？”

看了半天，龚求真也没弄明白秦薇想表达的意思。他时不时摸着后脑勺，连说几个答案都被否定，表情甚是尴尬。

“你以后会明白的，”秦薇着重指了指图中的几个卡通人，“他们不知疲倦地向上爬，但是最后，总有他们到达，但却没法停留的地方。”

龚求真看着秦薇指着的金字塔的顶处。“没错，到了塔顶，也就到头了。再往上走，就掉下来了！”龚求真比画着，煞有介事地说。

“引申到管理方面，”秦薇道，“有一个彼得定律，说的就是这个意思。在组织里，总会有个你胜任不了的职位在等着你，并且你一定会到达那个位置。”

秦薇知道龚求真理解得还不透，不待他发问，接着解释道：“换句话说，组织里的员工都追求晋升，但也要想到，晋升到不能胜任的位置，那就是瓶颈，”说着，她用手掐了掐脖子，夸张地露了一下舌尖，“这就是瓶颈。能突破，自然就会更进一步，否则就有可能跌入低谷。”

龚求真记性好，秦薇这些话，就像复印机复印资料，都印在他的脑子里了。但是，机械地“复印”，并不意味着理解。“秦助理，我记下了，可还是……”龚求真看着秦薇，一脸“苦瓜相”，话说到一半就戛然而止。

“现在和你讲这些，你的确不好理解。”秦薇叹道，“你现在进项目组，一下子跨了好几个‘台阶’，而你的基础，比如经验、实际的动手能力、组织与协调能力等还要有个夯实的过程。不过，话说回来，既然公司这样安排，你就大胆去做，我支持你！”

见秦薇冲自己点头，而且眼神中充满了信任和鼓励，龚求真也就不再琢磨秦薇说的那些话。此刻，他的自信被充分调动起来。有秦薇的帮助，龚求真坚信自己能承担这份工作。然而，龚求真并不知道，秦薇此时的点头，还有一丝无奈的成分，毕竟有些帮助是她心有余而力不足的。

和鹿灵见面，龚求真期待已久。

透过宽大的落地窗，龚求真看见鹿灵一个人坐在餐厅的一角，手抚水杯，侧着身恬静地看着窗外的夜景。

眼前别样的“风景”令龚求真忍不住停下步子，细细观赏起来。

那是他半年之久都未曾见面的鹿灵。

在龚求真眼里，鹿灵依旧如初次邂逅那般水灵清秀。所不同的是，两根自然垂下的长长的辫子被一头阶梯式的秀发取代，宛若瀑布般垂下，覆盖着肩膀，衬托出一种清纯之上的成熟女性的美。

鹿灵喝了一口水，放下杯子，不经意抬头，正巧与龚求真四目相对。她微微张口，随即用手掩住，一动不动看着他。

沉默片刻后，鹿灵站起来，一个劲地扬手，生怕龚求真看不见。

龚求真迈开步子，进了餐厅，快步奔向她。不长的距离，他来到近前，竟有点气喘吁吁。

看到龚求真如此，鹿灵柔柔地说："先坐下，我给你倒杯水喝。"

龚求真来不及喝水，关切地问："大半年的时间，工作怎么样、出差累不累、习惯长时间在外地吗，住的地方怎么样……"一连串的问话，他显得语无伦次。

鹿灵坐在对面，"扑哧"笑出声来。"你看你，到底要问什么！"鹿灵嗔道。

她这么一问，龚求真这才意识到刚才的"洋相"。他上下左右打量鹿灵，直到鹿灵不好意思地低下了头，才轻声说："我就是想问，"他凝望着她，深情地问了一句，"这段时间，你还好吗？"

鹿灵没说话，紧闭着双唇点了点头。接着，她朱唇轻启，用小得不能再小的声音问："你呢？"

"嗯，嗯"龚求真想了想，"怎么说呢，悲喜交加，也不是，应该是经历颇丰吧！"

"是吗！"鹿灵转而笑道，"快和我说说！"

正在此时，服务小姐走了过来："先生，现在可以点菜吗？"

龚求真看着菜单，突然想到了周天。怎么把他忘了，他不是也要过来。于是他一边看着菜单，一边漫不经心地问："鹿灵，周天没和你一起，他不过来了？"言外之意，龚求真希望周天临时有事，过不来。

看来龚求真只能是一厢情愿了。鹿灵还未答话，就听到一个憨重的声音在他耳边不远处响起："我这不过来了！"

龚求真闻言一惊，缓缓转头一看，正是周天。真是说曹操，曹操就到！周天的出现可真是及时。

心里虽然有些扫兴，但龚求真面上却是惊喜。"周天，我们正说你呢。"他站起来，用力握了握周天的手，"不管什么原因，你既然迟到了，一会就得多罚一杯。"

周天拍了拍龚求真肩膀，哈哈大笑道："半年多不见了，你也学会了动不动就罚人喝酒！"

龚求真呵呵一笑,佯装怒道:“哪来那么多话,快坐!”

不一会,菜就上齐了。龚求真三人边吃边聊,时间就像流水,潺潺而过,带走了他们同车而行的点滴回忆以及对初入社会的感慨。

周天依旧少语。大部分时间里,龚求真与鹿灵谈着工作的事。龚求真可算找到了倾诉的对象,把自己的一番际遇一股脑倒给鹿灵,而鹿灵也是静心倾听,偶尔还提提建议。周天坐在一旁,似乎乐于清静,很少插话。只是在说到鹿灵的时候,周天就来了兴趣,本该鹿灵的事,他甚至喧宾夺主,俨然成了鹿灵的“主人”。

好在鹿灵不甘心如此,每每周天开口说话,鹿灵就拿话压周天。一旦鹿灵口气硬的时候,周天便很知趣,除了傻笑,便是闷着头开吃。

时光短暂。龚求真虽然不尽兴,但一来时间不早了,二来有周天在,他总感觉不自在。龚求真抬腕看了看表,故作惊呼道:“哎呦,时间过得真快,9点了。”

周天好像很想提前结束,听龚求真这么说,嘴皮子瞬间利落起来:“啊,都9点了,鹿灵可得早点回去,她明天还要出差。”

“我刚回来,”鹿灵不满道,“谁说又要出差了!”

龚求真知道周天心里所想,也就不去理会周天。他不情愿地对鹿灵说:“鹿灵,你还是早点回去休息。”龚求真话未说完,就见周天起身,嘴里嚷着:“就这样,大家都早点回吧!”

见周天忙着穿外套,龚求真心下微微苦笑。他示意鹿灵等等,结账后大家一起走。

龚求真向前台走去,心里气不打一处来:周天看着挺憨的,眼里却不揉沙子。只要他在,我和鹿灵说话都感到别扭。

龚求真正走着,偶然听到前面拐角处好像有人在呕吐,听声音,很轻,应该是个女人。不知为什么,龚求真竟转了过去,看见卫生间的公共洗手处,一个披肩长发,一身紫色装扮的女人正对着手盆不停地发出干呕的声音。

从背影看,龚求真就断定,她应该是个年纪轻轻的女孩。女孩一手揽着头发,另一只手好像按在水龙头上。及膝的外套紧贴着身,使得女孩的身形愈发的婀娜多姿。她即便弯着腰,紫色的高跟长靴依然衬托出女孩高挑的身材。

龚求真慢步走了过去,从兜里拿出一包餐巾纸,递了过去。

看到有人在一旁，女孩费劲地止住干呕，扭过头，尴尬地笑了笑。

龚求真并没有因为女孩的拒绝而把手收回来。“我看你身体不舒服，是不是喝多了？”他微微动了动手，示意女孩拿着餐巾纸，“吐完之后，尽量多喝点水，这样会把你喝的酒冲淡一些。”

女孩的脸微微一红。她象征性地抽出一张餐巾纸，说了声谢谢，转身要走。

龚求真怕这个女孩摔倒，本想上前扶她，但又觉得不好意思，于是就试探性地问：“用不用我叫你的同伴？”

女孩摆摆手，示意自己能行。

没想到女孩刚走几步，突然又用手掩着嘴，转过身来，对着手盆，连着呕起来。

看到女孩这样，龚求真也不顾太多，轻拍她的背部，尽量减轻她的不适。

别看女孩这么难受，但并没有吐，只不过是干呕。

不一会，女孩直起身来，长长出了口气，似乎舒服一些。“你还是别喝了，”龚求真劝道，“想吐又吐不出来，多难受。”

女孩看着龚求真，微微一笑，略带尴尬地说：“谢谢你，我没事了！”

此刻，看到女孩好些，龚求真才忍不住打量眼前这个女孩：光洁如雪的脸颊泛起点点红晕，宛如桃花盛开；一轮饱满的黛眉，高鼻梁，尖下巴，棱角分明；一双明眸出奇的闪亮，眨眼瞬间，似乎在说话；乌黑的秀发，如细细雨丝，倾泻下来，至肩膀处散开，分搭在胸前背后。在龚求真眼里，眼前的这个女孩，虽无馨璐那般妩媚，但却透着惊艳的美；虽无鹿灵那般清纯水灵，却也洁白无瑕，宛如一汪清泉，清洌透彻。

“龚求真，”鹿灵的声音传来，龚求真紧跟着“哎”了一声，用手摸了摸头发，以便掩饰他木呆呆地看着女孩的尴尬。

鹿灵走过来，对女孩笑了笑。女孩略微点了点头，以示回应。她手握拳状，轻轻捶着前胸，低头走了。

“你们认识？”鹿灵边洗手边问。

“不，”龚求真有点紧张，“我路过，看她不舒服，就问问而已。”

望着女孩的背影，鹿灵喃喃地赞道：“真美！”

“鹿灵，鹿灵”周天在门口大声喊，“该走了！”

蔺有成办公室。图青和兰可心不约而同地低头不语，各想各的心事。

“你们怎么都不说话，”蔺有成心中不悦，话语中带着指责，“我这样安排可都是为了确保项目的顺利进行。”

“前一阵子老板跟我提到这个项目，我仔仔细细地分析过，”图青谨慎道，“可以这么说，项目前景没问题，但我想前期运作一定要慎重，而且也要结合进度再增加人手。”

蔺有成知道，图青指的人多无非是想说管华和秦薇现在没有必要都进项目组。

“我和图厂长的意思一致，”兰可心附和道，“项目前期主要就是两方面工作：市场和生产。一旦这两方面工作步入正轨，我们就有必要从社会上招聘一些专业人才。”

图青和兰可心先后谈了各自的想法，现在轮到蔺有成不语了。此时此刻，他看得明白，对面这两个人，也是有着自己的小算盘。说白了，他们无非是想争取这个项目的管理权。不管是结合进度还是从外部招聘，用意都是异曲同工，还不是想着由始至终都能“一家独大”牢牢地掌控项目的管理权。想到这，蔺有成又想起了老板的话：有成，项目是公司未来最重要的盈利平台，也给大家提供了一个难得的机会。一旦项目运作成熟，马上就成立公司，从集团剥离出去，独立运作。负责项目的人，就去当老总，你看怎么样？

独立负责一个公司，而且还不是集团下属的分公司，蔺有成何尝不想，至少比在这挂个虚职要实惠。他主动要求参与这个项目，获得项目控制权是其一，其二则是想借这个机会，把秦薇拉进来，收敛一下她咄咄逼人的言行。要达到这个目的，蔺有成还要借把“枪”一用。而目前唯一能牵扯到秦薇的无非就是龚求真。蔺有成要么旁敲侧击，要么暗暗观察，断定秦薇的确很看好龚求真。尽管蔺有成不知道秦薇为什么会另眼看待龚求真，但他知道，现阶段只有通过龚求真，才好名正言顺地做一些针对秦薇而自己又不方便出头的事。所以，在蔺有成的极力撺掇下，老板最终同意秦薇和龚求真加入项目组。至于管华，蔺有成很有自知之明。老板很尊重管华，而管华也很低调，非管理上的事，他一概不打听。像管华这样一个与世无争的人，并且身份和地位都很特殊的人，蔺有成一定要有所顾忌，轻易不会自讨没趣。

“蔺部长，你的意见？”图青催促道。

“要说我的意见，”蔺有成不动声色，不假思索地说，“我没意见，你们的

就很好。”他闪烁其词，令图青和兰可心不解其意，面面相觑。

就听蔺有成接着道：“不过我想大家不要顾虑太多，就按老板的要求来。生产方面，前期就是设备选型和合作厂家的选择，图厂长你就放手让龚求真去做，不会有大问题；市场方面，我想兰总就要多费心了，必要时也可以让方天明承担一部分。”

他们正说着，门外传来敲门声。“进来！”蔺有成喊了一嗓子。

龚求真手拿资料夹，步履轻快地走了进来。

“蔺部长，”龚求真谦恭地说，“秦助理让我先做个有关项目开展的预案，拿给你看看。”说完，他顺带着和图青、兰可心打了招呼。

“是吗？”蔺有成接过资料，面带惊讶。没翻几页，他就交口称赞，“怎么样，图厂长、兰总，你们看，小龚的工作可是超前了。这样有劲头的员工进项目组，没错吧！”

图青直了直身子，瞥了一眼桌上的资料：“蔺部长看人应该没错。”他转向龚求真，鼓励道：“小龚，你的工作很重要，但也不要缩手缩脚，要相信自己的能力。”

兰可心在一旁摆弄着签字笔，无动于衷，似乎根本就没看到龚求真进来。蔺有成注意到兰可心看似不理不睬，估摸内心不会像他的表情那样平静如水，于是指桑骂槐地叹道：“生产方面的工作原来已经开始了！”

兰可心知道蔺有成是说给他听的，就势接过话：“有这么优秀的助手，图厂长可是省心省力！”说完，他象征性地欠了欠身，拿起资料，点头称道，“龚求真，你的工作意识和能力都不错，对求贤若渴的项目组来说正是急需的人才！”

眼见三个领导都在表扬自己，龚求真毕恭毕敬地站在一边，心里美滋滋的。

“好了，”蔺有成语气平和地说，“把资料放这，有时间我看看，龚求真，你忙去吧。”

龚求真一出来，正好碰见馨璐。一看馨璐笑模笑样的，龚求真忍不住想问她什么事美得合不拢嘴。

还未开口，就见馨璐右手食指垂直贴着嘴唇，大声“嘘”了一下。“我终于能轻松一段时间了，”她难掩高兴，“行政部那边我算是兼职，现在我也是项目组的一员了。”

龚求真心里无比高兴。他心想:馨璐进项目组,以后不就有更多的时间在一起了,找她也不用遮遮掩掩了。想到这,龚求真兴奋地说:“太好了!”他随即一停,似乎想到了什么,试探着问,“馨璐,真没想到,我们可以在一起工作了!”

龚求真还想继续他的意思,就见馨璐猛地摇头。“我可不去你那,”她羞涩中带着喜悦道:“我去市场部,给兰总当秘书。”

一听馨璐要给兰可心当秘书,龚求真心里突然间一阵发凉。他不明白,馨璐怎么要给兰可心当秘书呢?

龚求真光顾着左猜右猜,兰可心从蔺有成的办公室出来。馨璐一见兰可心出来,马上丢下龚求真,轻声喊道:“兰总!”她冲龚求真吐了吐舌头,跑向兰可心。

龚求真扭头一看,馨璐正拿着一份资料给兰可心指点着,那热情劲不见得比对自己差。

馨璐兴高采烈地讲着什么,可兰可心看似有点心不在焉,偶尔抬头,瞥一眼龚求真,似笑非笑,神情令人费解。

龚求真本想赶快离开,可不知为什么,两条腿不听使唤,只能傻傻地看着他们,心里似乎打碎了醋瓶子,酸溜溜的。

没多久,兰可心看完了馨璐给他的那份资料。他正欲转身要走,却又停住,再次看着龚求真,并夸张地抚着馨璐的胳膊,向他的办公室走去。

看着馨璐顺从的样子,龚求真再次瞪大了眼睛,他不敢相信自己的眼睛。

“别看了,”有人拍了一下龚求真,“再看也轮不到你。”

龚求真知道是方天明,没心情理会他,依旧耷拉着脸望着他们离去的方向。

“你是看不出来,还是不愿意相信?”方天明用同情的语气问,“她在追兰总。”

“什么?她喜欢兰总,”龚求真内心一凛,紧跟着就觉得一阵悸动涌上心头,“你怎么知道?”

“我怎么知道,”方天明一声怪笑,“其实从兰总做了市场总监后,馨璐就开始追兰总了,只不过兰总当时好像有他喜欢的人,就拒绝了馨璐。”方天明环顾左右,一见没人,又接着说:“前段时间,兰总情绪低落,一看就是失恋

了。也就是从那以后，他才慢慢接受了馨璐。也不知那个拒绝兰总的是谁，他们都说就是公司的人。”

龚求真大为吃惊，心想：原来还有这么回事，怪不得馨璐虽然知道自己的意思，但就是不表态，原来她是喜欢兰可心了。

龚求真内心隐隐作痛，但只一小会就被不服气取代。他自认为自己不比兰可心差。如果一定要找出差距，无非是兰可心比他多工作了几年，而且现在又是总监。馨璐追兰可心，她喜欢他什么呢？人长得帅气，还是挂个总监的招牌？

龚求真一通乱想。猛然间，他被方天明一推，差点一个踉跄跌倒。

五 言多必失

不经意的抱怨成为祸端，不满意的情绪被人洞察，龚求真注定要为自己想当然的行为付出代价。看似超越同事关系的“死党”，关键时刻却成为置龚求真于“死地”的“帮凶”。

龚求真参加工作后的第一个春节是在孤独寂寞中度过的。因为假期时间短,况且又处在实习期,没有探亲假,龚求真无法回家。而鹿灵又和周天一起回了老家,他也就只有一个人独自享受春节假期短暂的时光。龚求真倒是寻思着和馨璐待上一阵子,不过她没给他任何想入非非的机会,这让他不禁怅然若失。

好在时间不长,春节过后,龚求真又开始精力充沛地投入到项目之中。

阳春三月。临海这座典型的海滨城市,注定有着自己鲜明的特色。天气虽然乍暖还寒,可在泛黄干枯的草地上,已经依稀可见迫不及待冒出的点点嫩绿,散发出春的气息。然而拜独特的海洋气候所赐,即便春天的脚步悄然而至,但临海依旧被湿冷的空气包裹着。特别是从海面吹来的清冽的海风,一下子就撕破人们急不可耐换上的春装,如剑雨刺透皮肤,让人不由得一阵哆嗦。纵然阳光充足,暖流倾泻而下,却难以撼动整个冬天积攒下来的寒气。

大家的工作都在按部就班地进行。龚求真在充分调研的基础上,联系了当地几家具有一定实力,又有拓展业务需求的厂家;兰可心的市场调研以及产品上市策划也初露端倪。如果硬要找出目前项目运作还有哪方面不尽如人意的地方,那就是蔺有成负责跟踪的产品研发。与预期相左的是,产品研发远远落在了其他工作的后面,甚至可以说拖了整个项目的"后腿"。由于是一种合作关系,确切地说,是委托研发关系,当地的科研所并没有如期提供令人满意的产品。尤其是在口味方面,远不及市面上的同类产品,也就无法进行量产。

不知是有意而为之还是其他原因,蔺有成封锁了这方面的消息。也许除了老板之外,就只有他一个人清楚其中的玄机。更让人捉摸不透的是,老板似乎对此事很看得开,并没有责怪蔺有成,只是告诫他尽量为之。在给老板汇报的过程中,蔺有成充分发挥了察言观色的功力。他初步揣摩到,现在老板的注意力已经不在这个项目上了。或者说,由于某些至关重要的问题短时间内难以解决,老板也是无能为力。他之所以并未让项目组解散,除了没有合适的交代之外，想必就是“练兵”，为日后项目的重新运作积累经验。考虑到老板一贯的行事风格，蔺有成知道，他现在不仅要一如既往地紧盯科研所的研发，也要安抚好大家的心态，至少要拿出一整套项目运作的范例，让老板看到他的成绩。

蔺有成表面看似清闲，其实压力不小。除了产品研发滞后，来自秦薇的压力更让他吃不消。这不，秦薇春节后没上几天班，又被老板派出去参加人力资源高峰论坛了。一想到秦薇势必在会上侃侃而谈，蔺有成的鼻子就有点痒痒。蔺有成自认为很了解老板的为人，他接二连三地给秦薇机会，自然有他的想法。虽然老板现在很少冲自己敲桌子“破口大骂”，却让蔺有成更加不安。他知道，老板把你当成自己人，“打骂”就是家常便饭。老板越是粗暴无礼，越说明老板放心你，否则的话，那就得小心了。

蔺有成闭目休息，但头脑中始终都是揣摩出的凌乱想法，害得他不时地拍着头或是揉着太阳穴，偶尔还掺杂着止于喉间的微微叹气声。

“咚、咚，”门外响起敲门声。未等蔺有成喊进来，就听见有人迫不及待地喊：“蔺部长！”

蔺有成不由得皱了皱眉，他听出那是龚求真的声音，心里忍不住骂道：这小子，翅膀是不是硬了，大嗓门叫着，成何体统！

没错，龚求真自己都感觉，自从进了项目组，前期工作开展得如此顺利，这让他无形中有点得意忘形，就连和蔺有成他们说话的口气也不似以前那样唯唯诺诺，而是大大方方，说起话来掷地有声。

“蔺部长，”龚求真快步走进来，将一份报告放在蔺有成的面前，“这是我经多方考察后，敲定的合作厂家的详细资料。”

蔺有成看了他一眼，拿起报告翻阅。就听龚求真继续说：“蔺部长，”他边说边坐了下来，“这个厂家我去过几次，而且还和他们董事长作了详谈，可以说各方面条件都具备，就待和我们签正式合作合同了。”他稍微一停，转而用试探性的语气建议道：“蔺部长，您看是否有必要开一次项目会，合同的事好在会上正式确定下来。”

见蔺有成漫不经心的样子，龚求真提高了声音说：“蔺部长，我听说兰总的市场调研和产品推广方案好像都成型了，现在可以说就等着生产了。只要合同早日定下来，厂房和部分设备就可以马上清理、调试，这样我们就能试生产了。”

蔺有成看完报告，往桌上一放，慢条斯理地说："合同的事不用急，还是慎重为好。"他用手指了指报告，"图厂长什么意见？"

龚求真闻言一愣。签合同的事还没找图厂长汇报呢！龚求真对自己行事不周而懊悔，略微紧张地说："蔺部长，我，我忘给图厂长看了。不过我记得当初图厂长说过，他现在忙不过来，项目的事就让我多找您，说我们能定的就定下来。再说了，我前期的调研很全面，而且整个过程图厂长都知道。我认为这个厂家的条件不错，所以我想图厂长会认可的。"龚求真说到这，暗暗打量蔺有成的反应。可怎么看都看不出他的面部表情有一丝一毫的变化，干脆接着说："蔺部长，您看，要不我现在去找图厂长，看看他有什么意见？"

蔺有成轻轻一撇嘴，似乎对龚求真说的这番话而不屑，亦或许不满图青推卸责任。他沉着脸说："小龚，与合作厂家签合同的事不是个小事，你一定要请示图厂长，让他拿意见，你再照他的意思去办。"看着龚求真点头，他又道："另外，你再设计个书面表格，能说明业务内容和相关责任，也可以叫业务传阅单。把你的想法、建议或是要求写上，让图厂长签字认可。"

一听要设计什么传阅单，龚求真的眉头不由得锁在一起，心中暗想：他怎么就知道做表做单的，我是不是还得再配个操作指南？业务传阅单？自己还头一次听说，如何设计才能让图厂长签字呢？龚求真面带难色地看着蔺有成。蔺有成似乎看穿了他的心思，不耐烦地说："没什么难的。实在想不出，让秦薇帮你设计。"话刚说到这，他似乎意识到不妥，"不行，秦薇出差在外，我怎么忘了。你自己看着办！"

从蔺有成办公室出来，龚求真开始琢磨如何设计业务传阅单。想想工作大半年了，所谓的这单那表的多少设计过一些。尽管初衷是好的，但有的人就是不按单操作，以至于很多单设计出来没多久就被束之高阁了。蔺有成提到的这个单，又能有多少助益于工作？而自己想拿着这个单让图青签字，简直就是天方夜谭！龚求真一直在人力资源部实习，但无论是曾经工作上的接触还是道听途说，图青有一点让他印象很深刻，那就是他很少签字。龚求真清晰地记得，以前有过几次带着文件找图青，他都会以各种理由交办下去。求得他老人家的签字，可不容易！可既然蔺有成提出要求，龚求真只能硬着头皮照办。"用不用给秦薇打电话？"龚求真暗问自己，"电话里说这些事估计也不方便，再说了，又不是什么大事。"想到这，龚求真提了提肩膀，轻松了许多。

龚求真原本觉得很简单的事,可到了图青那里,却不是这么回事了。忙活了大半天,龚求真终于拿出自认为满意的业务传阅单。他把合作厂家的情况以及建议写得清清楚楚,还附有车间的区位图以及原始设备的图纸。龚求真看着厚厚的一叠资料,信心满满地去了图青的办公室。可令他想不到的是,图青非但没有签字,甚至还有些不满,言语中充满了责怪的味道。图青说这说那,还习惯性地用手捋着头上仅有的几根头发,拼命向头顶盘着。龚求真的准备显然不够充分。图青一番诘问之后,龚求真多少明白了。说了这么多,他的意思无非是只提供指导,具体工作还得龚求真自己做。至于签什么合同,要么在项目会上一起定,要么龚求真自行签字就行了等等。归根结底,图青就一个意思,他不签字,而且以后类似问题,一定要在会上一起讨论,不要随便弄个业务传阅单让他签字。

从图青办公室出来,龚求真长长地舒了口气。不经意地,龚求真瞧见方天明从蔺有成办公室出来。龚求真正欲招呼方天明,就见他带上门后,并不是转身离开,而是原地站了一会,就把耳朵贴在门上。一看他那样子,龚求真心知他是在偷听。

龚求真没有"打扰"方天明,只是在他身后的不远处静静地看着他怪异的行为。不一会,像是瞬间被击打一样,原本耳朵贴在门上的他倏地"弹射"开来。似乎过于突然,方天明心有余悸,禁不住摸了一下耳朵,低头离去。

"方天明,"龚求真一声吆喝,方天明的身子明显抖动了一下。"你,你声音小点行不行?"方天明回头,边指着龚求真边向他走过来。"你现在进展得怎么样了?"走到龚求真近前,方天明关心地问。

龚求真这段时间总是外出,不是与厂家就合作条件谈来谈去,就是考察设备,和方天明可是有些日子没见了。因为刚才的那一幕,龚求真并未答话,而是侧头看了看蔺有成办公室,低声问:"你找蔺部长,项目的事?"

方天明的面部表情中隐约带着尴尬。他并未答话,只是搭着龚求真的肩膀,努了努嘴,示意去走廊那边再说。

"没事,"在走廊的拐角处,方天明随意地说:"就是给兰总跑跑腿。"他又羡慕地说:"我怎么能和你比。我看公司除了老板,哪个领导你不是说找就找的。"

龚求真一听,心想也是这么回事。但当着方天明的面,他不好得意忘形，就尽量低调道："我还不是为了工作，为了公司！"言罢，他长长叹了口气，"你说得轻松，说找就找的，领导那也是说批就批呀！"

说到挨批，龚求真马上想到了图青。虽然图青并没有吆三喝四批评龚求真，但他觉得图青根本就是话里带话指责他，而且还对他辛苦做的业务传阅单十分的不屑。想到这，龚求真不禁郁闷，再加上内心突然间冒出的一股气，他就想着向方天明絮叨絮叨，解解心烦。

"老方，"龚求真情绪低落，"我听说你们的工作进展得有声有色，而我呢，刚才还被图厂长奚落了一顿。"

"是吗？"方天明语气中都带着惊讶和好奇。

"怎么说呢，"龚求真叹道，"我按照蔺部长的意思设计了业务传阅单，可图厂长不仅没签字，还说了一大堆不沾边的话，你说这让我怎么继续干下去！"

方天明脱口"哦"了一声，不解地问："你说什么不沾边的话，到底是怎么回事？"

顺着方天明的问话，龚求真一五一十地把刚才的事抖落出来。一口气说完，他觉得原本压在肩头的重物不复存在，一时间感到神清气爽。

方天明看似专注地听着，可隐藏在睁不开的眼皮子里的眼珠子却滴溜溜地转个不停。

"喂，"见方天明无动于衷，龚求真胳膊肘杵了他一下，"你怎么看？"

"啊？"方天明突然间被龚求真来这么一下子，身子微微一动，嘀咕道，"我怎么看，看……"

一看方天明明显心不在焉，龚求真白了他一眼，大声说："老方，你听没听我刚才说的。"

方天明双手插兜，向前挪了几步。不一会，他转过身来，一本正经地说："老龚，这就是你的不对了，"他缓步走向龚求真，"我们是谁？不就是个跟班的小员工，哪来的资格要求领导签字。反正我是这么想的，不管什么情况，你冒失地让领导签字，不合适。"他又轻轻一笑，附在龚求真的耳边问："对了，你怎么没问问你的助理姐姐？"

"别胡说！"龚求真瞪了他一眼，转而又无奈道，"你说找秦薇，我也想过，可她出差在外，我不好麻烦她，况且，我想还不至于让她帮着做吧！"

方天明听完，很认同地点点头："也是，秦助理越来越忙，哪有时间过问这等小事。”

“忙是忙，”龚求真自信道，“不过无论多忙，我觉得她都能给我建议。”话说到这，他猛地拍了拍脑袋，懊悔道：“我怎么就没打电话问问，也许她能帮我设计得让图厂长挑不出毛病。”

“行了，”方天明安慰道，“别想这么多了！我要早点下班，还有活动等着我呢，不和你多聊了！走了！”

看着方天明迈着四方步，渐渐远去，龚求真禁不住羡慕地喊道：“老方，你太轻松了，走路都不会走了啊！”

听见龚求真在背后开他玩笑，方天明心里一丝不屑：轻松，哼，你也就看表面现象而已。自进项目组以来，或者往远了说，从进蓝海的那一刻起，我就没觉得轻松过。要是有你那样独当一面的机会，我还用得着费尽心思做那些事！方天明步子不乱，可大脑中的所思所想却带着情绪，其中既有对龚求真的嫉妒，也有对自己生不逢时的抱怨。

回到办公室，方天明连连吐气，试图使自己平静下来。他要前前后后把龚求真说的话再好好捋一遍，以备不时之需。过了一会，他拿起笔，翻了翻桌面一角的一摞资料，似乎想找张纸记下来。翻了半天，见没有空白的，方天明随手拉开抽屉，无意中瞥见了自己的工作证。他拿起工作证，不停地用手搓着，搓着……他想着那些只能在心里想，而不能说出口的事。从加盟蓝海的那一天起，他就把工作重心放在了对中层领导的揣摩上了。自己被安排进了市场部，跟着兰可心，方天明也是一肚子不服气。方天明自忖各方面都不比兰可心差，所不同的无非就是比兰可心晚几年进蓝海。想想在毕业后的第一个企业，自己经过两年打拼，不是也谋得个市场部主管的职位。现在到了蓝海，所谓就熟不就生，方天明的第一个目标显然就是兰可心的总监职位。他经过一段时间观察，不得不承认，以自己现在的资历和能力，根本难以撼动兰可心。既然这样，方天明就得为自己选一个“靠山”，而蔺有成自然而然就进入他的视线。工于心计的人，没有办不成的事。直觉告诉他，蔺有成对秦薇似乎不满。在方天明看来，不管怎么样，蔺有成都是公司的元老，他的胜算大，更何况自己当初得以进入蓝海，是蔺有成最后面试通过的。于是，方天明定下目标，想办法让蔺有成把他当成自己人，以后就有机会在蓝海出人头地了。

接近蔺有成，一定就得让蔺有成知道他方天明的价值。在工于心计方面，方天明和龚求真相比，自然更胜一筹。而说到“能力”，方天明自认为最有效的，那就是背地里打“小报告”。方天明知道，能和秦薇沾边的事，一定会引起蔺有成的兴趣。可他和秦薇不是一个部门的，接触不多，要想收集秦薇更有价值的事不是那么容易的。好在他接触龚求真之后，敏感地意识到龚求真和秦薇的关系似乎不仅仅局限于同事关系。以前假借活动的名义强迫龚求真参加活动的时候，龚求真就是秦薇长秦薇短地挂在嘴边。而且据人力资源部的某些同事说，秦薇对龚求真的工作指导绝对是毫无保留。无论是对龚求真做问卷还是直言不讳地指出龚求真参加项目组不合适，方天明都从这些看似不起眼的行为中得到判断：也许只有通过龚求真，他才能得到蔺有成想得到的信息。好在有些事顺了他意，一次有意为之的问卷调查，顺利地使他和龚求真重归于好。眼下，龚求真的抱怨，对方天明来说就是向蔺有成汇报的最好的内容。

方天明迫不及待地再一次溜进蔺有成的办公室。

“你怎么又过来了，”蔺有成见是方天明，低声责怪道，“什么事？”

“蔺部长，”方天明笑嘻嘻道，“是不是您让龚求真做业务传阅单，找图青签字？”

“什么？”蔺有成一怔，“你怎么知道。”

“我怎么知道，”方天明神秘兮兮，“自然是龚求真说的。”他凑到蔺有成身前，半弯着腰，声情并茂地把龚求真发的牢骚复述一遍。

蔺有成微闭双眼，看样子像是在休息。可不一会工夫，方天明就注意到蔺有成的嘴角微微抖动了一下，紧锁的眉宇似有烦心事。

“好了，”蔺有成双眉上挑，一下子站了起来，“我知道了，你先出去！”

方天明本想试探蔺有成此时的想法，但看到他面带愠色，也就不敢发问，转身低着头悻悻离开。

“他想干什么，”蔺有成心生怒气，“别的本事没有，倒学会推卸责任了。还有秦薇，没想到你还有遥控指挥的本事！”

、

馨璐本以为进项目组后，就能和兰可心走得更近，可谁知打错了“算盘”。虽然公司成立了项目组，但大家依然在原先的办公室工作。馨璐不仅项目组的工作要做，行政部的工作还要继续兼着。好在是项目组的一员，并且是兰可心的秘书，馨璐总算如愿以偿随意出入兰可心的办公室。

馨璐有事没事都喜欢到兰可心的办公室。这一点,在别人眼里,无非就是多了工作之外的谈资,可对龚求真来说,那就是不可忍受。

本来被图青“点评”一番后,龚求真心里就窝着一股火。尽管他向方天明倾诉过,但并不足以抵消心中的怒气。此时此刻,找找馨璐,或许能从她那里得到一丝慰藉。可馨璐三番五次跑去兰可心办公室,这不能不令他气愤之余又平添无比的郁闷。

恼归恼,大半天过去了,龚求真依旧坐立不安。他觉得不找馨璐说说话,实在是难以抚平乱糟糟的心。眼看快下班了,龚求真找个借口,悄然来到馨璐的办公室。

还好,办公室只有馨璐一个人。龚求真一屁股坐在馨璐办公桌前的椅子上,双眼直勾勾地盯着馨璐。

馨璐并未抬头,只是一顿一顿地说:“大驾光临,有事吧!”

听馨璐这么说,龚求真倍感亲切。他双手伏在桌上,歪着头看着馨璐,酸溜溜地说:“我看你这几天挺忙,两头跑,不累吗!”

馨璐放下手中的活,双手也伏在桌上,故意气他:“我不累!”

龚求真见她双眉上挑,乌灵闪亮,朱唇紧闭,似乎强忍着笑意。他越看越觉得她可爱,不禁心软下来:“不是,”他结结巴巴道,“我、我,我就是想问问,兰总那边项目的进展情况。”

馨璐白了他一眼,又开始忙手中的活:“项目的事,你直接问兰总,我又不能随便说。”

龚求真自讨没趣,也就不再提兰可心。过了一会,龚求真看馨璐忙得差不多了,就想和她聊聊自己这段时间对项目的看法。

馨璐又拿来一摞资料。她双手叉着腰,似乎有些累,喘着粗气问:“我再把这些资料整理整理,你要是不忙的话,就在这陪我,好吗?”

龚求真心里乐开了花,但嘴上却佯装为难地说:“忙倒是忙,好在也快下班了,那就陪陪你吧!”

二人一起整理资料,手不闲着,嘴也没消停。

当着馨璐的面,龚求真恨不得把自己心里想的都掏出来。眨眼间,蔺有成也好、图青也好,甚至兰可心,都成了他评价的对象。馨璐在一旁整理资料,要么插诨打科,要么就是“嗯、啊”地附和着。

不知不觉,下班的时间到了。龚求真似乎觉得不过瘾,可馨璐却急着收拾。“以往下班，馨璐都是不急不慢的，怎么今天给人感觉火急火燎的。难道有约会？”他暗自揣测。

没错。馨璐之所以着急，一定是有重要的事，而这段时间能让馨璐上心的事，显然和兰可心有关。

兰可心可不像馨璐那样期盼每一次约会。当馨璐打发走龚求真，正在更衣室忙着换装打扮的时候，兰可心正坐在电脑前，盯着屏幕上显示的“正在关机”。拔出电源插头，他又开始整理办公桌。不一会，桌上的资料都已整理好。兰可心俯身打开最底层的抽屉，准备将这些资料放进去。或许用力过猛，抽屉一下子跌落在地面，一个蓝皮记事本蹦了出来。兰可心一动不动地看着，他知道，那里有一张对他来说至今都宝贵的东西：一张两人合影的照片。

看着记事本，兰可心的内心一阵怅然若失，似乎记事本触动了深藏在他心底的伤感，兰可心并没有随手放好抽屉，而是阴沉着脸，缓缓走到里间的休息室。

休息室是兰可心特别要求老板提供的。里面一张会议桌，还配置一个饮水机。兰可心有个习惯，在心有所思的时候，喜欢一个人坐在休息室，泡一杯咖啡，静静沉思。

面前一杯热气腾腾的咖啡。兰可心的思绪伴随着不断腾起消散的热气，飘向那个曾经属于他们的快乐时光。

照片上的那个她，不是别人，正是秦薇。

在认识秦薇之前，兰可心并不是孤家寡人。可是，当兰可心第一眼看到秦薇，就被她的美艳和气质所吸引。在他的潜意识中，秦薇这样的女孩，既可以成为温柔贤淑的妻子，更可以成为他前进路上的“基石”。兰可心有种预感，秦薇一定会在潜移默化中感染老板，是蓝海不可多得的“潜力股”，得到她，自己就多了一份成功的保障。所以，第一次见面后，兰可心就发起凌厉的“爱情攻势”，一定要夺下秦薇这块“高地”。秦薇起初看似和兰可心保持距离，但她并不反感他。女人特有的矜持体现在秦薇身上，她知道兰可心在追她，但并没有“放弃抵抗”，只是在若即若离之间，观察并考验兰可心。

兰可心自恃追女孩的本领，认为得到秦薇那是指日可待的，可随后的交往却令他意想不到。秦薇对他的态度日渐冷淡，由此分道扬镳。兰可心的为人，一定是不达目的不罢休。他逐渐了解到秦薇曾经的经历，明白她为什么对自己如此绝情。原来随着他们交往的深入,秦薇敏感地意识到,兰可心的爱似乎总被什么包着,从未尽情地释放。在秦薇眼里,包着兰可心的是一种强烈的追逐名利的欲望。秦薇给了兰可心很多机会,但关键时刻,兰可心依然我行我素的表现令秦薇心有余悸,甚至唤起她心底深处曾经的恐惧。秦薇来自单亲家庭,她了解妈妈这辈子的苦楚。正是源于爸爸的沽名钓誉,不负责任地抛下他们母女,让秦薇从小就失去了父爱。正所谓"一朝被蛇咬,十年怕井绳"。双方最后不欢而散,可以说是兰可心"自掘坟墓"。二人分手后,秦薇很快就了断了她和兰可心曾经有的那段感情;而兰可心的心里依然装着秦薇,只不过渐渐地由至爱转为怨恨,表现在他时不时地给秦薇的工作"下绊子"。兰可心虽然并不想这么做,但他至今都不明白自己为什么还要这样。"难道真的就此放弃?"兰可心只要一想到秦薇,就会不停地追问自己。

"啪,"兰可心从思绪中猛然惊醒。他从休息室出来,正看到馨璐弯腰拾起那个蓝皮记事本。

兰可心快步走过去,蛮横地从馨璐手中夺下记事本,用力地摔在抽屉里,随即放好抽屉,上了锁。

馨璐从未见兰可心发这么大脾气,一时无所适从。

呆立片刻,馨璐见兰可心似乎消了气,才怯怯地道歉:"对不起。"她拉着他的手,幽幽道,"我也是无意的!"

"你怎么能随便翻东西,"兰可心怒道,"还有,不敲门就进来!"

馨璐知道自己的行为不妥,一动不动站在那里,满脸挂着委屈。

兰可心一看馨璐眼角噙着晶莹欲滴的泪珠,似乎不忍心再如此待她,语气转而舒缓道:"好了,"他宽慰她,"我刚才脾气大,是我不对,别生气了!"

馨璐一时接受不了他的态度转变之快,一声不响地撅着嘴,不睬他。

兰可心双手抚着馨璐的肩膀,充满歉意地说:"就算是惩罚我,今晚我带你去个浪漫的地方。"

馨璐一听,双眉舒展,脸上瞬间呈现笑意,嗔道:"那我要好好罚你。"她转而瞥了一眼那个已经上了锁的抽屉,喃喃道:"原来你以前和秦薇……"

"又来了,"兰可心解释道,"那都是以前的事,我们早就分手了,更何况我们谈得也不像你想的那么深入,浅浅的!"他比比画画,动作甚是夸张,馨璐被逗得"咯咯"笑个不停。

看着馨璐心满意足的样子，兰可心似乎卸下“包袱”。馨璐的美，可能更胜秦薇一筹，这让兰可心多少找到了平衡。不过，兰可心接纳馨璐，当然也有其他的原因。馨璐是土生土长的临海人，而且他们家和老板好像有一定程度的交往。就这一点，比馨璐的美貌或许更让兰可心“垂涎”。再加上馨璐对他一向“口无遮拦”，公司很多事、很多议论都能通过她的“唠叨”溜进自己的耳朵里。有馨璐作“内应”，兰可心工作起来更是得心应手。

蔺有成这段时间动不动就到图青这转转，看似清闲，但双眼背后隐藏的一丝忧虑还是被他轻而易举地捕捉到。图青知道，产品解决不了，其他的事再怎么做都是白费工夫。对图青来说，他有个基本的原则，那就是做事首先看方向，如果一开始方向就错了，再怎么高效率做事都是浪费。现在来看，老板当初雄心勃勃上的这个项目，极有可能因为产品解决不了，半途夭折。所以，图青明里积极，但就是“出工不出力”。也正因为如此，龚求真所做的工作，图青都是很肤浅地提建议，并不作决定。而龚求真自不量力，还拿着需要签字的单子找他，注定无功而返。一想到龚求真拿着单子找他，有模有样，可怎么看都带点咄咄逼人的味道，图青就感到好笑。实际上，图青顾虑的不是龚求真这样一个乳臭未干的“孩子”，反而是蔺有成的一番话，让他不得不思虑再三。送走蔺有成，图青心中略有不安，他在办公室来来回回地走着，思虑着……

“他为什么如此直白地提到秦薇授意龚求真做单签字呢？而且话里带话影射秦薇的不当之处呢？”蔺有成对秦薇有看法，图青自然洞悉，刚才他如此“露骨”倒出他对秦薇的不满，却不是他惯用的做法。或许蔺有成不仅仅停留在对秦薇有看法的阶段，显然他还想做点什么事。至于蔺有成的真实目的，图青暂时还不得而知。他转而想到了自己。图青心明眼亮，他虽然年龄比蔺有成大，但在蓝海的资历却不如蔺有成。毕竟是半路加盟蓝海，在老板心目中的分量完全和蔺有成不在一个档次。秦薇后来居上，能力也确实在蔺有成之上，所谓风头正劲，但此一时彼一时，秦薇的风光不见得细水长流。图青觉得在蔺有成和秦薇之间，他还是尽量多向蔺有成靠靠。尽管图青对秦薇并没有太多反感，而且很佩服秦薇的专业能力和对事不对人的工作风格，但是在工作之外，图青本能地要去权衡利弊，明哲保身。

考虑来考虑去，图青的思绪渐渐清晰起来。他坐下来，不知为什么，他又想起了龚求真设计的那张业务传阅单。他知道，龚求真设计的单子，自己一旦签了字，那是要承担责任的。况且，现在项目的前景不明，如果一旦出现意外，公司肯定要找人承担责任，而这个人目前来看，极有可能就是龚求真。作为厂长，图青最多承担未尽指导的责任，无非作个检讨而已。蔺有成暗示过，龚求真的做法来自于秦薇。对此，图青虽然有点半信半疑，但他知道，虽然秦薇出差在外，倒是可以指导龚求真。不管秦薇是不是真的授意龚求真采用签了字的业务传阅单，图青觉得现在这个关键时期，一定要避免签字，而且也有必要对秦薇的这一做法提出自己的反对意见，免得后续的工作都附带单子，那就不好总是拒签了。“看来有必要和秦薇沟通一下！”想到这，图青拿起了电话，拨通了秦薇的手机。

秦薇出差回来，第一件事就是找龚求真，详细询问了他这段时间的工作情况。

看样子这次出差很辛苦，龚求真坐在秦薇对面，细细打量她。龚求真心疼地发现，从未见过的疲惫竟然印在了秦薇的脸上。

“刚出差回来，挺累吧，”龚求真关切地问，“怎么没在家休息？”

秦薇低着头摆放资料，抱怨道：“我是想休息，可你们让我休息吗？”

龚求真不明就里，心想：她这是说给谁的，她出差的这段时间，我可没打电话烦她。

“秦薇，”龚求真解释道，“我就是怕你在外出差还得分心考虑公司的事，有些事就没想麻烦你。”

“是啊！”秦薇放下资料，盯着龚求真，微微怒道，“我还真希望你能打电话给我！”

龚求真更是一头雾水。他不道秦薇到底是什么意思，一时语塞，木呆呆地看着她。

看着龚求真木讷的样子，秦薇语气舒缓下来，问：“合作厂家的事我听说你已经定了，真是这样？”

“没错，”龚求真兴奋起来，“经过综合比对，我终于选到一家合适的。虽然正式合同还没签，但我自己拟了个协议，已经和对方签了。”

“什么，”秦薇大为诧异，“还有个协议？”

“是的，”龚求真更加兴奋，“不过主动权在我这，公司完全可以放心。”

秦薇手指翻转着签字笔,似有焦虑地问:“这些事有没有征得图厂长的同意?”

“嗨,”龚求真叹道,“别提图厂长了。”接着,他就把蔺有成和图青是如何答复他关于合同的事讲给了秦薇。临了,他还不忘赌气加了一句:他们又不定,我看事情不能拖,只好自己拟个协议,和厂家签了。

秦薇听他说完,坐在那半天没有言语。

良久,秦薇侧着身,从抽屉里拿出一纸,递给了龚求真。

龚求真接过一看,上面白纸黑字:《项目组内部业务开展细则》。

龚求真看了一眼题目,马上抬头看着秦薇,迟疑了一下,问:“这是针对项目组的?”

“对,”秦薇点点头,干脆地答道,“有了这个细则,业务就能对接,工作效率才会提高。”

龚求真一边翻看着细则的内容,一边听秦薇说。“具体工作你来做,这在项目组第一次会上就已经确定了的,图厂长对你的工作要承担指导和把关的责任。”她进一步解释道,“也就是说,你除了要经常请教图厂长之外,一旦工作要出结果,你必须取得图厂长的认可,这既是对图厂长的尊敬,也是责任的确定。”

龚求真粗略看了看,放下资料,拿出记事本,开始做记录。

“我在细则上作了说明,”秦薇耐心地说,“诸如合作厂家的确定,一定要走程序,也就是说你有权组织项目组全体成员开会,讨论后通过。”看到龚求真眼珠转动,似有所思,她点了点头,“这就是程序,也能让每个成员都承担责任。像你那种做法,自己设计单子,去要求人家图厂长签字,能有结果?没有结果,耽误工作,如果重头再来,那更是浪费。”

龚求真注视着秦薇,似有所悟。

蔺有成从老板办公室出来,嘴角挂着一丝浅浅的微笑。

对蔺有成来说,他觉得这或许是老板暗示给他的机会。即便老板本意他很难意会,但他认为,是该到借老板的“手”打压一下秦薇的时候了。

在老板办公室,蔺有成难得地没有妄加评议他人,只是对自己的工作作了检讨。按他的话讲,是他没有盯紧科研所的工作,这才导致产品迟迟拿不上台面。其实,蔺有成心里清楚,在产品研发方面,老板才是真正的执行人,他不过是承担了老板该做的工作。这个产品是老板和科研所合作的产物,当初谁都想不到,最后竟会在产品研发这个环节出问题。蔺有成洞悉老板心思,知道他既不想让科研所勉为其难继续研发,又找不到合适的替代产品。所以目前来看,项目勉强走下去,也是不得已的事。蔺有成正是看清了这点,他不仅承担了产品研发协调不力的责任,更建议老板适当调整思路,尽量找合适的产品取而代之。在此之前,权当对项目进行"练兵",找经验、选人才,也是能接受的结果。果不其然,在蔺有成一番充满激情又不失切实的说辞下,老板虽未同意,但并没有反对。看着老板摆手示意他出去,蔺有成揣摩出老板的意思,他可以按着自己的想法结束项目,也能达到打压秦薇那不可告人的目的。

蔺有成心里盘算着,打压秦薇是自己的主要目的,但他也无奈地承认,彻底打压她还不现实,毕竟老板对她的重视日渐增强。即便秦薇出差这段时间,蔺有成不时找机会明里暗里专拣她的不是,但也只能通过点评龚求真的某些过失,从而引出秦薇诸如管理下属不利的问题,或者引申出所谓的"拉帮"问题。每次老板听到这些针对秦薇的说辞,都不置可否。不过时间一长,蔺有成居然察觉到老板眼神中闪烁的某个讯号,他知道,老板往心里去了。

类似这样的事,只要老板上心了,蔺有成知道,该是做点动作的时候了。征得老板的默许,蔺有成决定马上召开一次项目组全员会议,并且力邀老板到场。他知道,只要老板在场,他就可以拿出一两个"撒手锏",让秦薇下不了台,他的目的也就达到了。为此,蔺有成再三考虑,在项目组正式开会之前,他有必要单独和某几个人碰碰头。借某些人的言语之力,蔺有成既不会成为众矢之的,又能达到自己的目的,这才是他期盼的"一石二鸟"的结果。

蔺有成看着窗外,任何美景都难以入眼了,他的眼中满是龚求真的狼狈以及秦薇的无奈,当然了,还有自己不露声色的窃喜。

到时候了! 蔺有成转过身,拿起桌上的电话。

他第一个电话打给的,竟然是方天明。

六　我为鱼肉

打小报告的人，竟然是身边的“哥们儿”。“人言可畏”，对错与否都不重要了。项目中途夭折，总得有人承担责任。龚求真首当其冲，被“下放”到车间接受“改造”。

方天明接到蔺有成的电话,急匆匆地赶回来。

龚求真从公司出来,差一点就和方天明撞在一起。见他急急忙忙的样子,龚求真忙喊:“老方,你……”

方天明心里惦记着蔺有成的话,也顾不上,或者说根本就不想理会龚求真,所以连看都没看他一眼,就呼哧呼哧快步而去。

看着方天明的背影,龚求真心中不免泛起一丝疑惑:什么事能让他这么着急?

方天明来到蔺有成的办公室门口,来不及敲门,直接推门而入。

蔺有成抬眼一看是方天明,顾不上责问他为什么连门都不敲就进来,而是一下子站了起来,摆摆手,示意他赶紧把门带上。

“蔺部长,”方天明上气不接下气地问,“兰总还有一些事,他让我下班前必须完成。您这么急叫我过来,我……”

“好了,”蔺有成坐下,“其他的事放一放。”

方天明神色紧张地坐在蔺有成的对面,他知道,蔺有成一定有非常重要的事和他谈。

“天明,”蔺有成话语陡然间变得舒缓,“进公司也快一年了,收获应该不小吧?”

方天明不知道蔺有成要说什么,一时无从开口。

“公司很看重你们这批人,”蔺有成从烟盒摸出一根烟,点上,“老板有过交代,工作一年之后,有进步的员工就要重点提拔。”他娴熟地弹了弹烟灰,“我向老板推荐了你。一来,你的确进步很大,这点有目共睹;二来,你对成功有着很强的欲望,我就看好你这一点。”

方天明即便判断不出蔺有成说这些话的真实目的,但他也敏感地意识到,蔺有成可能会让自己为他做什么事。一想到这,方天明直了直身子,受宠若惊地说:“蔺部长,谢谢您对我的帮助!”

“这是应该的,”蔺有成语气坚定地说,“作为人力资源部部长,我有责任为公司择优选材。”接着,他话题一转,“先不谈这些了,还是说说项目的事。”

方天明一听他要说项目的事，赶紧从兜里掏出记事本。

“不用记了，”蔺有成一摆手，“项目要正式停下来。下午我会组织召开项目组的最后一次会议，老板也会参加。”

方天明稳稳地坐着，并未对项目要停下来感到一丝惊讶，而且眼神中似乎还流露出幸灾乐祸的神态。不过，一瞬间，方天明就恢复到准备做记录的架势。他接过蔺有成的话，遗憾地说：“蔺部长，项目就这么结束，太可惜了。作为项目组一员，我觉得我自己也有责任。”说完，他瞥一眼蔺有成。

“责任吗，”蔺有成坦然道，“肯定要有人来承担，无非是大小问题。”

“哦，”方天明脱口而出。他听出蔺有成话里带的意思，看来项目组的所有人都脱不了干系。

“我和老板谈过，”蔺有成不紧不慢道，“在组织和协调方面，我有一定责任，我会在会上说到的。不过，项目既然要停，也不能总是停留在追究责任的层面上，毕竟我们这次也摸索到了经验，就算是为后期再上同样的项目打基础。”

蔺有成说完，站起来，缓步走向方天明。他一只手搭在了方天明的肩膀上，语重心长地说：“老板希望大家能实事求是地总结自己的工作，当然也可以说说别人的情况。”

“嗯，”方天明略一思索，“我也就和兰总、龚求真走得近，知道他们的一些情况。”

“不，”蔺有成猛地打断方天明的话，“兰可心的情况，你说不合适，他毕竟是你的直接上级。而龚求真，嗯……”蔺有成一只手托着腮，“会上该怎么说，你自己考虑。”

“任何员工，不管什么情况，都不能做出有损或是给公司带来潜在危险的事，这一点是老板万万不能容忍的。”蔺有成看似随意地说，“特别是新员工，更不允许出现这样的事。”

方天明一听，旋即判断出蔺有成话有所指，他似乎在暗示什么。

“就这样，”蔺有成断然道，“我还要找其他的人单独谈谈，你回去准备吧！”

“好，”方天明站起来，“我知道该怎么做了，蔺部长，我出去了！”

蔺有成点点头，示意方天明出去。方天明正待转身，就听蔺有成一字一字道：“老板在场，一定要把握机会！”

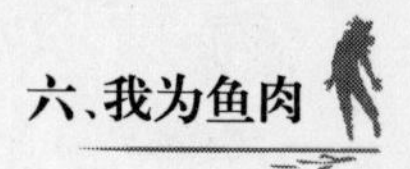

方天明毫不犹豫地点头，眼神中充满了自信和坚定。

蔺有成微笑着，一直注视着方天明的背影消失。

既然是老板要求，而且还亲自参加，项目组这次开会，注定了与以往不同。

老板泰然地坐在会议主位，看着陆陆续续进来的项目组的每一个成员。出乎大家的意料，老板并没有回应大家的招呼，这让每个人的心里增加了紧张的砝码。

虽然老板在，但会议依旧由蔺有成主持。

“各位，”蔺有成高声道，“今天把大家叫过来，是向大家通知有关项目的重要决议。在这之前，我们先请老板说几句吧！”

尽管人不多，但掌声却很热烈。如果不是老板抬手示意，大家显然没有停下的意思。龚求真边拍手边扫视每个人。在这些人当中，秦薇给人的感觉是一种礼节性的；而蔺有成则带有充满激情的煽动性；兰可心呢，看起来平静，但鼓掌的频率却比旁人都高；图青稳稳当当，附和着大家；方天明最有看头，给人的感觉坐着似乎不过瘾，还想站起来鼓掌。看着大家就连鼓掌都各具特色，龚求真心里偷笑。

老板的讲话言简意赅，不仅对项目进行了总体评价，还特别提到了大家的努力。虽然老板没有明确提及项目停止的原因，也没有对大家的具体工作给予点评，但意思是显而易见的。项目未能按预期进展，那就当做一次实战演练，也好为后续上的新项目积累经验。

老板之后，蔺有成就是这次会议的主角，他将把会议带向他希望的方向。

“项目停下，给大家一个措手不及，”蔺有成略带伤感地说，“我感到很遗憾。因为某些原因，导致项目出现这种局面，我想这是每个人都不愿看到的。”

蔺有成说完，谦恭地看了看老板。在别人看来，老板不动声色，但蔺有成似乎看出了什么，突然间提高了声音：“刚才老板也说过，我们在积累经验，”他环顾在座除了老板之外的每个人，“公司在发展的过程中纵有磕绊，但机会却是时刻存在的。公司有了应对机会的能力，包括经验和人才，这才是我们从这个即将停下的项目当中得到的财富。我想，单就项目来说，每个人都尽职尽责,有贡献也有收获。那么接下来,大家就要结合各自的工作,具体谈谈!”蔺有成说完,目光转向图青,“图厂长,你带个头吧!”

老板在这,蔺有成又发话了,图青只好先来,简单说说他参与项目的感受和建议。

不用蔺有成多费口舌,大家依次谈了自己的想法,既有删繁就简,以事论事的,也有大唱高调,专拣好听话说的。

在这些人当中,龚求真对项目的感触最深。毕竟是独当一面的工作,图青只不过轻描淡写地指导一二,大多时候都是他按自己的想法开展工作。借这个机会,龚求真就像过电影似的,对自己的工作作了全面说明,其间夹杂着对某些人工作不到位的抱怨。总的说来,还算实事求是。

龚求真不曾注意,在他眉飞色舞地谈着自己的工作的同时,秦薇低着头做记录,但却不时地微微锁眉。龚求真讲的一些内容,尽管是实情,但在这个场合怎么听都让人不舒服。“他怎么就不能有意识地注意细节呢?”秦薇心里急道。其实不止秦薇一个人心里有想法,蔺有成、图青、兰可心,都对龚求真的某些话感到不自在。大家心里都跟明镜似的,项目停下,老板一定有不得已的苦衷。在这个场合谈论项目,自然不能提及或是臆断导致项目搁浅的原因。龚求真居然能在此时毫不避讳地提及这方面,让在场的人都感到不可思议。

一番说辞下来,龚求真感到自进入项目组以来一直紧绷的神经松了下来。他对自己说的这些内容感到满意,自信地看着大家的反应。可让龚求真意想不到的是,秦薇这个时候却低着头,这让他突然间感到一股凉意迎面袭来。以往项目组开会,秦薇即便不明了鼓励自己,也会有个眼神过来,自己也能明白是哪个方面说得不妥。今天老板在场,但秦薇也不至于如此。龚求真想不通,只能时不时瞥一眼秦薇,希望她能给自己一些提示。

没等秦薇抬头,蔺有成又发话了。“龚求真谈了很多他的想法,总的来说还不错,”说着说着,他看了一眼秦薇,“龚求真自加入公司以来,秦薇作为他的直接主管,起着传帮带的作用。我们也看到了,龚求真这段时间工作做得还是出色的。但是,我想,我们今天这次会议,还是要进行反思,也就是我们常说的承担责任,只有这样才能更好地总结经验,做好下一个项目也就顺理成章了。”他翻开记事本,“作为项目的组织与协调者,我有一定的责任,特别是在项目组内部信息沟通方面,我忽略了可能导致的信息衰减。对了,龚求真曾经做了业务传阅单,我想可以看做是避免信息在传递过程中衰减的工具之一。要说龚求真也是用心,而秦薇遥控指挥的管理方式和能力的确值得大家借鉴。”

一听到遥控指挥,老板原本板着的身子微微动了一下。蔺有成注意到这一微小的细节,心中有了底气。

“龚求真,”蔺有成严肃地问,“签合同的时候,你做了一个表格,对,就是秦薇让你做的表格,你说说看。还有,你不是又草拟了协议,他们都签字了吧!”

龚求真知道蔺有成说的这回事,于是就当着大家的面把前因后果说了一遍。其中提到了秦薇,但龚求真特别强调,他本来是想向秦薇汇报的,但当时她出差在外,也就没好麻烦她。

龚求真讲完,看着蔺有成。这时,老板转向秦薇,突然插问了一句:“合同不签,签协议,你指导他这么做的?”

一听老板带着责问的口气,秦薇知道事不对,赶紧解释道:“是这样的。当时合同没签,但事情已经是板上钉钉了,龚求真担心再有其他的事,就拟了个协议,还特别约定了对方的责任,对我们没什么影响的。”

秦薇本想继续补充,就看到老板一摆手,那是示意不要再说了。老板板着面孔,秦薇也就没敢接着说。

“这个协议大家都没有看到,”蔺有成接过话,责怪道,“龚求真,协议能乱签吗?也不知道是谁帮你想的!”说完,他又看了看老板,试图捕捉下一步怎么做的讯号。

老板看着他,依旧不动声色。蔺有成知道,他可以按着自己的设想继续下去。

“会后,龚求真马上和对方取得一致,协议暂时中止。”蔺有成嘱咐道,“协议的事先这样。对了,别光龚求真一个人说,大家继续。方天明,你说!”

方天明自开会后,坐在那里看似默默不语,实则眼观六路、耳听八方。他时刻都在准备,就等着蔺有成叫他。

机会来了。方天明尽管有些顾虑,但毕竟他要听蔺有成的吩咐,或许这次真的是个机会,能让老板注意到他。到那时,再加上蔺有成的举荐,方天明坚信自己一定会得到重用的。

“不管那么多了,按事先准备的来。”听到蔺有成叫自己,方天明略一迟疑，随后稳了稳情绪，开始他的发言。

龚求真一脸的轻松惬意，安然坐在那里，眼睛倒是看着记事本，心里想的什么就只有他自己知道了。

方天明说话的确有本事，没说几句话，就硬生生地把龚求真从“溜号”的边缘拉回来。

方天明说了一大堆为项目所做的工作，不时穿插着感谢领导的关注与指导。其实大家心里都知晓，特别是蔺有成，他怎么能指导方天明的工作，根本搭不上边。不过方天明说得巧妙，蔺有成听得“问心无愧”，一来二去，说到最后，全都是在“歌功颂德”。好在老板似乎并不介意，依然稳坐在那，做着记录，偶尔也会看他一眼。

听到最后，龚求真总算弄明白了。虽然方天明并未做多少工作，但从他的说辞中，给人的感觉倒是他比谁都忙。龚求真不由得上下打量方天明，就像发现新大陆似的，见识了他说得比唱得还好的本事。

龚求真正想着，就听见蔺有成鼓励的语气道：“小方，刚才我也说过，不妨就这个机会，多找些不足，自己的也好，别人的也罢，尽管说。”

蔺有成明确授意，也容不得方天明多虑。他沉思了一会，敞开嗓子道：“要说到不足，我自身存在不少。虽然参加工作几年了，但在经验上还有欠缺，特别是涉及到对外协作方面，这一点我就不如龚求真。”

一听方天明说到了自己，而且语气中带着羡慕，龚求真不觉瘪了瘪嘴，甚是得意。

方天明继续说：“我觉得龚求真成长很快，真的能独立完成工作了。”说完，他冲龚求真会意地一笑，“龚求真和外协厂家的关系处理得没的说。他每次提到和那些人吃饭，边喝酒边谈事，就让我羡慕。再看看那些厂家送给他的东西，有的估计要花掉我大半月的工资呢！”

听方天明如此说自己，龚求真开始感到不对劲，面部表情渐渐僵硬起来。他听得出，方天明这些话不像是赞扬或是羡慕，倒像是指桑骂槐在说自己不合规定的事。更为糟糕的是，自己实际上并没有收什么东西，之所以和他说无非是炫耀，他竟然当真了。在这个场合，老板也在，龚求真不用别人点拨，他说来说去，不就是说自己损公肥私？

龚求真合起本子，脸色微红，不待方天明说完，嘟囔了一句：“方天明，没有的事，你别乱说！”

方天明没有理会龚求真而是依次看过每个领导:“领导们都在,我怎么能乱说?”说完,他又看了蔺有成一眼,接着说,“与外协厂合作,就是难得的机会,你不会轻易拒绝别人的好处,这种事大家都能理解。我说出来的目的无非是希望你以后多加注意,避免再犯!”

龚求真的思绪一下子混乱起来。他满脸涨得通红,一时间不知说什么才好。突然,他“噌”地站了起来,用手指着方天明,语无伦次地嚷道:“你,方天明,你,你这是……”

此时,会场一阵寂静,大家都看着龚求真。

“龚求真,”蔺有成发话了,“你干什么呢这是,现在是开会,还不坐下!”

龚求真根本理会不到蔺有成,他依旧怒目圆睁,用手不停地点着方天明。

就在这时,秦薇做了个手势,示意龚求真坐下。看到秦薇的手势,龚求真这才无奈地摇摇头,黯然道:“好,方天明,你,你可以!”他一屁股坐下来,呼哧呼哧喘着粗气。

秦薇又做了个手势,示意方天明先停下:“我相信龚求真也好,或者其他员工,都不会这么做的。”秦薇语气严谨地说,“我认为今天的会议还是讨论项目停下之后的收尾工作,如何做到项目的善始善终才是本次会议的议题。”说完,她目不转睛地注视着老板。

老板欠了欠身,缓缓地说:“方天明,你坐下。”他看着蔺有成,“他讲的会后再说。秦薇的提议对,老蔺,你主持会议,不要跑题。”

蔺有成本来以为能借着说龚求真的事,转而谈到秦薇在幕后做的一些无谓的指导工作。现在老板突然这么一说,他马上意识到,这次应该只是开始,但也只能点到为止。好在老板留着话,那就是会后让方天明详细汇报。

“方天明,”蔺有成略带批评的口气说,“话题扯远了,没听秦薇主管说,要切合会议的议题。”他给方天明一个眼色,示意他不要说了。随后,蔺有成再次强调了本次会议的议题,针对项目的收尾工作,他让大家各自发言,把属于每个人的工作都记在了记事本上。

项目组的最后一次会议,虽然议题只是部分得到了解决,但却是自项目组成立以来最让人回味的一次会。

龚求真在会后没有跟任何人打招呼,而是默默地离开了会议室。他没注意到,在他身后,秦薇一直跟着他,并随他来到了他的临时办公室。

“秦薇,”龚求真神色黯然道,“方天明怎么能在会上胡言乱语呢,”他叹了口气,“没错,的确是有几家请我吃饭又送东西。但是,我也仅仅和他们吃了几次饭而已,并没有收什么。”他双手掩面,狠命搓着双颊。

“吃饭也好,收东西也罢,”秦薇道,“这都不重要。如果说因为这样的事,你备受指责,那也是你处理的方式不够好。”

“处理方式?”龚求真双手缓缓移开,露出困惑并带着委屈的眼神。

“唉,”秦薇一声低叹,“‘吃一堑长一智’。任何时候都不要轻易对别人评头论足,更何况是在公开场合。会上,你看你趾高气扬的,竟然提到了图厂长和兰总工作不妥的地方。即便你说的是实情,也确实是从工作的角度考虑的,但方式不对,只会让别人反感。”

龚求真低下头,边听边想着刚才会上自己的不妥言行。

“有些事尽管是正确的,出发点是好的,”秦薇接着道,“如果不注意方式、方法,只能适得其反。再有,你有没有注意到,方天明严肃认真地说你的事,而你却带着情绪,明显给人一种不打自招的感觉。这也是你没有很好地掌握方式。其实越是在这种场合,越要镇定自若,抢在他前面,摆事实讲道理,让大家意识到,你的所有做法都是为公司好。至于别人提到你的一些违规的做法,比如自作主张签协议等,不要逃避,更不要狡辩,承担责任更能让大家理解。”

龚求真面无表情地听着,心里不停地琢磨她说的话。一想到会上自己的狼狈样,龚求真就越感到懊悔。现在,秦薇一席话,如醍醐灌顶,点醒了龚求真。想想这段时间的工作,包括和每个人的沟通,龚求真突然发现,他的确有很多地方没有处理好。没有及时和秦薇沟通、自以为是地设计业务传阅单,甚至狂傲地要求图青签字、向方天明大肆倾诉对图青以及兰可心的不满,甚至为了满足一时的虚荣心,当着方天明的面胡编乱造等,所有这些,现在看来,都是严重的败笔。龚求真又联想到后续可能出现的对自己不利的情形,心头更是一紧。他现在最担心的是方天明,老板不是让方天明会后再说吗,如果他对自己乱说一通,再加上蔺有成无中生有,那可就更麻烦了。

麻烦一定会来的。只不过龚求真没想到竟然会是如此大的麻烦,而且这么快就来了。

龚求真也许不知道,早在开会前,蔺有成并不仅仅和方天明谈过,他还分别找了图青和兰可心。如果说蔺有成找方天明是面授机宜的话,那么他找图青和兰可心无非是借通知开会的机会,试探他们二人对龚求真以及秦薇的看法。似乎是心有灵犀,图青虽未对秦薇表达什么看法,但他对龚求真却颇有微词。蔺有成听得真切,图青对龚求真并无好感,而且对秦薇指示龚求真设计业务传阅单的事显然耿耿于怀。如此判断,蔺有成自觉吃了“定心丸”。他知道针对龚求真和秦薇的做法,虽然得不到图青的支持,但他也不会反对;再看看兰可心,话不多,看似句句不离项目,言语中也是不认可龚求真,而且还捎带着对秦薇点滴非议。和他们谈过后,蔺有成悬着的心终于落地了,他可以放心大胆地利用这次机会了。

一想到刚才的会,尽管结果与预期还有差距,但蔺有成还是感到满意,因为他重又把老板向着自己拉近了距离。

蔺有成跟了老板多年,深知老板一向多疑,纵然是他这样一直跟着摸爬滚打的人,都要时刻小心,永远都要想着维护公司的利益。会上,老板放出了一个信号,那就是方天明的事留在会后。很显然,老板有意了解更多。既然老板有这样的要求,蔺有成知道又到了再加一把火的时候了。背后抱怨、各行其是、损公肥私,这些问题足以让老板开除任何人;至于秦薇,袒护自己人、遥控指挥等问题,甚至是当初在名额外私招龚求真进公司,这些都可以一并提出来。蔺有成的思路一闪成型,便急不可耐地叫方天明到办公室来。

会后,方天明的心里一直忐忑不安。或许心虚,他甚至都没敢看龚求真一眼。

眼看快下班了,方天明独自出来,来到办公楼与厂房的连接处。这是个拐角,由于不是员工的通行通道,一般少有人过来。方天明左右看了看,点着一根烟,倚着墙,大口地吸着。

不一会,一根烟被吸掉了大半,方天明把烟头摔在地上,狠命地用脚踩来踩去,直到烟蒂踩磨成絮状,他又下意识地从口袋里摸出一根烟来。

终究,欲望战胜了一切。方天明此时仅有的一丝良知被出人头地的渴求所淹没。在方天明的意识里,要想在公司取得地位和成就,仅仅凭努力做事是不够的,还需要做点工作之外的“手脚”。总的看来,方天明自认为他说的内容已经吸引了老板,下一步如果当面向老板汇报,还得再准备充分些。“怎么准备呢?”方天明绞尽脑汁,一时无从下手。

“老大,电话……”阴阳怪气的铃声响起。

方天明慢吞吞地掏出手机,一看,原来是蔺有成打过来的。

“蔺部长,”方天明讨好地打招呼。

“说话方便吗?”手机里传来蔺有成低低的声音。

“方便,”方天明看了看四周,小声道,“我在公司外面,就我自己!”

“你说的那些事,老板不是叫会后再说吗,你得好好准备一下,看看什么该说,什么不该说。”

“蔺部长,我刚才还在想这事呢。”

“是吗,你打算怎么说。”

“怎么说,”方天明拖长了声音,“要不这样,蔺部长,我把我想要说的跟您说一遍,您看行不行?”

“好,你简单说,点到为止,具体的内容明天一早来办公室再说!”

方天明想了想,清着嗓子说:“蔺部长,我想这样。从我的角度说龚求真,无非就两个事:一、他私下接受合作厂家的好处,而且未经通过就擅自签协议;二、他经常抱怨图厂长未尽指导责任,还有兰总只顾做方案,和他的工作脱节。我想就这两个方面,要是汇报的话,我就展开来说。”

“可以,”蔺有成点头认可。他沉思了一会,建议道,“不过你还得加一些。别忘了,龚求真和你可是无话不谈,这一点我会想法让老板知道,那么你说的话就更加有分量。还有就是加的内容,我想也是两个方面:一、龚求真经常向你自诩和秦薇的关系如何如何,你就要把龚求真是秦薇超编招进来的不经意地提一提;二、龚求真很多未经项目组开会通过就作的决议,比如自拟协议书等,都是秦薇指导的。”他说到这,又“嗯”了一声,“我想目前这些就够了,你今晚好好考虑,明天先向我汇报。”

蔺有成听完,方天明不假思索就干脆地说:“好,蔺部长,您放心,我一定准备充分。”他似乎又想到了什么,语气含糊道,“蔺部长,我就这么汇报,对龚求真,合适不合适?”

“你说呢?”蔺有成没有给出答案,而是反问了一句。

“蔺部长,您看,当初为了做活动,龚求真不积极,我还告了他一状。他因此对我印象不好,您也是知道的。”方天明道,“后来按您的要求,通过做问卷,才和他冰释前嫌的。从那以后,我们关系好了,可以说他对我根本不加防范,就连对领导的抱怨也对我敞开了说,比如……”

就在方天明得意忘形之际,他忽略了不远处投射过来的愤怒的眼神。那个盯着方天明的人不是别人,正是龚求真。

秦薇走了以后，龚求真仍然心烦意乱，就出去散散心。他想挨到下班的时间，好去找林源或是鹿灵，向他们倾诉一下心中的郁闷。

心里装着事，龚求真不想有人打扰。不知不觉，他也走到了这个方天明自认为安静的地方。

龚求真正低着头缓步走着，就听见不远处，已然暗淡的拐角里，似乎有人在说话。既然有人在这，龚求真就想换个地方。就在他转身的一瞬间，突然听到了自己的名字。好奇心使然，他停下来，悄悄地向墙边靠去，伸长脖子循着声音窥去。听声音、看身形，龚求真猜到那个人就是方天明。“会上说我，现在还说我，他想干什么？”龚求真火气冲顶，心中暗骂。

不听倒好，侧耳细听之下，龚求真倒吸了口凉气。他就像根木头桩子似的，直挺挺地立着，一动不动。龚求真觉得自己就像个傻瓜，或者是棋子，任人摆布。想想平时和方天明称兄道弟，可万万没有想到，正是这个“兄弟”，原来是如此深不可测。龚求真紧闭双眼，嘴角不时微微抽动，他不禁想起了和方天明的过往。所谓“不打不成交”。大家和好之后，龚求真就把方天明当做他在蓝海的朋友。在公司，每当他有想法的时候，不是找秦薇，就是方天明。一贯信赖的人，原来竟然是煞费苦心，要置自己于死地的“敌人”，而自己还蒙在鼓里。想到这，龚求真不由得攥紧了拳头，他真想冲上去给方天明一记拳头。好在理智战胜了冲动，龚求真管住了双腿，不是向前，而是悄然后退。此时的方天明依然醉心于“汇报”，并未察觉，而龚求真却已经带着被人愚弄的愤怒和沮丧转身而去。

这一晚，龚求真没有找林源或是鹿灵。他自己一个人，找了一个僻静之处，喝得醉醺醺的，很晚才回到宿舍。

龚求真没有洗漱，也没有答理任何人，回到宿舍就仰面倒在床上，呼呼大睡。

一夜无语！

难得的一夜，龚求真没有考虑项目的事。也许在酒精的左右下，他无法梦中思考，香香地睡了一个囫囵觉。

第二天，龚求真迎来了他早已预料，但超乎想象的麻烦：他被“下放”放到他本应早就过去的岗位——设备维护。

对此类事情的处理，公司的某些部门，某些人的效率非常的高。一大早，方天明就比别人提前半小时到了公司，在和蔺有成反复沟通之后，他就在第一时间向老板作了详细汇报。在老板的暗示之下，蔺有成随即以人力资源部的名义下发了通告，关于对龚求真在项目开展过程中的一些违纪行为的处理通告。蔺有成亲自草拟了内容，顺带对秦薇的委婉批评。对龚求真的处理，蔺有成早已胸有成竹，而对秦薇，蔺有成不得不加以琢磨。他知道，这一次，也只是减轻一下秦薇在老板心目中的分量。自己既不能堂而皇之地处理秦薇，也不能就当她一点责任都没有。蔺有成左右为难，不知怎样才能更好地组织语言。思前想后，蔺有成决定还是再请示一下老板，尽管老板可能不会明示他，但他觉得有必要走个过场。

正如预料的那样，老板含糊其辞，对秦薇的处理并没有给出明确的指示，只是叫蔺有成来定。不过老板倒是暗示了方向：要做到既能让大家看到公司的规定是一视同仁的，又能让秦薇有个台阶下。这是老板给出的原则，蔺有成在惊叹老板的驭人之术如此高明的同时，内心不禁泛起一股失落，看来对秦薇的打压远没有达到预期。没办法，蔺有成知道，此时他绝不能让老板看出他的任何企图，眼下能做的就是照老板的意思发这份通告。蔺有成在办公室憋了半天，终于拿出一份处理通告。再一次请示老板之后，蔺有成亲自去各部门下发。

龚求真刚一进办公楼，就注意到门口宣传栏张贴着的一则告示。白纸黑字，下盖人力资源部公章，上面赫然是对自己违纪行为的处理通告。

《关于对龚求真在项目开展期间违纪行为的处理通告》

各部门、科室、分支机构：

人力资源部经理助理秦薇于计划外招聘的大学生龚求真，自进入项目组以来，负责与合作厂家的谈判以及设备选型等工作。在此期间，该员工不注意项目组成员间的沟通与协调，动辄抱怨他人，无形中制造了团队不和谐的“音符”，并未经讨论通过就与合作厂家签订私自草拟的协议，给公司带来了一定的名誉损失。鉴于此，公司以正视听，决定对龚求真如下处理：记过一次，并作书面检讨；从项目组清退，安排其到一车间从事设备维护工作。

望各级管理人员、员工以此为鉴，严格遵守公司规定！

本通告自下发之日起开始执行！

人力资源部

××年××月××日

不知不觉，龚求真的周围聚拢了几个人，大家比比画画，说什么的都有。龚求真受不了他们的非议，低着头离开了。

龚求真来到临时的办公室，慢慢地整理属于自己的东西。很快，这个房间就要挪为它用，龚求真就要到车间去“受苦受累”了。

就在龚求真郁闷地收拾的时候，门突然开了，馨璐悄悄地进来。

龚求真此时的心情很糟，只是冲馨璐点点头，算是打了招呼。

馨璐走到近前，也不吱声，默默地帮他收拾资料。过了一会，馨璐打破了沉默。“求真，”馨璐声音软软地说，“其实到车间也不是什么坏事，作设备维护可是你的专业。”

龚求真抬起头，嘴角勉强挤出一丝微笑，淡淡地说：“没事。”他又埋头整理资料，“我也是这么想的，学的专业不能丢。现在到车间，终于可以静下心来好好研究那些设备了。”

馨璐听龚求真说话的语气似乎不那么僵硬了，也就放松下来，故作责怪地说：“你说你啊，怎么还抱怨别人，这不是在背后说闲话吗。”馨璐把一摞资料放进塑料箱，直了直腰，用手理了一下耳边的发髻，“再有，你胆子可真大，你哪来的权力和人家签协议？”

龚求真一听馨璐数落他，就放下手中的资料，长叹了一声：“唉，别提了。说到抱怨，我不会傻到当着他们的面抱怨，还不是方天明，我太相信他了，对他真是无话不说，没想到让他打了小报告。”

馨璐听龚求真这么说，心中突然闪过一个念头：坏了，他对兰可心的抱怨我不也说过了，怪不得兰可心在会上半明半暗地指责龚求真，这都怪我！

龚求真一回头，见馨璐在那发愣，伸手捏了她一下：“想什么呢，还不快帮我收拾！”

馨璐被他一捏，登时一笑，赶紧转过身去，不敢正视他的眼神。

没多久，一切收拾妥当。正当馨璐准备和龚求真到车间的时候，秦薇突然打电话过来，叫龚求真去她那里办理调转手续。

知道是秦薇，再看龚求真接电话的神情，馨璐马上摆出一副不高兴的样子。“她可真行，”馨璐酸溜溜地自语道，“难怪他还留着她的照片。”

龚求真放下电话，随口问了一句：“照片，什么照片？”

“还不是她和…”说到这，馨璐猛然意识到自己的失言，马上收口。

龚求真见她掩着嘴，神情怪异，追问道：“她和谁？”

“哎呀，”馨璐嗔道，“你还不去，秦薇可等着你呢！”说罢，她转身跑开了。

一路上，龚求真都在想馨璐提到的照片，不知不觉就来到了秦薇的办公室。

会上，秦薇很是尴尬。龚求真成为众人指责的对象，而她自己也被加进来。单是蔺有成似乎无意说的那句遥控指挥就足以让老板有想法。之后，龚求真私签协议、对他人横加抱怨，也会让老板误认为是自己指点的。秦薇知道，以老板的个性，再加上蔺有成从中作梗，今后的工作还不知怎样呢。“真是的，”秦薇低声怨道，“龚求真怎么就学不会总结呢！”

“秦薇，”龚求真正好来到近前，搬了把椅子，坐下来，自嘲道，“我真是笨！”

秦薇转过身来，盯着龚求真：“以后到车间，一定要学会总结，还要把总结的东西用到工作中去，这样你就不笨了！”说完，她轻轻一笑，“该记住了吧！我都不知道说过你多少次了！”

龚求真若有所思地点了点头，又长叹了一声，无奈地笑道：“我可不想做个笨蛋！”

“还得给你办手续，”秦薇边说边从抽屉里拿出一份表格，“这是你在人力资源部的工作评价表。部门和同事的评价都作好了，你拿回去把自己的基本信息填上，再写个自我总结，然后给我存档。”

龚求真接过表格，一看在主观评价一栏，秦薇写得密密麻麻的，一个红色的“优”醒目地跃然纸上。看到这，龚求真内心敞亮许多，一扫此前的郁闷。

“回去填，”秦薇柔柔道，“到车间后，你的直接主管可能就是图青，不管怎么样，你首先要把工作做好，当然了，一定要讲究方式、方法。”

听秦薇老生长谈，龚求真用手揉了揉眼睛，喃喃道：“还是这些呀！”

“讲究方式、方法实际上也是为了更好地开展工作，”秦薇道，“做好本职工作，这是对我们的基本要求，尽管有的人可能不这么认为。如果我们能想办法、讲方式应对工作中遇到的难题，而不是一味地想当然，那么工作的效率和成果自然就出来了。”

秦薇在说这番话的时候，一直盯着龚求真。当她看到他的眼神由消沉转变为有一丝灵动的时候，她知道，他理解她说的话了。“以后在工作中有什么问题，要学会及时沟通，经常向同事请教或是向图厂长汇报，你会发现工作就不那么难了。如果你担心还会出现类似方天明这样的事,那就要记住,别人在图厂长面前说你的不是之前,你就要先行一步解释,你说图厂长是不是就会对你少一些误解?"

"误解?"龚求真张大了嘴巴,"你是说我也向方天明那样,经常找图厂长打小报告!"

看着龚求真张口结舌的样子,秦薇哑然一笑,勉强地点了点头。

"我给你讲个成语,"秦薇提笔,在纸上写了几个字,然后拿起来递给龚求真,"这个成语就是'三人成虎'。"

"故事是这样的,"秦薇深沉起来,干咳两声,"你要认真听!话说战国时期,魏国有个大臣叫庞葱,要陪太子……"

秦薇一气讲完。未及龚求真反应,秦薇就问:"明白了吧,庞葱虽然尽心尽力,但也敌不过魏王身边的人三番五次地'打小报告'。"

龚求真看着本子上记的"三人成虎",又抬头看看秦薇,自言自语道:"三个人就成虎了……三人成虎……"突然,龚求真一拍前额,眼光放亮,高声道:"我明白了,秦薇,看来有时候,也真的要做些不得已而为之的事!"

看着龚求真豁然开朗的样子,秦薇倍感欣慰,她觉得龚求真似乎这次才真的开窍。"但愿他能把这些想法和实际的工作结合在一起。"秦薇内心暗暗祝愿。

此时此刻,龚求真不加修饰的兴奋、不加伪装的眼神,令秦薇不由自主地想起了她大学的初恋,那个曾经带给她幸福时光的人。巧合的是,他和龚求真如同双胞胎一样,不仅长相,就连眉宇间的神采也是如此相似。秦薇清晰地记得,当她第一次见到龚求真的时候,内心就有种说不出的感觉。尽管眼前的龚求真不是曾经的他,但秦薇却怦然心动。潜意识里,她就想要留下龚求真。幸好,龚求真各方面都通过了面试,秦薇也不算是徇私情。再有,龚求真是她男友的校友,工作中、甚至生活中关心男友的"师弟"也是人之常情。种种一切,不难验证蔺有成说的那句话:秦薇看好龚求真。

秦薇的思绪在脑海中不停地翻滚。与内心波光粼粼的悦动不同的是,她除了嘴角挂着一丝灿烂的微笑之外,就只有温柔的眼神中略带不为察觉的羞涩。龚求真虽然时不时看着她,却并没有注意到她的眼神中显现的微妙变化。不多时,龚求真静下来,他这才发现,秦薇似乎想着心事,于是夸张地在她眼前做了个上下翻动的手势:“没别的事我先走了!”

秦薇一下子缓过神来,想着刚才的事,不禁嫣然一笑:“别忘了我给你讲的‘老虎’!”

“我就是‘老虎’!”龚求真的声音还在,人早已一溜烟消失在楼道拐角处。

七 暗度陈仓

即便是破罐子，也不能破摔。所谓“此处不留爷，自有留爷处”。当最后一丝希望破灭的时候，龚求真无奈选择离开。工作按部就班，而他私底下的行动悄然展开。机会不期而遇，去创业吧！

经过此番打击后,龚求真彻底学乖了。在车间,他除了规规矩矩来回巡检之外,就是跑到图青那里,要么汇报设备巡检的过程,要么就是请教有关设备维护的问题。图青本就不愿管他,又被他请教烦了,也就顺水推舟,但凡本职范围内的事就让他自行决断。话虽如此,龚求真多个心眼,即便能定下的事,他也要让图青知道。时间一长,图青渐渐对龚求真的看法有所改观,偶尔会在龚求真的月度考核汇总上写下他的满意评价。

车间的日子平淡如水,龚求真似乎安于现状。然而,他表面看上去平静,其实内心并不安分。现在的龚求真,除了能和秦薇、馨璐说说真心话之外,对他人也学会了言不由衷。毕竟方天明的教训在前,龚求真和他人交往时,在言语和行动上都显得小心翼翼,轻易不说自己的心里话。方天明可以说是龚求真的“老师”。自从他接触龚求真的那一刻起,他的所作所为怎么看都像是在给龚求真“布套”,让他一步步深陷其中。直到绝好的机会来临,方天明毫不犹豫地“出卖”了龚求真。在某些人眼里,方天明似乎过于卑鄙。但现实是,经过那次对龚求真的“攻击”,方天明的确有了收获。在蔺有成变着法的游说下,方天明终入老板视线,当兰可心被提升为市场部总经理之后,方天明如愿以偿地坐上了市场总监的位置。他并不为自己的行为感到羞耻,相反,他更加坚信:唯有如此,才是实现梦想的最佳途径。

现在龚求真和方天明已经形同陌路。由于在不同的部门,他们接触的机会不多。不过,毕竟是在同一个楼办公,大家低头不见抬头见,龚求真偶尔会不经意与方天明打个照面。每当此时,龚求真就会冒出来极端的念想,那就是上前狠狠揍这个口是心非的家伙。好在方天明似乎有种负罪感,一看到龚求真双目灼火的样子,他就佯装左顾右盼或是低头摆弄手机,极力掩饰他的尴尬。如果方天明一直这么低调,或者说在龚求真面前注意言行的话,或许他们会一直相安无事。然而,方天明的低调并不意味着他对龚求真的愧疚,最多只能算是不好意思罢了。一旦时间的车轮慢慢碾碎他仅存的悔意,方天明那颗不安分的心又开始蠢蠢欲动。得意之际,必是忘形之时。在取得一个又一个被兰总甚至是老板认可的策划方案之后,方天明似乎忽略了在蓝海还有一个人对他耿耿于怀，这个人就是龚求真。时间纵然流逝，但龚求真始终记得那一幕：方天明看似褒奖的话语中，暗藏杀机。龚求真觉得，那是自己有生以来头一次被别人算计。就像个傻瓜，别人在利用你，而你却还笑脸相迎。对此，龚求真并没有随着时间而释怀，相反，当方天明的名字不时出现在表扬栏的时候，龚求真强压的怒火一次次被点燃。

方天明不曾想到，自己被龚求真揍了一顿，还落到"哑巴吃黄连，有苦说不出"的地步。

自从在会上和龚求真翻脸之后，方天明就再也没去过龚求真的宿舍。一来，方天明确实打怵龚求真。方天明有自知之明，和龚求真差大半个头，真要是惹恼了他，那可不占便宜；二来，方天明自恃总监的身份，总想端着一副架子，轻易不像以前那样乱蹿宿舍。在公司，大家照面避免不了，但在宿舍，还是尽量少见。可是方天明忽略了一件事，他不乱蹿宿舍，龚求真不见得也是这样。没有了项目的压力，设备巡检的活又是"一潭死水"，龚求真难得享受到准时下班的待遇。饭后，闲得无聊，到同事那里坐坐，成为龚求真最消遣的活动。当然了，龚求真绝不会去方天明的宿舍。那么，第三人的宿舍，就有可能成为二人的"战场"。

临近冬日，空气中的寒意日渐加重，特别是晚上，冷风袭来，让临海这个以旅游为特色的海滨城市显得难得的冷清。入夜，人们多习惯于守家，或是室内活动，沿海各个景点简直就是门可罗雀。甚至在大街上，行人也是依稀可见。像龚求真这样的人，平时热闹的时候都没什么好去处，这大冷天的，凑在一起打个牌，就是一天工作下来后最好的放松。

"我×，"一声糅合着醉意的粗口从门缝传了出来。正当龚求真要推门进去的一刹那，一个熟悉得不能再熟悉的声音在众人杂乱无章的吆喝声中硬是"突围"，径直传到他的耳朵里。那是方天明的"怪叫"，龚求真不想和他照面，伸出的手一下子收回，就想着赶紧离开。

"是不是又要高升了，"一个牌友酸溜溜地道，"方总，能不能提拔提拔我，跟着你干，有前途！"

"别，可别这么说，"方天明佯装谦虚道，"我明天还不知道去哪干呢！"

"哪能呢！"一个羡慕的声音附和道，"方总可是蓝海的潜力之星，你们说是不是？"另外一个人的羡慕之声。

"你们拿我开涮是不是？"方天明面怒心喜道，"我哪是什么潜力之星，"

他“嗯”了一声道,“如果非要给公司找个潜力之星的话,除了龚求真,还能有谁?”

龚求真在门口,本来就恶方天明的声音,此刻又听到他说自己是什么潜力之星,不禁无奈一笑。既然他又在说自己,龚求真干脆抱着膀,倚在门口,听听他能说出什么震惊四座的话。

“当初在人力资源部,龚求真可是秦薇的重点培养对象,”方天明羡慕道,“真不知道他们两个人是什么关系,他一到公司就受到重用。”

“莫不是他们之间有那个?”不知谁冒出一句,大家一愣之后,“哄”地大笑。

“谁看上谁那可说不准,”方天明一本正经道,“本来龚求真完全有可能成为蓝海的潜力之星,”他停顿了一下,又故作遗憾地叹道,“可谁知,他利用在项目组工作的机会,做出损公肥私的事,真是让人难以理解。”

一时沉默。大家都知道,方天明指的是什么。“损公肥私?”一个好奇的声音,“不就是私签协议吗,通告上说的,怎么还有损公肥私?方总,给大家说说!”

方天明看着大家好奇的眼神,笑道:“你们肯定不知道,他可不仅仅是通告上说的那些事。你们可能忘了,有一段时间,他经常很晚才回来,干什么去了,还不是和外协厂吃饭唱歌。”他重重的鼻音“哼”了一声,“至于有没有娱乐,只有他自己清楚啊!”

“找小姐按摩了吧!”“岂止按摩那么简单,说不定还包夜呢!”大家你一言我一语,污浊至极。

门外的龚求真怒形于色。“太过分了!”他内心吼道,一团好不容易按捺住的心头之火逐渐积聚。

“这可都是你们说的,”方天明的目光扫过大家,“其实这都是小事,千不该万不该,他收了好处,才急不可耐地自己弄了个协议,封人家的嘴呗!”

“哦!”众牌友似乎如梦初醒,“真看不出,龚求真还是这样的人!”

“我不是这样的人!”门外传来一声怒吼。“砰”的一声,门被踹开,龚求真眉头紧锁、双目喷火,出现在大家面前。

众人一愣。旋即,大家准备各自散去。“都别走,”龚求真厉声道,“正好大家都在,方天明,我看你别的本事没长进,无中生有确实厉害。”龚求真大步走到方天明近前,一只手猛地攥住了他的衣领,另一只手指着他的脑门,

“我记得当初我和你聊这些事的时候，不过是一时虚荣，说有外协厂要送我东西。”龚求真回过头，又看了看每个人，“今天当着大家的面，我再跟你郑重说一遍，我一分钱、一样东西也没拿，知不知道?”

方天明被龚求真突如其来的举动吓懵了，一时不知所措。可能是龚求真的劲头大了，勒得他透不过气来。不一会，他竟面红耳赤，咳嗽起来。龚求真一看方天明这样，松开手，再次告诫道：“方天明，我们曾经也算是知无不谈的好朋友，你何必这样。既然事情都过去了，我希望你今后不要随随便便就在背后说我，别没事找事!”

方天明呼呼喘着气，并未正视龚求真。不一会，估计是他缓过劲了，禁不住冒出一句：“你，你注意点，我那可都是为了公司好，不得不这样的。你信不信，我明天到老板那告你一状，开除你!”

龚求真本已转过身去，准备离开，没想到方天明竟然如此大言不惭，还想告状。刹那间，一股憋在心里的怒火如火山喷发一样，滚滚热浪一下子冲向全身每一根血管末梢。龚求真“倏”地转身，瞪着方天明，一记直拳生猛地轰在他的面部。就听“嗷”的一声惨叫，方天明单手抚鼻，眼睛和眉毛扭在一起。很快，就见指缝间有血涌出，瞬间染红了手指。

方天明弯下腰，嘴里嚷着：“你，你等着，我，我……”他的鼻尖一阵巨痛，说不出话来。

众牌友一见此景，纷纷上前，两个人扶着方天明，一个人赶紧去拿毛巾，另外两个人则拉着龚求真，半推半就往外走。

到了楼下，龚求真依然怒不可遏，嘴里不依不饶。二人轮番上阵，不断地安慰，直到龚求真眉头舒展，面色平和，这才放心回去。

龚求真扭头看看，不见方天明出来。他抬手一看，手背上竟沾着几块血迹，那是方天明留下的。龚求真从兜里拿出一张纸巾，用力地擦手，甚至还往手背上啐了一口，似乎要把污迹彻底去除。

过了许久，龚求真完全平静下来。与刚才的冲动相反，此时他突然感到后怕，他后悔不该打那一拳。以方天明的个性，他一定会告自己的状。不管什么原因，打人都不对，更何况打的是方天明这个睚眦必报的人。“看来今后在蓝海，不得不时刻小心他。”龚求真反复告诫自己。

第二天上班，龚求真就等着领导找谈话。不过，出奇的平静，没有哪个领导找他谈话，也未见任何处分下发。越是这样，龚求真越是坐立不安。他有某种预感，比他想象的更加猛烈的“风暴”即将来临。

事实并非如此。其实一大早，方天明就找到了蔺有成，把龚求真打他的事一五一十地描述一遍。方天明本来想一告状，蔺有成肯定支持他，即便不能开除龚求真，至少也给他记过。可方天明做梦都没想到，蔺有成反而把他数落一番。了解了事情的原委，蔺有成认为，错都在方天明，他不该继续纠缠龚求真的事。更为不妥的是，方天明不应该把会上的内容随意乱说。要知道，如果此事传到老板那里，方天明的错误不见得比龚求真损公肥私要小。老板这个人，蔺有成最清楚，不该说的话，打死也不能说。方天明不了解老板，自己就得注意，别因为方天明的冲动牵扯到自己。“这件事就算了，”蔺有成严厉地说，“我不想让老板有想法。”他盯着方天明，反问了一句，“你也不想老板对你有不好的印象吧？”

方天明原本以祈求的眼神看着蔺有成，一听这话，一时愕然。不过他马上醒悟过来，默默地点了点头。蔺有成看似无意的点拨，却使得方天明看出其中的利害所在。所谓“小不忍则乱大谋”，方天明劝慰自己。

一切风平浪静。这件事过后，方天明果真收敛了很多，再也不对龚求真背后评论。龚求真也乐得个清闲，虽然被以设备维护不力的缘由下放到待岗区，除了跟着师傅巡检之外，再无其他工作。

平淡的日子总会让人想入非非。伴随着散见的单薄雪花，龚求真来临海的第二个冬季悄无声息地来临。与北方的大地被皑皑白雪覆盖不同，临海典型的海洋性气候使得在当地人看来极为精贵的雪花还未飘舞到地面便已成强弩之末，转瞬间就消融在湿冷的地面上。

这个冬日，对龚求真来说，意味着无聊。第一场雪花飘落，预示着生产的淡季开始。龚求真依然处于待岗状态。秦薇时常提醒龚求真，要主动争取内部应聘的机会，换个岗位或是在车间重新上岗。尽管秦薇苦口婆心地劝诫，但龚求真仍然我行我素，似乎很安于现在的日子。他的这种状态，令秦薇非常担心，同时也让另一个人颇感无奈。这个人就是馨璐，她不明白，在车间又怎么了，不是同样能做出成绩吗，这哪像以前做项目时的他！

馨璐和兰可心的关系，随着气温的下降却异常迅速地升温。他们那种如胶似漆的关系，使龚求真的内心冰冷到极点。每次看到他们一前一后走出公司，似乎形同路人，可是当馨璐在公交车站不远处佯装打车时，兰可心的车就会悄然而至。馨璐看了一下四周,快速地拉开车门上了车。随后,车子一溜烟汇入车流,留下的只有龚求真怅然若失的眼神。

龚求真有时忍不住问馨璐,就这么看好兰可心?馨璐的回答总是当头一棒,不是说兰可心体贴待人,就是说兰可心是她的未来,反正兰可心就是让她欲罢不能。对龚求真,她只是把他当成了无话不谈的同事和朋友,至于龚求真有进一步发展关系的意思和举动,馨璐心里明白得很,但就是装着糊涂,刻意保持距离,令他难以逾越。

龚求真看得出来,馨璐不反感他,但就是不想和他在一起。每当龚求真的“攻势”猛烈的时候,馨璐和兰可心的亲密程度就会加剧。龚求真看在眼里,但却不明就里,只是内心隐隐作痛。不知不觉间,他内心的苦楚转化为对兰可心的嫉妒,甚至有时,龚求真想冲过去,一拳头把兰可心的鼻子打出血,或许这样才够解恨。可是,话说回来,兰可心可不是方天明,即便他在某些场合对龚求真有非议,但并没有和龚求真有过直接冲突。更何况兰可心现在是老板身边的红人,龚求真再糊涂也不会傻到公开冒犯兰可心。还有什么办法呢,龚求真不断地问自己。背后说兰可心的坏话,他不会说;花钱雇个社会的小混混,打兰可心一顿,他自己都觉得龌龊;把馨璐“抢”回来,“生米做成熟饭”,龚求真偶尔只是冒出个小小的念头,瞬间就一闪而去。龚求真即便气得背过气,也想不出更好的办法。无奈加上郁闷,让龚求真在冬日开始的时候心灰意冷,他想给自己放个假。

龚求真找了借口,“骗”到两周的假条,名正言顺地“休假”了。

过度的无聊会让人精神错乱,龚求真害怕自己会在宿舍一气之下砸个桌子,摔个碗筷。临近傍晚,他犹豫中拨通了鹿灵的手机,想把自己心中的不快向她倾诉。

每次都是如此。只要一听到鹿灵柔和中带着关切的声音,龚求真就觉得自己好像飘了起来,十分轻松。“鹿灵,”龚求真强作高兴,试探着问,“你还在临海?”

“在,在,”鹿灵掩饰不住内心的欢喜。她似乎听出他不同以往的语气,不禁问,“听你的口气,是不是闹情绪了。”

龚求真把手机从耳朵边拿下来,放在胸前暖了一会,又慢慢贴到耳朵上,语气低沉地说:“我现在休假了,两周。”

“啊?”鹿灵惊讶道,“不是一直都好好的,怎么休假呢?”她又自语道,

“生病了？嗯，不会的！”

“鹿灵，你就别猜了，”龚求真语气变得无奈，“我就是有点郁闷，想找人聊聊？”

“那我们就见个面，”鹿灵就势提议道，“还在上一次的那家，靠着街面，我们边看街景边吃饭，你说好不好？”

前段时间，龚求真到车间不久，就是和鹿灵在一家叫“浪漫地带”的特色餐吧吃饭谈心。那一次，难得周天没凑热闹，龚求真兴致大好，他完全沉醉在和鹿灵心灵交流的二人世界里。也就是在那次，龚求真敞开心扉，和鹿灵谈起了馨璐，谈起了他对馨璐的感情。

一放下电话，鹿灵就意识到，龚求真的烦心事应该不是工作上的事，而是那个叫馨璐的女孩。自从上次和龚求真见面，他说他一直在追馨璐，鹿灵的心就像被针扎了一下，虽未出血，却留下丝丝痛楚。此时，她站在街对面，透过玻璃窗注视着龚求真，这个火车上她遇到的那个大男孩，那个从指缝里偷看自己的大男孩。女孩的直觉是敏感的，当初毕业离校，她和龚求真在火车上第一次见面，她就对他有一种说不出的感觉，特别是她不经意注意到，他借着揉脸之际，透过指缝偷看自己，她不仅不反感，反而增加了一丝对他的好感。她自己都说不清，为什么第一次见面，表面上她一直冷落着他，其实内心并不是这样。她很庆幸能和他在同一个城市工作，这样她们就会有不少见面的机会。以后能继续发展吗？在火车上，她一想到这些，就更加不敢看他，不敢和他说话。她喜欢龚求真，梦想着他们之间走得更近，甚至能……每当鹿灵想到这，随之而来的却是无可奈何的叹气。鹿灵一想到自己的父亲，一想到周天，无奈甚至是绝望的泪水就会顺着脸颊不自主地滑落下来。她愤慨命运的不公，也许，她和龚求真只能做同林鸟，但却永远不能比翼飞。

“先生，我能坐下吗？”

龚求真抬头一看，鹿灵正笑眯眯地看着他。“鹿老师，我很荣幸你能坐在我的对面。”龚求真故作绅士地说。接着，他起身，绕过鹿灵，礼节性地挪了一下椅子，让鹿灵坐下。

龚求真给鹿灵斟满了水，放在她面前，然后不住地打量她。今天的鹿灵十分好看。一张白皙光洁的俏脸，在绣着蕾丝花边的粉色立领毛衣的衬托下，显得高雅端庄而又活泼清秀。

鹿灵坐下，喝了一口水，又搓了搓手。“是在看我呢，还是想着她呢?”鹿灵打趣道。

一听鹿灵提起馨璐，龚求真愣了一下，随即哑然不语。

龚求真不说话，鹿灵知道，他这就是为馨璐而烦心。

“鹿灵，”龚求真有气无力地说，“我是不是很没用，是不是不值得她喜欢?”

“不，”鹿灵语气坚定地说，“在我眼里，你一直都是最优秀的，而且永远都是。”

“是吗?”龚求真叹口气，沉默无语。

看着龚求真这个样子，鹿灵忍不住想握紧他的双手，借此安慰他。尽管他的双手交叉，摊在桌面，就在她的眼前，但她还是忍住了，她不知道自己为什么心里想着却不能抓紧他的手。

鹿灵借势拿起杯子，掩饰自己的尴尬。“我知道你和馨璐的事，”鹿灵劝慰道，“馨璐是个好女孩。她喜欢你说的那个兰总，肯定有她的缘由。在你看来，兰总的缺点，可能正是馨璐在意的。”

“我就是不服气，”龚求真愤愤地说，“他除了是个领导之外，我哪点比他差？对馨璐，我是百依百顺，从不惹她生气。可他呢，馨璐就跟我提到过几次，说他训斥她，把她都说哭了。”

“求真，我理解你，但是，你却不理解我们女孩。”鹿灵微微摇头道。

“我还不理解？我每次不都是听她的。”龚求真一脸无辜。

“有的女孩喜欢男孩对她体贴入微、言听计从；而有的女孩却喜欢对她凶巴巴的男孩。女孩只要喜欢男孩，男孩的一切缺点，她都能接受，甚至引以为豪。就像馨璐，兰总在她眼里，那就是‘王子’，你又怎么能取代他呢?”

“我可不想取代他，他有什么好，比我差远了!”龚求真一脸不屑。

不一会，菜上齐了，龚求真还给自己要了瓶低度的白酒。尽管鹿灵反复劝说龚求真少喝点，但借着烦躁的心情，他不知不觉有些醉了。话越来越多，向鹿灵的倾诉就更加直白。说到伤心处，龚求真竟然眼含泪珠，眉头都拧成结了。

看到龚求真这样，鹿灵更加难受。一个大男人，竟然为女人落泪。鹿灵心里不是滋味，她既羡慕馨璐，又添一份妒怨。下意识地，鹿灵站了起来，走到龚求真的一侧，双手搭在了他的肩膀上。

龚求真感受到，鹿灵轻柔的手轻轻按在他的肩头。一股热乎乎的暖流渐渐流淌到他的心里，开始温暖着那颗脆弱冰冷的心。龚求真慢慢仰起头，看着鹿灵，轻轻地抚摩着她的手。

鹿灵冲龚求微微一笑，双手依旧搭在龚求真的肩膀上。

“龚求真，”就在此时，二人身后猛地传来愤怒无助的声音，“你可以啊！”

一听声音，鹿灵像触电似的，马上收回双手。龚求真则扭头循着声音一望，马上站了起来。

一个此时二人最不想见的人出现在他们面前。周天虽然面带平静，但却蕴含着怒火，双手插兜，两眼直勾勾地盯着他们。

龚求真面带尴尬，一时不知说什么好；鹿灵脸颊一红，瞬间又转为沉稳，干脆瞪着周天。

周天走了几步，坐在二人的对面，然后摆摆手，示意他们坐下。“别都站着，坐下，坐在一起吧！”周天带着怒气，调侃道。

馨璐也不客气，推了推龚求真，自己先坐下了。“周天，你，你……”鹿灵恼他，一时说不下去。

周天抬手，冲龚求真向下摆了摆，示意他也坐下。“我在这不对，是吧，耽误你的好事了！”

鹿灵一瘪嘴，扭过头，不言语了。

“周天，”龚求真好言道，“你别误会。我今天休假，而且近期工作又出了事，挺烦的，这不就找鹿灵，聊聊天。”

“聊天？有这么简单！”他重重的鼻音“哼”了一声，“别再说了。我一直盯着你们，怎么说着说着，手都上肩膀了！”

“周天，”鹿灵怒道，“你别乱说，根本不是你想的那回事！”

“就是，”龚求真附和道，“周天，我不是你想的那种人！”

“算了吧！”周天面露轻蔑，“第一次见面，在火车上，我就看出你对鹿灵不怀好意。来临海之后，你们不也是经常见面，现在都发展成这样了，你说我该把你当成什么人？”

见周天如此，龚求真不由得气恼。“周天，你别小看人……”

“小看人，你就是小人！”周天不待龚求真说完，加了一句。

“噌”地一下，龚求真站了起来。“我看你才是小人，你妄自揣摩，乱给人扣帽子，你说你还不是小人，不，你是个没脑子的人！”

周天本就不是一个善于说话的人,一听龚求真如此说他,竟然语塞,只有呼哧哧地坐在那里,时不时抬头瞪着龚求真。

鹿灵一看,赶紧拉了拉龚求真的衣角,生怕他们打起来。

龚求真得理不饶人,给人的感觉似乎想借这个机会,把心中所有的不快都发泄到周天身上。

“我真为鹿灵感到惋惜。你看你这样,还想和鹿灵在一起,你这么做,完全是不尊重鹿灵。”龚求真一屁股坐下来,“就凭你现在这样,我还告诉你,我喜欢鹿灵,我现在还想追她,你能怎么样?”

听龚求真说这些,鹿灵忙低下头,好像生怕周天看见她异样的眼神。

周天情绪激动,猛地操起水杯,冲龚求真泼过去,嚷道:“你想追鹿灵,美得你!”说完,他瞪了鹿灵一眼,喘着粗气走了。一时间,旁边就餐的顾客都用怪怪的眼神看着呆若木鸡的龚求真和不知所措的鹿灵。

“他,”鹿灵看着周天的背影,带着哭腔道,“他怎么这样!”

过了好长一会,龚求真才平静下来。看着身边的鹿灵,娇弱的身子被周天一番“打击”,不住地微微抖动。龚求真一阵怜悯涌上心头。他站了起来,坐到她的对面,毫无顾忌地抓住了她的手,眼神中充满了歉意。

低声啜泣了一阵,鹿灵才止住眼泪。她抬头看着龚求真,虽然眼角挂着晶莹剔透的泪珠,嘴边的微笑已然浮现出来。“你没事吧!”鹿灵反而问龚求真,“都怪周天不好,我代他向你道歉。”

龚求真笑着摇摇头:“我没事,你呢?”

鹿灵抽回被龚求真抓着的手,用手背擦拭着眼泪,点点头:“还好,只是觉得太突然了,其实我心里,我心里……”鹿灵咬着嘴唇,不言语了。

“你心里早就知道会有今天,”龚求真递给鹿灵一张餐巾纸,“我说的没错吧。”

鹿灵点了点头。

“鹿灵,”龚求真低头沉思了一会,“有件事我一直想问,从我们当初下火车那一刻我就想知道,”他略微停顿了一下,“你和周天的关系好像不仅仅是一般的情侣关系。”

鹿灵看着龚求真,点头默认了他的猜测。“我们还是换个地方吧,要不我们边走边说,好吗?”

龚求真拉着鹿灵的手,沿着海边走着。鹿灵显然并没有拒绝的意思,一边说着自己的事,一边任由龚求真拉着她的手。

一路走过,龚求真当了一回老老实实的听众,听鹿灵诉说她和周天的故事。

鹿灵和周天的关系的确不一般,他们不是两情相悦的情侣,而是当年指腹为婚的结果。

早年,鹿灵和周天二人的父亲是亲密的战友。一同复员转业,周天的父亲进了镇政府机关,而鹿灵的父亲则由于意外事故,导致左腿残疾,无法继续工作了。命运的捉弄并没有影响到他们的情谊,正好二人的妻子都怀有身孕,他们就约定:孩子出世,要么就结为夫妻,要么就义结金兰。鹿灵和周天一出世,他们就注定未来要成为夫妻。当两个孩子一起玩到要上小学的时候,周天的父亲调到县城工作,彼此的联系就少了。不过,作为鹿灵的干爹,周天的父亲一直资助鹿灵一家。不幸的是,鹿灵刚考上县重点高中的时候,她的父亲突然病故,一家人顿时陷入窘境,仅靠母亲打零工挣来的那点钱是不足以让鹿灵上大学的。好在有周天的父亲。正是在周天父亲的关爱和资助下,鹿灵得以读完高中,并和周天一起考上了同一所大学。鹿灵虽然不讨厌周天,但对他并无感觉。不过鹿灵不会忘记父亲临终前对她说的话:善待周天的父母,好好跟周天过日子。鹿灵含着泪水,点头的刹那间,她知道,尽管不喜欢周天,但她的生命中也不会有别人了。就这样,鹿灵和周天就成为心照不宣的情侣。周天自恃父亲曾经帮助过鹿灵一家,更加无所顾忌地把鹿灵当成他未来的媳妇。

"鹿灵,"龚求真打破了沉默,"你们指腹为婚,那是过去的事,并不意味着你们今后要在一起。"龚求真松开手,双手扶着鹿灵的双肩,凝视着她,"以前的事先不考虑,你要自己问自己,到底爱不爱周天。"

鹿灵看着龚求真,轻轻挣开了他的双手,转而望着远处黑漆漆的海平面。半晌,鹿灵喃喃道:"周天木讷憨厚,对我一直都很好,我对他并不反感,只是,"她转过身,看着他,"只是我不知道这是不是爱。"

龚求真若有所思地点点头,走近一步:"鹿灵,我现在理解周天。他是真心喜欢你,他对你的爱是自私的爱,是占有的爱,但也是发自内心的爱。"他长叹了一口气,"其实我对馨璐又何尝不是这样,只不过她并没有真正考虑过我对他的爱。你看你,至少你给他的感觉是,你还能接受他。"

"不,"鹿灵断然否定,随即又犹豫道,"我接受周天?我不知道,求真,你说我接受周天吗?”

此时,龚求真不敢正视鹿灵的眼睛,他不知道该如何回答她。为了避免让鹿灵看出自己心里所想,龚求真转身朝前方走去。不一会,就听见背后嗒嗒声,鹿灵小跑着跟过来,拉着龚求真的手,二人继续默默前行。

龚求真拉着鹿灵的手,内心翻滚着理还乱的念头。他喜欢鹿灵,喜欢和她在一起,喜欢和她说话,喜欢看她能盛着露珠的小酒窝。他也能感觉到,鹿灵在乎他,只要他主动,鹿灵一定会接受的,即便他们之间有个周天存在。但是,在他的心里,还有一个馨璐,那是个让他朝思暮想的女孩。如果说让他选择的话,他会毫不犹豫地选择馨璐,但鹿灵却又像是他的“心头肉”,藕断丝连。龚求真一想到这些,内心就更加烦乱,甚至还有些痛楚。

龚求真左思右想,理不出头绪。一边的鹿灵边走边看龚求真,偶尔还嗔怪道:“问你话呢,你都想什么呢?”

龚求真自顾走着,装做没听见。

好久好久,龚求真才冒出一句话:“我觉得周天爱你就像我爱馨璐,馨璐要是有你一半就好了!”

听龚求真这么说,馨璐身子猛地一抖,停住了。龚求真也跟着站下,看着鹿灵,半晌才解释道:“鹿灵,对不起!”

刹那间,龚求真看到泪水在鹿灵大大的眼圈里打转,转来转去,一不小心就如同断了线的珠子从眼角滚落。龚求真内心不断地告诫自己,忍住,不要再给鹿灵添烦恼了。心里虽然这么想,但龚求真还是忍不住伸手为鹿灵擦拭被泪水浸湿,亦或是被海风蹭得红彤彤的脸颊。

本想找鹿灵倾诉烦恼,没想到又带回烦恼。从这之后,龚求真更加无聊,对工作提不起一丝一毫的兴趣。他不知道鹿灵还能不能继续和他交往,也不确定经过几次努力后,馨璐能不能对他的好感与日俱增。这样的日子,就在无聊中度过。整个人的状态不好,自然就会受到领导的批评。一两次工作失误后,龚求真待岗的时间被无限期延长。

龚求真无限期待岗,在蓝海可是“前无古人”。在日复一日的无聊中,他对未来产生了疑问:未来在哪里? 下一步该怎么走?

一般来说,待岗的人都没什么“正事”,打杂跑腿的活就是家常便饭。

有一次,龚求真到总部办事,顺便到管华的办公室取一份生产部的培训评估报告。有过项目组工作的经历，管华还是比较认可龚求真的。尽管龚求真下放到车间，管华偶尔也会到生产部，顺带着过问一下龚求真的工作情况。

门虚掩着。龚求真竟忘了敲门，直接推门进去。意想不到的是，管华正坐在沙发上看报纸。作为老板的"参谋"，管华是公司公认最忙的员工。以往龚求真见到管华，多说几句都很难的。

见龚求真进来，管华放下报纸，招了招手："是小龚啊，过来坐！"

龚求真快步走了过来，坐在沙发的另一侧，好奇地问："管老师，我看您看报纸呢，就进来了！"

管华笑着说："是啊！培训已经结束，报告也出了。正巧我前几天身体不适，大夫特别让我留家静养几天。我和老板打了招呼，他得知我病了，非要让我休息一周。可在家待了几天，我还是放不下公司的事，今天就过来看看。好在大家工作都很出色，我也就放心看看报纸。小龚，你今天到总部办事？"

龚求真接过话："过来把技术改进方案做一份备案。"

管华点点头。他又关切地问："小龚，你无限期待岗，这样下去可不行，你没有打算？"

听管华问他待岗的事，龚求真就想借机向他请教。"管老师，今天您难得休息，我有一些想法能否跟您说说？"

"哦，那好，说说看！"管华似乎对此很感兴趣。

"管老师，车间的工作其实平静如水，待岗就待岗，我没什么想法。但是以前的事，我一直放不下。您看，我在蓝海工作的时间也不短了，虽说学到一些，但也有遗憾的事，特别是在项目组独立开展工作的时候。本来我认为这是好机会，自己能更加进步，但不曾想项目半途而废。为了项目，大家都很忙，公司也付出了不少，可最后却不了了之，我认为这是极大的浪费。浪费了金钱，也影响了大家的工作激情。特别是我，我自认工作努力，也一心想着公司的利益，结果却到了车间，我难以理解，仅仅就凭什么私签协议？"

龚求真一口气说了这么多，急切地想得到管华的答案。

看着龚求真，管华沉思了一会，说："工作中的问题要想办法解决，而不是抱怨，这是我首先要纠正你的。"他动了动身，"今后的工作你还会遇到比这更困难的局面，要学会随时调节情绪，这是一项重要的职场技能，它甚至比你的专业技术还重要。再有，你谈到项目组的事，都已经过去了，就不要念念不忘。不过，总结是必须的，要总结自己的得与失。回忆当时的情况，看看哪里是自己疏忽的，如何改善，而且还要把改善有意识地带到今后的工作中去。记住，把本职工作做好是根本，但同时也要善于处理与工作有关的各种协调、沟通。单纯地认为只要做好工作就万事大吉了，这在现如今的职场是不可能的。从古到今这样的人大都得不到好的结果。所以，对于一个职场人士来说，坚持自己的原则，或者说坚持真理，是我们的追求与使命，但也要更加灵活地做到变通，有变通才有可能。人就是这样，正所谓'树挪死、人挪活'，观念一变天地宽。不论在哪工作，做自己擅长的事、做有意义的事，把本职工作做到位，这才是职场之道！"

管华一席话，龚求真豁然开朗。"是啊，已经这样了，再抱怨无非还是无限期待岗甚至被开除，没必要。我意志消沉，馨璐也会看不起我的。"回到车间，龚求真自然而然地把管华说的话与自己的现状结合起来。"可就在车间里待着，也没意思。到市场部，经常出个差，倒是挺好，可兰可心和方天明不又有机会整我了；再回人力资源部，我的专业也不合适；到管华这作企业管理，现在还不懂。到哪去呢？"

龚求真越想脑子越乱，就打算到外面走走。突然，一个念头闪现：到外面走走！龚求真意识到，到蓝海外面的世界走走，是不是会有更多的机会呢？

想到这，龚求真觉得眼前豁然一亮，他知道，一旦有了离职的念头，就不会安于现状。离职，对任何一个职场人士来说都是一个慎重的话题。可对龚求真来说，他没想这么多，也不想有太多顾虑。从现实看，他在蓝海的机会不多。项目组的机会没抓住，可以说龚求真不会再有好机会了。况且他又不甘心无限期待岗，也就只好"走为上策"。

主意已定，就不要犹豫不决。龚求真坚信，自己离开蓝海是最好的选择。但是，龚求真心里也清楚，他如果现在就向图青提辞职，找到下一个单位之前，恐怕连住的地方都没有。龚求真反复思索着如何才能顺利地离开蓝海。龚求真有把握，秦薇不会为难自己，只有图青和蔺有成可能会制造一些麻烦。所以，让他们不对自己反感，这是龚求真眼下要解决的。如果说能够让图青看出自己的悔意，看到自己安心踏实地工作，他就会对自己的印象慢慢好起来，而这期间要是能找到下家，就不会没有住的地方。要实现目的，龚求真想到的当务之急是做好两件事：一是让图青看到自己积极的工作状态；二是尽量找各种机会联系工作。反复思量过后，龚求真对自己的想法甚是满意，他甚至想到了这是不是就是秦薇曾经说过的方式、方法。明着我努力工作，暗地里我找别的公司。当别的公司确定要我了，也好正式提出辞职。龚求真这么想，也就这么做了。转眼间，龚求真就像换了一个人似的，谦虚稳重、状态高涨，与之前那个有点自大、委靡颓废的龚求真大不一样了。只是有一点，那就是龚求真经常不在车间，甚至不在公司，他其实是去了人才市场。龚求真背着公司、背着任何人，忙着找工作。他隔三差五游弋于人才市场或是某面试单位，为自己的未来努力着。

八　创业伊始

创业就像是黑暗里的一盏烛光，吸引着无数"萤火虫"，前赴后继要分得一杯羹。龚求真第一次听到托管式合作创业，就不由自主地向往。一次偶然，龚求真异地创业的大幕得以拉开。前面等着他的一定是鲜花和美食？看似风光的行程，却是意想不到的"危途"。

元旦过后,临海普降大雪。对于偶尔可见零星雪花的临海市民,这场突然而至的大雪虽然给人们的出行带来诸多不便,但更多的则是一种前所未有的新奇和快乐。缓踏积雪前行,随处可见路边的大人和孩子,均抵不住诱惑,手捧略微发粘的雪,或滚成越来越大的雪团,或掷向同伴,雪花散开,笑声盈盈。

龚求真急匆匆走在路上,他想赶紧回公司问问行政,馨璐这几天都干什么去了,怎么天天都不见她的人影。

路上,龚求真莫名其妙地冒出一个念头:馨璐不会是和兰可心旅游结婚去了吧！因为就在前几天,馨璐曾无意中透露,她要和兰可心春节前订婚,这也是两家的意思。当龚求真听到这样的消息,犹如五雷轰顶。他在馨璐面前强作镇静,但内心却已翻江倒海,酸楚连连。他知道,也许这辈子都得不到馨璐。纵然怨天尤人,但天意如此,龚求真虽然心里发誓永远都不放弃馨璐,但表面上也只能无奈地送上祝福。这段时间,龚求真看似积极工作,状态甚佳,可心里却不安分。他的内心不仅要承受着找工作不利的郁闷,更要忍受自己心爱的人即将嫁为人妇的痛楚,二者交织,令龚求真痛不欲生。一路上,他反复想,如果他们真是订婚,然后外出旅游,也要打电话给馨璐。不管她在哪里,不管兰可心怎么想,他都要向她畅诉心中的爱,这份爱不说出来,会让他后悔一辈子的。

不知不觉,龚求真来到了公司。和门卫打过招呼,龚求真马上就奔行政部办公室而去。门虚掩着,龚求真没敲门,直接推门而入。一看,原来有同事早到。他急切一问,方知馨璐住院了。一听之下,龚求真心中一震。怪不得舍友说一连几天都没看见馨璐,原来是住院了。问明情况后,龚求真赶紧给图青发了请假去医院的短信,然后转身快步离开。还未出大楼,龚求真正好撞见图青。图青见他着急慌忙的样子,关切地说:“小龚,不要急！今天没什么事,你就好好照顾病人!”龚求真点头示意:“谢谢图厂长！我尽量早回公司!”话音未落,人已经出了大门。

馨璐其实是急性阑尾炎发作住院,手术后就在医院休息。本来今天可以出院,可正好赶上大雪,不方便行走,更何况她也想借这个机会,多休息几天,免得一上班就心烦。一想到上班,馨璐就想到了兰可心,而一想到兰可心,馨璐就恨得咬牙切齿。明明知道自己住院,可他偏偏在这个时候出差,这让馨璐不理解。“公司好像就他一个人忙,离开他公司还不转了?”馨璐恨恨地自语道。

龚求真很快就找到了馨璐的病房。透过门缝,龚求真看到了馨璐。她穿着病号服,正斜倚在床头看杂志。看着馨璐病态未愈的样子,龚求真不觉心生怜悯。也算大病一场,馨璐看起来很憔悴。原本充满诱惑的波浪形秀发随意地四下散开,略微苍白的脸上难见往日的红光,肥大的病号服包裹着上身,使得原本婀娜多姿、玲珑剔透的身体曲线美顷刻间“荡然无存”,唯有馨璐手捧杂志,偶尔轻轻撩拨秀发的样子,依稀让人看到一种只有在她身上才能体现出的女人妩媚的美。

“先生,”一个冰冷的声音传来,“你看病人?”

龚求真忙回头,眼前一个小护士在问他。

“嗯,”龚求真点头道,“我过来看一个朋友,就是里面靠窗户的那个女孩。”他的眼神指了指馨璐,又追问了一句:“护士,她的病好些了?”

护士边推门边没好气地说:“好,好到都可以出院了!”

龚求真跟着护士进来,绕过护士,快步奔到馨璐的床前。

馨璐正在看杂志,一听龚求真的声音,忙抬头,张了张嘴,似乎惊讶得说不出话来。

“住院也不跟我打个招呼,”龚求真把馨璐手里的杂志“抢”过来,随手扔到一边,面露急色道,“到底是怎么了,好好的人还住院了!”

看着龚求真一脸的焦急,馨璐心中微微一颤,她想到了兰可心。龚求真都能来看她,可他却有心情出差,一想到这,馨璐委屈得鼻子一酸,低头不语。

龚求真顾不上理会馨璐在想什么,而是麻利地给她往身上盖了盖被子。接着,他坐在了床的一角,随口嘟囔了一句:“天冷,盖好被子!”

馨璐顺势盖好被子,悄声说:“就是一个阑尾手术,不好麻烦大家来看我。”话是这么说,可馨璐心里想的却是另外一回事。馨璐其实并不想让龚求真知道,更不想龚求真来医院看她。馨璐心里清楚,一直以来,龚求真对自己有意。不过她的心早已属于兰可心。他各方面条件都比龚求真要好,更何况他很受老板重视，在蓝海的前途不可限量。尽管兰可心曾经追求过秦薇，对自己也是若即若离，可馨璐有信心，她相信最终能赢得兰可心。自从兰可心默认了他们的关系，馨璐就尽量做一些让他高兴的事。对龚求真，馨璐并不反感，而且内心深处还有着一种难以割舍的喜欢，但她并不想因为龚求真而让兰可心误会她。所以，这次住院，她特别叮嘱同事，不要告诉龚求真。没想到，龚求真却找上门来，她真担心兰可心出差回来，正巧碰见龚求真，不知道自己又得浪费多少口舌。

打定主意，馨璐故作冷淡，连看都不看龚求真一眼，随意说："求真，今天的雪太大了，不方便出院。要是没什么事，你还是赶紧回公司上班。"

龚求真能看出来，馨璐是担心被兰可心看见他在这。"是不是怕他进来，"龚求真哼笑道，"你放心，这么大的雪，他不会回来的。唉！他对你真可以，你住院，他出差，真会挑时候！"

馨璐对兰可心有怨言，但当着龚求真的面，她不能流露出丝毫的情绪。想了想，馨璐有意岔开话题，就问龚求真："求真，在我的印象当中，这还是临海头一次下这么大的雪，我真想堆个雪人。"

"不行，"龚求真用力一摇头，否定道，"你现在要好好休息，别光想着堆雪人，万一感冒了，那可就麻烦了！"馨璐被拒绝而稍显失落，再加上术后痊愈期颓现出的病态，更显得弱不禁风，让人爱怜得要命。

看馨璐又微微撅起小嘴，龚求真不觉心软下来，提议道："我们不能到外面去，那就一起看看窗外的雪景吧，我给你讲讲北方的冬天，那的雪景才叫绝呢！"

馨璐知道龚求真在这，她就别指望着到外面近距离抚摩软软的雪了。"好吧，"馨璐叹道，"我就看你能给我描绘出一个什么样的北方雪景！"她眼前一亮，"你说北方的冬天，一直就像这样被厚厚的雪覆盖着？"

"现在不是了，"龚求真站起来，走到窗前，"现在北方的冬天也不是那么冷了。整个气候都在变暖，除非，除非你上南极或者北极。"

龚求真说完，转过身来，从衣架上拿起一件外套，给馨璐披上。二人坐在床边，看着外面的雪景。龚求真时不时双手比比画画，惹得馨璐娇笑连连，偶尔也会捣龚求真一记粉拳。

时间一长，二人的兴致略减。就在馨璐起身，准备上床半躺着的一刹那，她注意到，窗外不远处走过来一个身穿紫色外套的女孩。女孩手提一个保温瓶，偶尔会用手滑过灌木丛上的积雪。馨璐指着女孩，胳膊肘连捣龚求真，急道：“你快看，求真，那个女孩，我以前见过她。”

龚求真顺着她手指的方向，果然看见一个女孩踏着积雪，轻盈盈地迎面走了过来。看着看着，龚求真猛然意识到，这个女孩似乎见过，可在哪见过却一时想不起来。“每次看见她都是一身紫色装扮，真美。”馨璐在一旁羡慕道。

“紫色，每次都是紫色。”龚求真自言自语。

窗前一片开阔地，有一个专门为病人休闲散步而打造的小公园。临近馨璐病房，有一片低矮的依旧青翠的绿篱。女孩边走边在上面画来画去，似乎在作画，又像在写字。龚求真和馨璐注视着女孩的一举一动，馨璐不时为女孩的美貌气质发出啧啧感慨。“我对她印象挺深的，”馨璐自语道，“这么好的女孩，竟然为负心汉流产，真可惜！”

龚求真看着女孩，听到馨璐的自语，突然想起了以前曾经偶遇到的那个喝酒喝多了，一直干呕的女孩。仔细想想，再看看眼前这个女孩，头发依旧是自然的波浪卷，娇美清澈的面颊，略微丰满的身体。龚求真下意识点点头，“哦”了一声。“没错，就是这个女孩。”

一旁的馨璐扭头看着龚求真，诧异地问：“你们认识？”

“认识？不，”龚求真赶紧纠正道，“应该是去年这个时候，我和朋友吃饭，曾经见过她。”接着，龚求真简单地把当时见到这个女孩的情形说给馨璐。

馨璐听完，“咯咯”笑出声来，用手指着龚求真：“你，你是真不知道还是假不知道。”她双手捂着肚子，笑道，“人家那是有孕在身，学名叫妊娠反应。”

“什么？”龚求真大吃一惊，内心瞬间有一种失落感，“你是说她现在已经当妈妈了！”

“什么什么呀，”馨璐嗔怪道，“现在当不当妈，我可不知道。”她又深沉道，“她挺可怜的，一个人去流产。当时我正好体检，看到她在大夫面前哭得一塌糊涂，估计被男友甩了。”

“还有这么一回事。”龚求真抬头看着窗外白茫茫的天地中，绿篱旁的那个亭亭玉立的女孩，目光中充满了怜惜。

第二天，龚求真又跟图青请了假，一大早就赶到医院。正当他准备进病房的时候,门徐徐而开,出来的竟然是兰可心。龚求真心头一紧,眉头低沉,盯着兰可心。馨璐在兰可心后面,看样子是送他出来。馨璐本来小鸟依人般拉着他,一看到龚求真,脸色大变。她下意识地看着兰可心,一脸无辜的样子,似乎在说:我怎么知道他会来！兰可心看到龚求真,也是微微一惊。他扭头看了馨璐一眼,然后冲龚求真略一点头,算是打了招呼。龚求真却并未答理兰可心,依旧站在门口。不一会,龚求真似乎从对立的情绪中清醒过来,转身让了让,微带尴尬地说:"我,我本来是看一个老乡,没想到馨璐住院了,顺便过来看看。"

兰可心挣了挣胳膊,示意馨璐松开。"每次都这么碰巧,"兰可心挖苦道,"看就看吧,同事吗,是不是,很正常!"他瞪了一眼馨璐,"不过就算是同事,也不至于肩并肩坐在床上看雪景,太浪漫了吧!"

一听兰可心此言,龚求真和馨璐不约而同地"啊"了一声。

"馨璐,"兰可心沉着脸道,"我能理解正常的同事关系,可你怎么说昨天来的同事没有他?"

馨璐欲言又止,呆呆地看着兰可心;龚求真本就恼兰可心在,现在他又话里带刺的,更让他绷紧了脸,面色铁青。看着二人截然不同的表情,兰可心抬起双手摆了摆,做出无奈的样子:"都别这样,我走,你们聊,可以吧!"他撇下委屈的馨璐和眼里冒火的龚求真,转身大步离去。

兰可心一走,馨璐和龚求真再次面面相觑。龚求真正想向馨璐解释,就见她双眼一松,泪水夺眶而出。她一跺脚,转身进了病房,并将房门从里面反锁了。

龚求真轻轻敲了敲门,愧疚地说:"馨璐,对不起,我没想到他在这,更没想到我们,我们坐在床边看雪景竟然被他看见。"

"行了,"馨璐啜泣道,"你以后别来烦我,行不行?"

"馨璐,"龚求真央求道,"把门打开,我向你解释。"

"每次都是因为你,"馨璐带着哭腔抱怨道,"你不找我,他也不会误解我。"不一会,馨璐慢慢止住了哭泣,求着他,"你走吧,我不想见你!"

任凭龚求真怎么解释,馨璐就是一声不吭。

龚求真的敲门声惊动了护士。"干什么呢?"护士老远喊道,"别打扰病人休息!"

护士的警告还真有效果。龚求真停下来,头抵着门,一动不动。僵持了半天，龚求真才转过身来，靠着门，看了看左右，长叹一口气，低头离去。

馨璐此时的心情很糟，就是因为龚求真。之前兰可心曾经多次提到，让她少接触龚求真。馨璐满口答应，说什么自己和龚求真只是工作上的接触，不会有交往。可馨璐的内心似乎依然留有龚求真的位置，她并没有直白地拒绝龚求真，只是刻意和他保持距离。今天这种情况，馨璐始料未及，毕竟自己撒谎在前，难怪兰可心生气。渐渐地，馨璐平静下来，听到门外没动静了，这才开始考虑怎样才能让龚求真死心。为了兰可心，馨璐暗下决心，一旦有合适机会，就和龚求真作个彻底了断。心里虽然这么想，但一想到真的要和龚求真就此结束，馨璐心中就有种说不出的苦。

龚求真颓丧地走出了病房楼。外面银装素裹，被雪花过滤的空气异常清新，龚求真不由得深深地吸了一口。他靠着门边的柱子，看着不远处打雪仗的孩子以及拍照留影的大人。那些人欢声笑语，流连于难得的白雪天地，享受雪中乐趣。龚求真看着他们，心里想的却是馨璐。源于兰可心，龚求真知道自己再怎么努力，馨璐也不会走到他身边。尽管这是事实，但龚求真并没有放弃的意思，只要馨璐和兰可心没走到那一天，他就有机会。今天真是倒霉，兰可心突然冒出来，更糟糕的是昨天和馨璐一起坐在床上看雪景，居然被他偷看到了。这个人真是太可怕了，龚求真觉得自己千算万算，最终也没算过他。好在馨璐看样子很气恼，但不至于绝情于己。"既然走到这一步，那就和兰可心拼个鱼死网破，看看到底谁是最后的赢家。"想到这，龚求真微微一笑。

龚求真不顾那么多了，他要赶紧跑回病房，向馨璐倾吐心里话。就在龚求真风风火火大步向病房走去的时候，在走廊拐角处，他迎面撞上一个女孩。"砰"的一声，有东西摔碎了。真是乱中添堵，龚求真暗暗自责。"对不起，"他随口道歉。话一出口，龚求真才发现，面前被撞得差点跌倒的女孩竟是昨天馨璐和他谈起的那个女孩。他一下子瞪大了眼睛，目不转睛地看着她。女孩面对突如其来的事故，一时不知所措。她双手捋了捋散乱在耳边的秀发，自顾盯着地上已经破碎的保温瓶。

"对不起，"龚求真又一句道歉，然后他低下身，准备拾掇碎片，"都怪我，我太冒失了，我赔你。"

"别动，"女孩制止道，"已经碎了，还是打扫一下吧。你千万别用手，我去找个扫帚来。"说完，女孩转身朝护士站方向跑去。

不一会，女孩借来扫帚和簸箕。不待龚求真插手，女孩麻利地收拾起一地碎片，倒入垃圾箱里。

龚求真跟在女孩身后，一个劲道歉。女孩归还卫生工具后，这才长长地舒了口气，对龚求真埋怨道："你这个人真是的，这是医院，万一碰到患者，那可怎么办！"

"是，是，"龚求真点头道，"都是我不小心，你的保温瓶摔碎了，我现在就去超市，赔你一个！"龚求真正待转身，又想起什么，"你……你应该是去年，也是冬天，我记得好像见过你，在一家餐馆，你在那……"他做了一个干呕的动作。

听龚求真这么说，女孩微微一愣，盯着龚求真看。不一会，女孩似乎认出他："哦，是你呀！"说到这，女孩突然间脸色微红，旋即低头道，"我那时喝了酒，不舒服。"

女孩竟然记得自己，龚求真不禁满心欢喜。"你怎么来医院了，"龚求真追问道，"你住院了？"

"不是我，"女孩抬起头，神情焦虑道，"我妈妈住院了。"

龚求真不方便问她妈妈是什么病，就换个话题："你看这样好不好，出医院大门，左转，有一家比较大的超市。如果方便的话，我们一起过去，也好让我弥补带给你的麻烦。"

女孩想了想，随和地说："算了，你又不是故意的。"

"那怎么行，"龚求真急道，"损坏他人东西肯定要赔的。"他又以央求的语气道，"一定要赔。我看你也要出去，就算顺路吧！"

女孩见龚求真执意要去，也就不多想了，随口答应了一句："那，好吧！"

二人走出了病房楼。

路上，龚求真向女孩说明了自己为什么来医院，并提到了去年他们在餐馆偶遇的那一幕。女孩言语不多，只是静静地听着，偶尔才顺着他的意思说几句。

买了保温瓶，女孩要回家给妈妈捎饭。临别，龚求真再一次向女孩道歉："都怪我，耽误你的时间，对不起。"

女孩面带微笑："没什么，不用总是道歉。"她扭头看了看超市前的公交车站，"我要回家了，再见！"

"我叫龚求真，"作完自我介绍，龚求真试探性地问，"能不能知道你的名字?”

“我,”女孩羞涩一笑,“叫我紫月吧! 再见!”

看着女孩跑向公交车站,乌黑的秀发随风起伏,的确是别样的美! 龚求真看在眼里,心里突然感到后悔,他后悔为什么不送送她。

女孩已经走了,龚求真转身准备去医院。就在此时,兜里的手机一阵“嘀咕”。一看屏显,是个陌生的号码。龚求真不情愿地接通:“你好!”手机里传出浓重的临海郊区的口音。“龚经理,是不是你,听出我是谁了?”

声音听起来挺熟的。可除了同事,要说在临海还有接触的,也就是当初谈合作的几个外协厂的负责人,是谁呢? 一时间,龚求真也想不起来。

“我是龚求真。这的信号不太好,声音时断时续的,你,你是?”龚求真找了个借口,避免猜错对方带来尴尬。

“我大声点,”对方提高了声音,“我是老王,娃宝厂的,设备租赁,想起来了?”

“设备租赁,娃宝,”龚求真脑海中快速闪过这几个字,渐渐有了印象。“是你呀,王工,好久没联系了!”

“可不是,”老王抱怨道,“你龚经理可真是个大忙人。项目停了,你也得和老哥多联系吧!”

“对,对,”龚求真微微自责,“王工,真是一言难尽。好好的项目停了,我到了车间,一直忙着,也就没联系你们。”说到这,龚求真又一想,老王不会无端打电话找他,就开门见山问:“王工,是不是有事找我?”

“我就说吗,”老王赞道,“当初我们谈合作,我怎么想的你都知道! 没错,我受人委托,有事和你谈谈,面谈,老弟,你安排时间,什么时候都行。”

看看时间,快中午了。一般这个时候,馨璐的妈妈会给她送饭,自己在那候着也不是个事。再说了,听他的语气似乎很急,龚求真干脆就把见面的时间定在中午。

有过几次交往,老王算是龚求真的老大哥了。他是娃宝厂的厂长助理,当初龚求真来厂谈合作,很多事都是由他经办的。

“王工,”龚求真一见到老王,热情地打招呼。走到近前,龚求真紧紧握着他的手,叹道:“几天不见,你怎么瘦了一圈,一定是工作累的!”

老王微一摇头,笑道:“兄弟,见到你是真高兴! 来,坐,边吃边聊。”

老王看样子早有准备,不一会,菜就上齐了。

“兄弟，我做主点的菜，都是你爱吃的。”老王笑眯眯道。

“那就谢谢老大哥了！”龚求真点头示意，又问，“这段时间都忙什么，看把你累的！”

“是够累的，”老王叹道，“兄弟，不瞒你说，我不在娃宝了，我现在和朋友开了个人才中介公司，也就是做猎头。”

“专门猎人才的，那我能不能做你的‘猎物’！”龚求真开玩笑道。

“今天就为猎你而来，”老王收起笑容，正色道，“有个机会，你想不想争取一下？”

“有机会，”龚求真内心一动，忙问，“王哥，莫非帮我介绍公司？”

老王点点头。“兄弟，算起来我们接触的时间不短，我对你还是比较了解的。无论是从人品还是从能力看，你都是非常出色的。如果说当初的项目能继续，你怎么也是个项目总监。现在在车间，是吧，我觉得不适合你，太屈才了。”老王给龚求真斟满一杯酒，接着道，“这人啊，说实话，就应该善于争取和把握机会，往高处走嘛。你还年轻，有很多经历不曾有过，如果一辈子就窝在车间，天天对着那些死气沉沉的设备，能有什么发展。所以啊，老弟，要给自己机会，我说的对吧？”

老王的话正说到龚求真心坎里。现在的龚求真，表面看似对待工作尽心尽力，背地里却在给自己找下一步的去处。老王说的猎头，龚求真知道，但他自认为自己的经历和能力有限，恐怕达不到猎头的要求。今天老王找他，又和他说这番话，一定有他的目的。想到这，龚求真故作无奈地说：“到车间工作，并不是我心甘情愿的。但是这段时间在一线工作，我的确大受益处，收获不少经验。”龚求真端起酒杯，和老王碰碰杯，“不过你说的也对，人都想往高处走，有机会当然要把握。”

“这就对了，”老王站起来拍了拍龚求真的肩膀，“眼下就有个机会，就看你想不想抓住。”

老王又坐下来，点了一根烟。“我有个朋友，最近准备上个项目，实际上就是我们做的那个项目，但他泥腿子出身，手下没几个搞技术、懂管理的，他就想找个高人，一起合作。”

老王边说边看龚求真的反应。当他看到龚求真微微跳动的眼神，心中暗喜，他知道龚求真有想法了。“我觉得这是个机会。他说了，项目前期的各项投资都由他来，你负责整个项目运作。事成后你愿意留下也行，不愿意的话，可以拿一笔钱作为补偿。”

龚求真拿起酒杯，自行抿了一口，心里揣摩着老王说的话。

“兄弟，我觉得这是一种很适合你的创业模式。”老王分析道，“我们做到一定程度，创业是最好的归宿，总不能一辈子给人打工，是不是？你看，创业首先要选对项目，而且一定是自己熟悉的；其次，要有一定的启动资金，二者兼有，就凭兄弟的能力，还能做不成！”老王又羡慕地说，“你看这个机会对你多好。别人创业受制的两个前提，你都解决了。一、他提供资金，你全面运作；二、项目成了，你既可以选择留下做总经理，也可以拿到补偿金，再去选择其他合适的项目。这种托管式创业，也就是他把项目运作甚至是后期的管理委托给你，对你这样有能力但缺资金的人最合适，明白了吧。你可是一举多得，经历、地位、金钱，都有了，多好的机会！”

说到创业，龚求真还真没考虑，或者说根本就没想到。他现在确实想换个环境，无非也就是找另外一家企业，做一份有奔头的工作。创业，如果不是老王这么说，也许会是若干年后他才能想到的。眼下，老王提供了机会，而且还是从未听说过的托管创业模式，龚求真内心不禁痒痒的。他何尝不想拥有自己的事业，自己做老板。到那时，馨璐就能高看他一眼。或许是上天有意安排，当他抱定要离开蓝海的时候，当他在人才市场转来转去找不到满意的工作的时候，上天赐给他一个机会，一个在同龄人中难得的机会。龚求真双眼盯着酒杯，面似平静，内心却波涛汹涌。老王坐在对面，轻易就捕捉到龚求真眼神的变化。他知道，他的事办成了。

“老弟，”老王缓缓地说，“别想那么多了，把握机会要紧。”说完，他从包里拿出一叠纸，递给龚求真，“这是项目资料，你好好看看。这段时间你就好好休息，我给你安排那边的事，争取尽早成行！”

龚求真一边翻着资料，一边感激地说：“王哥，真是谢谢你了！改天我请你吃饭！”

“不，”老王兴奋地道，“等哪天你过去的话，我还要为你践行！”

言毕，二人对视，笑了起来。

饭后，龚求真回到公司。他刚换上工作服，从更衣室出来不巧碰见图青。图青一脸铁青，不用猜，一定是被老板批评过，这种事在蓝海简直司空见惯。当初在项目组的时候，龚求真就渐渐觉察出，但凡被老板批评过，图青、蔺有成等中层基本上都是这样。现在看看图青，龚求真知道，这个时候，他还是赶紧到车间待着为好，免得成了图青的“出气筒”。一想到这，龚求真随意拽上工具，准备到车间去。

就这么有意思，越不想的事来得越快。龚求真本以为出了门就万事大吉了，可没想图青怒气未消的声音愣是把他钉在门口。“小龚，你过来！”

龚求真极不情愿地转身，嘴里答应着：“哎！”

“小龚，”图青双手抱在胸前，神色严峻，“这两天下大雪，外地的原材料供应不上，耽误了生产。眼看新年临近，市场对产品的需求增大，可这时候偏偏下雪，外地的车都堵在了路上。老板对此事很重视，要我们想办法解决，一定不能耽误向市场供货。”说完，他站起来，走到龚求真面前，转而用关切的语气问：“病人好点了吧！”

龚求真点点头。

“我分别派了几个人，”图青道，“包括你在内，现在就动身，到郊区盯着发货。厂家我都联系好了，时间来得及的话，下班之前就可以解决停产的问题。如果时间不允许，你就盯一晚上，明天务必把原材料拉回来。”

“什么？”龚求真怀疑自己的耳朵是不是听错了，“让我去采购，还得盯一个晚上！这怎么行？”

龚求真知道，公司的原料采购都来自外地。因为本地的量不大，价格又高，所以一直没有业务联系。现在图青“临时抱佛脚”，不知道能不能顺利。更为要命的是，馨璐那边还需要自己，那可是头等要紧的事。“怎么办？”龚求真不停地琢磨应对之策。

见龚求真一言不发，眼珠子却转来转去，图青似乎有些生气，吆喝了一句：“还想什么，马上拿着厂家的联系方式，快去快回！”

龚求真心里惦记馨璐，又自恃有老王的保票，更加不想去。憋了一会，他拿起图青桌上的厂家联系单，看了一眼，又放下，为难地说：“图厂长，其实我今天早就请假了，只不过下午暂时没事，我就想回车间看看。您临时安排的工作，我，我没法完成，因为下午病人要手术，您想想，一个家人都不在身边，只能我陪着，又怎能分身再做别的。图厂长，我知道现在原材料紧张，可您不是另外又派了人去，我就不去了吧，请您理解。”

图青看了龚求真一眼，眼神中透着不满。他沉思了一会，语气异常严厉地说：“你的情况我理解。不过我还是希望你能以工作为重，毕竟现在是非常时期,公司上下都在忙,老板又很重视我们的工作,任何人都不能请假。”接着,他又婉转道,“病人手术,医院会安排好的,你就放心吧。”

龚求真根本没理会图青的话,他早就打定主意,晚上一定要去医院。当图青的话说完,龚求真也就不再顾忌,不以为然地说:“图厂长,我也是没办法,我已经答应了,不去怎么行,我不能指望着大夫照顾病人,怎么也得有个家属在。所以,我,我脱不开身。”

图青一听,知他主意已定。既然如此,图青也就不再说他。“好,你不用去了,回医院吧!”图青沉着脸,又补充了一句,“记住,以后不要再发生这样的事,要不然我这没法留你。”

龚求真心平气和地冲图青微微一笑:“您放心,以后不会再有这种事了!”说完,转身离去。

望着龚求真的背影,图青“哼”了一声。他知道,有这么一次,龚求真就别指望在生产部干出名堂了。

龚求真并未去车间,而是径直返回更衣室,换下工装。“我真是有病,”他自语道,“早知如此,回来干什么!”

从公司出来,龚求真马不停蹄直奔医院。

来到馨璐的病房门前,龚求真特意从门缝偷偷看了一眼。就见一个身影坐在床边,背对着门,看样子应该是馨璐的妈妈。馨璐躺在床上,正睡得香。

龚求真不知道是进去呢,还是……就在此时,他看见馨璐妈妈站起来,吓得他赶紧转身离开。

一下午,龚求真漫无目的地闲逛,就等着馨璐的妈妈走开。

漫长的等待过去,龚求真又返回医院。他确定馨璐的妈妈已经离开,才轻轻推开病房的门。馨璐已经醒来,正懒洋洋地靠着床头看书。

馨璐正看着书,眼前突然间多一道影子,抬头一看,不觉大惊:“你怎么又来了!”话音刚落,她向门口瞟了一眼,“你还是赶紧走吧,万一他过来,看见了又不知道怎么想了。”

龚求真倒是悠闲,不紧不慢地坐下来,看着馨璐。“馨璐,有些话我憋了很久,不说出来,心里不痛快。如果你担心兰可心过来,那我们就出去说,行吗?”

馨璐听出龚求真的意思，未加思索就点了点头。她起身下了床，从挂钩上摘下外套，披在身上。

龚求真见她应允，忙从床头边拿起帽子和围巾，柔声道："外面冷，戴上帽子！"

龚求真给馨璐戴上帽子，扎紧围巾，并把外套的扣子都扣上了。龚求真的一举一动，馨璐并未拒绝，只是一脸焦急。她时不时盯着门口，生怕这个时候兰可心进来。

远离人行道正好有个凉亭，龚求真和馨璐一路无话，来到凉亭边。

龚求真先进了凉亭，站在中间，展开双臂，深深吸了口气。

馨璐跟着进来，双臂环抱，坐在凉亭一角的长椅上，看着不远处幽暗的灯光。馨璐知道他要说什么，所以此时，她更想做个聆听者。其实馨璐的内心很矛盾，为了兰可心，她只能拒绝龚求真；而每次和龚求真在一起的时候，不知为什么，她又觉得自己是被他宠着的公主，既能随意发脾气，又可小鸟依人，是那么的轻松惬意。

"冷不冷？"龚求真转向馨璐，轻声问。

馨璐摇摇头。"过来坐吧，"她招呼他，往一边挪了挪。

"我想站着。"雪融化时吸收的热量使得雪后的夜晚更加寒气逼人，馨璐坐在那，偶尔搓搓双手，不经意地哆嗦一下，神态举止更加让人爱怜。

"馨璐，"龚求真鼓起勇气道，"你知道，我，我，其实第一眼见到你，我，我就喜欢你了，"他憋了半天，磕磕巴巴的，倒是最后这句话说得洪亮干脆。"尽管你现在和兰可心好，但我对你的喜欢一点都没变。"他走向她，"兰可心不适合你，他只想着工作，根本就不会用心体贴你、照顾你。所以，我，我希望你离开他。"

馨璐静静地听着，却一直不敢看龚求真的眼睛。她知道，这是他发自肺腑的话，再辅以饱含热情的眼神传递，会让她芳心大乱的。不过她虽然不敢正视龚求真，却也不像龚求真那样看待兰可心。对馨璐来说，兰可心对事业有着强烈的欲望，说他追求名利，不为过。他对她其实并没有太多的苛刻，只不过有时像个严厉的老师，让她唯唯诺诺。龚求真与兰可心完全是两类人，他就是个大男孩，做起事来总是不让人放心。而兰可心走的路却让人清楚，能看到成功的彼岸。在她的意识里，兰可心正是她追求的夫婿。如果二选一的话，兰可心才是她的未来。此时的馨璐看似听着龚求真在倾诉心里话,可听着听着,心里却想着兰可心了。

“好了,”馨璐站起来,冷冷地说,“你别说了。你怎么就不明白,我和兰可心已经在一起了!”

“他对你难道是真心的?”龚求真急道,“我就真的一点都不如他?”

“求真,这不是比较的问题,爱是不能比的。”馨璐动情地说,“你们没有可比性。我喜欢兰可心,并不是说你不如他,其实你完全可以找到比我更好的女孩,”她略一停顿,“对了,就像昨天我们见到的那个女孩,那么美,那么文雅,你不觉得那样的女孩更好?”

“馨璐,”龚求真气愤道,“怎么扯到那个女孩了,我是在说我们的关系。”他走近一步,一把拉住馨璐的胳膊,乞求道:“馨璐,给我机会,好吗?”

馨璐微微一挣,没挣脱,就依着龚求真。“求真,我不想伤害你,但是你要知道,我们之间是不能勉强的,我不希望我们连朋友都做不了。你放手吧!”

龚求真慢慢松开手,低头无语。

猛地,龚求真近似疯狂地抓着馨璐的肩膀,低沉的声音喊道:“我真的不想放弃,相信我,我对你是真心的!”说完,他再也无所顾忌,一把揽过馨璐,把她整个人都抱在怀里。

馨璐被龚求真抱着,一时竟喘不过气来。原本以为会挣脱他的拥抱,可她在那一刻,却感到莫大的温暖与轻松。她在他的怀里,任凭他紧紧地抱着,慢慢地闭上眼睛。此时,一阵风起,馨璐这才意识到,如果任凭龚求真这样下去,兰可心一定会离开她的。一想到这,馨璐慢慢睁开眼,用力挣开龚求真,下意识地扬起了手。“啪”的一声,在只能聆听风声的夜晚,这声音显得尤为清脆。龚求真的脸上结结实实地挨了馨璐一巴掌。

龚求真本能地捂着脸,眨动着双眼,喃喃道:“你,你……”他一时说不出话来,眼神中充满了绝望。

馨璐还在微微抖动的手慢慢放下。她扭头转向一侧,泪水悄然滑过脸颊。

龚求真向后退了退,仰天长叹。他对着天上半明半暗的一轮残月,凄然道:“除了兰可心,你就没有选择了?”

馨璐抬手擦拭了眼角,咬着嘴唇。她点了点头,低声啜泣道:“求真,我们真的不可能,我,我,我和他都已经在一起了!是在一起!你,你走吧!”

瞬间,天上的月亮仿佛一下子被天狗吞没,四周漆黑一片。龚求真觉得心在不停地抖动,似乎要穿膛而出。透过被泪水覆盖的她的双眼,龚求真看得出,馨璐还是喜欢自己的,但却不能走到一起,因为她的心完全被兰可心占据,自己永远得不到她了。看着看着,龚求真鼻子一酸,泪水禁不住浸湿了双眼。

龚求真转过身,擦了擦眼泪,强作镇静。不一会,他转过身来,对馨璐笑笑,柔声道:"时间不早了,我送你回病房。"话一出口,他想到了兰可心,继而无奈道,"算了,你还是自己回去,免得让他看见,又误会你了!"

馨璐看着龚求真,勉强一笑:"你也早点回宿舍吧,我出院之前就别来看我了,还是把心思用在工作上,做出成绩才是最重要的。"她拉了一下他的手,转身掩面跑向病房。

看着馨璐微微跌撞的身影消失在病房楼的入口处,龚求真这才从悲伤的情绪中走出来。他在那愣着,一动不动。突然间,龚求真就像换了个人似的,一扫往日的斯文,一步跳到凉亭立柱前,抡起脚,猛踢了柱子一下。凉亭虽然不在人行道旁,但毕竟也是休闲之地,他这一脚自然吸引了几个正好散步于此的路人的目光。龚求真发泄过后,马上意识到自己的行为不妥,就想着赶紧离开。就在转身的一瞬间,他无意间看到一个人,一个让他内心一动的人。他没想到,就在这寥寥几个人之中,紫月竟然在,她搀扶着妈妈,正瞪大眼睛看着他。

紫月的妈妈在,龚求真不好意思和她打招呼,佯装不认识,一声不响地坐在了长椅上。

紫月也没招呼龚求真,而是继续扶着妈妈向病房楼走去。走着走着,紫月转过头来,正好与龚求真四目相对。龚求真扬了扬手,算是打个招呼。紫月则轻轻点点头,还腾出手来,冲着凉亭,手指向下点了点。看着紫月出其不意的举动,龚求真愣了一下,旋即想到,紫月是让他在这等她。

果然,没几分钟,紫月又出现在病房楼门口处,小跑着过来。

龚求真迎上去,不好意思地说:"让你笑话了,我刚才心情不好。"

到了近前,紫月微微娇喘,笑着说:"看你那样子,真吓人,我想你肯定有很烦心的事。"她想了想,佯装肯定地说,"我知道了,你是不是失恋了!"说罢,她"咯咯"笑出声来。

龚求真没想到紫月一眼就看出他的怪异行为是因何而起,更加尴尬地说："没错，是失恋了！"

说完，龚求真一闪身，让紫月坐下，并迫不及待地说起了他和馨璐的事。在紫月面前，龚求真本不想说太多，可不知不觉中，他感觉紫月就像深交多年的朋友似的，那么理解他。说到动情处，龚求真看出来，紫月不加矫作地为他叹息。与馨璐截然不同，紫月温文尔雅，话语轻柔，而且总顺着他的意思，这让龚求真心里难得舒缓。

夜色渐沉，北风又开始不安分了。看看时间，已近9点，龚求真起身，大有一种卸下担子的轻松。"紫月，"龚求真欣然道，"谢谢你，谢谢你在我心情最不好的时候，能给我这么大的安慰。"

紫月也站起来，略微害羞地说："没什么，我们第一次见的时候，你不是也关心过我吗？"

"也是，"龚求真呵呵一笑，"看你那时干呕得难受，我还以为你喝多了呢？"话一出口，龚求真马上意识到，他怎么能当着女孩的面说这些。他偷偷看了一眼紫月，果然见她羞涩地低下头，脸颊泛起一轮红晕。

"紫月，"龚求真赶紧转移话题，"我们算是认识了，这是我的名片，以后常联系！"

紫月抬起头，白皙的脸庞依然被朵朵红晕点缀。她接过他的名片，按着上面的号码拨过去，留下了她的手机号。

二人肩并肩，缓缓步行，向公交车站走去。

一阵强过一阵的寒风无一不被他们甩在身后！

龚求真把心中的压抑彻底倾诉出来，馨璐和紫月都成了他的倾诉对象。在馨璐那，压抑已久的爱得以倾吐，却又背上沉重的"失恋"包袱；而在紫月这，他却意外卸下"包袱"。不过，话说回来，在紫月那儿得到的释放还没有过夜就被因馨璐而起的绝望所取代。龚求真躺在床上，辗转反侧，夜不能寐。

第二天，天蒙蒙亮，龚求真爬起来，穿好衣服后，静静地坐在床上，看着窗外发呆。

一切都没有了，该怎么办？一想到馨璐的绝情，甚至又联想到那几个人：蔺有成、方天明、兰可心，龚求真就更加绝望。他的救命稻草在哪里？老王能否是他最后的机会？创业，托管式创业，真的要走这条未知的路？那个叫晋德厚的老板是个什么样的人……龚求真茫然地看着窗外，内心涌起阵阵寒意。

九 如影随形

晋德厚早有准备,他对龚求真的到来表示了热烈的欢迎。不仅如此,他还特地安排了助手,全程服务龚求真。龚求真享受到从未有过的礼遇,不觉飘飘然。殊不知,在他的背后,始终有一双眼睛盯着他,那是老板安插在他身边的“眼线”。

老王做猎头的功力果然了得,没出一个礼拜,他就电话通知龚求真,那边非常满意,已经发出了正式的邀请。

在公司,龚求真正常如故,并未因已经找好退路而有半点心不在焉,工作反而比以前更用心了,毕竟他对蓝海还是有感情的。那边虽然很急着让他过去,但他却想年后动身。眼看将近春节,他能争取到时间不短的探亲假,正好调理一下自己的状态。待一切养精蓄锐之后,也好精神百倍地去开创新天地。

想必兰可心做足了功课,出院后的馨璐变得很听话,和龚求真有意保持距离。除了工作需要,她几乎不接近他。每次见到馨璐,龚求真尴尬地一笑而过。而馨璐似乎有所顾忌,有时甚至连看都不看,只顾低着头一走了之。龚求真看在眼里,疼在心里,好几次他都想冲过去,拉住馨璐,乞求她接受他。最后,理智战胜了冲动,龚求真死死压住那颗躁动的心,他怕因为他的冲动而伤害馨璐。没有了馨璐的关注,车间的工作又是可有可无的,即便表面上热情高涨,可龚求真总是觉得自己是多余的"孩子",勉强留下来,似乎有点"赖脸皮"的意思。

没有人关注龚求真,除了秦薇。

自项目组解散之后,秦薇的日子也不好过。蔺有成经过一系列的活动,又得到老板的认可,工作重心转到公司的人力资源工作,而工会那一摊子事,则大部分转给了秦薇。在外人看来,秦薇身兼工会的工作,算是被老板委以重任,可实际的情况或许只有蔺有成和秦薇心里清楚。对此,秦薇选择了沉默,只管做好本职工作。除此之外,她关注的就是龚求真的事了。

"他是不是……"秦薇拿着车间报上来的龚求真的请假条,皱着眉,脑海中闪出一个异样的念头。

"喂,你好!"秦薇拨通了车间的电话,"龚求真在吗?"

"谁,龚求真,"电话那头粗粗的声音传来:"龚求真,过来接电话!"

"我是秦薇,"秦薇道,"你怎么又请假了? 这个月的工资我看扣得差不多了!"

一听是秦薇的声音，龚求真欣喜中又感到一丝不安。

车间办公室人多嘈杂，龚求真大声道："领导，有什么吩咐？"

"你到我办公室来一趟，现在就过来！"秦薇责道，"你看看你，都快成请假专业户了！"

龚求真放下电话，和对面的同事打了招呼，拿着记事本，快步走出了车间办公室。

"秦薇，"龚求真悄悄走到秦薇的办公桌前，见她正在看员工出勤表，低声道。

秦薇听出他的声音，也就懒得抬头看一眼，随口说："坐吧！"接着，她把员工出勤表拿给龚求真，带着批评且又无奈的语气道："你看看吧，哪有员工像你这样三番五次请假？"

龚求真看着出勤表属于他的一栏，上面断断续续画了好几个圆圈，那是请假的标记。

龚求真本打算过了节，年后再和秦薇提辞职的事。既然现在她问起，况且办公室除了小王之外，再无旁人，就想着干脆跟她提辞职的事。

"秦薇，"龚求真表情严肃地说，"我请假实际上是联系工作，我想年后就辞职。"

龚求真本以为秦薇听了会大吃一惊，可没想到她却无动于衷，倒是他对秦薇的镇定或是漠不关心感到惊讶。

秦薇把出勤表拿过来，平静地说："我就知道你不会无缘无故请假。以你的个性，不会窝在宿舍得过且过。"她看了看他，用肯定的语气道，"你请假的唯一理由就是找你认为合适的工作。"

龚求真张了张嘴，欲言又止。眼下并不适合详细提及托管创业的事，毕竟那边的情况了解得不多，于是龚求真就把老王介绍他帮一个老板上项目的事三言两语地带过。

秦薇听完，长长地"嗯"了一声。"我问你，对方，也就是你说的那个老板，他要上项目，你全面考虑过吗？"看着龚求真疑惑的眼神，她进一步解释道，"老板的为人、公司的现状、现有的资源、为什么上这个项目以及具体的合作细则等，这些你心里有数吗？"

龚求真把头转向一侧，一只手撑着前额，心想：也是，当时没向老王深入了解，只是知道有这么个事。不过老王分析得前景不错，即便目前有很多细节还没谈到,可都是一些无关紧要的事,更何况老王不是说过,晋德厚急着上这个项目,对他可是求贤若渴的,秦薇的担心是不是有点多余?

"秦薇,"龚求真没当回事,随意地说,"这次合作是以前一个外协厂认识的朋友介绍的,你说的我都考虑过,不会有问题的。再说了,这个机会挺难得,我不想放弃。"

"你考虑过,但并没有深思熟虑,"秦薇道,"有些事你必须想在前面,否则条件达不到,你过去之后,开展工作就会遇到阻力。"她特别提醒了一句,"前一阶段,你参与的项目,要是好好总结,你就不会这么草率了。"

"不过我觉得这个机会是可以争取的,"见龚求真如此执意,秦薇只好顺着他意说,"但我还是建议你,去之前做足准备工作,毕竟你过去之后,可是要负责项目的整体运作,有很多出乎意料的事都会出现的。"

龚求真品味着秦薇说的话,正待开口,就听秦薇又道:"你觉得在蓝海没有发展,其实我要建议你留下,而且要拿出更积极的状态把车间的工作做好。"

秦薇这么一说,把龚求真弄糊涂了。他带着疑惑的眼神问:"秦薇,你,你不是说难得的机会吗,怎么又建议我留下,还建议我继续在车间待着?"

"没错,"秦薇一字一字地说:"我觉得车间的工作很适合你的专业和性格。是,你现在心灰意冷,我能理解,但你要有长远考虑。可以这么说,公司的发展很快,今后的机会很多,像你这样的大学生,是公司重点培养的对象。你要是能安心在车间工作,多学习专业技能,假以时日,一定会有大发展的。所以,你不要为眼前的利益所诱惑,也不要一筹莫展,就此停滞不前。要善于调整自己,认清自己,找到属于你的发展方向。"

龚求真神情专注地听着,偶尔会微微点头。也许秦薇说的有一定道理,龚求真不是不能理解,可他已经被馨璐的绝情彻底打倒,他真的静不下心来。再说了,一看到方天明、蔺有成、兰可心,甚至是图青,他就极不舒服。让他强装笑脸,他做不到。与其每天假来假去,还不如离开,或许能抓住更好的机会。管华不是曾经说过"树挪死,人挪活"吗。此时的龚求真离开的心意已决,秦薇再怎么说也难以改变他的想法。

秦薇一看他紧闭双唇,一言不发,就知道再说什么都没用了。"唉,"秦薇叹道,"也许换了环境,你会做得更出色。"接着,她又鼓励道,"我相信你,把握机会,切记要善于思考和总结!"

龚求真感激的目光看着秦薇，自信满满地点点头。

“我打算年后正式提出离职。”龚求真接着道，“这段时间，我会按你的建议提前准备，你就放心吧！”他冲秦薇一笑，起身离开。还没出办公室，龚求真突然想起以前他偷听到蔺有成和图青说的什么秦薇看好他的话，就想试探性地问问秦薇，于是又转身走到秦薇的办公桌前。

见龚求真又回来，秦薇注意到他的笑一点都不自然，看起来神神秘秘的。她正欲问，就见他用手掩着嘴，转身跑开了。弄得秦薇一头雾水，愣了半天才会心一笑。

龚求真本想问问，不过就在他张口问的时候，突然意识到这么直接问秦薇，别弄得她不好意思。也许所谓的看好只不过是上下级的认可而已。如此冒失去问，她又要说自己不成熟了。算了，她不是经常说方式和方法吗，那就以后找机会再问。

目标既定，春节这段时间的探亲假，正好是龚求真难得的放松机会。他不想工作、不想馨璐、不想……总之他什么都不想，只是待在家里，享受着和家人在一起的温馨。

很快，两周的探亲假结束，龚求真收拾好心情，返回临海。轻松始终挂在他的脸上，一切显然都成竹在胸。

回到公司，龚求真按正常的程序，办理离职手续。出乎龚求真的意料，手续办得异常顺利。原本以为图青会挽留他，哪怕是形式上的，可图青却出奇的平静，不过是多了几句可有可无的祝福的话而已。手续办好后，龚求真顿感无比的失落。他知道，在蓝海这段值得品味又身心疲惫的日子算是彻底结束了。

秦薇本要送龚求真，可他没答应。虽然说下一步知道怎么走了，但前途到底充满未知，龚求真只想一个人安静地离开。不仅仅是秦薇，龚求真甚至都没有和林源、鹿灵见面，只是打去电话，简短说了自己的打算。任凭他们怎么规劝或是建议，龚求真都听不进去。此时的龚求真，就想一个人，他觉得没有资格见这些关心他的人。他在蓝海一事无成，又茫然走向未知，还是一个人静悄悄地离去为好。在龚求真心里，唯一放不下的就是馨璐。尽管他们之间已无可能，但馨璐要是能送送他，会给他带来莫大的欣慰和鼓励。可是，龚求真一想到兰可心看见他俩在一起时投射出的咄咄逼人的目光以及馨璐战战兢兢的样子，龚求真就不得不放下心中的欲望，他不想带给馨璐任何难堪和麻烦。现在他能做的，无非就是给馨璐发个短信，情深意切地表达自己的爱恋和不舍。就这样，和每个人都作了不同形式的告别后，龚求真生怕他们打电话过来再次安慰自己，就想关掉手机，落个清静。可就在他拇指按住手机关机键的刹那，他突然意识到还落了谁，对，是紫月，龚求真的脑海中立即浮现出他和紫月在一起的情形。尽管是普通得不能再普通的邂逅，但龚求真却非常留恋和紫月在一起的短暂时光，是那么的轻松与惬意。"不知道还有没有机会再见到紫月？"龚求真暗问自己，"不管那么多了，和紫月道个别吧，也不枉认识一场。"做完这一切，他索性关掉手机，和他们真正告别。

就要离开临海了，这座曾经有梦的城市。龚求真同样背着一个背包，只不过是比刚来临海时的那个背包上了档次。站在车站广场，龚求真再一次环顾四周。和刚来临海下火车的情形一样，现在的天空依旧光光溜溜，一丝浮云都没有，就像个巨大的青石板。临近正午，阳光充足，投下丝丝光束。虽然置身于暖暖的日光之下，但龚求真却感到浓重的寒意反复撞击着全身。第一次来临海，那种寒意是面对不知道的未来的一种本能抵触；而现在的寒意，则是对新挑战的宣战以及能否荣归故里的茫然。

一路无话。坐了一夜的火车，第二天天光放亮之时，龚求真到了目的地，远离临海的沧河市。

车站广场真是乱七八糟，这是沧河带给龚求真的第一印象。费了半天劲，龚求真才从车站出口处挤了出来。龚求真没有心情浏览这座陌生的城市，而是四下寻找来接他的人。在此之前，老王已经详细地介绍了企业以及项目情况，并对他来沧河作了安排。原本老王要和龚求真一起过来，并协助他参与项目初期的运作，但突发变故，老王无法陪同他来。接下来，所有的事都需要他独立应对了。和在蓝海做项目不一样，这次的沧河之行显然是一次真正意义的挑战。

龚求真瞪大了眼睛，寻摸写有自己名字的接站牌。可直到他到了广场，也没看到哪个是接他的人。没办法，龚求真只好拨通了对方的电话。一番口舌之后（沧河方言在电话里很难听懂），他按着指引，终于发现远处的地下通道前立着的一个小牌上写着的三个字——龚求真。小牌旁边，一个人斜倚着栏杆,边看杂志边弹着烟灰,就跟没事似的,根本没把接人当回事。

龚求真远远打量此人。看似年龄与自己相仿,身材不高,但体态可观。长长的头发遮住耳鬓,齐整地向后背着,多少带点艺术气息。他看杂志的时候,不时用拿着烟的手梳理头发,虽然风较大,但头型依然保持得有条有理。

龚求真快步走上前,轻咳了一声,试探地问:“你是来接人的?”

这个人反应挺快,一听到此声,赶紧把烟丢掉,用脚狠劲地抿了一下。头未抬,就用一种似乎解脱的语气自言自语地说:“可算来了!”

龚求真没听清他在嘟囔什么,正欲开口,就见这个人仰脖看他,一脸诧异地问:“你就是龚求真?”

“对,我就是!”

“看你斯斯文文的,真不像!”

“像,”这回轮到龚求真诧异了,“像谁?”

“不,不是这个意思,”这个人不好意思地笑道,“我是说,你看起来挺文静的。”说完,他伸手欲接龚求真的背包,“我叫海旺,晋总让我来接你,欢迎!”说着说着,笑容从嘴角向脸颊纵深涌去。

龚求真摆了摆手,示意还是自己背包。

海旺尴尬地收回已经搭在背包带上的双手,勉强笑着说:“我很早就赶过来了,老板急着见你,咱们闲话不说,这就回公司!”说完,海旺前面带路,三步并作两步向停车场走去。

龚求真自打参加工作,很少有机会坐小轿车,只是偶尔赶时间打个车而已。可今天,坐上这位仁兄的车,龚求真头一次体会到飙车的味道。一路上,小车左冲右突,令龚求真一个劲后悔上了“贼船”,想要求慢点又觉得不合适。好在没多久,小车停在近郊一座有些暗淡的厂房前。电动门嘎吱嘎吱徐徐滚动,海旺猛踩了一下油门,小车又飞了起来,径直飞到一栋小楼前。“吱吱”,一阵刺耳的刹车声,小车戛然而止,到了。

龚求真在海旺的陪同下,快步向老板的办公室走去。

“咚、咚、咚,”海旺急不可耐地敲门。

“进来!”一个粗犷的声音透过门缝传出来。

海旺推开门,侧了侧身子,示意龚求真先进。龚求真迈步进来,就看见一个比海旺体态还可观的中年人站了起来。他就是晋德厚,天禧集团的老板,龚求真就是为他运作项目。

晋德厚大步走向龚求真。他大力地握了握龚求真的手，微笑示意他坐下来，又冲着海旺吆喝道：“还不给龚经理泡茶！”说完，他又笑眯眯地看着龚求真。

看着海旺动起来，龚求真随口说了一句客套话：“晋总，不用这么客气！”

“不客气，”晋德厚的双眼散发出像发现金元宝似的亢奋眼神看着龚求真，不停地用力握着他的手，心满意足地说，“龚经理，可把你盼来了。我们第一次见面，但我一眼就看出来，你就是难得的人才。”

龚求真微笑谢意，近距离打量他。面前的晋德厚，看似知天命的年龄，矮胖的身材却显得格外结实，方方正正的大脸横七竖八交织着深凹的皱纹，一看就是饱经沧桑的人。而更让人记忆深刻的就是他那双似乎很难睁开的眼睛，永远开着一丝缝，特别是笑起来的时候，并不见缝隙关闭多少。

这就是晋老板，龚求真跟他合作，或者说给他打工，不知能否如藏所愿。在内心深处，龚求真不禁打了个问号。

此刻，晋德厚的内心同样打了问号。初次见到龚求真，晋德厚瞬间产生一丝疑惑：外表看起来文绉绉，略带书生气的这样一个人，能顺利开展项目？能把手下这些大老粗摆弄服？还有……晋德厚嘴上客客气气，可内心却想了很多与说话内容不搭边的事。

对龚求真来说，他只知道他要做的项目和蓝海那个类似，其他的就知之甚少。借着第一次见面的机会，龚求真自然想多了解一些项目的情况。当初他和老王的沟通更多的是停留在对未来的憧憬之上，并没有深度了解有关项目的资源配置等情况。或许龚求真几次看似无意的发问被晋德厚洞悉，或许晋德厚本就打算给龚求真作个全面介绍。不一会，二人的话题就转到即将开展的项目上。晋德厚滔滔不绝，嘴皮子功力可见一斑。他的前景规划以及开出的许诺深深刺激着龚求真身上每一个细胞，让他莫名其妙的亢奋，以至于到最后说话都有些颤音，完全把秦薇千叮咛万嘱咐的关于项目顺利开展必须要谈妥的“条件”抛到脑后了。

二人说着话，喝着散发淡淡香味的热茶，又唠起了家常。眼看着时间将近傍晚，晋德厚似乎意犹未尽。他站起来，直了直身子，对海旺说：“和你嫂子说一声，晚间别应酬别的事了，今晚我们要给龚经理接风，你安排一下。”他又走到海旺近前，低头耳语了一阵，就见海旺咧嘴笑了笑，一个劲点头。

龚求真看在眼里，知道在安排今晚的饭局，再看他们神秘兮兮的样子，就猜想今晚这顿饭或许和以往大有不同。

黄金地大酒店是沧河最奢华的一家酒店，毗邻CBD（中央商务区）。每到入夜，璀璨且带着诡秘的霓虹灯杂乱无章地一闪一闪，让人眼花缭乱，并且内心不由得痒痒的。

晋德厚开着车，载着龚求真来到这家酒店。进到大厅，龚求真放眼一望，一派金碧辉煌映入眼帘，颇显帝王之气；而更为刺激眼球的是旋转门两侧站立的“模特”，胸前的曲线呼之欲出，咄咄逼人；大红旗袍紧裹着弹性十足的身体，完全把女人特有的线条淋漓尽致地展现出来。龚求真也曾身临其境。以前和外协厂合作的时候，他受过邀请，出入过这种场合。现在之所以让他感到一丝震撼的是，在这个深处内陆，经济并不发达的县级市，竟有如此豪华和美艳的场所。看看眼前这些女孩子，个顶个水灵漂亮、性感妖娆，并不亚于任何一个他曾经的所见。

“晋老板好！”嫩滴滴的声音传来，“模特”们齐声躬身问好。这时，一个看似领班的小姐轻盈地走到近前，微一欠身，红唇轻启，娇气欲滴的声音道，“哎呀，晋老板，您的包间已经准备好了，您请！”

在她的引导下，二人上楼，转到走廊尽头的一个包间。

小姐看起来和晋德厚很熟。大家刚一进包间，她就熟练地为晋德厚脱掉外套，之后又转过身来，奔龚求真而来。龚求真一看，心知这是要服务，赶紧摆摆手，示意自己来。就在龚求真准备脱掉外套的时候，小姐已经贴上来，不容他拒绝，伸手摘去他的外套，挂在一旁的挂钩上。

“龚经理，”晋德厚往桌上扔了一包烟，“不习惯漂亮的小姐为你服务？”说完，他哈哈笑了起来。

龚求真脸色微红，打趣道：“可不是吗，不会享受！”

二人落座后，晋德厚递给龚求真一根烟，自己先点上了。龚求真接过烟，回头冲小姐客气地说：“先给倒杯白开水吧！”

对面的晋德厚正拨着手机号，嘴上叼着烟嘟囔道：“喝什么白开水，上壶观音王！”他拿起手机嚷道，“怎么还没过来，咱可别让龚经理等。”

不一会，海旺进来，和龚求真打过招呼，俯身凑在晋德厚耳朵边，低声言语了一阵。

“海旺，”晋德厚听完，点了点头道，“吩咐下去，抓紧时间上菜，龚经理一

路辛苦，咱们赶紧吃饭，然后让他好好休息。”

“哎呦！”门口传来一个略微透着磁性的女人的声音，“不好意思，龚经理，我来迟了！”

龚求真猜到是老板娘，忙站起来。就见从门口走进一个个子高挑，身形有些健硕的女人。“你就是龚经理吧，”她脱去身上深黑色的貂绒大衣，满脸堆笑道，“我和老晋就盼着你来呢！”

龚求真微笑点头，算是回应了对方的招呼。

晋德厚坐在主位，摆手示意大家坐下。他看了海旺一眼，然后指了指龚求真面前的杯子。海旺心领神会，马上站起来，端着水壶给大家斟满了热茶。

“龚经理，”晋德厚指了指杯子，“先喝口茶，暖暖身子！”

“对，对，”龚求真另一侧的老板娘附和着，并亲自端起杯子，笑眯眯地看着龚求真。

龚求真赶紧接过杯子，说了声谢谢，稍微抿了一口。

一旁的服务员启开酒，给大家填满，为龚求真专门安排的接风宴就在觥筹交错与嘘寒问暖中开始了。

与晋德厚来来回回地碰杯，龚求真倒也适应，可老板娘不是夹菜就是亲自斟酒的，却让龚求真感到很不自在。老板娘这样，龚求真不知该如何应对，只能不停地道谢，频繁地微笑点头。

随着时间的推移，龚求真醉意渐浓，说话也有点放开了。碰过一杯后，老板娘还要给龚求真斟满。就在老板娘倒酒的时候，龚求真下意识地挡了挡，带着醉意对老板娘说：“不能再喝了，我酒量有限，再喝就要吐了！”

“也好，”看着龚求真这个样子，晋德厚制止了老板娘，“今晚上龚经理可以说吃好喝好了，翠云，别给他倒了。”说完，他起身走到龚求真面前：“这就算为你接风洗尘了，待会让海旺安排一下，去舒服舒服，明天一早我来接你，咱们再好好研究项目的事。海旺，龚经理今晚就交给你了！”

龚求真站起来，一脸谢意：“晋总，谢谢了！我还是回公司，不麻烦海旺了！”

“嗨，”晋德厚故作不满地说，“说这话不见外了！今晚上你就给我好好享受，别的不要想！”

晋德厚接着又嘱咐了海旺一番，和老板娘一起走出了包间。

海旺走过来，嘴角露出一丝诡异的笑：“龚经理，今晚你就住这，我已经定了一个房间。走，我扶你上楼，保准让你休息好。”

晋德厚和老板娘已经走了，龚求真只好顺从海旺之意，二人一起相互搀扶着来到酒店顶楼的包房。

到了包房门口，海旺拿着磁卡“啪”的一下打开了门。海旺并没有进去，而是退出来让龚求真先进。龚求真进来后，见海旺还在门口，脱口问：“海旺，进来吧！”

“不了，”海旺连忙摆手，“龚经理，这个房间是特意为你准备的。晚上好好休息，有什么需要给我打电话。早点休息吧，我回去了！别送了！”话音刚落，海旺随手带上了门。

龚求真脱下外套，往沙发上随意一仍，接着从背包拿出洗漱用具，朝浴室走去。刚走到浴室门口，龚求真突然听到里面传来哗哗的流水声，而且好像还有人哼着歌。龚求真一愣，贴耳听了听。果然，里面有人，而且还是个女人。

龚求真倍感诧异，本能地退后两步，随即走到里间。“不会吧，”龚求真一时发懵，“难道海旺也喝多了，把自己领错房间了。”想到这，龚求真赶紧把洗漱用具放回包内，拿起外套，悄悄地朝门口走去。

就在龚求真伸手触到门把手的时候，过道浴室的门突然开了。在一团朦胧的雾气笼罩下，一个身裹浴巾的女子出现在他的眼前。

看着突如其来的女子，龚求真伸出的手竟然定在门把手上。他双眼瞪得溜圆，直勾勾地盯着这个女子。她头发包着白手巾，身上仅仅裹着浴巾，脸上涂着厚厚的彩妆，大大的眼睛支撑着浓黑细长的睫毛，一闪一闪的。龚求真看着女子，继续发愣，进而感到脸颊发烫。不知过了多长时间，龚求真才缓过神来，尴尬地解释：“对不起，我喝了点酒，迷迷糊糊走错房间了，对不起，我马上走！”

女子笑吟吟地看着龚求真，走到房门口，“咔”的一下，竟然把门反锁了。接着，女子背靠着门，带着挑逗性的语调说：“大哥，你没走错！”说完，她拉着他的手，硬是把他拉回了里间卧室。

到了床前，女子双手按着龚求真的肩膀，用力一压，他便坐到了床上。

女子紧贴着坐在了他的身边。“大哥，”女子娇声道，“我来给你按摩吧，坐了那么长时间的火车，肯定累了。我的按摩手艺很好，试试嘛！”她竟然伸出手来,要解他的衬衣。

龚求真嗅着女子身上散发的沁人香气,感到全身发热。他内心扑腾腾的,犹如敲鼓,咚咚作响。一股前所未有的躁动瞬间升腾,似如决口之堤一泻千里。龚求真沉浸在异样的感觉之中,女子已经触摸到第一个扣子。当女子的双手不经意间滑过龚求真的脖颈时,他身子猛地一哆嗦,像被电打了似的,一下子就站了起来,又顺势坐到了沙发上,然后磕磕巴巴道:"别,别这样,我,我不需要按摩,你还是赶紧走吧!"

看到龚求真这个样子,女子一只手掩着嘴笑了起来。过了一会,女子似乎很害羞,声音更低了:"大哥,除了按摩,别的也可以。我,我今晚是属于你的,你让我做什么都行,保证你舒舒服服的!"

龚求真听出了女子的弦外之音,连忙摆手,不安地说:"我真的不需要,你还是赶紧走吧,我要休息了!"

"大哥,"女子站了起来,走到龚求真面前,嗔道,"你就别客气了!你要是不好意思,那我先脱,好吗?"说完,女子抬手欲褪去身上仅存的浴巾。

一看此景,龚求真来不及多想,"噌"地站起来,一下子抓住了女子的手,正色道:"你不要这样。你要是再这样的话,我就报警了!"

女子左右看了看被他抓着的手,不屑地笑道:"既然这样,那就算了,你可别后悔呀!"说完,女子转身去了浴室。不长时间,女子换好衣服,走了出来。"大哥,真的不想要吗?很舒服的!"女子边走边挑逗他。

龚求真没理会,大力地摆摆手,示意女子赶紧离开。

一看龚求真没反应,女子落得个没趣,扭着腰肢走出了包房。

"砰"的一声,女子用力地带上房门。"真是个神经病,装什么正经!我呸!"女子嘟囔着,从包里翻出手机,接通后沮丧地叫道:"海哥,我被撵出来了,你真是的,让我伺候这么个书呆子,没劲!"

城郊宾馆,晋德厚正在休息。包间内的电视开着,晋德厚叼着烟,盯着电视屏幕,心里却想着海旺安排的事能不能成。"丁零零"一旁的手机响起,晋德厚拿起一看,是海旺。

"老板,"海旺焦急道,"她被龚求真赶出来了,我要不要再换一个?"

晋德厚一听,果然在预料之内。他沉思片刻,骂道:"真是废物!你找的小姐是不是不够味,怎么连个书生都摆弄不了!"

“老板，”海旺抱怨道，“我找的小姐可是那的头牌，出道至今还没有哪个男人能守得住。对了，老板，你说这招是不是没法用在他身上，我第一眼看他，就觉得这个人还是正儿八经做事的人。”他又征询晋德厚的意见，“老板，你看是再找个小姐，还是?”

“看来用美人计这招是抓不到他的把柄的，还是再想别的办法吧。”晋德厚打定注意，立马吩咐道:“今晚就让龚求真好好休息，记住，去总台，把包房的电话断掉，免得有小姐打电话骚扰他。”

放下手机，晋德厚开始不停地算计龚求真。像龚求真这样有能力但却不了解的外人，让他全面负责项目，最好的控制办法就是抓住他不可告人的把柄。晋德厚本以为给龚求真安排个小姐，再借着醉意，当他们翻云覆雨的时候，摄像头就会清晰地捕捉到他。抓住了他的把柄，今后就不愁他不好好干，即便日后他铁了心要离开，那也得用他手里最有价值的东西来换。可是，他千算万算，就是没算到，当一个性感风骚的小姐出现在龚求真面前的时候，他竟然能控制住自己，真是不可思议。在此之前，晋德厚还从未失手，美人计可谓屡试不爽，可今天却栽到龚求真这个愣头青这。“失算，真是失算!”晋德厚责怪自己之余，还得想好明天该如何解释此事。

第二天一早，海旺接龚求真到了公司。晋德厚亲自泡茶，满脸笑意。晋德厚这样做，或许源于心虚，或许是摆出一个姿态，一个礼贤下士的姿态。龚求真坐定，拿出了记事本，看着晋德厚，委婉地说:“晋总，您看今天这个项目就算正式开始。我昨晚粗略做了一个项目筹划表，各项工作须知都有，大家讨论一下，通过后，我就着手开展工作。”

二人一听，均微微一愣。晋德厚本打算就昨晚的事先给龚求真道个歉，没想到他似乎没当回事。既然这样，就别提那一档子事，也不是光明正大的事。“这样啊，”晋德厚沉思了一会，“好，今天正式开始工作，其他与工作无关的事就不要提了。”言外之意，晋德厚的意思是昨晚的事就算过去，谁都别提了。说完，他特意瞥了一眼海旺。海旺心下明白，忙奉承道:“龚经理，你的工作效率就是高，佩服、佩服!”

“晋总，”龚求真递给晋德厚一张表格，上面详细罗列了项目进程的各项工作。晋德厚接过表，大致看了一下，顺手递给海旺。“龚经理，”晋德厚道，“晚上还要做表，辛苦了!”

"没关系，"龚求真面带笑容，"时间不等人，工作还是尽量往前赶好些！"

"龚经理，与项目有关的工作，你就放手去做，有需要我出面的，尽可以提出来！"

"既然这样，晋总，那我就按程序，安排下一步的工作。"

晋德厚点点头，又冲海旺指了指本子，示意他记录。

"晋总，"龚求真拿着项目筹划表，"您看，有一些工作我需要同步进行。"他用手指了指表中几个地方，"首先，我要成立一个项目组。各项工作需要专人配合，从设计到采购、外联、场地等人手，您要给我提供。这些工作就绪后，我就开始设备的选型与采购。如果您认为可以的话，我想回临海办这个事，毕竟当初做项目的时候和当地几个厂子有过接触，比较了解，正好可以利用这些资源节约成本，又能加快进度。晋总，您看如何？"

听完龚求真的安排，晋德厚双手交叉，靠着沙发椅背，略微沉思片刻，点头道："我看可以。先把队伍拉起来，对，就这么办。"说完，他又面露难色，看着龚求真，"可这人手，现在只能内部选了，他们能力虽然有限，不过干起事来让人放心。咱这个项目，我想还是以自己人为主，就不要对外招聘了，你看怎么样？"

对于项目组的人选，龚求真并未过多考虑，用内部人也行，外部招聘也不是不能选择。按龚求真最初的设想，他本想借这次机会，到人才交流市场，过一把面试官的瘾。前段时间，他到处参加面试，受了不少刁难，所以现在有这个想法，不足为过。不过想法归想法，既然晋德厚有此意，龚求真只得放弃外部招聘的念头。

见龚求真没说话，晋德厚的目光又转向海旺，吆喝道："你干什么呢，别一声不吭的，你也说说你的想法！"

一听晋德厚数落自己，海旺手一抖，笔从手指尖滑落。他随即嬉笑道："老板，我哪有什么想法，龚经理让我做什么，我保证完成！"

"龚经理，"晋德厚拍了一下龚求真的肩膀，"我想这样。你刚来，对公司的人不熟，我就让海旺当你的秘书，他给你推荐人，你来选。以后有些事需要协调或是谁不听话，你就让海旺去办，他办不了的我来！"

龚求真看着海旺，客气地说："今后可就麻烦海经理了！"

海旺不好意思地笑笑，正待开口，就听见晋德厚猛地一嗓子："海什么经理，就叫他海旺。他要是不好好干的话，龚经理，不用你，看我怎么收拾他！"

海旺赶紧低下头，拿起笔在本子上佯作记录。

这次碰头之后，龚求真本以为会很忙，可没想到晋德厚却指示海旺，把龚求真的衣食住行先打理好，带着龚求真在沧河四处转转。“先好好休息，多转转，只有把以前的压力彻底去掉，才能投入到新的工作中去。”每次龚求真婉转地提到尽快开展项目的事，晋德厚就会说出这么经典的话。龚求真想想也是，所谓“既来之，则安之”，既然他没要求什么，那就尽情地放松一下。

一个礼拜的时间，龚求真仿佛置身于天堂，享受着从未享过的福。海旺鞍前马后，既会揣摩他心里所想，更在细节处照顾人，真可以说把龚求真服侍得舒舒服服的。对这一切，龚求真理所当然地接受，毕竟自己关乎着项目的成败，晋德厚肯定要重视的，一来二去的恩惠也是自然。不过接受可以，可要是类似那天晚上的恩惠，龚求真一定会坚持自己的原则，那就是避而远之。好在晋德厚自从那件事之后，不得不另眼看待龚求真，提供的服务竟然包含了去书店买书。从提供小姐到买书，晋德厚的转变如此快，让龚求真觉得不可思议。

一个礼拜过去了，龚求真觉得不能再休闲下去了，得赶紧开展工作。周一，一大早，龚求真正准备离开酒店去公司，突然接到了老王的电话。一番客套的寒暄之后，老王提供了一个信息。他的一个客户因为资金问题以及战略转型，想要处理一批设备。这批设备保养还行，关键是价格合理，如果买下来，不仅可以马上开工，还能省下一大笔费用。龚求真一听，觉得完全可以考虑，就赶紧打车赶到公司，向晋德厚汇报了此事。

听了龚求真的建议，晋德厚不无忧虑地道：“老王为人处世我放心，但我还是有顾虑，这些设备都是二手的，万一出了问题咱们可不好解决。”

“晋总，现在可以说是项目最困难的阶段。大家都等着出产品，如果我们在设备选型方面耽误太多时间，会冷落了大家的积极性。老王说的这家我以前也接触过，这批设备没用几年，如果保养作得好，关键部件又没问题，我觉得有必要定下来。”注意到晋德厚的面部表情有些舒展，龚求真断定他感兴趣了，就接着说，“定设备之前，我必须到现场看看，而且要开机试车。如果真的没问题，我建议直接拉回来。这样，设备到场，安装用不了几天，就可以试生产了。”

看着龚求真志在必得的样子，晋德厚略微宽心。“你要是觉得可以，那就回去看看。记住了，每台机器务必要在现场仔细调试，免得买回来一堆废铁。”

“晋总说的是，”龚求真点头称是，“我一定仔细调试。”接着，龚求真试探着问：“我想明天就回临海，用一到两天时间现场考察，如果可行，我和他们签个协议，等我回来把车间状况确认之后，就把设备拉回来。晋总，您看？”

晋德厚揉了揉双眼，一言不发，似乎仍心存余虑。过了一会，他神情严肃道：“龚经理，整个项目你要通盘考虑。想清楚了，没问题了，那就照着你自己的意思去做。还有，叫海旺跟着，路上好有个照应！”

龚求真微微一愣，心里随即盘算着该怎么说才能让晋德厚打消这一念头。

或许晋德厚看出了龚求真的心思，他带着不容商量的语气道：“就这么办，让海旺也锻炼锻炼！”说完，他打了个哈欠，似有倦意，“昨天晚上陪他们打牌，没休息好。回临海的事你自己安排，别忘了叫海旺到财务提钱，路上用！”

龚求真失望地站起来，冲晋德厚勉强笑了笑，离开了他的办公室。

海旺办事麻利，不到中午，竟然已经买好了回临海的车票，而且还准备了一大包路上吃的，就待明天一早出发。

看着海旺告诉自己买到车票而兴高采烈的样子，龚求真竟然有些心烦。他本想一个人回去，一个人自然好办事。有海旺跟着，有些话、有些事肯定不能太随意。和海旺接触的时间不长，龚求真不好断定他这个人如何，万一又是“方天明”那样的人，自己在天禧还不知会怎样。再有，晋德厚叫海旺跟着，想必不仅仅有个照应而已，估计是不放心。

“龚经理，”龚求真正在左思右想，突然听到一个略带磁性的女人的声音。“难道是老板娘？”龚求真忙抬头。果然，老板娘提着一个小袋子，快步走了进来。

“龚经理，”翠云放下袋子，随手撩拨着发髻，嘟囔道：“这才没几天就又回去了，真不知道老晋是怎么想的！”

“是我要求的，”龚求真微笑道，“临海那边正好有批设备，我必须赶回去，现场调试。”

“我听老晋说了，”翠云微微怒道，“我刚才还怪他呢，急什么急！”

龚求真只是笑笑，并未接话。翠云脱去外套，露出半长的灰色绒衣，转身挂到了铁皮柜旁边的衣帽钩上。龚求真偷偷打量她，此时才感觉到老板娘还是挺特别的。第一次见面，龚求真比较拘谨，况且又在酒桌上，他不好多看老板娘。今天是他第二次见到。别看老板娘似乎不惑的年龄，倒也风韵犹存。就在老板娘挂上外套，转身的一刹那，龚求真忙把目光转向了她提过来的袋子。翠云见龚求真盯着袋子看，就走过来边打开袋子边说：“你明天要走，今晚可得好好休息。我特意给你带来一瓶红酒，喝过之后有助睡眠。”

看着她把酒拿出来，放在了桌上，龚求真不知怎么办才好。他张着嘴：“你……”一时竟不知该如何称呼她。

“大家都叫我嫂子，”翠云似乎无奈地道，“你就跟着叫吧！”

“哦，”龚求真调整一下刚才的尴尬，不好意思道，“嫂子，这怎么好呢，我年纪轻轻的，不累，您留着吧！”

“年纪轻又怎样，”翠云拿起桌上的红酒，走到他近前，边打量红酒边劝道，“年轻人更应该从现在做起，注意保养，免得到了我这个岁数，后悔都来不及！”

既然如此，龚求真不好再推辞，顺手接过酒：“那就谢谢嫂子了！”

“谢什么，龚经理，见外了吧。”她边拿外套边嘱咐道，“喝酒可以，可千万别贪杯，喝多了，就伤身了！”她穿好外套，没走几步，又加了一句，“路上注意安全！”

龚求真拿着红酒，望着老板娘远去的背影，心里不免泛起嘀咕：老板娘太热情了，怎么这么关心我！他又仔细端详着红酒，发现上面打着一串串不知是哪个国家的字母，心想一定是瓶好酒。第一次有瓶国外的好酒，龚求真舍不得喝，就把红酒放进了铁皮柜，放在了一个显眼的地方，就当是欣赏品吧。

龚求真抬腕看看表，已近下午上班的时间了，就想着找海旺把费用领出来。龚求真快步走出办公室，随手把门锁上。他顺便看了看门上贴着的牌子，醒目的黄底黑字——“项目总监室”。“项目总监，好歹也是个总啊！”虚荣心使然，龚求真心里不免得意。

十 阳奉阴违

经过一段时间的接触，龚求真自认为这些人的素质和能力远不如曾经的同事。“这些人好对付！”龚求真不知不觉中犯了错误。晋德厚可谓历经风雨，做人做事自有一套，小看他，那是会吃亏的。他手下那些人，搞科学管理不如龚求真，但要是“玩手腕”的话，龚求真明显技不如人。

一路上，海旺鞍前马后，让龚求真无可挑剔。可是海旺那股黏糊劲儿，也让龚求真颇感无奈。海旺精力充沛，一刻也闲不住，不是央求他打牌，就是鼓动他到车厢的连接处吸烟。此外，还有一点让龚求真不爽进而费解的是，海旺似乎很想了解他在蓝海的工作，特别是关于项目运作的细枝末节，没有不想打听的。一开始，龚求真还算客气，笼统地聊了聊当初在蓝海的那段日子。后来，海旺越问越多，龚求真也就懒得理他，他不想让海旺了解他更多以前的事。

有海旺在身边，路途愈发漫长。终于，在海旺不停的叨叨声中，临海到了。

看看时间不早了，他们就在车站附近找了家旅馆，安顿下来。一切妥当，龚求真联系了厂家，约定明天去现场考察。海旺则给晋德厚打电话，告之现已安全到达，明天到现场等内容。汇报完情况，海旺闲得无聊，就建议道："龚经理，一路上咱们都很累，要不晚上放松放松，我请客！"看着海旺不怀好意的笑，龚求真马上联想起他说的放松是指什么，不觉脸上一紧，不悦地说："打住，我不累，要放松的话，你自己去，可别叫着我！"一看龚求真紧绷着脸，海旺心知他为什么会这样，于是做作地叹了口气，自言自语道："真是想不到，现在还有你这样的人，不就是做个按摩，嗨！"

靠着窗户，龚求真看着车站广场往来不停的行人，内心的思绪不禁飘了起来。他想到了馨璐、鹿灵以及秦薇，当然还有林源。

"龚经理，"一旁的海旺打断了他的思绪，"你在想什么？"

"啊，"龚求真下意识地应了一声，转过头，看着海旺，"都这个时候了，我们提前放个假。我待会想见见老乡，你也找你的乐子去吧！"

海旺一听，不禁心喜，但面上却故作为难地说："这合适吗，老板可让我一路上好好照顾你。"

龚求真笑笑："你客气了，我又不是什么金枝玉叶，不用这么费心。"说完，他又看着窗外，语气低沉道，"我想一个人待一会！"

"好吧，有事给我打电话！"话音刚落，海旺就急不可耐地转身走了。

房间内就龚求真一个人,他依然呆呆地看着窗外。良久,似乎房间内的寂静令他心绪更加烦乱,再看看不远处的大海,龚求真就想着与其待在房间心烦,不如出去随意走走。

还未到旅游季节,海边游人不见如织。龚求真走了一会,选了一个较为僻静之处,坐在一块礁石上,静静地欣赏不远处海平面偶尔出现的点点帆影。

临近日落,海风势大,寒意渐浓。龚求真站起来,习惯性地拍了拍身上,转身欲走。就在他转身的一瞬间,不经意地抬头远眺使他一下子呆住了。他的目光落在不远处的观光平台上的两个女孩身上。其中一个长发披肩的女孩,赫然是紫月!

看见紫月,龚求真第一反应低下了头,他怕紫月看见他。然而在内心滚动的"波涛"拍打下,龚求真不由自主地跑了过去,一步跨上平台,朝她走去。

"这么巧,你也在这!"龚求真略带紧张地说。

女孩们一听,不约而同地转过身来。紫月一看是龚求真,微微一愣,脸颊立时涌起一团红晕。旁边的女孩一看此景,似乎明白了什么,就问龚求真:"哎,你们认识啊!"

龚求真轻轻点点头,目光随即转向紫月。

女孩很知趣,借故找了个缘由,一个人走了。

直到那个女孩的身影从他们的视野中消失,二人才沿着海岸线,漫无目的地走着。

和紫月肩并肩缓缓而行,龚求真的内心不停地翻腾,他没想到,刚回来就能遇见紫月。"难道这是上天有意安排的?"龚求真低着头,胡思乱想。

紫月打破了沉默。"一看见你,我就想啊,怎么这么巧。你不是在外地,是出差回来?"

"对,出差,我回来考察设备。"龚求真言语有些不整,"对了,你,你妈妈的身体怎么样了?"

"好多了!"紫月随口道,"谢谢你!"说完,她停了下来,抬头看着龚求真,似问非问:"你那个朋友,你们发展得怎么样了?"

"哪个朋友?"龚求真一愣,进而低头不语。他转身面向大海,神情凝重。紫月知他难言,并未勉强,而是随着他静静地看着大海。

看着看着，龚求真略带伤感地说："你说的那个女孩可能都已经嫁为人妇，我们结束了！"他又苦笑道，"不对，也不能这么说，不存在我们，一直以来都是我单相思，她不过把我当成要好的同事罢了！"

"是这样啊！"紫月看似自言自语，却明显心不在焉。龚求真傻乎乎地以为紫月这次应该明白他和馨璐的关系了，却不知紫月此时却另有所想。

自龚求真第一次出现在她面前，这个帅气又敦厚的大男孩就给她留下了深深的印象。那时，紫月是世上最不幸的人。她被男友抛弃，而且还带着身孕。她万万想不到，一直相恋的男友居然为了一个有钱的女人，连她肚子里的孩子都不要，铁石心肠地跟着那个富婆去了国外。她不相信，曾经的海誓山盟是如此的脆弱，在金钱面前变得一文不值。那一刻，紫月想死的心都有。可父母的身体不好，又只有她这么一个女儿，紫月不忍心年迈的父母为她着急，于是背着大家，独自一个人到医院做了人流，算是彻底和过去告别。和龚求真偶然相遇，令紫月感到一丝紧张却又无比轻松。看着他那双明眸透亮、无半点矫作的眼睛，紫月就想到那个让他"死过一次"的男友。想当初，他诀别自己时的眼神是多么无情并且让人恐惧。一想到这，紫月的身子禁不住微微发抖。龚求真注意到了，不禁问："是不是冷了？"

紫月双手抱着肩，笑着摇摇头。他又试探着问："我看时间不早了，你要是没别的事，我们晚上一起吃个热乎饭，好不好？"

紫月看着龚求真，未加思索地点点头。此刻，一阵海风袭来，紫月肩头披着的紫色围巾突然散开，竟欲飘走。龚求真下意识地扬手，抓住了围巾的一角，重又围在了紫月的脖颈。紫月一动不动，目光定格在他那专注的神情，原本就略微发红的脸颊似乎被突如其来的海风凛得更加艳红。龚求真把围巾围好，赶紧把手收回，并歉意地一笑，然后转身向前走去。

紫月稍一愣神，龚求真已然走远。她突然轻轻地跺了跺脚，柔声喊了一句："等等我！"

第二天的设备考察很顺利，不出中午，龚求真就结束了试机。一切迹象显示，这些设备完全符合生产工艺的要求，再加上二手设备的低价，如果洽谈成功，龚求真就可以省下一笔不小的开支。在现场，纵然心里自满得意，但龚求真依然专注严谨，不时指出设备的某种缺陷。一番折腾下来，厂家迫不得已，又作出了很大的让价。本来龚求真可以现场拍板，但源于以前的经历,他不想未征得老板的同意就签订协议,于是就和厂家约定明天继续就设备的价格以及成行后的安装调试等问题深入详谈。

龚求真拒绝了厂家中午请吃饭的建议,而是到外面找了家路边店,草草扒了口饭,就和海旺赶到了另外几家曾经有过合作的厂家。他们马不停蹄地转了几家,转眼一个下午就过去了。

回到宾馆,海旺第一件事就是给龚求真泡了杯茶。

“我说龚经理,”海旺疲惫不堪,有气无力地道,“一天跑下来,真是累死了!”

龚求真斜着眼看了看海旺,以打气的语气说:“辛苦不要紧,关键要把事办妥,这是最重要的。”

海旺点点头,随手拿了一根烟,点上,大口地吸着。不一会,一圈圈烟雾包围了海旺,进而扩散到龚求真这边来。龚求真侧了侧身,用手扇了扇。海旺见状,忙掐灭手中的烟,又胡乱挥动着双手,驱赶残存的烟雾。

龚求真摆摆手:“海旺,没事。你坐下,我们聊聊。”

听龚求真这么说,海旺的眼珠子转了转,慢慢坐下来。“龚经理,”海旺又拿出一根烟,边用手摆弄边说,“你说现场的事?”

“没错,”龚求真点头道,“在现场的时候,你也看到那些设备,每台我都开机试了试,没问题。我们要是能把这批设备定下来,可以节约一笔不小的开支。”

海旺依旧低着头,摆弄手里的烟。

“对这些设备作详细检查,这是我们在现场必须要做的。此外,我也想尽量挑毛病,这样我们还可以把价格压得更低。”看着他一副不以为然的样子,龚求真转而带着责怪的语气道,“可是,你怎么能在那种场合唱反调呢?”

一听龚求真话里带气,海旺赶紧放下手中的烟,一脸无辜地看着他:“龚经理,我这么做还不是变着法地让他们求着我们买。你看你,现场挑了不少毛病,我知道你是想再让他们把价格放低。而我呢,明着帮衬他们,其实是想让他们相信我们的诚意,免得他们又将设备卖给别人。”

龚求真理解海旺的做法,其实他一个人完全可以让厂家心甘情愿地低价卖出设备。海旺这么做,显然是画蛇添足。不管海旺出于什么目的,事先没有和龚求真商量,这令他很不满。

海旺一个劲地陪笑，又故作神秘道："龚经理，有句话不知该不该说？"

龚求真尽量装做若无其事："有话就说，跟我还犹犹豫豫的。"

海旺把嘴巴凑过来，低声道："龚经理，你看，咱们出差很辛苦，又为公司省了不少钱，你说老板是不是能奖励？"

"奖励？"龚求真喃喃道，"可能会有吧！"

"如果不出意外的话，这批设备就是咱们的了。但我还是担心，毕竟是二手设备，万一弄回去，出个小问题可以麻烦你，要是真有大问题，他们又不管，那咱们可就惨了。"

见龚求真靠着椅背，不动声色，海旺接着说："我想能不能这样，公司不冒风险，咱们又能有点额外的花销。"

龚求真一个眼神过去，示意他继续。

"我们签合同时可以额外开出一部分钱，放在你这，就当今后的风险抵押金。不过这部分钱不在合同上体现，公司也没必要知道。设备要是不出大问题的话，那就是万幸，这部分钱咱们就可以名正言顺地留着，万一有麻烦的话，咱们还可以拿出来找别人修。你说怎么样，龚经理，对谁都不为过吧！"

龚求真没接话，心里却盘算着海旺说的这番话。海旺这么做，的确对谁都有好处。公司本来就以低于市场价收购这批设备，厂家能换回现金，自己和海旺还能截留一部分风险抵押金。好倒是好，可本来是光明正大的事，要是按海旺的建议做，似乎不合适。龚求真觉得自己毕竟刚到天禧，如果现在就做点手脚，万一让晋德厚知道，那算什么了。"贪小便宜吃大亏，"可不能带上拿回扣的帽子。想到这，龚求真微微笑了起来，并不住地用手指着海旺。

海旺满脸困惑，不知龚求真何故发笑。

龚求真拍了拍海旺，赞许道："海旺，你还真出了个好点子。不过，我要告诉你，我们和厂家做的任何事，最后都得向晋总汇报。你的建议不错，但我们还是按传统来吧，也就是留小部分尾款，确定设备运行一段时间没问题的话，再支付给厂家。至于你说的留什么风险抵押金，我看算了。"

海旺挠挠头，尴尬地笑了笑："龚经理，你说的对，我这个人啊，"他佯装抽自己的嘴巴，"龚经理，就当我没说，你可千万别跟晋总说，拜托了！"

龚求真微微一笑，语气坚定地说："放心，我不是那种乱说的人，再说了，你的本意也是为公司好!”

一个愿买,一个愿卖,事情顺利敲定下来。龚求真在决定签合同前,特意向晋德厚作了汇报。晋德厚似乎很放心龚求真,并未提任何指示或是建议,总之,一切由龚求真拿主意。得到晋德厚的默许,龚求真更有底气地在合同上签了字,双方约定下周就进行设备起运工作。为了设备顺利到达现场,龚求真必须先回沧河,用一两天的时间把车间布置好,同时把水电气等配套设施完善,然后再回到临海,监督设备的起运。

又是一个傍晚,他们还要住一宿,明天天一亮坐汽车回沧河。

海旺又想鼓动龚求真出去逛逛,哪怕看看电影也行。龚求真却没有海旺那股闲情逸致,设备的事尘埃落定,他一直悬着的心得以放下。算算时间,龚求真离开蓝海也有半个多月了。忙忙碌碌中,龚求真无暇顾及儿女情长,大多时间里,他都在思索项目如何更顺利地进行。只有在夜深人静的时候,他才会想到馨璐。自从馨璐一巴掌打醒他后,他就绝望地意识到,他纯粹是一厢情愿。其实馨璐一点错都没有,反而是他不计后果的言行伤害了馨璐。龚求真现在终于想明白,所谓的爱,一定是两情相悦,强加给对方的爱不是爱,而是伤害。不知道那件事过去之后的馨璐怎么样了,兰可心是不是因此冷落她,要是这样的话,那就是他的责任了。他明知兰可心小心眼,明知馨璐和兰可心已成事实,却还存在一丝侥幸。他和馨璐在医院病房,并肩坐在床上看窗外的雪景,而他们的背后竟然有一双可怕的眼睛。一想到兰可心悄无声息地看着他们的情形,龚求真就担心馨璐因此受到兰可心的伤害。那可都是自己的错啊！不行,龚求真实在按捺不住,他想打电话问问馨璐,就问她这段时间过得好不好。

龚求真犹豫了半天,拨通了馨璐的手机。熟悉的声音传来,龚求真心里为之一震,兴奋中他却依稀听出馨璐的声音中掺杂着一点点带着伤感的啜泣。

“你,你,”馨璐轻轻的惊喜,“你回来了?”

“我回来谈业务,”龚求真尽量平静地说,“本想看看你,可时间不允许。”他迟疑了一下,“馨璐,这段时间,你,你好吗?”

馨璐犹豫了片刻,脆生生地说:“我,我挺好的!”

龚求真马上打断了馨璐,急切地问:“你,你和兰可心,你们……”

馨璐默默不语。过了一会,她似有无奈地说:“我们还是老样子,偶尔会闹点小矛盾。对了,忘跟你说了,我们马上要订婚了,就下个月!”

一听馨璐要订婚了,手机差点从龚求真的手心滑落。他慢慢放下手机,眼睛飘向了窗外,随即紧闭起来。

放在桌上的手机隐隐约约传来馨璐的声音:你在听吗?

龚求真干咳了一下,借此稳定了情绪。他拿起手机,强作高兴地说:“订婚,那好啊,恭喜你了!”接着,他“哎呦”了一声,“馨璐,真不巧,老板来电话了。我不跟你多说了,你自己保重,等你结婚那天,我来看你,再见!”不等馨璐回话,龚求真“啪”的一声合上了手机盖。

“兰可心能真心待她吗?”龚求真的脑海中突然冒出这么个念头。可是瞬间,他又咧嘴一笑,“人家的事,我操什么心!”

车站广场永远聚集着一批又一批的人,送站的、接站的、走了的、回来的,或是行色匆匆,或是依依不舍。龚求真看着他们,内心不知不觉轻松许多。留存和馨璐在一起的美好回忆,是不是也是一种幸福?一种既然争取不到,那就深深埋藏的幸福。龚求真如此安慰自己,倒也接受。渐渐地,他额头的皱纹不再纠结,如同卸下压在身上好久的包袱。伴随着释然的微笑,龚求真竟想到了紫月,想到了和紫月一起漫步海边的情形。

沧河。刚一下车,龚求真远远就看见老板娘向他这边张望。

“龚经理,”老板娘高声喊着,人已小跑到近前,“我听老晋说这次考察很顺利!”

看老板娘的架势似乎要替自己提背包,龚求真赶忙一侧身,应道:“一切都很顺利!”他又看了看海旺,“多亏了海旺,忙前忙后的!”

“先不用回公司,”翠云顺势一捋耳边的发髻,以命令的口吻道,“吃了饭再谈工作!”说完,她自顾转身朝出站口走去。

龚求真与海旺对视一下,似乎都在想:时间还早,怎么改成吃饭了!或许二人都有这样共同的疑问,但原本急着要做的事却不尽相同。龚求真本打算马上回公司向晋德厚汇报此行的过程,并安排车间的事;而海旺则是考虑该怎么在龚求真之前单独向晋得厚汇报他未完成的任务。

“还站着干什么!”老板娘一声催促,“走吧!”

又是那家黄金地大酒店,又是那个包间。与上次不同的是,晋德厚并不在，取而代之的是一个年纪看着不大的女孩。

“来，龚经理，”翠云一进包间，就招呼龚求真，“我给你介绍，这是公司下属酒店的行政主管，我把她调到项目组给你当助手。”

女孩大方地伸出手，微微躬着身子笑着说：“龚经理，你好！我叫孟鸿燕！”

龚求真握着她的手，快速打量了一番：个子不高，看模样也就20出头，齐耳的短发虽然不算时尚，但显得格外精神；面部棱角虽不分明，倒也耐看；透着神韵的大大的眼睛成了最美的点缀；白净的脸颊，略施粉黛，搭配一套浅黑色的职业装，散发着白领的风韵。“你好！我是龚求真，欢迎你加入到项目组！”龚求真握着她的手，热情地说。

四个人落座。很快，菜上来，老板娘招呼大家赶紧吃饭。

龚求真和海旺面面相觑，然后不约而同地看着老板娘。翠云一看二人，马上明白他们想问什么。“不用等晋总了，”她再次招手示意大家吃着，“他有事过不来，咱们吃完就回公司。”

纯粹一个饭局。少了心烦的应酬，龚求真不再顾及，只管大口吃饭。或许时间还早，翠云和孟鸿燕的注意力并不在吃饭上，而是不时相互交流一些女人的话题，比如皮肤保养、现在市面上有哪些好看的服饰等。偶尔，老板娘也会问起有关设备的事，都是些无关痛痒的事。龚求真哼哼哈哈，草草作了回应。

眼看着酒足饭饱了，龚求真开始琢磨老板怎么没过来。他偷偷瞥了一眼老板娘，她正和孟鸿燕津津有味地聊着酒店的事。看此情形，二人应该很熟。女孩别看年龄小，却有着与年龄不匹配的成熟，言谈举止间，根本看不出是一个员工在和老板娘谈话。“老板娘，”龚求真刚一张口，马上想起她说可以称呼嫂子，于是不好意思地笑笑，“嫂子，时间差不多了，我们是不是回公司？”

听龚求真一说，翠云看了看腕上的手表，余兴未足地说：“好吧，都吃好了？”她又看了看海旺，“那咱们就回吧。”她拉着孟鸿燕的手，“鸿燕，别回酒店了，我都安排好了，你以后就跟着龚经理！”

一路上，翠云车开得很慢，孟鸿燕坐在龚求真的旁边，不断地询问着有关项目的事。龚求真尽管很累，但眼前有女孩子问这问那的，一路上兴致不减。

不知过了多长时间，他们终于到了公司。翠云直接把龚求真送到宿舍，还特意嘱咐他先休息，不用急着向晋总汇报，然后载着海旺和孟鸿燕，向办公楼驶去。

不一会，车子到了办公楼前。三人下车，海旺抬头一看，晋德厚的办公室黑漆漆的，就跟老板娘和孟鸿艳打了招呼，先回自己的办公室。翠云和孟鸿燕手拉着手，一起上了楼。

老板娘办公室。翠云放下包，马上忙活着给孟鸿燕泡茶。“嫂子，”孟鸿燕伸手接过茶壶，“您就别忙了，我来吧！”

翠云也不客气，转身坐到自己的老板椅上，打量着孟鸿燕，这个她一手提拔上来的精明漂亮的女孩。原本她还担心晋德厚不同意，没想到他不加思索就同意孟鸿燕进项目组。好在孟鸿燕并未拒绝，也没提什么条件，满口答应下来。正好海旺来电话说他们回来的车次，翠云就自作主张，安排了这顿饭局，好让孟鸿燕和龚求真见个面。在回公司的路上，翠云故意放慢车速，无非是想多让他们了解。而孟鸿燕也的确让人放心，一路上小嘴问个不停。

“嫂子，”孟鸿燕给翠云倒上茶，一看她这样，好奇地问，“看把您笑得，想什么好事呢？

翠云站起来，拉着孟鸿燕，一起坐到了沙发上。她一手抓着她的手，另一只手慢慢地摩挲着她的手背。“鸿燕，”她喜道，“我是看着你……”

“嗯？”孟鸿燕双眉上挑，疑惑地看着翠云，又看了看自己穿的衣服，“嫂子，我怎么了？”

“你这个丫头，”翠云佯装怒道，“我是说你越来越成熟了！”

孟鸿燕一听，赶紧低下头，不言语了。

“来，”翠云拿起水杯，“喝口茶，我和你说点要紧的事。”

孟鸿燕接过杯子，抿了一口，看着翠云。

“你也知道，”翠云道，“老晋不知道是犯了哪门子邪劲，非要上项目。”她又抱怨道，“咱们什么都没有，请来的龚经理据说曾经做过此类项目，可是……”她没了下文。

“可是什么？”孟鸿燕接过话，“嫂子，您是说龚经理不行？”

看着孟鸿燕，翠云点了点头，马上又摇了摇头：“公司的情况你清楚，哪有几个能做事的？”翠云恨恨道，“你就说晋总吧，拍拍脑袋就要上项目，他有什么!”

听到她在抱怨,孟鸿燕转了转眼睛,低下头,似乎不想和翠云有目光接触。

就听翠云继续说:“不过既然他决定上这个项目,那咱们就要齐心协力,一起好好做事。”她轻轻按了按她的手,“我没把你当外人,你就帮着龚求真,家里的事你帮着,外面的事就让海旺负责!”

孟鸿燕闻言,抬起头,看着翠云,用力点了点头。“鸿燕,”翠云嘱咐道,“记住,多向龚经理学习,争取今后你能独立做这些事。还有,有什么事一定要及时告诉我,这一点才是最重要的,知道吗!”

孟鸿燕先是一愣,随即点头:“放心吧,嫂子,您对我这么好,您说的我都记下了!”

翠云听完,欣慰地搂着孟鸿燕的肩膀。而孟鸿燕却低着头,眼睛眨了眨,想起了晋德厚曾经和她说的话。“晋总看人看事真准啊!”孟鸿燕心中叹道。

“鸿燕,”翠云道,“你早点回去休息,明天咱们就开始忙了!”

“嫂子,您也早点休息,那我先回去了。”她微微一笑,站起来,转身向门口走去。

注视着孟鸿燕娇小的背影,翠云心里突然冒出一股怨恨。“我让鸿燕也过来,看你的项目能不能成!”她心里想着,嘴上恨恨地嘟囔着。

海旺抽着烟,时不时站起来,看看斜对面老板办公室的灯是否亮着。

说是照顾龚求真,其实这趟出差,海旺另有任务。海旺非常了解晋德厚,他想控制一个人的最好办法就是抓住对方的把柄,以此要挟对方。想想这招还真管用,海旺就是因为一时疏忽而“中招”。

海旺来天禧之前曾经被放高利贷的人追得无处藏身。一次偶然,晋德厚替他解了围。海旺感激晋德厚,并心甘情愿为他工作。而说起那次“中招”,海旺虽然懊悔不已,却也使他拓宽了在天禧的发展之路。海旺跟着晋德厚,时间一长,逐渐了解到老板娘由于陪读,常年在国外,他们夫妻之间的关系并不好。不过老板娘的家庭背景显赫,晋德厚不得不小心翼翼。因为据说当年晋德厚落魄的时候,是翠云的父亲伸了一把手,把他召来负责公司的业务。晋德厚为人精明、办事了得,不久就在业界声名鹊起,并博得了翠云的芳心,当了上门女婿。在这之后,老岳父意外病逝,公司的管理大权自然而然就归了他。后来,两人的孩子开始读大学了,翠云也就放心回来,一来是帮着照看自家的产业,二来也是想和晋德厚修补一下冷淡多年的夫妻关系。女人的敏感让翠云意识到,晋德厚在她不在的这几年绝不是孤家寡人,他身边一定还有别的女人。可她回来后,竟然从未发现他身边有女人,是他隐蔽得深还是真没有,翠云拿不定主意。翠云曾经私下里向公司其他员工了解,得到的答案都是不知道。看他们的样子,似乎并未说谎,但翠云还是不相信,她就把希望放在海旺身上。翠云知道,海旺是晋德厚的"跟班",一定知道晋德厚到底有没有其他女人。于是,翠云回来不久,特意安排一个活动,一个只有她和海旺的活动。醉意朦胧之下,翠云变着法打探,好在海旺头脑还算清醒,并不敢在老板娘面前提及晋德厚的私生活。眼看翠云要以失败告终,她不甘心,就有意让晋德厚过来,让他看到自己和海旺的关系不一般。果然,翠云的目的达到了。晋德厚不明就里,冒失地闯进来,竟然发现海旺搂着翠云,于是大发雷霆,把二人臭骂了一顿。翠云并不惊慌,显得一脸无辜,说她这么做,无非是因为刚回来,有必要向每个中层领导了解情况,这也是工作需要。至于刚才的一幕,完全不是晋德厚想像的那样。而海旺呢,他是喝多了,刚才不过是站不稳,被翠云扶了一下,正巧被晋德厚撞见。海旺本想解释,但晋德厚并不给他解释的机会,怒气冲天摔门而去。

第二天,清醒后的海旺跑到晋德厚办公室,惶恐不安地向他请罪。出乎意料,晋德厚并没有呵斥他,而是告诫他,这个事不能就这么过去,但他也不想再追究,只是希望海旺有自知之明,今后知道该怎么做事,否则就让他名声扫地。借高利贷又勾引老板娘,还怎么在沧河待下去!海旺有口难辩,只能忍气吞声,死心塌地给晋德厚做事。从那以后,晋德厚和翠云的关系并未恢复,反而更加同床异梦。在后期的接触中,海旺感觉老板娘对他一直都很好,简直把他当成了自己人,这让海旺心里不由得打起了"小九九":老板娘人还算漂亮,而且家里有权有势,这颗"稻草"一定要抓住不放,万一……海旺有了不可告人的想法。

海旺的思绪转了回来。他看着烟灰缸里摆满了烟头,不禁纳闷了:按理说他们回来,老板一定急着见,怎么今天不一样了,现在还没回来?海旺想着,又踱到门口,意外看见晋德厚办公室的灯亮了。"哎,"海旺自嘲道,"又该过去给他骂了！”

“怎么才回来？”一听是海旺的声音，晋德厚大声吆喝道，“进来！”

“龚经理没跟你一起？”晋德厚一看只有海旺一人，追问道，“他去哪了？”

“晋总，”海旺微微躬着身子，站在晋德厚的侧面，“我们一下车就被嫂子带到酒店，吃过饭后，龚经理先回宿舍了。”

晋德厚没吭声，随手点燃了一根烟，自顾抽着。

老板不言语，海旺有些发慌，诺诺道：“晋总，要不我去叫龚经理过来！”

晋德厚摆摆手，示意不用叫了。他指了指沙发，让海旺坐下。

“海旺，”晋德厚高兴道，“龚经理签合同前跟我说得很清楚，咱们买的设备很有赚头的！”

“可不是，”海旺略微放松，附和道，“一趟下来确实为公司省了不少钱。”

“说说此行他的一些情况！”晋德厚随即沉着脸道。

“晋总，”海旺道，“总的来说，他非常敬业，把公司的利益放在首位。”说着说着，海旺站起来，略显不安，“正因为如此，您交代的任务没有完成，我还被他数落了。”

“被他数落，”晋德厚呵听道，“我还要数落你呢！”他站起来，走到海旺面前，用手指敲着他的头，带着恨铁不成钢的语气道：“你说你，啊，哪件事你办好了。让你找个小姐，嘿，被撵出来了；让他收点回扣，结果却是你被数落。你看，到目前为止，他什么把柄都不在咱们手上，咱们拿什么控制他？他以后能安心把项目做好？”

海旺低着头，不敢正视晋德厚，只是嘴里不住地嘟囔着：“是，是。”

“其实咱们并不是非要这么做，”晋德厚挪着步，坐到座椅上，“抓个把柄控制他，无非是想让他跟咱们走得更近，能把项目当成自己的事。否则，他说走就走，留下一摊子，指望你们这些人，能行？”

骂也骂过了，海旺这才抬头看了晋德厚一眼，走到桌前，小心翼翼地说：“晋总，您说的没错。凭以往的经验，我想还是应该想个办法，让他觉得不好好干都不好意思。这样，他就能死心塌地留下来，那咱们的项目不就不用费心劳神了？”

晋德厚瞪了他一眼，冷笑道：“你说得简单，怎么让他留下来！”

海旺又近了近身，探下身，“咬着”晋德厚的耳朵，神秘兮兮地说：“晋总，我看孟鸿燕被嫂子调到了项目组，说是做龚求真的秘书。他们回来的路上，谈得挺投缘的,您看能不能这样……"

海旺凑在晋德厚的耳边,叽里咕噜一番。晋德厚双手托着腮,不住地点头。

沉思了一会,晋德厚站起来,指着海旺,似笑非笑道:"你小子,果然有一套。好,咱们就这么办!"他走到饮水机前,边接水边吆喝道,"我跟你说,回扣的事一定不要再提了,千万不能让他对咱们有抵触心理,知道了?"

海旺点头,还未答应,就听敲门声:"晋总!"

突如其来的敲门声使得晋德厚和海旺不禁面面相觑,均流露出要坏事的眼神。

还是晋德厚先定了定神,把水杯放到了桌上,朝门口喊了一句:"龚经理,进来!"

龚求真推门而入,冲晋德厚和海旺微笑点头。

海旺迎了一步,张着嘴笑道:"龚经理,不是说今天好好休息吗,明天再汇报也不迟。"

龚求真没理会海旺,径直走到晋德厚桌前,又回头看了海旺一眼,略带疑惑地问:"晋总,我刚到门口的时候,就听见您说什么回扣的事。你们要是有事的话,我过一会再来。"

晋德厚站起来,哈哈大笑:"龚经理,没什么事,我刚才和海旺说酒店的事。和你一起来的那个孟鸿燕是酒店的主管,调过来之前正好处理后厨一个采购索要回扣的事,我就和海旺商量,是不是等她处理好了再过来。"

"哦,"龚求真马上明白,"还有这样的事?"

海旺接过话:"龚经理,不是什么大事,都是自己人,让他承认错误就行了!"

晋德厚的表情恢复了严肃,拍着龚求真的肩膀说:"龚经理,既然你来了,那就说说这次设备考察的情况。"接着,他又自语道,"时间太紧张,明天就得把车间清理出来。对了,还有水电气的改造,事不少啊!"

第二天,还没到上班时间,晋德厚就把大家招呼过来,说是开一次项目的正式会议。

会议室。晋德厚坐在中间,左右依次是龚求真、海旺以及翠云和孟鸿燕。

“今天这个会议，”晋德厚环视大家，“是项目组的第一次会议。我想主要有两个事要明确。”他展开记事本，“一、项目小组正式成立；二、我把大家的工作作一下分工。你们都记一记。”

“龚经理，”晋德厚看着龚求真，“你是理所当然的项目总负责，也就是项目总监。你的工作就是对项目进行全过程地安排和指导，不过有些具体的工作你就不用再费心思亲自做了。”

龚求真看着晋德厚，一时不理解他说这番话的意思。正待发问，就听晋德厚接着说：“翠云，我看你就负责后勤，把大家的饮食起居照顾好；鸿燕，你负责内部的事，协调、安排人手以及采购、检验，这些你亲自做；海旺负责对外，和外部有关的事，比如说报批号、产品送检等。”

晋德厚寥寥几句话，就把大家的工作定了下来。这一点，出乎龚求真所料。在他的框架里，自己绝对是总负责，而涉及到具体的事，比如原材料采购，那也是影响产品好坏的关键，中间环节要是出差错，直接影响到成品。想到这，龚求真微微咳嗽了一下，似有顾虑道：“晋总，我虽然是总负责，但具体的事我也得亲自做，这样才能对项目有个总体把握。至于孟鸿燕和海旺，我希望他们能按照我的要求做帮手。比如原材料采购，这就是一项非常重要的工作，我必须亲力亲为，包括检验等实验室的工作我也要亲自做才行；而外联方面，我也需要和当地的工商、质检打交道，我……”龚求真正说着呢，就见晋德厚摆摆手，笑道：“龚经理，你工作的重点我刚才说了，具体的事我想还是应该放手让他们做，我看就这样吧。嗯，我还要说一句，你是总指挥，大家都要听你的，你把握住这点就行了。”他看了看大家，见其他人没有反应，点头道：“我不喜欢开个会啰唆没完，从现在开始，很多事都来了，大家抓紧时间分头工作！今天这个会就这样，散会！”

看着晋德厚离开，龚求真可是一头雾水。当他看到大家都在看他的时候，马上意识到，应该给他们布置工作了。“晋总走了，那我就跟大家说说今天要做的事。”龚求真翻到工作栏那一页，大声道，“现在主要的工作是迎接设备入厂。孟鸿燕，你组织人手，把车间清理出来；海旺，你联系当地最好的安装队，照着图纸，把水电气等外围设施完善；嫂子，你呢，我想你先帮帮小孟，她一时找不到那么多的人清理车间。”说完，他逐一看了看大家，见他们都没有异议，又嘱咐道：“要是有拿不定主意的事，马上问我！”

项目组成员的工作就算正式开始了。而此时的龚求真似乎心有余悸，总是担心会出什么意外。思来想去,他还是决定找晋德厚再谈谈工作安排的事。如果按晋德厚的布置,项目控制会有很大的难度,更何况当初来,晋德厚可是让自己事无巨细、亲力亲为的。“这样可不行,”龚求真闹起了情绪,“一定要谈谈!”

十一 环环相扣

在老板的口头授意下，龚求真把各项工作安排得井然有序。不过工作才开始，他就觉察到，偌大一个公司，似乎只有他一个人在忙碌。龚求真既不能越俎代庖，又不好颐指气使，唯有亲力亲为。好在他学会了发展自己人，又自认为搞定老板，工作的各个环节暂时没被挑出什么毛病。

回到办公室,龚求真坐下来,一个人静静地理思路。当他觉得差不多,准备起身的时候,就听见"咚咚"的敲门声。不用问,龚求真就知道,只有海旺才会弄出看似很急的敲门声。龚求真把本子合上,喊了一声:"进来吧,海旺。"

龚求真话音刚落,海旺就推开门,三步并作两步来到龚求真的桌前。一阵气喘吁吁之后,海旺急道:"龚经理,有大麻烦了!"

"看你急得,慢慢说!"

"是这样,"海旺缓了缓,"你不是叫我找安装队吗,会议一结束我就联系了一家最好的施工队,可谁知他们这周安排满满的,最快也要到下周才能腾出人手。我本想再找找别的队,可一想,不行,不了解他们,咱不放心。我拿不定主意,就赶紧过来。龚经理,我们是等等呢,还是找别家?"海旺一口气说完,一脸焦急地看着龚求真。

找安装队,龚求真当然想找有经验的,否则让他自己组织人手安装,不一定专业。可要是等到下周,那就太晚了,估计晋总也不能同意。"怎么办?"龚求真脑海中快速盘算着该如何解决眼下这个棘手的问题。

没多久,龚求真慢慢站起来,看似胸有成竹地说:"我正想找晋总谈谈工作安排的事,水电气的安装我顺便也请示一下。海旺,你再和那家安装队联系一下,看看能不能尽量抽出时间,同时尽可能再联系其他几家,让他们报个价或者提供安装方案。"说完,龚求真就准备去找晋德厚。

"龚经理,"海旺下意识地伸手一拦,"工作上的事,我建议你就照晋总安排,咱们老板从来就是说了就得照办。我想他这么安排,一定是考虑过的,你就别想着能说服老板。"

龚求真看了海旺一眼,一下子就从他的眼神中捕捉到一丝无奈,再一看,似乎又透露出一点点的别有用意,这让龚求真内心不禁一动:海旺不会无缘无故说这番话,难道话里带话?想到这,龚求真故作轻松地说:"是啊,那就还是按晋总安排的做吧!"他坐下来,又以命令的语气道:"海旺,按我刚才说的马上去做。我现在给晋总打个电话,跟他说说水电气安装的事。"

晋德厚吸着烟，在办公室踱来踱去。

就像鸭子被赶上架似的，现在的他只能往前走，而这一切却是自找的。

那天，龚求真回来，晋德厚不是不知道，而是无法抽身。当翠云请龚求真他们吃饭的时候，在另外一家酒店，晋德厚正陪着市府秘书长吃喝谈天。

对晋德厚来说，这位秘书长可是他的大靠山。晋德厚得以成为政协委员，秘书长可谓功不可没。晋德厚虽然是当地较为知名的企业家，但由于创业之初一些不光彩的事，为人诟病，因而与政协委员的资格擦肩而过。好在一番颇为心机的公关之后，他得以和秘书长建立起特别的关系，并进了政协。而不久前的一则内部信息让晋德厚的官欲再次被调动起来。据说是为了能更好地促进大中专毕业生就业，政府希望当地企业广开门路，吸收就业。与此对应的是，对那些积极响应号召的企业，政府给予一定的政策优惠。对此，晋德厚想，如果他能为政府分担就业的压力，弄个政协副主席干干也是不错的。于旁敲侧击中，他了解到，秘书长似乎也有此意，他也希望能通过他的渠道，分担更多的就业。晋德厚分析来分析去，觉得以秘书长的个性，他不仅仅单纯为了创造毕业生的就业机会，而是另有他图。于是，晋德厚主动出击，想通过上新项目的机会，吸收毕业生就业。他与秘书长一拍即合，而秘书长也许诺，如果他能在带动就业方面为沧河的其他企业做个表率的话，他会为晋德厚争取政协副主席的职位。就这样，晋德厚费尽一番周折，调动了他所有的资源，其中就包括身在临海的老王。在老王的大力游说之下，晋德厚下定决心，龚求真这才有机会过来运作这个项目。

那天，晋德厚和秘书长一起吃饭的时候，秘书长就给他下达了明确的要求，短期内把产品拿出来，也好有充分的时间做好各项准备工作。

回来之后，晋德厚愁上加愁。项目进行到这，无非就是设备能定下来，而其他的都还是未知数。在所有的未知里面，最让晋德厚担心的就是龚求真会不会在关键时刻"撂挑子"。对这些外聘的所谓职业经理人，晋德厚有着本能的戒备。多年的经验告诉他，这些人都不可信。如果想要这些人安心做事的话，抓住他们的把柄，也是不得已而为之的。当他第一眼见到龚求真的时候，就觉得他略显稚嫩，控制他易如反掌。可令晋德厚始料不及的是，他精心安排的"陷阱"，竟然全不中用。不过越是这样，晋德厚就越觉得有必要抓住龚求真的把柄，争取让他专心运作项目，或者把他最有价值的东西挖出来，这些才是晋德厚请龚求真过来的主要目的。"安排她到龚求真身边,应该是天衣无缝!”晋德厚盘算着,不禁对孟鸿燕增添了一份信心。毕竟经过两年明里暗里的接触,他太了解孟鸿燕这个看似不懂事的小女人。

“丁零零,”一阵电话声响,打断了晋德厚的思绪。

“晋总,您好,我是龚求真,我想跟您说说水电气安装的事!”电话那边,龚求真略带焦急的声音道。

“安装的事,”晋德厚想了一会,直接传达了指示,“龚经理,这种事你安排就是。如果现在没有合适的施工队,你就组织厂里的人,不要等。你别忘了,现在最重要的事,就是抓紧时间把车间清理出来,然后你马上回临海,把设备运过来,免得夜长梦多。”

“晋总,水电气安装是非常重要而且专业的,管线布局、线路走向等,需要专业的人来做……”

“不用那么专业,”晋德厚打断他,轻松地说,“不就是架个管子、拉个电线、螺丝套螺母结合起来吗。你现在就去找孟鸿燕,让她组织人,马上干活!我想咱们争取一两天的时间,嗯,最晚,也就是后天你就得去提设备!”

听到这,龚求真突然想起刚才海旺和他说的话,晋德厚的确是个很难变通的人。龚求真觉得再争取的话,会招致他的不满。在向晋厚地表达了自己保证完成工作的态度之后,龚求真放下电话,赶忙奔车间而去。

龚求真第一次见到孟鸿燕的时候,他就觉得这个女孩透着一股灵气,干活一定干净利落。果不其然。龚求真一到车间,他不由得瞪大了眼睛。在孟鸿燕的带领下,十几号人正在合力把垃圾堆向一角。现在看看,只有车间一角刚堆过去的垃圾待清理,其他地面被后续跟进的人打扫得干干净净。一前一后,一气呵成,既节约时间,又提高了效率,可谓一举两得。

“龚经理,”孟鸿燕远远摆手招呼,一路小跑过来,娇喘吁吁道,“龚经理,车间还没打扫好呢,快了!”

龚求真赞道:“这么短时间,车间的面貌就焕然一新,小孟,你工作的效率太高了!”

一听龚求真夸她,孟鸿燕似乎不好意思,低头抿着嘴笑。

龚求真转而恢复了严肃:“小孟,刚才我和晋总沟通了,水电气等外围设施需要我们自己做。我看能不能这样,你把公司以前接触过设备的人叫过来,我带他们安装!”

孟鸿燕疑惑地看着龚求真,直到龚求真肯定地点点头,她才确信道:“既然这样，我和嫂子一起，多组织些人手。”她又一沉吟道，“龚经理，我中午之前把所有能干活的人都叫过来，人多干活快呀！”

龚求真点点头，放心地说：“好，小孟，你抓紧时间。中午之前，我要所有的人都在现场，没问题吧！”

孟鸿燕未加思索，点了点头，然后转身走向那些干活的人，嘴里轻声疾语，似乎正交代接下来的工作。

龚求真庆幸自己提前作了准备，除了人手之外，其他一切物件都在计划之内，这也大大加快了水电气的安装。受累就受累吧，这些人真不知是不会呢，还是装憨，总之一切的一切，非得龚求真手把手教，或者干脆亲自上阵才行。就这样，在杂乱无章之中，龚求真基本上按照计划完成了外围施工。通上电、给上气，一切都无大差错，龚求真才得以放下心来。

晚上，所有的工作收尾之后，正当大家准备收工离开，晋德厚突然到了车间。看到老板过来，龚求真赶紧走过来，疲惫中勉强掺杂一点精神：“晋总，终于按计划完成了！”

晋德厚点点头，安慰道：“龚经理，辛苦你了！”他环顾四周，满意地说，“不到两天时间，整个车间就大变样，嗯，很好！”

这时，其他人陆续过来，和晋德厚点头哈腰打招呼。晋德厚摆手示意大家回去休息。此时，整个车间，由原来的人声鼎沸变得寂静无声，龚求真、海旺、孟鸿燕都看着晋德厚，等着他下一步的指示。

晋德厚看了看大家，笑着说：“都辛苦了！海旺，你呀，里外两头跑，早点回去休息！”

海旺似乎有点受宠若惊，忙道：“没事！晋总。”无意中，海旺看到晋德厚的眼神冲着自己向右瞟了瞟，他立时心领神会，知道那是晋德厚让他离开。“哎呦！”海旺低声一叫，随即脸上呈现一副痛苦样：“不行，腰怎么直不起来了，我要回去躺躺了！”他看着大家，不好意思地笑笑，“晋总，那我回去了！”

晋德厚慢慢地踱着步，沿着管线的走向，不停地问这问那。龚求真跟在一侧，耐心地解释，即便碰到专业术语，他也转换为最常见的俗语，以便晋德厚明白。

一圈下来，晋德厚看样子了然于胸。“龚经理，”晋德厚满意道，“我就说嘛，不用找什么安装队，我看你就是全才！”他又转向孟鸿燕，“怎么样，跟龚经理是不是学了不少！”

孟鸿燕的目光转向了龚求真，坦诚地说："可不是！龚经理，没想到你除了能策划项目之外，动手安装能力也不简单！"她走到晋德厚身前，兴奋地说："晋总，有龚经理在，项目一定会顺利进行的！"

晋德厚欣慰地点点头。"小孟啊，"晋德厚语重心长地说，"龚经理是难得的人才，你跟着他，可是受益匪浅啊！"

龚求真夹在二人的一唱一和之间，不觉有些飘飘然。"晋总，小孟，看你们把我说得。我无非是做好了本职工作，再说了，大家的努力也是有目共睹的。"

晋德厚和孟鸿燕相视一笑。

"龚经理，"晋德厚玩笑中带着严肃说，"海旺和小孟，你好好带他们！"

龚求真微微一笑："晋总，谈不上带。大家在一起互相学习，争取把项目做好！"

龚求真又和晋德厚聊了聊明天去临海提设备的事，晋德厚并未过多交代，完全放手给龚求真。

龚求真走后，晋德厚在车间待了一会，然后叫上孟鸿燕，顺道送她回宿舍。

孟鸿燕跟在晋德厚身后，就像陪同领导检查似的，在厂区转了一圈。然而，她并未回宿舍，而是坐上晋德厚的车，一溜烟离厂而去。

晋德厚把车开上驶向市中心的主干道，他要交代孟鸿燕一些事。

在常包的酒店包房，晋德厚给刚坐下的孟鸿燕倒了杯水。"鸿燕，"晋德厚语气一变，异常柔和地说，"难为你了，连打扫卫生的活也要你组织。"

孟鸿燕捧着水杯，满嘴怨言道："可不是吗！你真狠心，让谁过来不好，偏偏看上我！"

晋德厚走上前，低下头，轻轻亲了亲孟鸿燕的脸颊，一脸堆笑："这不是没办法。你看，公司内除了放心你之外，我还能指望谁？"

"你怎么就这么确定，嫂子一定会叫上我？"孟鸿燕喝了一口水，不解地问。

晋德厚哈哈一笑，坐下来，得意地说："那要看话怎么说！"

孟鸿燕更加不解，急着问："你快说呀，想把我急死不成！"

"以我的观察，在酒店，你嫂子最看好你。我建议她选个合适的人，除了你，她再没有相信的人了。"晋德厚仰着头，伸了个懒腰，"你嫂子回来不过两年，这些老人她看不上眼。而在新来的人中，你比较突出，又能和她说上话，可她怎么也不会想到，你是我的人！”

“谁是你的人了！”孟鸿燕嗔怪道。

晋德厚眯着眼不住地打量她。半晌，他转为正经地说：“好了，鸿燕，我们说点正事！”

“你嘴里还能说出正事！”她不睬他，从包里拿出小镜子，自顾照镜子理着前额的刘海。

“你知道，你嫂子对我一直有想法，她实际上并不希望这个项目能成，别看她忙前忙后，说不定什么时候就会做手脚。”晋得厚一脸愁云，“我让你过来，一是帮我看着翠云，再就是你也要努力，跟龚求真好好学，一旦项目成熟，我就让你来管理。”说完，他眉头舒展，继而怪笑道：“我这可全都是为了你！”

孟鸿燕还在理着额前的刘海，不过嘴角间，笑意已然呈现出来。

“还有，”晋得厚接着道，“至少这段时间你要忍着，而且要想办法追龚求真。至于怎么追，在车上我都说了，你再琢磨琢磨。一旦你得到他，咱们就可以高枕无忧了。他不仅会心甘情愿为咱们做事，而且还能交出他身上最有价值的东西。”

“最有价值的东西？”孟鸿燕听到这，略微一怔，转过头，俏眉微锁，“什么最有价值的东西？”

看着孟鸿燕因好奇而微微张紧的脸颊，晋德厚不禁大笑起来。“到时候你就知道了！现在你最重要的事就是让龚求真喜欢你。除此之外，你还要把与产品检验有关的事都学会，懂了？”

孟鸿燕看着晋德厚，似懂非懂地点了点头。

“燕，”晋德厚凑过身来，“你摸摸我的心，又开始扑通扑通乱跳了！”

“讨厌！”孟鸿燕笑骂着，顺势摸了摸他并不宽阔的前胸。瞬间，一轮红晕浮现于脸颊。她抿着嘴，轻轻点了点头。晋德厚见状，急不可耐地将身子靠得更紧了，而她的身子不由自主地抖动起来，并发出低低的呻吟……

每次回临海，龚求真内心深处总是不免惆怅，而在惆怅之余，他似乎又在祈盼什么。在龚求真的心中，馨璐虽然已经是“过去式”，但他依旧放不下，哪怕偷偷看着她，对他来说都是无比幸福的事。但是，龚求真心里清楚，一切都过去了，所谓覆水难收，他不指望奇迹出现。相反，不知道为什么，他反而更想多去海边走走，期望再次偶遇紫月。或许，在他看来，紫月端庄优雅、高而不俗，并且小鸟依人般地依附着他，令他浮躁的心得到安静，甚至能有在馨璐面前不曾有的为所欲为的快感。这种感觉，是任何一个女孩，包括鹿灵在内，都无法带给他的。"原来自己更喜欢这种感觉。"龚求真沿海边走着，看着不时翩翩起舞的海鸥，心里竟敞亮了许多。

奇迹并没有出现。内心深处的默默期盼并没有让龚求真如愿邂逅紫月，相反，他却看到了虽不讨厌但并不喜欢的人——周天。

难得的是，周天没有和鹿灵在一起，这让龚求真倍感意外之余，不觉放松了许多。没办法，龚求真自嘲自己，以前几次大家在一起的时候，周天让他感到十分别扭。周天说话不冷不热，而且经常盯着他和鹿灵，就好像别人都欠着他似的。此时，龚求真无意中看到周天一个人远远走来，他第一个念头就想闪到一边，避免和周天碰面。可左看右看，步行道两边并没有什么可遮掩之物。就在龚求真犹豫之际，周天已然走到近前。既然这样，龚求真也就别无他想，客气地招呼："周天，你好！"

周天一直低着头，听到别人叫他，抬头一看，竟是龚求真。"是你，"周天略微紧张道，"我……"

"我什么，"龚求真笑道，"看你心不在焉的样子，是不是和鹿灵闹别扭了。"

周天微微张张嘴，心有戒备地说："你不是去外地了，怎么又回来了！"

"是啊，我回来了，"龚求真开着玩笑，"不过是临时的，我回来办事，后天就走了！"

"哦，"周天听说他后天就走了，长长地舒了口气。

"我们难得见面，"龚求真上前一步，一只手搭在周天的肩膀上，"走，我请你吃饭！"

周天犹豫了一下，随即大方地说："不用，还是我请你。我今晚没事，借这个机会请你吃饭，算是为上次那件事向你道歉！"

龚求真笑着摇摇头，无所谓地说："都过去了，我理解你，换作我可能也会那样。"

二人话不多，一路沿着海边，向不远处的风味小吃街走去。

路上，周天偶尔询问龚求真的情况，希望他能做得更好，留在那边有更大的发展。龚求真除了谈谈工作，对周天言不由衷的建议也好、鼓励也好，一概充耳不闻，只是笑笑而已。龚求真知道，因为鹿灵的关系，周天一直对自己有敌意，他不愿意看到自己和鹿灵有任何形式的接近。龚求真倒也非常理解周天，正如他和馨璐，他不是一直对兰可心耿耿于怀？

“周天，”龚求真沉默了一会，问道，“刚才一见面的时候，我看你情绪不佳。你别怪我直言，一看到你这种低迷的样子，我就猜想一定是因为鹿灵，”他又用试探性的语气问，“你，你和鹿灵吵架了，还是……”

周天闻听此言，突然停下了，一脸无助地看着龚求真，气嘟嘟地说：“还不是因为结婚的事，她和我闹别扭。”

“什么，结婚？”龚求真耳朵嗡嗡一响，他怀疑自己是不是听错了。

“周天，”龚求真勉强控制自己的情绪，尽量降低语速，追问道，“你，你们确定要结婚了？”

“嗯，”周天看似带着生气的语气中流露出兴奋，“两家都通知了，就因为我想在临海也办一次隆重的婚礼，她就不同意了！”

龚求真再次稳了稳情绪，他生怕周天看出他的异样表情。“结婚，”龚求真强装笑颜道，“你真有福气，这么快就要当新郎官了！我想婚礼的形式吗，周天，我倒是认为你的想法不错，毕竟大家在临海几年了，朋友、同事也不少，大家乐呵乐呵是好事，我建议你和鹿灵好好谈谈，不就是多办一次。”

“我就是这么想的，”周天看着龚求真，眼神中充满了与龚求真的想法难得一致的欣慰。不过周天随即冒出的一句话却让龚求真哭笑不得。“忘了跟你说了，鹿灵出差，估计还在路上，她情绪不好，你就别再打电话烦她了！”

周天这么说，龚求真一时无语，唯有心中暗暗叹气。

龚求真心里不待见他，嘴上却说：“周天，我知道，我也就是现在和你一起才能轻松一下，吃完饭后，我还得考虑明天怎么和客户谈合同，你们的事，我不想说太多。”说完，龚求真用力拍了拍他的肩膀，让他放心。

和周天在一起，时间一长，龚求真就无话可说了。简单吃过饭后，二人友好地告别。龚求真看看时间，估计这个点，鹿灵能方便接电话，于是就兴致勃勃地赶回宾馆。

龚求真一进房间，接二连三地大口呼吸，以减缓喘息。稍定之后，龚求真准备拨通鹿灵的手机。号码刚调出来，龚求真停住了，他不禁想到了鹿灵为了她和周天的事，在自己面前流露出隐隐的哀怨眼神。他知道鹿灵为何如此，也就不想再让鹿灵潸然泪下。龚求真放下手机，黯然看着窗外。虽然此时，他多么想听听鹿灵的声音，但现在这个时间段，正如周天说的，也许正是鹿灵心情不佳的时候，他贸然打过去，鹿灵定会更加伤心不已。龚求真想不明白，自己对鹿灵到底是一份什么感情。他扪心自问，爱鹿灵吗？不知道。如果他主动坦白对鹿灵的感觉，并且做出一点积极的行动，他相信鹿灵会接受的。但是，龚求真对鹿灵的感觉，他自己都说不清楚，或许在他的内心深处，另外一个女孩牢牢地占据着那份爱，那份让他欲罢不能的爱，而这种爱，正是龚求真向往和追求的。不过，当他知道鹿灵和周天成婚在即，心里还是莫名地有种撕裂般的疼痛，他又是如此舍不得鹿灵成为别人的新娘。是矛盾、是困惑，还是自私，龚求真不得而知。现在的他，心乱如麻，就连接着要干什么都不知道了。

"叮叮，"一阵急促的声音响起，龚求真下意识地一哆嗦，来电话了。

龚求真拿起手机，一看屏显，竟然是孟鸿燕打来的。他慢慢按下了接通键，把手机凑到耳边，有气无力地道："你好！小孟！"

"龚经理，"手机里传来孟鸿燕的声音，"你的声音怎么……"

"啊，"龚求真马上意识到，自己还没有从刚才低迷的情绪中恢复过来，就借故干咳了两声，并提高了声音道，"没事，刚才和客户聊了半天，嗓子有些干。小孟，有事？"

"龚经理，"孟鸿燕用关心的语气道，"你坐了那么长时间的车，又和客户联系，可要多喝水，别上火！"她顿了顿，"龚经理，刚才晋总说设备马上就到，让我明天去采购原材料，我想问问，是不是按着你给我的采购单采购。"

一听原材料采购，龚求真微微皱眉道："小孟，原材料采购一定要货比三家，我想还是等我回去，用一天的时间，把以前联系过的厂家再考察一次，然后我们再定。公司突然决定明天就采购，是，是晋总安排的？"

孟鸿燕一时不语。过了一会，她才无奈地说："龚经理，我也不清楚。晋总给了我一份厂家的原材料明细单，说都联系好了，让我明天带着质监局的人，一块过去验货、提货。"她有些不知所措，"龚经理，我想还是先问问你，你看我该怎么办呢？"

"怎么办？"龚求真放下手机，一脸苦相，老板怎么又这样！他转念又想，和他说说，还是算了吧，他这么做也不是第一次了，既然他定了厂家，那就顺着他，按他的意思把工作做好。

“小孟，”龚求真叮嘱道，“既然这样，你就按晋总的要求做。不过有一点要记住，你务必全程参与，把好质量关，要知道，原材料出问题，产品可就都成废品了！”

龚求真停了停，想想还应该嘱咐什么，就听孟鸿燕接过话：“龚经理，我知道了，你就放心吧，明天我会及时把这边的情况告诉你。”临了，她又低声道，“时间不早了，你早点休息，明天运设备的时候，千万要注意安全！”

出于谨慎，龚求真在设备起运前又逐个试了试，一切迹象显示完好，他特别贴上封条，意味着可以装车了。这样，原本一天就能结束的工作，看来还要多加上一天。

第二天，龚求真继续检查设备。他们一直忙活到下午，装了整整两卡车。车出发后，龚求真谢绝了对方宴请的好意，独自一人回到宾馆，他想晚上好好休息一下，明天一早坐头班快车赶回沧河，争取与设备同时到现场。

洗漱完毕后，龚求真静静地躺在床上，闭目养神。

不知过了多久，龚求真坐起来，伸了伸腰，准备向晋德厚汇报设备已经起运的事，顺便请他提前作好接车准备。“嗡嗡，”手机一阵震动，来电话了。龚求真操起手机，一看，原来竟是晋德厚打来的，这让龚求真大感意外。

“晋总，”龚求真恭敬道，“我正想给您打电话汇报设备已经装车起运的事。”

“已经发车了？嗯，好，”晋德厚话语轻松，又随口问了一句，“你跟车一起回来？”

龚求真并未直接回答，而是提到了今天如何再次验收设备以及物流公司的电话、到达时间等信息。言外之意，他希望晋得厚按约定时间准备好接车工作，同时又婉转地道明了自己很辛苦，不方便跟车回来。

“好，很好，”晋德厚满意道，“我这就安排接车的准备工作。”接着，他语气一转，“有件不可思议的事，我得跟你说说！”

“不可思议？”龚求真心想，“听他语气，似乎很严重！”

“昨天我不是让小孟去采购了一批原材料，没想到当天晚上仓库就被盗了，”晋得厚的语气中带着愤怒，又掺杂着一丝无奈，“丢了几包添加剂，没几个钱，不过试生产前出这种事，真是晦气！”

“几包添加剂，损失不大，的确让人不舒服，要是想多了，还真是出师不利呢!”龚求真心里赞同他的想法。“晋总,”龚求真顺着他的意思道,“这是意外,不会影响项目的正常进行。等生产开始后,现场就会有值班的,人员一旦固定,就不会再出现这种事了。”

“嗯,”晋德厚道,“你回来之后,不仅要抓紧时间试生产,还要把岗位的人落实好。仓库被盗,就是没有值班看管才发生的!”

龚求真感觉到晋德厚对自己的安排不满。想想也是,当初的确没想到仓库保管的事,与其推卸责任,倒不如承认自己工作的失误。“晋总,”龚求真自责道,“仓库被盗,我有一定的责任,是我的工作失误,回去后我马上整改。”

听龚求真这么说,晋德厚似乎不好再说什么,而是草草地说了说诸如早点休息,路上注意安全之类的话,就挂了电话。

龚求真放下手机,反复想着仓库被盗的事,越想越感到奇怪:怎么当天晚上?再说了,公司大门不是有值班的,怎么可能?

事也凑巧,龚求真临近傍晚抵达公司的时候,正看见两辆运设备的卡车停在公司门口。

龚求真越发感到累,不仅仅是身体上的,还有心累。按说这么大的事,整个公司的员工都得动起来,即便有些员工今后可能不会参与项目,但现场设备调运,大家是不是都得帮帮手。在现场,没错,的确很多人,但真正干活的却没几个人,大多时间里,就见龚求真来回穿梭的身影。龚求真来之前也曾预估到可能遇到的困难,但他真没想到这些人的素质如此之低。即便是交代好了的事,龚求真也要随时跟踪。不出问题还好,一旦出了问题,不知他们是怎么练的,杜撰的理由竟然能让晋德厚接受。每当龚求真向他们宣讲诸如标准、程序或者是技术层面的内容,他们看似听得明白,但就是不在工作中体现出来,而晋德厚似乎也习惯手下这些人的做法,该骂的骂、该踢的踢,严厉却没效果。眼看设备就位的事不能耽误,龚求真急得火烧眉毛,顾不上和他们理论或者是想办法让他们按要求去做,唯有自己亲力亲为,一个人忙活。

没黑没白地忙,一条颇具现代化的生产线总算展现在他们眼前。龚求真一直擦着汗,看着就像自己孩子似的由管线串接起来的设备,脸上洋溢着成功的喜悦。

“龚经理，”孟鸿燕抑制不住兴奋，激动地感慨道，“真没想到，我们也能组装出一条生产线。”

“还不是龚经理，”海旺发自内心地赞道，“要咱们那，掉了一层皮，我看也不能把这些设备连起来。”

龚求真欣慰地看着孟鸿燕和海旺二人，见他们脸上挂着混着油污的汗珠，竟有一种想为他们擦汗的冲动。

“大家都过来，”翠云的声音从车间质检室传来，“我给你们泡了茶，过来喝口水！”

龚求真冲海旺和孟鸿燕说：“走吧，我们过去喝茶水，大家歇歇！”说完，他先行一步，奔质检室走去。

翠云给每个人倒了杯茶水，并招呼大家坐下喝茶休息。

龚求真大口喝着茶，眼睛不经意向里间一瞥，展示柜上，摆放着盛放添加剂的袋子。“对了，”龚求真突然想起，“不是发生了仓库被盗的事吗，怎么他们都没跟我说呢，难道是忙起来忘了？”

“小孟，”龚求真转向孟鸿燕，“晋总说仓库被盗，具体丢什么了？”

孟鸿燕本来正喝着茶水，一听龚求真问起仓库被盗的事，微微一怔，忙放下手中的杯子；坐在龚求真另一侧的翠云和海旺，也在同一时间放下杯子，下意识地对望了一眼，随即低下头。

“其实谁都没想到，”孟鸿燕用一种辩解的语气道，“当天晚上怎么就有小偷进来。我第二天知道了，忙去仓库，只是少了几包添加剂，我就赶紧补上了！”

龚求真点点头，“哦”了一声，转头又看了看海旺和翠云。似乎意识到龚求真在看，翠云先是抬起了头，无奈地笑笑，而海旺却一直低着头，嘴里不停地嘟囔着：“哪有这么凑巧的事！怪事！”

龚求真依稀听见海旺嘟囔的话，随意问道：“海旺，你刚才说凑巧？”

一听龚求真问他，海旺马上抬起头，却并未看龚求真，而是转头看了看翠云。见翠云沉着双眉，低头不语。海旺又转过头来，面露尴尬之色，笑道：“龚经理，是，”他很快恢复了镇定，带着分析的语气道，“当天进的货，怎么一到晚上就出事。我估计只有两种可能：要么凑巧，小偷偷到咱这里；要么，我想就是当天卸货的时候，被小偷看见，他就惦记着晚上过来偷点。”

看着海旺煞有介事的样子，龚求真不禁一笑。“你说的也是，要说小偷的本事真大，他就知道仓库有货，而且还没有值班的。”嘴上这么说，龚求真心里却想到另外一种可能：监守自盗。

海旺似乎听出龚求真的弦外之音，赶紧站起来，断然道：“龚经理，我知道你的意思，但我觉得不可能。”说完，他用求助的眼神看了翠云一眼，“嫂子，你说是吧！”

翠云喝了一口茶水，自语道：“公司看大门的老张可是跟了晋总多年的。”她放下水杯，看着龚求真，面带愠色道，“龚经理，你怎么能这么想，不就是几包添加剂吗，晋总并没有追究，你就不要胡思乱想了！”

龚求真一看这架势，马上意识到自己犯了一个错误：这里哪有他说这话的份！他赶紧自责道：“我也是突然冒出这个想法，没有别的意思。”说完，他提溜水瓶，走到翠云跟前，讨好地往她的杯子里加了水：“晋总跟我说这事的时候，听起来很无奈，他还要求我设一个值班员的岗位，我正想和你们商量呢。嫂子，你看用谁比较合适，老实，能值夜班，而且身体也得硬朗些。”

听龚求真这么一说，翠云眼睛微微转了几下，试探着问：“晋总就是让你安排值班的，他没有再说别的？”

“别的？”龚求真放好水瓶，仔细回想着晋德厚和他说起这件事的前前后后。“嫂子，”他肯定地说，“晋总就是跟我说了说仓库被盗的事，还有就是让我安排值班的。至于其他的，晋总没说。对了，当时晋总说起这事的时候，我就觉得他的语气挺怪的，好像非常重视，但又显得无所谓，我也不明白。”

“是这样，”翠云站了起来，低着头，似有心事地向门口走去。到了门口，她回头冲大家嚷了一句：“都后半夜了，你们早点休息吧！”她特意又看了海旺一眼，转身走了。

海旺双手用力叉腰，懒懒道：“累死了，我以前没这么累过，我先回去了！”

孟鸿燕一直坐在那，除了喝茶就是时不时看大家一眼。直到海旺向门口走去，她才站起来，招呼龚求真：“龚经理，我们也走吧，你早点休息！”

十二 深不可测

终于等到出产品的那一天了。龚求真本以为一切顺利,没想到现场突发变故。更令人意外的是,原本不见踪影的晋德厚突然现身,他以身作则,震撼了员工,却让龚求真倒吸口凉气,原来这就是深藏不露。难怪晋德厚这样的人,大字不识几个,却混得有头有脸,可见骨子里还是有东西的!不过,有迹象表明,产品不达标,似乎是有意为之的。

按原来的计划，龚求真本应先进行试生产，以便检验设备的匹配程度。可令他意想不到的是，第二天下午，正当大家开会商讨试生产的方案的时候，晋德厚风风火火从外边回来，并带回一个令他兴奋，却让龚求真觉得不可理喻的事：明天一早，市有关领导要过来参加项目上马的剪彩仪式。

龚求真想不明白，晋德厚为什么总会在不经意间带来如此大的震撼，震得他简直是头昏脑胀。试生产不是儿戏，谁也不能确保一次点火就能拿出符合标准的产品。龚求真很清楚，现在还不具备正式开机的条件，很多不尽完善的细节需要在试生产阶段解决。要是试车当晚出现什么纰漏，比如水电气的配套能力跟不上；设备出现故障，厂家无法及时从外地赶到；赶制出来的产品口味不对等。此外，对设备进行不间断调试、原材料组合以及检验都需要时间，显然不能在如此短的时间，哪怕把后半夜的时间都算上，也难以达到要求。仓促上阵，结果无法预料，龚求真不敢，也不能打这个包票。可在晋德厚看来，似乎没这么难。他觉得原材料按比例搭配好之后，输入生产线，最后一关不就出来成品了。当然了，晋德厚也向龚求真坦白，他这么做也是没办法。为了项目剪彩的事，他提前就做足了工夫，难得明天有关领导都在家，照顾到大家，就只能牺牲自己，他希望龚求真能理解。要知道，各个口的领导都来参加，对项目也好，对公司也好，甚至对他晋德厚本人，都是一本万利的好事。晋德厚觉得虽然时间不宽裕，但只要大家齐心努力，争取明天一早就拿出合格的产品，也好打发这次剪彩仪式。

听了晋德厚诸多理由，龚求真一时也拿不定主意。按他的要求来，太过仓促，而且最关键的是配方中涉及到的几种保密配料需要单独采购。而要是据理力争的话，的确难为晋德厚了，毕竟那些领导不会由他来安排时间。深思熟虑之后，龚求真无奈地答应了晋德厚，然后立即着手准备晚上的开工事宜。

龚求真把相关的工作布置下去，就找了个借口，独自一人离开公司，他要采购一小部分配料。这次采购，龚求真可谓“秘密行动”。他之所以为晋德厚上这个项目，一来是他曾经做过，有项目运作的经验；这二来就是他掌握着产品的配方，以及在配方之外必须添加的几种配料，这可是绝密的。当初，龚求真打算亲自抓设备和原材料，就是不想产品配料的配置让他人知道。可晋德厚没给他这个权利，他就只能另外草拟配方，让孟鸿燕“照单抓药”，而关键的核心部分，他不露声色地保留起来，就等着正式生产那一天，单独筹备。

龚求真在市区转了几圈，看似闲逛，实则担心有人跟来。在确定万无一失之后，他选定了几家店，采购了几种很特别的配料。当夜幕即将降临的时候，龚求真终于在大家的期盼中回来了。

或许大家急切期盼产品下线，或许大家都意识到明天是一个关口，过得去，这个项目就有出头之日；过不去，很可能大家就此丢了饭碗。可能是基于这些因素的考虑，每个人看起来情绪都是异常高涨。

试车前，龚求真特别要求晋德厚组织开一个协调会，以便参与者能各尽其职，完成好自己分内的事。龚求真的这个想法没错，以往在蓝海的时候都是如此。老板参加项目协调会，对所有人都能起到督促和警示作用，老板重视的事，下面的人都不敢掉以轻心。

会上，晋德厚显得出奇的镇定，他似乎对今晚的试生产很有信心。除了对大家的鼓励以及旁敲侧击地警告之外，晋得厚并无关于生产的指示，而是把指挥权交给龚求真，一个人离开了。

龚求真再次确认了大家的本职工作。之后，他交代下去，接上电源，开启阀门，开工！

龚求真就像是指挥千军万马的指挥员，意气风发、淡定自若；可他的内心深处，却不住地祈祷，千万别出问题，哪管是应付，也得让明天一早来的领导品尝到满意的产品。

大伙得到指示，一哄而散，各忙各的去了。龚求真一个人，静静地坐着，心里盘算着应对可能出现问题的对策，当然更包括如何才能把不为人所知的那几种配料一并加到待加工的原料中去。

一切准备妥当，时间不早了，该下料了。

试生产似乎按着龚求真预想的轨迹进行。期间，偶尔会出现设备不同步的状况，好在龚求真技术出身，在蓝海做项目的时候曾经搞过设备安装。因此，他按自己的想法，结合产品说明书，左调右调，基本上应付过去。总之，设备能正常工作，就能确保明天一早的庆典了。

时间悄然流淌而过。终于,在大家的期盼与兴奋中,有模有样的产品下线了！或许是难以抑制的激动心情作祟,大家竟忽略了一个重要程序:品尝。

为了明天剪彩的事,大家仓促上阵,所做的一切都是在应付。龚求真忙于应付突如其来的试车;晋德厚忙于应付早上的剪彩;有些人忙于应付老板;一线员工则忙于应付生产……当然,忙于应付的结果不是设备出问题,就是产品不达标。这两种结果都是严重的,处理不好,龚求真就没法收场。设备的问题倒是解决了,但产品能否过关,还是未知。由于一直为设备的问题担心,龚求真就忘了在产品封包前品尝一下。

看着仓库摆着几箱赶制出来的产品,龚求真的内心顿感轻松许多。趁着离天亮还有段时间,龚求真招呼搬运工坐下,休息休息。大家刚坐下,晋德厚悄无声息地进来。"产品刚一封包,他就过来,太会算了！现场出问题的时候,怎么就不见他来!"龚求真瞥眼一看是晋德厚,一时竟未掩饰自己抱怨的神情。

好在晋德厚的注意力集中在那几箱封好的包装箱上,并未察觉龚求真的异样变化。见晋德厚过来,龚求真忙站起来,正要打招呼,就被他的话打断:"辛苦了！龚经理,好喝吗?"他手指着包装箱,略带好奇地说。闻听此言,龚求真马上意识到,忙了半天,还没品尝是什么味道呢！他赶紧指使几个人,打开包装,拿一瓶给晋德厚尝尝。晋德厚接过启封的包装瓶,先是放在鼻子下嗅了嗅,不住地点头,自语道:"闻着味……喝起来呢?"他慢慢抬高了瓶底,微微抿了一口。现场每个人都瞪大了双眼,紧紧盯着他。晋德厚砸吧砸吧嘴,双眉一下子挤向鼻梁处,脸色泛青。"龚经理,你来尝尝,是这个味?"晋得厚一脸怒容,粗鲁地说。

一看晋德厚阴沉着脸,龚求真心说不好。他接过瓶子,一闻,感觉闻着味可以,但一喝下去明显感到有浓浓的食品添加剂的味道。龚求真很奇怪,他完全是按规定的配比操作的,怎么会这样？试生产的前前后后的细节在龚求真的大脑中飞速地旋转,但他短时间内并没有找到是哪个环节出了问题。时间没有给龚求真过多的考虑,毕竟天快亮了,领导们就要来了。这可怎么办,龚求真不由得慌了神。

一番短暂而紧张的思索后,龚求真眼前豁然一亮,他似乎找到了解决的办法。可随即他又略微摇头,看样子否定了刚刚想到的补救措施。见龚求

真差别如此大的神情举止，晋德厚的眼神中进一步流露出焦急的神色。时间一分一秒地过去，龚求真依旧一动不动，这可急坏了大家。就在龚求真一筹莫展的时候，晋德厚突然抬腕看看表，面部浮现出一丝自我陶醉的微笑。他走到包装箱前，拿起一个瓶子，仔细看了看，然后点点头，喊道："龚经理，你过来！"

晋德厚一嗓子，宛如平地一声雷，震得龚求真双耳发麻。他手拿瓶子，嘴角挂着浅浅的微笑，看样子胸有成竹。"你看，"晋德厚晃了晃瓶子，"我们能不能这样。"说完，他贴着龚求真的耳朵，低声耳语了一番。听晋德厚这么一说，龚求真不禁眨了眨眼，张了张嘴，似乎是不可思议的事令他如此。

"龚经理，"晋德厚放下瓶子，轻轻一笑，"找原因不是眼前最主要的工作，剪彩能否如期进行，这才是头等大事。咱们不用顾虑其他的，要灵活一点嘛！"

龚求真又一思索，然后信心十足道："那好，晋总，天亮之前，我一定拿出合格的产品！"

晋德厚心满意足地点点头，转身离开。

看着晋德德厚背着双手，慢慢踱步而去的背影，龚求真心里突然有种大为佩服的感觉。晋得厚并不高大的背影现在看起来那么有气势。可想而知，他能走到今天，一定是经过大风大浪的，处事不惊而又能随机应变。在佩服之余，龚求真越发感到他的神秘。晋德厚是不是还有很多事没让自己知道，就像这次试生产，大部分时间他都不在现场，不知是真的有事，还是刻意躲开。

晋德厚的做法的确不光彩，但却可以解燃眉之急。其实他的做法无非就是"偷梁换柱"。他建议龚求真去市面上买一批同类型的产品，换成自己的包装瓶，口味的问题就解决了。龚求真本不愿意这么做，他认为这根本就是造假，但他毕竟没有更合适的办法，也只能接受晋德厚的"建议"。

很快，车间又开始忙碌起来。天亮前，口味纯正的"产品"新鲜出炉，并逐一摆到了嘉宾落座的主席台。一切做得那么天衣无缝。当嘉宾们盛赞产品的时候，他们又哪能知道，这些都是名不符实的产品。龚求真虽然作为关键人物，但他却不想参与其中，而晋德厚似乎也不打算让他出席剪彩仪式，正好顺台阶而下，让龚求真做个看客，顺便好好休息。

看着主席台前,各色有头有脸的人物“你方唱罢我登场”,龚求真就觉得无聊,偶尔还感到一丝丝寒意袭来。按理此时将近盛夏,沧河的气温一路走高。上午的阳光虽然还“羞涩”着,但不至于寒意十足。龚求真下意识地摸了摸额头,竟然有些发烫。原来这几天的忙碌以及刚才的急火攻心,使得他不幸“中招”,感冒了。

正所谓“病来如山倒”。临近剪彩结束,龚求真烧得更厉害了,他悄悄退出来。或许大家的兴奋都集中在剪彩仪式之后各方的褒奖之中。特别是晋德厚,一直忙着应酬领导,中午还要在酒店为参加仪式的各方嘉宾举行答谢宴会,完全无视龚求真的存在;海旺和孟鸿燕按说不会这样,但他们都被晋德厚叫到酒店,陪着客人,无法顾及龚求真;唯独翠云似乎不属于这个让人振奋的时刻,她没有参加剪彩仪式。在勉强问候各方来宾之后,她就悄悄离开了。

回宿舍之前,龚求真顺路到车间看看。还没到车间,龚求真无意中透过窗户一看,老板娘竟然在车间,低着头走来走去,似有心事的样子。试生产没有达到预期,龚求真一时也想不出问题所在。担心老板娘会问起,又给不出满意的答案。再加上现在头疼欲裂,龚求真觉得自己还是回吧,休息的同时也好捋一下思路,尽快找到答案。

眼看着午饭时间已过,龚求真感到肚子一阵“咕咕”叫。他挣扎着坐起来,一阵撕裂般的疼痛向大脑袭来,就见眼前一片金星四下乱撞。龚求真双手撑着床,胳膊居然软弱无力,他张着嘴,一头仰在床上,微微喘着气。就在龚求真皱着眉头,使劲拿捏前额的时候,门外传来老板娘的声音:“龚经理,是我!”

一听是老板娘的声音,龚求真重又挣扎着坐起来,尽力提高了声音:“嫂子,进来吧!”

门开,翠云大步走进来。看她第一眼,龚求真心中不觉一丝诧异。与大家兴高采烈不同的是,老板娘看起来那么平静,而且在平静的笑容背后,似乎还透着一点点怨气。

翠云刚要坐下,就发现龚求真的状态不对。她走向床边,关切地问:“看你无精打采的样子,脸色也不对!”

龚求真不好意思地笑了笑,低声道:“可能是昨晚上受凉了,头疼得厉害。”

“啊,”翠云瞪大了眼睛,抬手拭了拭他的前额,焦急道,“烫得这么厉害,这不是感冒了!"

龚求真无力地点点头,身子突一失控,栽在床上。

翠云见状,忙掀开床脚的毛巾被,给龚求真盖上。接着,她搬来一把椅子,坐下来:"中午是不是没吃?"

龚求真躺在床上,轻轻点点头。

见状,翠云一下子站起来,从柜子里拿出一碗面,边撕封边怨道:"我不是跟你说过,年纪轻也不能糟蹋身体,身体不舒服更要吃东西,要不你的病还能好?"

过了一会,翠云试着摸了摸碗面,觉得可以了,就端过来。龚求真强撑着想要坐起来,翠云一压他的肩膀,示意他躺着。翠云把面端到近前,看样子想要喂他。龚求真见此情形,心里不由得七上八下,他怎么好意思让老板娘喂面。不知哪来的力气,龚求真硬是撑着身体坐起来,双手接过碗面,尴尬地说:"嫂子,我,我没事!"翠云虽然有心想这么做,但龚求真既然说了,她也不好坚持,于是递过碗面,还一个劲嘱咐:"试试,可别烫着!"

有老板娘在,龚求真根本就没尝到面的滋味,而是囫囵吞枣,很快就吃完了。

翠云接过空碗,放在一边的桌上,又坐下来。"龚经理,"翠云不解道,"你说说,到底是哪出了问题。我在车间待了半天,咱们可都是按要求做的,怎么最后还是不行?"

龚求真双眼直勾勾地盯着顶棚,思索了半天才同样不解地说:"我也在想,和我以前做的没什么两样,可怎么就是口感不对呢?"

"口感不对,那我们也不能造假,真是的!"翠云自言自语道。

"嫂子,"龚求真没听清,"你刚才说什么假不假的?"

"嗨,没什么,"翠云旋即恢复了常态,笑道,"我是说,假如要是顺利的话,那该多好!"

"我也希望顺利,"龚求真语气一转,又自责道,"出了这样的问题,是我考虑不周造成的。"

"你做得很好了,"翠云赞道。说着说着,她竟坐到了床上,双手下意识地伸向他的额头!"我给你捋捋,能缓解头疼。"

龚求真没想到翠云如此。一愣之后,他嘴里慌乱道:"嫂子,我没事,你,你还是,我头不疼了,不麻烦了!"

“你看你说话，”翠云继续捋着他的额头道，“结结巴巴的，还说头不疼呢！你别不好意思，嫂子给你捋头，还有什么说的不成！”

听翠云这么说，龚求真一时想不出再拒绝的理由，况且经她这么一捋，的确感到舒服一些，也就任由她了。

翠云边捋头边说话，而龚求真则一直微闭着双眼，答应着。

时间就这么慢慢过去。就在龚求真享受舒服的揉搓之时，不知为什么，翠云突然停下了。紧接着，一个厚重的声音响起：“他这是……”

龚求真猛地睁开双眼，他听出来，那是晋德厚的声音。

果然，晋德厚双手交叉，站在床前，焦虑中带着愠色的眼神看着龚求真。

龚求真赶忙坐起，还未开口，就听翠云在一旁解释道：“龚经理感冒很厉害，我给他捋捋头，免得头疼。”

龚求真配合着翠云的答话点头。待她说完，龚求真马上接过话，尴尬道：“不知怎么了，突然间发烧头疼，幸亏嫂子过来，还给我泡的面。”

晋德厚双手放下，坐到床的另一边，摆手示意龚求真躺下。他看了一眼翠云，打趣道：“真看不出，你嫂子还有这手艺，我们结婚这么多年了，我还是第一次看她这样照顾病人！”接着，他理了理毛巾被一角，略带兴奋道，“龚经理，剪彩非常成功，咱们天禧可以说又在沧河制造了一次轰动，有些经销商甚至都备好现金，当场就想提货。”

“不过，”晋德厚转而用他贯有的平静道，“风光的背后，我们也有无法告人的事，那就是产品的品质问题。这个问题，你一定要找出是哪个环节出了差错，人也好，设备也好，总之，要找出原因。”他站起来，看着翠云，“这几天就让你嫂子照顾你，等病好了，查出原因，咱们再试一次，我就不信做不出口味纯正的产品来。”

翠云也站起来，倒了一杯水，放到龚求真床前，又摸了摸他的额头，轻声道：“需要什么尽管说，对了，还没吃药吧，我这就给你买去！”

翠云说完，正欲转身离开。晋德厚摆摆手，示意翠云不急。“龚经理，”晋德厚道，“感冒不算大病，但也得三五天。我给你三天时间，你好好休息，其他的事不要想了。”他似乎又想起了什么，补充道，“车间有事的话，让小孟过来问你。我看就这样吧！翠云，我们走，让龚经理休息！”

看他们要走，龚求真又坐了起来，感激地说：“晋总，嫂子，谢谢你们了！”

晋德厚微微一笑，示意龚求真赶紧躺下。

看到二人带上门后，龚求真躺下，想着晋德厚刚才说的那番话。不知不觉间，他双手竟也学着翠云的手法揉起额头来，而他的思绪猛然跳跃，他想到了馨璐、鹿灵，甚至紫月。三个女孩在龚求真的脑海中一一闪过，最后，紫月留在了他的思绪中。

龚求真半起着身，喝了一大口水，紧闭双眼抖了抖头，似乎让自己的头脑清晰一些。接着，他急切地翻出手机，未加迟疑就拨通了紫月的电话。

“喂，”紫月悦耳甜美的声音响起。龚求真细细品味，竟忘了答话。

“你怎么不说话呢，”紫月嗔怪道，“你回来了？”

“我，”龚求真病歪歪地说，“我回不去了，我躺在床上不能下地了！”

“咦，”紫月啧啧道，“你是个大忙人，哪有时间赖在床上！”

“真的，”龚求真佯装可怜，“昨天试生产，我一夜没合眼，更糟糕的是生产出的样品又不达标，一累一气之下，我就感冒了，现在一直高烧，头晕沉沉的！”

“是这样！”紫月收起了玩笑，急着道，“烧到多少度了？去医院了？”

“还行，吃点退烧药，老板又给了三天休息时间，到时就好了。”

“你说的可真简单，你不知道‘病去如抽丝’，那么容易好啊！你说休息三天，我想这段时间，你的老板有事还会找你。”

“你说的也对。试生产出了大问题，我看老板表面不急，实际上他比谁都急，我确实感到压力很大。”

“给人家打工，你以为那么容易？”

“我这不是打工，是合作！”

“行，就算是合作。对了，你可别忘了每天吃片 Vc，然后就多喝水，这样才能尽快好起来！嗯……你要是在临海的话，我还可以看看你，可现在，那么远，你只有自己照顾自己了！”

二人你一言我一语。龚求真隔空与紫月聊天，但她却如近在眼前似的，他甚至捕捉到她关切焦急的柔柔眼神。

通过话后，二人不免“胡思乱想”。

龚求真原本放松的神经被轻轻地拨动着。一个女孩子，和他并没有过多的接触，仅有的几次来往，会让她对他莫大的关心。龚求真听紫月说想看自己，就恨不得长双翅膀，飞回临海。那时，给自己捋头的不是翠云，而是紫月，该是多么美妙的一刻！

放下电话，紫月也没闲着。她觉得自己没有看错人，认为他是个本分实在的人，和他在一起轻松自在，所以才能一步步和龚求真交往下去。但是，对紫月来说，和龚求真在一起，总是有一种不放心的感觉。这种不放心倒不是怀疑龚求真三心二意，而是担心他留不下来。外边如果有更好的机会，他是不是选择离开。不论怎么样，紫月和龚求真在一起的底线就是不能离开这座她从小就生活的城市，还有她的家人，她离不了。这次龚求真选择了异地创业，如果成功的话，那时就留不住他的心了。紫月很想找个说法，让龚求真别留恋暂时的成功，但又找不到更好的说辞。每次和他通话，她只能话里带话希望他回临海，并在临海扎根。“但愿他能碰钉子回来，踏踏实实地待在临海！”紫月偶尔也会这么想。可转瞬间，紫月又无奈地一笑，怎能这么“咒”他，自己不是希望他做得更好？

龚求真的思绪也在来回跳跃，不是停留在临海，念着紫月，就是想着理不清头绪的试生产。现在，生病了，有个缓冲的时间，他可以静下心来，好好总结一下。可是龚求真怎么也不会想到，就在他卧床不起的当天晚上，一场风暴袭来，他在天禧的路注定越走越窄。

晋德厚与翠云一前一后离开了龚求真的宿舍。

翠云低着头，一句话不说，似乎知道自己做了不该做的事，面部表情显得异常紧张。晋德厚在前面走着，不时地哼哼唧唧，听起来似乎有点无奈却又透着幸灾乐祸的味道。

“翠云，”他突然停住，扭头像审问犯人似的问，“你知不知道刚才做了什么？”

翠云也停了下来，依旧低着头。

“我一直想弥补咱们之间的隔阂和猜忌，”他指责道，“可你看看你，都做了什么，别忘了，你是老板娘，也是他的领导，你这么做，是不是有点太过分了。”

“过分，”她猛地抬头，愠怒地看着他，“人家一个人过来帮咱们，病成那样，我关心关心，不对吗？”

“关心，”他反讥道，“坐在床头关心员工，你也好意思说，别以为我不知道你心里想什么。”他点了一根烟，肯定道：“从我决定上这个项目，从龚经理来之后，我就觉得你有什么事，而且还不仅仅是关心他这么简单。”

翠云一听，身子微微抖了一下，瞬间又恢复如常。她把头转向一边，喃喃道:“你真能瞎猜！哼!”

“好了,”他摔掉手中的烟,狠命地踩了踩,不耐烦地道,“这不是说话的地方,你通知海旺和小孟,到我办公室,我要开个会,大事小事都说个清楚!还有,你也参加,咱们的事也该有个了断了!”说完,他轻蔑地“哼”了一声,一转身,慢悠悠离去。

望着晋德厚远去的背影,翠云心头一凉,她有种预感,一种不祥的预感。“难道他知道了?”翠云心里暗暗自问。

夜已深,整个办公楼就只有晋德厚的办公室灯火通明。

晋德厚不停地翻阅着记事本,似乎在准备要说的内容。翠云、海旺和孟鸿燕坐在沙发上,低着头,各自想着心事。

“啪”的一声,晋德厚猛地摔下记事本,看着大家,没好气地说:“今天是个特殊的日子。今天,不,确切地说,从昨天晚上开机那一刻开始,出现的一些问题,让我的预料变成现实。你们也看见了,整个生产过程,我没去现场,就是不想让龚经理有压力,他可以完全按自己的想法去做。尽管我发自内心地希望他能做好一切,但最终还是出现问题。”

晋德厚站起来,情绪稍稍有些激动:“总的来说,公司的目的达到了,市里的领导给了咱们很高的评价。如果项目正常进行,咱们还能完成市府交办的促进就业的任务。这样,公司的盈利能力,还有政治地位都会提升,这是天禧的好事。”他说到这,目光紧紧盯着翠云,“可就是有人,好像不希望公司把项目做好。”

翠云和海旺依旧低着头,而孟鸿燕却斜着眼瞥了翠云一眼。

就听晋德厚继续道:“事后想想,万一产品拿不出,说白了,那可就真的彻底完蛋了。庆幸的是,他把设备修好了,我们才能换产品。可是,他修得好设备,却没能调出合口味的产品。我就一直在想,既然设备没问题,那么肯定就是原材料的问题,比如说过期变质,或者干脆就换成别的替代品等等吧,我想这可能就是导致产品口味不合格的主要原因。那么,现在,我问问小孟,你负责原材料采购,你先说说是怎么回事。”

“采购的事,”孟鸿燕托着下巴回忆道,“晋总,我按照您提供的厂家并征询了龚经理的意见,特意和质监局的两个领导一起去的。每一批号的产品都作了抽检,还让厂家提供了质检报告,咱们采购的原材料绝对没有问题。口味不对,晋总,我怎么能知道呢!”

孟鸿艳说完，就见晋德厚从办公桌里拿出一叠文件，甩到沙发前的茶几上，语气平和地说："就是这些质检报告吧！"

孟鸿燕拿起其中的一份，翻了几页，肯定地点头。

"今天剪彩仪式的时候，我抽空拿给质监局的几个领导看了看，他们可以百分百确定，运到公司的原材料完全符合标准。"他顿了顿，"那么，出了问题，我想就出在我们这吧！"

"海旺，"晋德厚走到海旺身边，拍了拍他的肩膀，话里带话道，"你是不是该说点什么？"

被晋德厚这么一拍，海旺不由得打个激灵，竟然结巴道："晋总，我，我，我说什么，我……"

"好了，"晋德厚打断了他，转而看着翠云，"翠云，海旺变结巴了，那就你说吧！"

翠云沉默了半天。突然，她似乎想起了什么，轻拍前胸，似有解脱道："我想起来了，是不是和上次被盗有关系，估计被人做了手脚！"

"嗯，说的也是，"晋德厚坐回到座椅，自言自语道，"我就说过，怎么会有那么巧的事。白天刚运到仓库里的货，晚上就招贼了，难道是竞争对手下的黑手？"

"有可能，"翠云同样自言自语道，"难道被别人加了东西了！"

"对了，嫂子，"一旁的孟鸿燕有意无意地问，"你记不记得，原料运到仓库，你还问过我，每个袋子里装的都是什么，做什么用的。"

翠云一听，下意识地瞥了孟鸿燕一眼。她虽然并未揣测她说这番话的用意，但却觉得有一丝怪怪的。

"好了，"晋德厚粗暴的声音打断了他们各自的心思，"既然这样，那我就好好跟你们说说。"

"其实我上这个项目还不是为公司好、为大家好？翠云，我们之间是有矛盾，但你也不能牵扯到公司。"晋德厚尽量控制着情绪，平静地说。

坐在沙发上的翠云，抬头看着晋德厚，流露出不安的眼神。

"翠云，我知道，你不想让这个项目成，无非是积怨已久的一股气，拆我的台，看我怎么收场。"他盯着翠云，哼笑道，"好在我有先见之明。实话告诉你，仓库被盗的事，是我安排的。"

"啊？"翠云和海旺闻听，不约而同地出声，然后就是面面相觑；孟鸿燕似乎早就知道此事,依然稳稳地坐在那,低头不语。

“我知道,翠云,你不一定明着阻止我上这个项目,却会制造一些麻烦。”晋德厚就像讲故事一样,悠然自得道,“我是想了又想,才想到这个主意的。设备方面,咱们都不懂,真要是坏了,他龚求真应该能修好。而其他的,也就只有原材料了。我特意安排小孟,带着质监局的几个人一同去,就是要确保进库前的原材料是合格的。既然是合格的产品,又怎么能出问题呢,这还多亏海旺。”晋德厚的目光转向海旺,一声冷笑。

海旺的头更低了,额头竟然冒出大小不同的汗珠。

“海旺,”晋德厚长叹了一口气,遗憾道,“我对你一直不错,可没想到,那天晚上竟然会是你到仓库做手脚。”

晋得厚点燃一根烟,看着大家,继续娓娓道来。

“当我得知海旺去过仓库,而且还往其中几个袋子里加了东西,我就知道你们要做什么,于是,我就安排了仓库后半夜被盗的事。唉,我这也是不得已!我希望你们能在试生产前主动承认错误,可惜,你们错过了机会。”

“晋总,”海旺晃晃悠悠地站起来,一脸无辜地道,“其实这事,这事,是我不对,可,可……”海旺一时语塞。

“可什么,”晋德厚接过话,怒问道,“可这也是没办法,是吧?是嫂子让你这么做的,是吧?”

海旺不敢正视他,转向翠云。

翠云一看这样,不禁摇头苦笑。她一下子站起来,厉声道:“别说了,老晋,你不用怪他。没错,是我安排的,我就是不想你做成这个项目,行了吧!”她重重地“哼”了一声,扭头欲走。

“等等,”晋德厚高声道,“这事不能就这么算了,公司任何一个员工做出损害公司利益的事,他就别想在公司待着,翠云,你也一样。还有,不要有事没事就去给他捋什么头,这样不好!”

“好,我不到公司总可以了吧,”她怒视着他,“你的事我还懒得管呢!”她招呼孟鸿燕:“鸿燕,走,咱们回酒店,不在他这受气!”

孟鸿燕看了看翠云,带着落井下石的轻笑道:“嫂子,我回酒店干什么,晋总还需要我,是不是,晋总!”

“鸿燕,”翠云惊诧地看着她,“你,你这是……”

“她不走,”晋德厚冲翠云摆摆手,示意她赶紧走,“这个项目将来就是她的了。”

翠云看了看二人，愣了一下。她微微张嘴，似乎要说什么，可就是没说出来。她狠狠地瞪了晋德厚一眼，面带怒气和委屈，轻轻掩着嘴，离开了。

翠云走后，海旺仍然战战兢兢地站着，他不知道晋德厚准备怎么处置他。

看着翠云离去，晋得厚走到海旺身边，一只手轻轻搭在他的肩膀上，故作遗憾地说：“海旺，我真想不到你会背着我做出这种事来。其实，唉……”

海旺抬头，看了晋德厚一眼，赶紧又把目光转向别处，委屈地说：“晋总，嫂子她，她非让我这么做，我没想到会出这么大的问题。”

晋德厚摆摆手，示意海旺别说了。

“海旺，你知道，”晋德厚表情严肃，声音低沉道，“我对员工一向很好，但我绝对不允许下面的人对我三心二意。你这么做，就等于脚踩两只船，别的我不想多说，你还是离开公司吧！”

海旺张嘴欲说什么，就见晋德厚不耐烦地摆摆手，他知道，以晋德厚的为人，自己不论曾经为公司作出多少贡献，只要犯一点不和他一条心的错误，结果就是卷铺盖走人。

海旺欲言又止，唯有苦笑。他微一躬身，沮丧地转身离去。

办公室内，只剩下晋德厚和孟鸿燕两人。

海旺后脚刚迈出办公室，晋德厚马上走到门口，轻轻带上了门。

“好了，”他扭头注视着孟鸿燕，一脸放松，小声道，“你嫂子不敢再找我麻烦了！”

孟鸿燕走过来，身子贴着晋德厚，嬉笑道：“看你轻松的样子，你真以为今后就平安无事了！”

晋得厚忙“嘘”了一声，随手开门，探头向走廊看了看。当他确认无人后，这才放心地带上门。

门刚一关上，晋得厚就迫不及待地揽着孟鸿燕的腰，自信道：“你放心吧，我们有约定，千万不要抓住对方的把柄。要是不想离婚的话，那就闭上嘴。”他揽着她坐到沙发上：“你看，好好的项目，让你嫂子弄成这样，还有就是她对龚经理那股热乎劲，这些都是抓在我手里的把柄。你看着吧，至少这段时间，她不会再来管我。”

“这段时间，”孟鸿燕喃喃道，“那以后呢？”

“以后?”晋德厚一愣,接着大笑起来,“以后,那是以后的事,到时候咱们再想办法吧!”

孟鸿燕一听,也跟着笑起来,不过笑得却有些不自然。

二天过去了,龚求真独自一人在宿舍,除了看门大爷给他送饭过来,竟然再无一人过来看他。

第三天,龚求真自感痊愈,就想利用还剩的一天时间,一个人外出转转。来沧河有一段时间了,他还没有闲情逸致好好感受这个内陆小城市独有的袖珍魅力。

龚求真漫无目的地闲逛,不知不觉已过晌午,肚子开始叫了。想到这段时间的辛劳,龚求真决定破费一次,好好犒劳一下自己。吃什么好呢,他开始留意路过的各色餐饮小吃,直到他在一家装潢醒目的食府前驻足。“沙缸鱼”,一个令人回味的名字。龚求真看了看食府的全貌,又下意识地摸了摸鼓囊囊的钱包,稍稍理了理头发,迈步进了这家食府。

龚求真进去后,找了一个临街的位置,要了一份沙缸鱼后,就悠闲地边吃边看着窗外。“龚经理,”突然,楼梯口处传来一声怪叫。龚求真循声望去,竟然是海旺。他马上扬了扬手,以示回应。

海旺看样子刚喝完,满脸通红,摇摇晃晃走了过来。来到近前,海旺一屁股坐在龚求真的对面,盯着他看,一动不动。

龚求真抬手比画了一下,笑道:“海旺,喝多了吧!”

海旺“扑哧”一笑,随即一个劲摇头,嘴里嚷道:“没,没事,难得在外面碰上你,咱们再喝!”

此时的海旺已经酒过三旬,醉意朦胧之中,敞开肚皮和龚求真说了许多天禧公司的事。

海旺酒量就是大。本来已经一场了,看到龚求真,非要再来一场。他已经红彤彤的脸,满嘴吐着酒气。即便这样,他还是在杯里给自己添了满满的酒,一仰头大口喝下。

看着龚求真,海旺舌头打卷:“嗨,其实一开始就注定会有这样的结果。”他又添满了酒,“当初我在车站接你,第一印象就觉得你这个人还不错,很想和你交个朋友。不过我们毕竟了解不多,有些话不方便说。现在好了,我不用顾虑了。其实你不应该来,在你之前已经有过这样的先例。我记得老板当初上酒店项目的时候,也从外面找了几个人。前期那可是礼遇有加,后来项目成熟了,就想着法把他们赶走。这样的事,对他来说很平常。在他看来,外人绝对不能留下来,留下的全都是和他有关系的人,也就是自己人。”

闻听此言,龚求真内心不觉一紧,心想:他跟我说这些话是什么意思?

海旺双眼迷糊,又大口喝了一杯酒,全然未注意到龚求真的细微反应:“当初老板让买设备的时候,本来想让别人去,可能是他想来想去也找不到放心的人,没办法只好让你去,但他特意嘱咐我,让我暗地里注意你的一举一动,并让我怂恿你占公司的便宜,为的就是拿你的把柄,让你死心塌地做事。”他强瞪着眼,色迷迷地看着龚求真,“记不记得你刚来的那天晚上,我给你找了小姐。你可以啊,能把持住。告诉你,那也是他安排的。”

听海旺这么一说,龚求真只觉得内心像打碎了五味瓶,什么滋味都有。他大为惊讶:原来这些都是他有意为之的!他又暗暗庆幸:亏得自己没那么冲动,否则真就被他抓住把柄了。即便不抓把柄,自己要是和小姐那样了,还怎么有脸见紫月她们。

“兄弟,”海旺打着酒嗝,满脸轻松地说,“我们可能是最后一次见了,我,我他妈的被他开除了。你说冤不冤,我夹在两头受气,谁都不能得罪,可到最后,我他妈的成了‘替罪羊’!”

一听海旺被开除,着实让龚求真吃惊不小。他满脸疑惑地看着海旺:“海旺,你刚才说,你说你被开除了,到底是怎么回事!”

“怎么回事,”海旺“咣”地放下酒杯,随手点了一根烟,用力地吸了一口,然后扬着头向上吐着烟圈,嘴里骂骂咧咧,“他们两口子闹矛盾,怒气全都朝我来了!”他看着龚求真,又四下看了看,神秘兮兮道:“你还不知道吧,是这么回事。”海旺咕嘟咕嘟喝了一大杯酒,接着把他们开会的事讲给了龚求真。其中,诸如偷梁换柱的事,海旺并没有说。

龚求真听着听着,双眉不由得紧锁。他想不到,自己病了这几天,公司竟然发生了翻天覆地的变化。再联想到来之后围绕他发生的一系列不可思议的事,龚求真突然间感到一丝后怕。

海旺一口气说完,大声叹了口气,余怒未消:“就是这么回事,唉,不再提了。”他岔开话题,又意味深长地说:“你看大家都很忙,其实都是瞎忙,因为没有人知道具体干什么活,全靠老板一句话!像你这样素质和能力都很高的人,在这工作,可惜了你了!”他用朦胧的眼神看着龚求真,惋惜地笑了笑。

十三　柳暗花明

项目并未如愿进行，龚求真倍感失望。无意中，他发现，原来晋德厚还有如此深的秘密。龚求真意识到，世事不可预测，全身而退或许是唯一出路。回到临海，他一时不知道该如何面对现实，幸而与紫月的邂逅，令他于迷茫中坚定了前进的脚步。

和海旺的偶遇，让龚求真如梦初醒。晋德厚先前的承诺显然都是“纸上谈兵”，项目成功之日或许就是他离开之时。事实上，当龚求真开始运作这个项目的时候，他就已经感觉到晋德厚的言不由衷。好在一切看似都在向好的方向发展，龚求真也学会了转变，他不再坚持那套自认为正确的做法，他尽可能做到满足晋德厚的同时，又不影响项目的进展。尽管海旺跟他说了这些，但龚求真内心深处依然抱有希望，他希望自己能继续下去。走到今天，要是无功而返的话，甚是可惜。

晋德厚开除海旺的事，龚求真觉得有必要问问，毕竟海旺对外公关的能力还是不错的，而且项目后期肯定还有用得着他的地方。

晋德厚办公室。龚求真一进门就看见晋德厚面向窗外，抽着烟，一只手掐着腰，一副悠然自得的样子。果然，晋德厚转过身来，脸上神情溢满，轻松惬意。

“来，来，”晋德厚熄灭烟，热情地招呼龚求真。他给龚求真倒了杯水，关切地说：“龚经理，我看你的气色还是不好，要不，再休息几天？”

“不用了！”龚求真接过水杯，客气地说，“晋总，我是有些累，不过不要紧了！”

龚求真喝了一口水，放下水杯，看着晋德厚，试探着问：“晋总，我昨天遇到海旺了，他跟我说他被开除了？”

听龚求真提起海旺，晋德厚沉默了一会，随手点了一根烟，不解气地说：“开除，那是轻的，你知不知道他都做了什么？”就在龚求真困惑地看着晋德厚的时候，他又随口问了一句：“龚经理，他跟你说什么了？”

见晋德厚阴沉着脸，龚求真马上想起海旺醉意之下说的他当初是怎么找人运作酒店的事，不由得暗自思忖：晋德厚做得出“兔死狗烹”的事，今后他怎么对待自己，还是个未知数，看来万事要留个心眼。想到这，龚求真慢慢悠悠拿起水杯，喝口水，以便掩饰刚才短暂的思虑。“晋总，”龚求真随意道，“我在饭店遇到海旺，他喝得醉醺醺的，说话都含混不清。”接着，龚求真简单地把偶遇海旺的事跟晋德厚说了说。当然了，坐下来一起喝酒以及海旺提到的关于晋德厚的事,龚求真一概略过,只字不提。

晋德厚的神情较为严肃,龚求真很难捕捉到他心里在想什么。

听完龚求真的叙说,晋德厚遗憾地说:“海旺是个能力强的人,开除他只怪他行事不端。”他又呵呵一笑,“他就会抱怨,他怎么不说他和你嫂子一起做的见不得人的事。”

“什么?”龚求真猛地睁大了眼睛,诧异地看着晋德厚,“晋总,您刚才说……”

晋德厚点点头,站起来,在办公室走来走去。

龚求真也跟着站起来,注视着晋德厚的一举一动。

过了片刻,晋德厚停下来,心有不甘地说:“他们不这样,试生产就不会出问题!”接着,晋德厚就把翠云是如何对待项目,如何利用孟鸿燕弄清原材料明细,又如何让海旺借着仓库被盗做手脚,这才导致产品出现口味问题的事大致说了说。

听着听着,龚求真内心不禁一惊。“原来项目背后竟然有这么多意想不到的事!”龚求真怎么也想不到,老板和老板娘之间能有这么大的矛盾,海旺竟然敢背着老板做这样的事。既然知道了项目背后的渊源,龚求真不得不再次审视他来天禧后发生的事。龚求真感到费解,本来有前景的项目,翠云何至于费尽心思做不光彩的事,海旺不是一直跟着晋德厚吗,他怎么成了老板娘的人了。看来项目本身没问题,倒是加入了这么多意外的人为因素,才导致项目进展不顺利,甚至有可能半途夭折。

看着龚求真目光转向一侧,似有所思,晋德厚干咳了一声,有意打断龚求真。

听见晋德厚的咳嗽声,龚求真回过神来,他迅速稳定了自己的思绪,转而快速梳理如何回应晋德厚说的那番话。龚求真稍作调整,大为不解道:“我真没想到,海旺能那样做,其实我们这个项目做成了,对大家都是好事!他们,他们……”龚求真无可奈何地摇摇头,长长地“唉”了一声。

“算了,”晋德厚安慰道,“我们还是好好考虑下一步该怎么办。龚经理,你只能多费心了,好歹孟鸿燕的能力还可以,你们俩就把项目担起来吧!我还是以前的态度,一切都由你来安排,需要我出面,我同样按你的要求做!龚经理,咱们是不是尽快再安排一次试生产?”

原材料没问题,试生产当然很快就可以进行。但是,龚求真不得不盘算清楚。项目背后这么多的事,让他很难静下心来,全身心地投入到试生产中去。他必须要顾虑项目以外的事,而拖延一段时间正好是观察晋德厚是否就像海旺说的那样的无奈之举。

晋德厚显然不相信海旺仅仅是抱怨被开除而已,他一定还说了龚求真不应该知道的话。晋德厚越想越觉得不对。当龚求真谈及海旺的时候,眼神中流露出一丝不安,晋德厚就更加坚信自己的判断。在他看来,这种眼神的背后就是提防与抵触。他甚至想到,也许等不到项目正常运作的那一天了,是该到走最后一步棋的时候了。想到这,他拨通了孟鸿燕的手机。

很快,孟鸿燕娇喘吁吁地赶到晋德厚的办公室。

"鸿燕,"晋德厚招呼孟鸿燕坐下,皱着眉头道,"有些事,我想龚求真都知道了。"他看着气喘未定,眼睛瞪得大大的孟鸿燕,把龚求真一早来办公室,谈到海旺的事说给她听。

"真是,还有这么巧的事,就让他碰到海旺了!"孟鸿燕听完,自言自语道。

"谁说不是,"晋德厚接着道,"我以前做的那些事,海旺一定和龚求真说了,我想他很难再尽心尽力做好这个项目了!"

说完,晋德厚拉着孟鸿燕的手,边摸边问:"鸿燕,上次试生产,还有原材料采购,你是不是都熟悉了?"

孟鸿燕挣脱了他的手,点点头,接着似有所悟地又摇了摇头。

晋德厚重又抓住她的手,嬉笑道:"你点头又摇头,什么意思?"

孟鸿燕往一边侧了侧身,似有不安地问:"你先别管我点头摇头的,我问问你,嫂子就这么算了!"

晋德厚鼻孔间"哼"了一声,不屑道:"我这么做都便宜她了。"他松开她的手,又揽着她的腰,得意道,"鸿燕,现在你尽可放心,你嫂子再不能折腾了。"

孟鸿燕急道:"我怎么放心得下,我看你真是轻松。"

"你看你急得,"晋得厚哈哈大笑,"我不是说过吗,我和你嫂子有约定,要是离婚的话,谁被抓住了把柄,谁就得净身出户,否则就闭上嘴巴,不要再过问公司的事。既然你嫂子不想离婚,我想他表面上不会闹事了,但咱们也得防她暗中使坏!"

说完,晋德厚的面部表情又恢复了严肃,双眼直勾勾地盯着孟鸿燕。

“你看什么看!”她嗔怪道:“我脸上刻字了!”

“鸿燕,我想你嫂子肯定还会找龚求真,她找他做什么,我现在也想不出,也许让他使坏,也许,也许她拉着他另起炉灶,这都有可能。所以,现在,你必须要尽快……”晋得厚似有所虑道。

孟鸿燕更加不解。

“我刚才问你,跟着龚经理这段日子,都学会了?”晋德厚问道。

“生产过程,我应该熟悉了,”她一本正经道,“要是再进行一次试生产,我想就没有多少问题了!”说着说着,她又皱起了眉头,进而无奈道,“不过产品是怎么配置的,我就不知道了。”

“这就是关键,”晋得厚点头道,“所以,你必须尽快让他交出配方,只有这样,我们才能真正放心。”随即,他又心不甘情不愿地说:“鸿燕,委屈你了,一定要想方设法拿到配方!”

孟鸿燕低头不语,似乎在寻找对策。不一会,她抬起头,冲晋德厚自信一笑道,“你放心吧!不过,我可先把话说明了,你可别吃醋啊!”

晋德厚摇摇头,嘴上不说什么,心里却在想:吃醋,现在还有时间吃醋?项目做不成,我可能连吃醋的资格都没有!那位秘书长还不得把我吃了!

中午,龚求真在宿舍正吃着饭。

“咚咚,”门外想起了敲门声。“进来!”龚求真嘴里含着饭,含糊地喊了一声。

门被轻轻推开,翠云出现在门口。龚求真抬头一看,原来是老板娘,他赶紧放下勺子,快步迎了上来。“嫂子,”龚求真笑道,“你,你找我!”

翠云走进来,径直走到床边,坐下来,并示意龚求真接着吃饭。

翠云坐在床边,龚求真不由得想起她坐在床头给自己捋头的情形,不禁面颊微微一红,更没心思吃饭了。

龚求真干脆把饭包起来,然后坐在沙发上,看了翠云一眼,问:“嫂子,我吃完了,你找我有事?”

翠云想了想,情绪低沉道:“龚经理,你知道吧,海旺被开除了,老晋也不让我参加项目了。”

龚求真早已经知道这些事,他没说什么,只是微微点了点头。

就听翠云怒道:“什么大不了的事,他老晋是故意找茬,他安排仓库被盗,哦,原来就等着我往里钻!"

"什么?"龚求真大吃一惊,心想:原来仓库被盗的事是安排好的,他们这是做项目,还是……

龚求真一心想知道更多的事,就安慰翠云:"嫂子,你别急,哪会有这么巧合的事,再说了,晋总和你的关系,又哪能有事先安排好的事。"

翠云不听则已,一听这话,"火"噌地窜出来,竟不顾及老板娘的身份,和龚求真说起他们夫妻之间的矛盾来。

翠云一时说得兴起,比比画画,大骂晋德厚。偶尔,她也会像任何一个受到伤害的女人一样,身子微抖,暗自神伤。龚求真看在眼里,不禁为翠云鸣不平。她所谓的暗中使坏,无非也是一时气不过。相反,晋德厚的这些做法,倒真是拿不到台面上来。

一口气说完,翠云似乎余怒未消,喘着粗气。龚求真不知该说什么,一时竟不知所措地僵在那里。

又不知过了多久,翠云才从难以抑制的悲愤中走出来。她对龚求真不好意思地笑了笑,语气转而舒缓道:"你看,我说了这么多,还都是自己家的事,真不合适!"

龚求真依然面无表情地坐在那里,一言不发。

翠云接着道:"龚经理,说实在的,你跟着老晋干,很难有什么好的前景,他这个人多疑,喜欢揪着别人'小辫子'不放。再说了,他上这个项目,无非就是往自己脸上贴金,好弄个政协副主席当当,并不见得真正想把事做好。"她顿了顿,惋惜道,"龚经理,真是委屈你了。本来这个项目很好,可谁知……"她低低地叹了口气,不言语了。

龚求真听得真切,心头又是一惊,不禁打了个冷战。他还未来得及细想,就听翠云又道:"龚经理,你纯粹是为了项目来的,如果你真想把项目做成,我可以帮你。"

龚求真听后,倍感惊讶,他张大了嘴,不安地问:"嫂子,你,你是……"

见龚求真吃惊的样子,翠云笑道:"我是说,咱们能不能一起做这个项目,让老晋靠边站。"

"哦,"龚求真似有所悟道,"你的意思是说我们合作这个项目,不让晋总参与了!"

翠云肯定地点点头,神色严肃道:"对,就是这个意思,如果需要的话,我另外找个场地，咱们重新做！”

“重新？”龚求真一阵发懵，他没想到，仅仅半天的时间，竟发生这么多不可思议的事。

见龚求真发楞，翠云以为他没听明白，就补充道：“我的意思是说，要是你愿意的话，我可以想办法让老晋退出这个项目，或者，干脆，我找人联系合作厂家，咱们单干。”

龚求真这才点点头，不过他略一思量，马上就否定了这个想法。龚求真心想：今天的事，再加上和海旺的谈话，让他感到突然，他必须要好好考虑。想到这，他故作婉转地说：“嫂子，我身体刚恢复，还得总结试生产的经验和教训，其他的事我想，我想先放放！”

翠云似乎还想再说什么，刚一张口，就见龚求真站起来，淡然地说：“嫂子，我想刷刷饭盒，你还有别的事吗？”眼见龚求真并未接受自己的建议，翠云似乎有点懊恼，不满地说：“也好，你考虑考虑吧！龚经理，我这可是真心帮你，跟着老晋干，你不会有结果的。”说完，她起身向门口走去，就在和龚求真擦肩而过的那一刻，她嘟囔了一句：“我做不成的事，他也别想做成！”

看着翠云因气愤或是不甘心而略微发抖的身子，龚求真寒意顿起，从脚心一直到头顶。

龚求真没有想到，下午，当他在车间转了一圈后，不可思议的事又来了。这回，孟鸿燕找他，说晚上要请他吃饭，感谢他手把手教她做项目。

本来龚求真就想找孟鸿燕，毕竟现在他只有孟鸿燕一个人可以支使。既然她主动说请客，龚求真也未及多想，干脆地答应了。

下班前，龚求真特意嘱咐晚上值班的师傅，经常走动走动，看好车间和仓库。之后，他回到宿舍换了身休闲装，独自一人离开公司，前往和孟鸿燕约好的小酒吧见面。

一路上，龚求真还在想，不就是请客吃饭，孟鸿燕弄得神秘兮兮的，还找了个酒吧。现在这个关键时期，龚求真心里清楚，他要想把项目做下去，孟鸿燕这个他认为的得力助手真不能慢待，她选定了酒吧，或许觉得单纯的吃饭没新意，而酒吧却是个既能谈事又惬意的地方。

龚求真一路稍加打听，终于找到了这间巷子深处不起眼的酒吧——迷恋酒吧。

进门后，一股中和了烟酒气味的污浊空气迎面扑来，龚求真本能地咳嗽起来。马上，一个打扮入时的小姐跑过来，笑着大声问龚求真是不是一个人。龚求真四下看了看，在二楼拐角处，孟鸿燕正冲他招手，于是用手指了指，示意二楼有他要找的人。小姐妩媚地一笑，扭动身体，引龚求真上到二楼。

一楼大厅，有一个圆形舞台，一个"披头散发"的人正在歇斯底里"呐喊"着，喊得什么完全被巨大的鼓声淹没。龚求真低着身，嘴巴凑到孟鸿燕的耳朵旁，大声喊道："这里太吵了，我们换别的地方吧！"

孟鸿燕一听，摇摇头，用手指了指二楼的拐角，示意龚求真跟着她。

龚求真跟在身后，转了几转后，进到一个散发着橘黄色灯光的包间内。里面一张桌上摆着几样小菜，而且还有一瓶红酒。

待龚求真进来，孟鸿燕随手把门带上。瞬间，一楼传来的嘈杂声被挡在门外，只有仔细听听，才能勉强听到"轰轰"的声音。

二人相视而坐。龚求真发现，今天的孟鸿燕很特别，她特别之处不仅仅在于换了一件能显示性感的低胸连衣裙，还有比平时浓得多的彩妆，更是在于她那双大眼睛流露出撩拨人心的媚态。龚求真只看了一眼，马上转向那瓶红酒。

孟鸿燕的目光一直未离开龚求真因操劳过度而略显消瘦的脸颊。她"扑哧"一笑，柔柔地说："龚经理，你怎么不看我呢，盯着红酒能看出什么！"

"哦，"龚求真接过话，目光并未离开红酒，"我看这瓶红酒是进口的，我怎么觉得好像在哪见过？"

"你当然见过，"孟鸿燕笑道，"你的办公室不就有这么一瓶。"

"对，对，"龚求真一拍脑袋，登时想起，翠云曾经送他一瓶红酒，他放在办公室，一直未动。可他转念一想：孟鸿燕怎么知道？他记得清清楚楚的，他当时是把红酒放在柜子里，可第二天上班前，他就把它放到办公桌最下边的抽屉里，应该不会有人知道的。

"别想了，"孟鸿燕拿起酒，"晋总跟我说了，他说你喝过这种酒，所以我特意让酒吧准备的！"

龚求真把酒杯拿到孟鸿燕面前，示意她倒酒，心里却想着晋德厚是怎么知道这瓶红酒的，难道翠云告诉过他，还是，还是……龚求真不敢再想下去。

孟鸿燕斟了一杯红酒，递给龚求真。她端着酒杯，深情地注视着他："龚经理,我一定要敬你一杯,谢谢你对我的关心和帮助!”说完,她碰了碰他的酒杯,微微抿了一口。

龚求真随手拿起酒杯,略带谦虚地说:“你说的关心和帮助谈不上,我们还不都是为了能把项目做好。”他又赞道,“小孟,你精明而且努力,的确是天禧难得的人才。”

孟鸿燕会心一笑,摇摇头,不好意思地说:“龚经理,你就别夸我了,来,咱们干了这杯酒吧!”

既然女孩子这么痛快,龚求真也就二话不说,微笑示意,仰起头,咕咚咕咚喝光了杯中酒。

孟鸿燕马上又给龚求真填满了酒,二人的话题从项目聊起,越聊越深。

不知不觉间,一瓶红酒见了底。起初,龚求真没觉得红酒有多厉害,客气几杯后就开始随性而喝。哪曾想,红酒后劲足,此时的龚求真头昏沉沉的,说话都有点舌头打卷,看来是醉意上身了。

孟鸿燕不知从哪里又摸出一瓶啤酒,开瓶后就给龚求真倒满。

“龚经理,”她也喝了不少,在酒精的刺激下,原本白净的脸红彤彤的,恰似两朵盛开的小花。“我毕业后就进了天禧,还多亏翠云嫂子,她一步步把我带到主管的位置,我永远都感谢她!”不知为何,她说起了翠云。

龚求真眼睛微微闭着,点着头,嘴里嘟囔着:“嫂子关心人不假,不过那也是你努力的结果。”

孟鸿燕感激地看着龚求真,就像找到了知己:“整个公司,只有你认为我走到今天,是靠自己努力的结果,他们都不这么看!”

“别人怎么看不要紧,”他安慰道,“关键是你自己努力,才争取到今天的成绩。”说着说着,他指了指她还剩下半杯酒的杯子,示意她一口干了。

孟鸿燕一饮而尽。

这回轮到龚求真添酒了。“小孟,这次试生产,尽管结果没达到我们的预期,但整个过程,我觉得你是最出力的人,当然也是收获最多的人。”

孟鸿燕双手捂着酒杯,感慨道:“我也是这么认为的,要是你能手把手再教我一次,我一定会更清楚整个产品的生产过程。”她叹了口气,“可惜,忙了整个晚上,出来的产品却不对。我记得需要的原材料都是按你给我的那个单子采购的,而且配比的时候也是按照你的配方,怎么就不对呢?”

龚求真呵呵一笑:“有的原材料看起来一样,其实完全是两回事。小孟,以后你这个采购的责任可就大了,千万不能再发生被人掉包的事!"

"你放心,龚经理,"她答应着,竟站起身,走到他近前,紧贴着他坐下来。

孟鸿燕一坐下,龚求真就感到一阵浓浓的香味袭来,他不觉心中一荡,默许她坐在他身边。

"龚经理,"孟鸿燕娇声道,把手搭在了他的手上。龚求真没想到她会这样,冷不防感觉像被针扎了一下似的,赶紧抽回来。"小孟,"他试着转移她的注意力,"你喝多了!"

"我喝不多的,"她大声说,"我现在很清醒,你刚才不是让我多留意采购的事,你看我还记得呢!"

"龚经理,"她身子又靠了靠,娇羞道,"我真想一直跟你把项目做下去,我……"

龚求真本能地往另一侧挪了挪,二人中间又多出一段距离。

"小孟,"他醉意朦胧道,"你是个好帮手,但愿我们能把项目做下去,可,可现在发生这些事,我都不知道今后该怎么办。"

"龚经理,"孟鸿燕脸颊的红云更加浓重了,不加思索道,"别的事都不重要,重要的是咱们让晋总放心,就能把项目做下去。其实,一直以来,晋总都看好你的,要不是嫂子参与进来,这个项目也不至于成现在这样。我想大家在一起做事,就得拧成一股绳,千万别藏着掖着的,否则就像老板和老板娘他们,谁都得不着好。"

龚求真听着听着,下意识地放下酒杯,侧着头看着她,面部表情看似配合她的说辞,实则心中暗自揣测:听她的语气,似乎对老板娘不满。

就听孟鸿燕接着说:"龚经理,不瞒你说,晋总曾经问过我,试生产那天,你一个人在实验室,他问我你在干什么,我说我也不知道。龚经理,我想除了你给我的配方,还有没有别的了。晋总当时问我,我心里就这么想过,但不敢肯定,不好和晋总说。"

孟鸿燕无所顾忌地一说,倒令龚求真一下子清醒了许多。一直以来,龚求真得以在晋德厚这里运作项目的资本其实就是配方,确切地说是配方基础上的秘方。这个秘方可是龚求真当初在蓝海无意中得到的,可谓价值千金。晋德厚真是个明白人,他居然知道自己还有个秘方,而且看现在的情形,孟鸿燕这么做肯定是晋德厚安排的,他原来还想要秘方。龚求真此时又想起海旺和他说过的话,他不得不这么想:晋德厚叫自己运作项目,其实就是想得到秘方,然后一脚把自己踢开。他先是让孟鸿燕学着如何生产,然后再想办法得到秘方。一想到这些,龚求真不自主地哆嗦了一下。

"龚经理,"孟鸿燕没有注意到他细微的变化,依旧在大谈特谈项目的前景,而她说话始终不离秘方,这让龚求真更加确信,他现在的价值也就是秘方。

秘方如此重要,龚求真万万不会向孟鸿燕透露的。相反,龚求真心中又多了个疑问:孟鸿燕不是老板娘找来的,可现在怎么看都像是老板的人!

"小孟,"他解释道,"哪来的什么秘方,我那天无非也就是作了几次配比,毕竟试生产嘛,我想尽量把产品的口味调得更好。"

"龚经理,"她似乎没听见他说什么,身子又向他靠了靠。此时,龚求真反而有意地配合着,任凭她贴在自己身上。

龚求真端起酒杯,示意孟鸿燕碰杯。

"小孟,"他羡慕道,"在公司,我觉得你是最幸运的,老板和老板娘都那么看重你。"

"看重?"她有点语无伦次,"他这个老东西,不看重我,他敢,他还指望着我呢!"

"没错,"他应道,"你这么出色,晋总还真要指望你呢!不过,"他又将话题转到翠云,遗憾道,"可惜啊,嫂子不能再参与这个项目了,你不想和她回酒店?"

"回酒店?"她不屑地"哼"了一声,"以后谁领导谁还不一定呢!"

龚求真看着孟鸿燕,知她已经醉了,说的这些话不像是假的。龚求真明白了,孟鸿燕看来也是来者不善啊,她和晋德厚的关系,绝对不是一般的关系。想到这,龚求真心里真是郁闷:都是些什么乱七八糟的事,他们这样,项目还能顺利进行?

意外的事接踵而来,终于让龚求真彻底看清了晋德厚的面目,也促使他下定决心远离这个是非之地。

经过和晋德厚一番"推心置腹",龚求真直言不讳地说出了自己的想法,晋德厚似乎早有预见,并未挽留,只是善意地建议龚求真能提供秘方,保证项目继续下去。为了能让龚求真心甘情愿交出秘方,晋德厚又使出了柔情的一面,他罗列了种种困难,说什么项目要是中断的话,他甚至都无法在沧河立足。龚求真当然知道，晋德厚只不过是假惺惺地装可怜，他做的那么多事真是让人不屑。不过龚求真也听出弦外之音，自己要是不提供秘方，想走是不可能的。果不其然。在接下来的几天时间里，龚求真可以说24小时有人陪着，服侍得挺好，可他总感觉自己像是关在笼子里的鸟。经过几天“博弈”之后，龚求真迫于无奈，终于交出秘方，并在晋德厚的全程监督下进行了一次试生产，直到生产出满意的产品。晋德厚看到项目大功告成，而且孟鸿燕似乎良心发现，逼着晋德厚兑现给龚求真的承诺，也就是支付所谓的“分手费”。尽管这笔费用不小，但龚求真却倍感失望，他不情愿第一次创业就到此为止。钱是有了，而且还收获了值得品味的经历，可比这更重要的，龚求真却没有得到。

待一切交接完毕，龚求真到了该离开的时候了。临走的那天，天阴沉沉的。走前，龚求真特意到晋德厚的办公室，说了几句客气话。晋德厚同样敷衍了几句，但言辞之外，丝毫看不出一丝挽留之意。

告别晋德厚，龚求真回到办公室，稍作整理，随后肩上挎着背包，手里拎着一个装着资料的小袋子，走出办公室。

走出公司不远，龚求真回过头来，望着这座他曾经工作过的小楼。此时，原本并不高大的小楼犹如一个庞然大物，四四方方地趴在近前，给你一种似乎是大厦将倾的架势。在这个庞然大物前，任何人都是渺小的，任何的努力都难以撼动。所以，只有顺从，只有俯身帖耳，才能立足。想着晋德厚一方面求贤若渴，另一方面又排挤打压，龚求真就觉得心口添堵，他生怕这个庞然大物倒下把他压着。

一路无所眷恋，龚求真早早上了火车，靠着车窗坐下，呆呆地看着窗外并不熟悉的小城，心底依然涌动着郁闷与悲观……

“各位旅客，由沧河开来的5206次列车就要进站了，请做好接站准备！”程序化的声音自站台高悬的扩音器中传出，龚求真乘坐的回临海的临时旅客列车马上就要进站了。

伴随着“嗤嗤”的声音，列车车头停靠在指定位置。一个挎着背包，拽着行李箱，高大瘦弱的身影，随着人流拥出来。他就是龚求真，他又一次回到了熟悉的城市。

出了车站，龚求真并不想急着上车，急于到事先林源帮他租好的住处。

索性，他带着行李，来到了就近的海边，面朝大海坐下来。眼前白光点点，随海浪起伏的不知名的鸟，自由自在地飞来飞去。

正如当初走的时候一样，今天的天空也是干干净净的，没有一丝浮云。龚求真抬头看天，光洁的天刺得他的眼睛睁不开。龚求真用手指把眼皮拨大一些，真真切切地看着临海格外干净的天空。此时，那些小鸟也很调皮，不时从他眼前飞过，一闪一闪的，与湛蓝的天空构成一幅美景。

看得有些累了，龚求真又找了块被海水侵蚀的有些酥的岩石躺了下来。他要好好放松一下！

海风习习，轻抚着龚求真额前凌乱的头发。在柔和的太阳包裹下，龚求真感到非常惬意，他想依偎在这可能只有临海才有的得天独厚的意境中，昏昏睡去，不复他求。

龚求真似乎在畅游仙境，但他却无法尽兴品味。他虽然身处其中，却不得不把曾经发生在天禧的事一幕一幕放“幻灯片”。

直到此刻，龚求真没有一丝自豪感。如果他能踏踏实实地在车间搞技术，没准现在也能小有成就，至少在技术上能独当一面。就像林源，比他高一级，学的是同样的专业，不也是在那家公司做了车间的技术主管。龚求真自认为自己也能如此，但他又收不住心，蓝海的折磨让他身心已死，而欲壑难填又让他选择了异地创业。有今天的结果，不奇怪，也不后悔。毕竟有了这样的经历，无形中也夯实了争取下一步的资本。龚求真如是想，倒也得到一丝安慰。

回临海的第二天，龚求真想继续给自己放个假。正巧，今天是个大晴天。碰上雨节，临海难得见到太阳的笑脸。这样一个沿海城市，每到这个季节，雾气就成为“霸主”，连太阳都要“退居二线”。越是靠近海边的地方，雾气就越浓重。置身于此，雾气就像无形的手，抚摩全身，好比是在蒸桑拿。那些靠海边住的人家里面大都要配备除湿机，否则的话，几天下来，家里的诸如皮包之类的东西表面都可见一层薄薄的略显绿色的“膜”，那是湿气凝结的。更有甚者，挂在临海风一侧阳台上的衣服，都有可能拧出水来。对老临海人来说，住海边是惬意，但更要在意自己的身体。他们喜欢和大海保持一定的距离，近可去海边，观海临风；远可回内陆，免受潮湿侵扰。

除了昨天短暂拥抱了大海，龚求真已经很长时间没去轻松自在地享受大海的抚摩了。龚求真还记得第一次，他到临海，离大海那么近，他觉得自己的心都被海浪挑动得快要跳出来了。那时他真想扔下包袱，纵身一跃，融入其中。

工作后，龚求真就没有消停过。即便是在蓝海，龚求真也几乎没怎么接触大海。一来是没时间，再有就是他似乎对大海习以为常了。大海就像这座城市一样，注定要和他永远地连在一起。没有了当初的新鲜感，龚求真也就不那么眷恋大海。只有当他的心情异样的时候，或是委靡不振，或是激情澎湃，这时，他才想到大海，才想置身于大海广阔的胸襟之中。大海的包容与豁达，最让龚求真动情，他觉得这辈子都离不开大海了。

今天是工作日，海边的人不多。龚求真漫无目的地走在海边，走在依海而建的步行道上。

步行道是用方方正正的枕木铺成的。沿着海岸线，曲折蜿蜒，没有尽头。由于长时间受日光和海风的眷顾，枕木已失去原来的自然色，变得青紫。看看表面，清晰的纹路拐来拐去，粗细不均。临海一侧，是木制的扶手桩，中间被两条大而粗的铁链取代。铁链上挂着各种各样的锁，那是同心锁。大锁套小锁，小锁缠大锁，两颗心永远锁在一起，任凭风吹雨打，即便海枯石烂。龚求真知道，每对同心锁都代表着两颗生死相爱的心。看到这些同心锁，龚求真就想起以前他曾经和紫月扶栏眺海的那一幕。虽然紫月总是爱摸着那些锁，却从不提同心锁以及背后的动人故事。龚求真也想有一对属于他们的同心锁，却也从未主动争取过。

往事悠悠，一去不返。龚求真低下身子，抚摩着一对同心锁。过了半天，他抬头看着大海的尽头。天地相间，一望无边。看久了，龚求真觉得什么都看不见了，眼前就是白茫茫的一片。之所以如此，想必是他触景生情。他和紫月，他现在的状态，就像这茫茫的大海，哪里才是尽头！

龚求真相信自己的判断，他断定紫月对自己有好感，也有进一步发展的可能。可是，现在，龚求真觉得自己就像一个“落汤鸡”，窘迫十足，又怎么好再见紫月？好了，不想紫月了，也许她现在过得很好。龚求真试图把紫月的影子从眼前拨开。拨来拨去，紫月还是在他眼前跳动。眼前似乎飘着那条紫色的方巾，进而遮住了他的双眼。除了方巾，依然是紫色，龚求真又怎能拨得开呢！他禁不住感叹：如果老天再安排他们相见，那条紫色的方巾从天而降，也许，自己该去争取本就属于自己的爱！

龚求真闭上眼睛,似乎想放松一下,不过却是想把紫月包进眼里。可能是包得太紧了,眼筋用力过度,刺激了泪腺,几颗晶莹剔透、闪着光亮的泪珠顺着鼻翼两侧滑落。龚求真随即擦了擦,不觉一笑:“这是怎么了,一个爷们,至于吗!”嘴上虽然这么说,可龚求真却发现,擦拭眼泪的手指已经湿了一大片,于是赶忙拿面巾纸擦拭。龚求真可不想让别人看到他此时的眼泪,他希望紫月能看到,那是为她流的!

不远,有一处通向海滩的通道。龚求真缓步过去,下了通道,找了一块礁石,躺了下来。

躺在礁石上,龚求真闭上眼睛。两耳充满了海浪拍打礁石的声音,犹如战鼓雷鸣。声响虽大,却让人沉静。不知不觉中,龚求真被这声音轻抚得有点困了,竟迷迷糊糊睡了过去。

梦中,龚求真又看到了紫月。眼前的紫月更是漂亮,一身紫色的短裙,衬托出她高挑而又性感的美。龚求真看到紫月远远走来,大声对自己说着什么。可能是太远的缘故,龚求真一句也没听到。本以为紫月能越走越近,突然,紫月折了方向,走开了。龚求真大声喊着紫月,紫月却无动于衷,离他越来越远。“紫月、紫月,”龚求真大声喊。猛然,他醒了。原来是一场梦。

可就在此时,龚求真似乎又听见紫月的声音。他下意识地四处张望。他看见了,不远处,一个女孩正扶着护栏眺望大海。“怎么,会、会是她……”龚求真瞪大了眼睛,语无伦次,下巴微微颤抖。

没错,那个女孩正是紫月。今天她和同事一起办事,顺便到海边走走。

龚求真没想到,梦里的一切居然发生了。他记得,当初决定去沧河,他还和紫月开过玩笑,即便留在了沧和,说不定哪天,他还能和紫月不期而遇。那时,紫月围着的方巾从他面前飘过,他随手一接,紫月柔情地看着他,泪水夺眶而出。谁曾想,今天,就现在,龚求真觉得玩笑变成了现实。他猛地跳下礁石,跑了过去。

没跑两步,龚求真就像被什么东西钉住了似的,再也不能动。就在一瞬间,龚求真清醒过来,他意识到以自己现在的状态,哪来的资格出现在紫月面前。其实龚求真做梦都想着有这样的邂逅。但是,这一刻真的来临,龚求真却只能躲避。直到今天,此时此刻,龚求真还是觉得自己一无所有。职场打拼到现在,为的是什么,龚求真也未真正知道。为了那无休止的欲望,还是为了丰厚的物质享受,还是紫月,很难说。不过他有感觉,只有紫月在他身边的那一刻，他才感受到享受是一种什么滋味，那是幸福的滋味。也许紫月不应该在这个时候出现，她应该出现在龚求真功成名就之时。那时的龚求真，定有信心把自己展示给紫月。而现在，龚求真觉得还缺少点什么。

还是把紫月暂时留在梦里吧！龚求真不禁黯然神伤。

难耐之下再一看，他注意到紫月朝他这边望着。龚求真无法抗拒紫月的目光，迎了过去。远处的紫月，似乎看到了，呆在那里，一动不动。谁知同事这么一拉，紫月竟跟了上去。就在她转身而去的一瞬间，一股突然而起的海风掠过，紫月肩膀斜搭着的方巾悄然落下，随风向龚求真所在的方向飘来。紫月任由同事挽着胳膊，不知为什么竟没有注意到方巾已然飘远。

龚求真大步跨上台阶，正好赶上与方巾擦肩。他展开手臂，方巾已落掌心，那种只属于紫月的特有的芳香，随之沁入他的心里。

龚求真沉醉了！

正所谓“众里寻她千百度，蓦然回首，那人却在灯火阑珊处！”

龚求真知道：他和紫月注定要继续下去，这是上天安排的！

十四 八面玲珑

鹿灵带给龚求真莫大的安慰。经过短暂的消极,他重又找回当初来临海的感觉。他知道,困难就像小石头,把它踢开,而不是绕着走。机会是留给有准备的人的,更是留给积极争取的人。经过广泛的接触,龚求真以人力资源部经理助理的身份空降到家乐。得益于鹿灵的经验,龚求真才真正明白该如何坦然立足于职场。

回到住处，龚求真手中紧紧攥着的方巾已然被汗水浸湿。他找了个衣架，把方巾搭上，挂在床头，以便躺在床上就能看到。

瞬间的激情注定被残酷的现实取代。龚求真躺在床上，双眼盯着天花板，本想着回味与紫月的偶遇，可是一种对未知的恐惧立马袭来，让他不由得打个激灵。他心乱如麻，拿不准再创业还是先找个安稳的工作。不到片刻，龚求真就盘算了方方面面可能的机会，可最后又都被他否定了。龚求真自我感觉江郎才尽，又有种英雄无用武之地的辛酸与无奈。此时的他，注定是脆弱的，尽管他不需要别人的同情和帮助，但内心深处，他多么希望，有人在身边当一个聆听者，静静地听他倾诉心里话。

想着不可预知的未来，龚求真就想到了鹿灵，她是做培训的，在职业发展方面，能不能咨询她呢？想到这，龚求真来了个鲤鱼打挺，急切地拨通了鹿灵的手机。"喂，"手机里响起了鹿灵轻柔的声音。"啪，"不知为什么，就在手机接通的刹那，龚求真一下子合上手机盖。看着手机，龚求真突然犹豫起来，他不知道如何向她说自己的糗事。"嗡嗡，"手机振动起来，来电话了。龚求真一看屏显，是鹿灵打来的。他略一迟疑，慢慢掀开手机盖。"求真，"鹿灵急道，"你怎么不说话了？"

龚求真依旧沉默。过了好长时间，他才黯然道："鹿灵，我回来了，我，我回来就不再过去了。"

"是这样，"鹿灵由欣喜转为平静，"我们见个面吧，晚上，我到你那去，好吗？"

龚求真本想电话里说说自己的事，不曾想鹿灵坚持要过来，他只好详细说了自己的住处。放下手机，龚求真里里外外简单地收拾了一番。一切妥当后，他躺在床上，边想着在天禧的经历，边等着鹿灵早点过来。

不到半个时辰，门外响起一连串的敲门声。龚求真"噌"地跳起来，边跑向门口边喊道："来了！来了！"他打开门，眼前一亮，鹿灵站在门外，正微笑地看着他。"不请我进去吗？"鹿灵嗔道。

"你看我，"龚求真一句自责，不好意思地咧着嘴，"请进！"

龚求真把鹿灵让到客厅,并为她倒了杯水。

鹿灵接过杯子,急着问:“你什么时候回来的,这房子是刚租的?”

龚求真搬过一把椅子,坐到了鹿灵的对面。听鹿灵一问,龚求真下意识地左右看了看,似有些不甘心地说:“林源帮我租的,先这么凑合着!”

“这房子还行,”鹿灵煞有介事地看了看房间的布置,接着目不转睛地盯着龚求真。

龚求真被她看得有些不自然,笑着问:“怎么这么看我,不认识了?”

鹿灵由衷地一笑,赞道:“你的确比以前成熟了!”

“是吗,”龚求真双手揉了揉自己的脸颊,开玩笑道,“成熟,是不是皱纹多了!”

“是,一道道的,”鹿灵开着玩笑,随即又正色道,“求真,我觉得几个月不见,你瘦了。而且你可能没注意,你现在的眼神中透着一种以前不曾有的淡定自若的神情。”

龚求真呵呵一笑,自嘲道:“还淡定自若呢,我都快找不着北了!”

随后,龚求真就把他此去沧河,做项目期间发生的不可思议的事讲给鹿灵。

“怎么还有这么多乱七八糟的事!”鹿灵自言自语道。

看着龚求真神情低迷的样子,鹿灵一时忍不住向前探了探身,拉着他的手,安慰道:“也许那边并不适合你,你别难受了!”

龚求真低着头,任由鹿灵拉着他的手。他现在脑子里乱乱的,甚至都不知道再说什么。

“求真,”鹿灵站起来,找了一把椅子,坐在了龚求真的身边。她重又拉着他的手,鼓励道:“我刚才说过,你比以前成熟了,我觉得这是你做项目的收获。亲身经历的事,你会有切身的体验,以后再遇到类似的事,你就能游刃有余地面对了。”

龚求真听到这,抬头看了鹿灵一眼。她那乌黑透亮、晶莹闪烁的大眼睛传递出一种无比的信任和期许,令龚求真心头不禁暖意融融。

鹿灵接着道:“求真,我知道你现在有很多想法,不管你做什么,我都支持你!我相信你,你有如此难得的经历,对任何一个企业来说都是不可多得的人才。以前的事,不管是成功还是失败,只要好好总结,学以致用,你就会发现,迈开下一步并不难。不过,”她语气一转,“话虽然这么说,你也不能马上转变过来。调整好心态,你还需要一个过程,一个提升自信和创造机会的过程。”

鹿灵说的话,纵然不铿锵有力,但却深深地印在龚求真的心里。简短的几句话,恰如醍醐灌顶,一语惊醒梦中人。

看着龚求真凌乱的眼神中渐渐透出亮光,鹿灵知道,她的话起作用了,他开始有意调整自己的状态。她又想起了当初一起坐火车来临海的一幕幕。那时候的龚求真,虽然单纯青涩,却也意气风发,无所畏惧。如果现在的龚求真怀揣宝贵的经历,再加上他一如既往的无所畏惧的冲劲,她有理由相信,他脚下的路,一定会越走越远。

龚求真的专注样似乎感染了鹿灵,她情不自禁地把头慢慢地靠在了他的肩上。

正想着下一步该怎么走的龚求真,被鹿灵这一唐突的举动打断了思绪。他轻轻动了动,待她的头抬起,他随即微微侧了侧身。

鹿灵脸颊微红,双手轻轻捋了一下鬓角的发髻,以掩饰刚才的尴尬。

鹿灵的娇羞让龚求真的内心不禁欢喜却又隐隐作痛,因为他想到了周天,想到了他们订婚的事。

“鹿灵,”龚求真看似随意,其实话语间充满了关心地问,“我上次回临海,正巧碰见周天,听说你们订婚了?”

一听龚求真问订婚的事,鹿灵忙收起娇羞,转而无语。

“当时我看他心情不好,”他接着问,“他说你们为订婚的形式闹别扭了?”

鹿灵默默地点点头。随即,她苦苦一笑,看着龚求真,伤感地说:“两家都订下了,春节就回老家结婚!”

“啊,真的要结婚了?”龚求真脱口问道,接下来就是一阵茫然。很快,他稳定了情绪,嘴角勉强挂着笑,“恭喜你们了,鹿灵,真心祝你幸福!”

而此时,鹿灵的头垂得更低了。

二人一时间都沉默不语。

许久,还是鹿灵岔开话题。看得出鹿灵是经过深思熟虑的,她用委婉的语气建议龚求真:“求真,还是说说你的打算吧!”她看着他,“嗯,对了。这段时间我有几个公开课要参加,会上有各行各业的企业家,你跟着我,现场找机会多和他们聊聊,说不定就有机会呢。我觉得企业正需要你这样的人才,你完全可以以职业经理人的身份入职,这样总比你跑人才市场要好,你说是不是?”

“也是,”听完鹿灵的建议,龚求真顿觉眼前一亮,“我怎么就没想到。”

“鹿灵,”龚求真欣喜道,“你的想法太棒了。我记得当初去天禧,就是晋德厚先认可的,这样做的确和应聘不一样,起点高,成功的机会也就大!”

“我就是这个意思!”鹿灵欣慰地点头。

正所谓接触才有机会。在接下来的日子里,龚求真积极参加各种形式的公开课,因而得以和不同行业的企业家交流有关企业管理的真知灼见。的确,机会是留给有准备的人的,龚求真以往的经历成为让人高看的资本。有着丰富的资历以及十足的自信,龚求真的下一步自然水到渠成。机会来了!

家乐公司的老板姓白,叫白宏涂,是个40出头的中年人。可能源于早年创业的艰辛,看起来比实际年龄显得更为老些。虽然面相老,那也是经验赐予的,有棱有角的皱纹堆积成深沟,错落有致地展开,一看就是相当的成熟,再配合那头稀疏的头发,可谓绝顶聪明。白老板个子中等,身材微胖,说起话来文绉绉的,给人的第一印象就是很有水平。白宏涂是个爱学习的人,尤其喜欢参加各种培训班,既可以增长见识,又能广交朋友。在一次民营企业座谈会上,白宏涂接触到龚求真,并对他的工作经历以及对管理的认识产生了共鸣,渐渐地二人建立了一种惺惺相惜的关系。白宏涂欣赏龚求真看中的是他为人严谨,不虚头花脑,而且特别在意他在蓝海和天禧的奋斗历程。有实际的管理项目的能力和积极进取的工作状态,白宏涂希望借龚求真之力让自己的企业能再上一个新台阶;而龚求真欣赏白宏涂是他的礼贤下士,再有就是他对企业管理改善的苛求。二人有共同的目标,并且话能说到一起,大家的合作似乎只是时间问题。

龚求真最终下定决心来这家民企是在一次与白宏涂共进晚餐之后。大家坐下来,彼此谈论着对管理的认识。每当白宏涂提到家乐的管理现状时,龚求真都能用曾经的经历或者参加公开课所掌握的管理理论作基础,并附带一些成功企业的案例,这让白宏涂很是认可。频频点头之际,加深了他邀请龚求真“入伙”的决心。

“求真,你看我这个企业说来年头不少了。你想想,这年头能活下来,并且10年以上的中小民营企业不多,不容易啊!”白宏涂喝了一口酒,不禁长叹。

对此,龚求真很理解。他这几年也接触了几个类似家乐这样的企业,比如蓝海和天禧,他们经营到现在的确不易。对比其他性质的企业,龚求真倒觉得像家乐这样自力更生的企业更让人尊重。“白总,您不用叹气,这是正常现象。对有些公司来说,真正意识到要靠管理使公司再上一个新台阶,那么未来就一定有发展;而如果固步自封,沉湎于所谓现有的业绩,就会失掉下一步发展的机会。”龚求真有板有眼地说道。

听龚求真这么说,白宏涂不住地点头。“没错,你说得对。公司成立10年多了,想想还是没有大发展,我天天从早忙到晚,一切事都要自己定,下面的人总感觉看着很忙,但我却比他们更忙,他们做的事,大部分都需要我监督把关,甚至帮他们做,唉……”

“白总,您说的这些我理解。来,咱们干一杯!就为了家乐成长十几年的艰辛,当然也有辉煌,干一杯!”龚求真没有顺着白宏涂说的员工工作效率低下的话题,而是提议干杯。

“干杯!”白宏涂大声道,举起了酒杯。

大家酒也喝得差不多了,白宏涂忍不住重又细细打量起龚求真:这个瘦高的小伙子,人品不错,而且上进心强,能力也没得挑。在白宏涂眼里,龚求真绝对是“入得厨房,出得厅堂”的员工,他决定借这个机会,探探龚求真的想法,看看他能否下定决心到家乐来。

“公司这几年的发展不尽人意,我认为发展的瓶颈就在于人才。虽然现在人有的是,但真正合适的人才不好找啊!”白宏涂边说边暗暗观察龚求真的表情,试图捕捉到一些信息。

龚求真知道他在暗示自己,于是随意地说:“临海其实也就是个弹丸之地,缺乏人才聚集效应。况且现在的就业体制不好,很难吸引高端人才。所以,就像白总您说的那样,合适的反而是最好的。这绝对是一条真理。”

“其实我就是想找我认为合适的人才加盟,比如像你,我可是真心希望你能来家乐。”白宏涂单刀直入,把话挑明了。

龚求真内心一阵欣喜,但故作谦虚道:“白总,您高抬我了。我不过是有那么几年说丰富不算丰富的工作经历,要说作企业管理,我还真没有尝试过。”

“没问题，”白宏涂看着龚求真，微一摆手，“我相信，凭你的经历和悟性，你要是过来，一定会给家乐带来变化。你考虑一下，到我这里来，职位随便选，做我的副总也行。”白宏涂决定用这个机会，让龚求真当面确定下来，因而话说得异常肯定和坦诚。

“不，白总，做您的副总不合适。虽然我可以多做些工作，承担一定的副总职责，但如果现在一到家乐就做副总，其他经理人会有想法。和您谈了这么多，我感觉公司人力资源工作还是比较薄弱的，所以我想是不是可以先从这方面入手，先把企业的人力资源管理体系理顺。”龚求真此时也不客气了，他知道现在一定是明确谈条件的时候。所谓“亲兄弟明算账”，工作之前一定要把条件谈清楚，免得再出现在天禧的结局。

“嗯，”白宏涂迟疑了一下，随即喜道，“你说的不错。人力资源工作可是公司的重点，这下我放心了！”说完，他用力地拍了拍龚求真的肩膀，拿起酒杯，“欢迎你加入家乐。现在我该称呼你龚经理了！来，龚经理，为了我们合作愉快，为了家乐的发展，干杯！”

“咣”的一声杯响，龚求真由此成为家乐的正式员工，成为家乐的人力资源部经理助理。

做人力资源工作，其实就在于做人的工作，把员工锻造成企业需要的“工具”，这是龚求真的认识。去家乐的第一天，龚求真就向白宏涂提议，能否带自己去各部门、门店等单位见见相关的负责人，大家认识一下，也好尽快开展工作。龚求真这样做自然有他的道理：由老板引荐，大家的重视程度就会高，日后定然有利于工作。

白宏涂比龚求真都想这么做。他的确想第一天就把龚求真介绍给那些负责人。既让大家彼此认识，以后更好地互相配合，又能给大家压力。让他们心里明白，以后陆续会有更专业的人才加盟，大家不好好干的话就会被淘汰。这样，为了各自的目的，白宏涂破天荒地亲自做引荐人，带龚求真到各部室，将他逐一引见给大家。

办公室是第一站。

办公室主任，暂且这么叫吧，因为整个办公室就她一个人。一看之下，此人年龄不小，鬓角处偶见几缕斑白的头发被镶着金丝边的夹子生生地裹在黑得发亮的发髻里；似有一脸的沧桑挂在脸上，但眼尖透亮，似乎隐藏着咄咄逼人的犀利。“这是办公室主任,公司的‘大管家’,事无巨细,她都抢着做,特别是对有些找麻烦的顾客或是上面检查,老权出面很管用。权主任,这是新来的人力资源部经理,不,暂且是经理助理,你们以后可要互相配合。”白宏涂不紧不慢地介绍道。

“你好,我是龚求真。”龚求真微笑示意。

“你是龚经理,欢迎你。我叫权清丽,是公司最老的员工。不仅年龄老,关键是和公司一起创业走过来的,权当是资格老吧!一直以来,不管在哪个岗位工作,与公司有关的重大事项我都会参与,特别是那些影响公司利益的事,我绝对不会坐视不管。听说你专业能力强,以后要多向你学习啊!”她一番话说下来,就像打机关枪,让人无法插嘴。

龚求真微笑着,并未附和她的意思说什么。再看看她的样子,龚求真心想:真是人如其貌,眼尖嘴利,果然强势。权清丽,和她做同事,今后还真得好好考虑共事之道!

接下来,白宏涂又分别介绍了财务部经理苏言、企管部经理魏衡、媒介部经理张扬以及人资部主管彭炫。好在大家都在总部,一个大办公室内,只是隔断出大小不同的小办公室。因此,龚求真很快与这些在总部的中层打过招呼。初次见面,龚求真觉得自己应该给大家留下一个彬彬有礼的外在印象,当然也要让他们看出他在白宏涂心中的分量。

在总部的介绍结束后,白宏涂开车拉着龚求真到店面和工厂看看。白宏涂这辆宝马在路上奔驰,利用这个间隙,龚求真的脑海中不断地呈现出每个人的样子。

一般来说,公司的财务负责人都会和老板有着较为密切的关系。特别是民企,基本上都是一家人或是有亲属关系的人掌管财务。家乐应该也不例外。财务部经理苏言一定和白宏涂有某种关系。龚求真仔细想着刚才互相介绍的情形。苏言的办公桌上有一台与白宏涂一样品牌的笔记本,而其他几人都使用较为笨拙的台式机。介绍的时候,苏言很热情。即便白宏涂在场,她的言谈举止显得都很自然,并没有下级员工见老板时的扭捏、拘谨甚至做作。这与张扬在答话的时候,显现出的紧张与惧怕截然不同。再有就是透过她的行为,龚求真很难看出她刻意讨好老板的意思,不像权清丽,介绍的时候,时不时盯着白宏涂,明显是在揣测老板的心思。媒介部经理张扬人如其名,只不过是反义的,他的言行并不张扬,倒是很老实,甚至有些木讷。整个介绍过程中,张扬没有多说一句话,甚至也没有主动和龚求真握手,仅仅说了一句你好,附带嘴角处强行挤出的不自然的笑,就坐回他的座椅上。他给人的第一感觉倒不是不待见人,只是让人感到他不善言谈、不善应酬。企管部经理魏衡显得很老练,目光犀利,热情中透着一股琢磨人的感觉。一看就是见过世面的,言谈举止很得体,热情欢迎龚求真的同时又不忘奉承老板几句,而且还恰到好处,说得白宏涂一个劲点头。人资部主管彭炫想必是个注重工作效率的人,给人的感觉就是做起事来雷厉风行。当大家互相介绍的时候,正好有个电话打进来,龚求真在旁边听得仔细。她对没有按要求完成的事,在电话里就严厉质询,说话那个快,根本容不得别人解释。龚求真由此断定,这种人做事通常会坚持一定的原则,交办的事会比较放心。龚求真非常认可这样的员工,她的风格有点像秦薇,但却少了一些亲切与坦诚。仅凭这一印象,龚求真觉得她做人力资源的执行工作较为合适。这样的员工,可用。人力资源部是龚求真打算改造的第一个部门,他当时就定下了由她做助手。

"快到了。前面那个醒目的门头,那就是公司的海青路店。"白宏涂一阵疾语,打断了龚求真的思绪,原来就要到门店了。

海青路上的店面是家乐公司的第一家店面,它见证了家乐公司一步步发展的历程。不过由于诸多原因,这家店面近一年问题不断,导致店经理更迭频繁。这不,现在的店经理刚来没几个月。据说她以前在外地做过类似的工作,业务能力强,因此受到白宏涂的认可,希望她能把这家店面调理好。

龚求真随白宏涂步入店面大厅。一个清瘦的女子笑盈盈地迎面走过来:"白总,您好!"女子说完,已然在二人面前。

"李店长,介绍一下,这是公司新来的人力资源部经理助理龚求真。"白宏涂笑眯眯地拍着龚求真的肩膀,介绍道。

"你好!我是龚求真。"龚求真微笑着点头示意。

"欢迎你龚经理,我叫李非,是这个店的经理,以后还请多多指导我们店的工作,先谢谢了!"李非热情地自报家门,并伸出了右手。

一看这样,龚求真忙伸手过去,礼节性地握了握她的手。

双方打了招呼,算是认识了。毕竟大家都不是新人,没什么拘谨的。很快,龚求真就详细地问起了店面的事。此时的白宏涂不知为什么偏离了二人的视线,独自走到远处,一个人看起展品来。不过白宏涂看展品时似乎心不在焉，偶尔小幅度转头，眼角的余光快速扫一下龚求真和李非。他知道，自己在现场，龚求真和李非的第一次交流会不自然，尽管他很想听听龚求真都问些什么内容。

龚求真倒是希望白宏涂在身边，这样就可以通过询问内容让他了解自己的工作思路。看着白宏涂有意回避，龚求真只好随意地问问李非目前店面的经营情况、人员管理以及可能遇到的管理难题等，算是走个过场罢了。

简单地了解情况后，龚求真有意转到白宏涂那里，看了看表，谨慎地说："白总，我看时间差不多了，有些事情今后再进一步了解。第一次来这个店，我的确感觉到有些问题，但还是另找时间多了解吧！要不，咱们到其他店看看？"

"好，"白宏涂不假思索地点了点头，又冲李非喊道，"小李，你先忙，我带龚经理去其他店！"

李非亲自送他们出来。临上车时，李非不仅善意地提醒白宏涂慢些开车，还不忘请龚求真多到店坐坐，指导她工作。

金华社区店由于处在高档住宅区，店堂布置也是极尽奢华。龚求真和白宏涂到这家店，接待他们的店长是个年纪一看就较大的中年妇女，也就是"大妈"级的员工。"怎么没用一个年轻一点的，形象气质高雅的白领呢，也好和这个店的品位相配！"龚求真进到店来，见到店长的第一感觉就是如此。

"校店长，这是公司请来的人力资源部经理助理龚求真，他可是管理行家，以后管理上的问题可要多请教，虚心一点！"白宏涂依然用那种很给自己脸上贴金的语气介绍龚求真，同时还不忘顺带提醒她。

"你是龚经理呀！欢迎欢迎，我叫校华革，一直是这个店的店长。我在家乐好多年了，是老得不能再老的老员工了！"校华革伸出手，主动和龚求真握手，以示礼貌。

"我是龚求真。今天第一次到店里，很高兴。以后工作上的事还请多多指教。"龚求真注意到，这个店长和最先见面的那个权主任有个共同点，那就是第一次见面就以老员工自居，看来这种人注定会是个麻烦的人。和她们说话，不能过于客气，而且还得时不时把公司利益挂在嘴上。为了公司利益嘛，这句话看来要多和这种人说。不过她与权清丽还是有区别的，想必在于年龄更长，言行中无时不透着一副与世无争的架势。

就在此时，白宏涂接上话："龚经理，别看校店长年龄大，经验却很丰富。

一直以来,她管理的这家店都是公司经营最好的。校店长也很敬业,有一种不解决问题不罢休的态度。你多接触就知道了。我希望你们以后要多多配合,争取把这家店做成业内最好的店。”

“白总,您放心,我们一定会把这家店做成最好的!”白宏涂的话音刚落,龚求真和校华革几乎是异口同声地说。说完,两人下意识地对望了一眼,表情都有些不自然。

在店里转了转,龚求真又抛出一些不同于海青路店的问题,对个别问题,他还拿出本子记下。龚求真不为别的,说白了不过是给白宏涂看。第一次接触店面,不能指望解决什么问题,但一定要把自己的工作思路亮出来,这样白宏涂才能满意。毕竟有过相似的经历,当初的幼稚业已转化为成熟,龚求真刻意转化自己的工作方式:不仅仅要踏实工作,做出看得见的成效,还要学会让老板满意、放心。此时,双方接触的时间不长,清晰的工作思路自然就成为白宏涂看重的。

该去第三家店了,一家位于临海繁华地段的利达卖场的旗舰店——利达卖场店。

说是旗舰店,那只是白宏涂的一个心愿。他一直想努力把这家店打造成当地最负盛名、最具航向标的精品店。但事与愿违。时至今日,旗舰店仍然是空中楼阁,可望而不可即。龚求真现在过来了,白宏涂就希望他能多跑跑这家店,看看能否从管理软件方面向旗舰店的标准看齐。毕竟在硬件的建设方面,白宏涂对这家店已经是不惜血本投入了。

两人转到卖场二楼,在电梯拐角处就是这家店。单从外在的布置来看,这家店绝对是一流的,整个店堂设计得金碧辉煌,一看就属于那种高贵、典雅的流派。

可能是这家店的店长知道二人过来,4 个店员像迎接贵宾似的分两排列队。当白宏涂和龚求真走到近前时,迎接他们的是热烈的掌声,弄得龚求真很是诧异。

“白总,您来了! 您身边这位一定就是人力资源部龚经理吧!”站在门口处的一个穿着整洁、个子高挑的女士脸上挂着微笑说。

“来,我给你们介绍。”白宏涂边往店里走边说,“这是龚经理,他协助我管理公司,特别是几个店的管理。你这个店的问题不少,今后还需要龚经理指导。”

“你好！我是龚求真。”龚求真随口应道。还没等他往下说，就听白宏涂提高了声音道：“你这个店离公司的要求还有很大差距，我再说一次，今后要随时向龚经理请教，记住了！”

听白宏涂这么说，龚求真凭经验就意识到他这是给自己和这个店经理释放信号。白宏涂显然对这个经理的工作不满意，同时又给自己的工作指了方向。那么，这家店一定是下一步管理改善的重中之重。

“我叫洪广利，以前在海青路店，接手这家店才半年多。店里共有6个员工，都是老员工。我们工作其实都挺努力的，但业绩就是没有达到公司的要求，我感觉对不住公司。”洪店长自我介绍后，又用无奈的语气说到了业绩。当她提到业绩不好的时候，没敢正视白总，只是用一种看似渴求的目光看着龚求真。

看到洪店长这样，龚求真多少能感觉到其中的问题，但现在不适合说过多，毕竟自己还不了解。不知道内在的实情，话说多了反而不好，万一承诺出去却达不到预期，这可就犯了职业经理人的大忌。鹿灵就曾经着重说过这样的话，龚求真从他的经历中也能意识到，到家乐也就更加注意言行的一致。“业绩做得好不好受很多因素影响。如果我们善于发现制约业绩增长的关键点，以点带面解决问题，何愁业绩上不来！”龚求真大声道。

原以为这个话题暂告结束，没想到白宏涂似乎很有感触：“来，龚经理，到客户休息区坐坐。每次我一来这个店就头疼，既然今天我们来了，那就简单聊聊这个店。”说完，他瞪了洪广利一眼，低声道，“洪店长，你也来，给龚经理倒杯水。”

“看来老板有想法，那就先听听他的真实想法，自己也好知道以后该怎么做。”龚求真暗自揣测。

三人围在一个圆形的茶几旁坐下。每人面前一杯刚沏的绿茶，洪店长还特意拿了本店的资料，放在龚求真的面前。

“这个店是地角最好的店，处在繁华商业地带，人流量很大，但业绩就是上不去。洪店长是辛苦，但我想还是方法有问题。”白宏涂容不得大家喘息，直接说出了不满意的地方。

“白总，这段时间我觉得还好，我们接了几个大单，还有一些准客户正跟踪着呢！”洪店长紧张中略微带着兴奋说道。

白宏涂并没有在意洪广利所说的，而是看了看龚求真。

是到该说点有分量的话的时候了。龚求真略一思忖，正色道："白总，即便作为一个局外人，我也觉得这个店的硬件设施非常棒，应该说有做旗舰店的基础。至于业绩上不来，一方面可能跟近期的市场环境不好有关系，再有就是我们自身的原因了。"

白宏涂看了洪广利一眼，又转向龚求真，示意他接着说。

"白总，说到自身的原因，由于我第一次接触店面，还不是很了解实际情况，不好谈得具体。但有一点可以肯定，洪店长可以考虑适当做些表面工作，当然还有隐藏在表面之下的工作，两手抓才能有成效。说到表面工作，我想勤整理店堂设置，随时保持一个温馨的环境，让客户进店感到舒服；员工要动起来，不要给人懒洋洋的感觉。而说到表面之下，那就是如何调动员工的工作激情，作好团队建设，提高业务素质。这些应该是解决问题的大框。不过有些问题要通过调查找到本质，我现在不好盲目下定论。但是我相信，有白总的重视以及洪店长的努力，这个店一定会有很大起色的。"龚求真虽然一气呵成，但言辞肯定、逻辑严谨，给人的感觉却是深思熟虑之后得来的。

白宏涂短暂地思考了一下，微微点了点头。他看看洪广利，谆谆地说："听到了吧，洪店长，工作要有意识地改进，说和做要结合。"说完，他看了看时间，"今天先到这，工厂改天再去，我们先回公司。龚经理，这 3 个店你都看到了，有些初步的想法，我们回公司再好好谈。"

"谈什么，不过走马观花看看，能有什么想法。再说了，现在不了解实际情况，有些话也不一定说得到位。他真是不给一点过度时间，一上来就要立即进入角色。看来拿他的高薪，就要付出加倍的努力！"龚求真直到上车前还这么想，看来这一路上要赶紧整理个思路出来，这个思路既要让白宏涂觉得新颖又要可操作，别为以后的工作带来麻烦。

龚求真在家乐的第一天就得迎接异常忙碌的工作。当天转了一圈后，龚求真随白宏涂回到总部。虽然已经到了下班的时间，但龚求真的身份与职位决定了不能准时下班，他要继续和白宏涂交流彼此的心得。

虽然龚求真感到有些劳累，但白宏涂却显得精神百倍，不断就当天所看到的情况追问龚求真。有时白宏涂还时不时跑题，跳出家乐与龚求真探讨如何管理，从理论到实际案例，龚求真都要详细地解释，并提出能被家乐借鉴的内容。这么一路谈下来，看看时间，已然深夜了。

第一天的工作就在第二天即将到来之时结束了。时钟的指针悄然指向了零点，白宏涂总算把龚求真送回了家。

走了一圈后，或许碍于白宏涂的权威，或许龚求真给人文质彬彬的第一印象以及专业的管理能力得到大家的认可，他似乎融入到大家的工作圈子。第二天，偶尔走动走动，迎接龚求真的都是主动热情的招呼。

面对这些招呼，龚求真本能地保持谨慎。他知道，这些招呼的背后，或许隐藏着某种目的。尽管他这么看，似乎极端，但总的说来，事实是存在的。唯有积极应对才是立足的根本。对此，龚求真并不紧张，毕竟有过经历，甚至说是被“整”的经历，他知道该如何见招拆招，妥善行事。

时间虽短，也就这两天的时间，龚求真自己都想不到，他是如此轻松，说白了，也就是心态轻松。临近下班，龚求真特意到白宏涂的办公室，看看他是否还有事。白宏涂似有心事，龚求真进来的时候，他正在收拾桌上乱七八糟的资料。见龚求真进来，他草草敷衍了几句，就建议龚求真正点下班。龚求真巴不得如此，因为此时他的心已经飞到了一个人的身边，那个人就是紫月。

身处困境之时，龚求真希望鹿灵能和他推心置腹，而此时他困境重生，却想到了紫月，他想让紫月看到他意气风发的样子。这要在以前，龚求真也曾奢望馨璐陪在他左右，但昨日昙花，已无再现的可能。兰可心的为人，龚求真很清楚，他不忍心也不想让馨璐为此受到伤害。既然不能和馨璐在一起，那就不要伤害她。所以，现在，唯一能让龚求真心神向往的也就是紫月了。好在他和紫月似乎形成了某种默契，尽管还没挑明恋人关系，但走在街上，一看就是如胶似漆的情侣。至于鹿灵，龚求真不是不想找她说说话，谈谈心，怎奈她身边总有个“幽灵”般的影子。一想到周天，龚求真全身不自在，他不想因为自己让鹿灵难堪。

老地方，他们约定老地方见面。那个老地方，是龚求真感到最惬意的地方——毗邻木栈道不远的一块平坦的礁石。

远远望去，礁石上，一个秀发随风波动的女孩面海而坐，一袭紫色的休闲衫与暮色低垂的余光交相辉映，显得格外耀眼。没错，那个女孩正是紫月。龚求真驻足远视，内心一阵翻腾。正当龚求真的目光柔柔地看着紫月的时候，她竟心有灵犀地转过身，冲他高高地扬了扬手。

龚求真飞奔过去,转眼间就来到了紫月面前。面前的紫月,依然秀美无边,尽管身着休闲衫,活力荡漾间仍不失优雅与性感。

“你,你早来了?”龚求真摸了摸额头,不好意思地问。

看着龚求真,紫月乌黑透亮的眼睛眨了眨,笑着点点头。

龚求真看了看大海,拉着紫月的手,坐下来。紫月并没有抗拒,任由他拉着,二人就这样肩并肩坐着。

“这段时间,你,你好吗?”紫月扭头看着龚求真,一脸关心。

龚求真依然看着茫茫无际的大海,轻轻地点点头。

龚求真不再言语,紫月也就没接着问,而是依附着他的臂膀,看着大海。

二人静静地看着海天一线的远方,时间一点点从他们的视线中消失。

不知过了多久,太阳的余光渐渐被远方的海平面吞没,与之相对应的,是一轮还不算明亮的月亮悄然升起。

龚求真低下头,似乎想着该如何开口。过了一会,他侧过身看着紫月,一本正经地说:“紫月,我不出去了!”

“哦,”紫月随口道,转念之间,她猛然意识到什么,看着龚求真,大大的眼睛闪着惊喜,似乎不敢相信自己的耳朵。“你是说不回沧河了?”她又喃喃道,“不出去就好!”

龚求真点点头,接着把这段时间发生的事像讲故事那样讲给紫月。紫月时而一脸平静,听着他的叙述;时而双手捂脸,如身临其境般为他担心。

“紫月,”龚求真如卸下重担一样,释然道,“我还真感谢在蓝海和天禧工作的经历,那段经历正是我能坦然面对今后的资本,我相信自己,会在家乐实现目标的。”

“目标?”紫月略感不解,“什么目标?”

“工作上,我希望游韧有余地面对每一天,享受工作带来的挑战,并且不断地成长。”龚求真自信道,接着他语气一转,声音变低,深情地望着紫月,“这只是事业上的目标,我还有比这更重要的目标。”紫月似乎知道他要说什么,马上把头低下,不敢正视龚求真灼热的目光。

“我的人生目标,”龚求真情不自禁地抓住紫月的手,“我要永远和你在一起!平淡也好、光彩也好,总之我们在一起,这就是我向往的人生!”

紫月身子微微抖了一下,当她抬起头的时候,龚求真看到她清纯的明眸噙着的泪水在眼圈里滚动着,随时可能夺眶而出。

“求真，我……”紫月欲言又止，咬着嘴唇。

“我的目标能实现吧！”龚求真柔和地问紫月。

“我，”紫月的双颊不知出于羞涩还是兴奋，竟然涨得红红的，不胜娇媚！

此时的龚求真，目光炙热，内心如波涛汹涌，如翻江倒海，只待紫月善解人意的柔情安抚他那难以抑制的躁动。

“我，”紫月拿出纸巾，轻轻擦了擦眼角，看着面前卷着浪花的大海，平静地说，“求真，你知道，我以前，我，我还去医院……”紫月的声音越来越小。

“别再说了，”龚求真“粗暴”地打断了她，“这些我都知道，我也知道那不是你的错，但我更知道你不会因此在我心目中有半点瑕疵。”他轻轻地顺着海风，把紫月耳边散乱的秀发重又拨到耳后，“紫月，始终你都没有错，我选择你，自然包容你的一切。我不会甜言蜜语，我只想和你在一起，什么海枯石烂、海誓山盟，这些都不重要，重要的是我们在一起，重要的是我能一辈子抱着你！”说着说着，他的眼睛湿润了，不待紫月反应，他情不自禁地猛地揽过紫月，将她紧紧抱在怀里。

紫月稍一抗拒，竟也紧紧地抱住了龚求真。那一刻，静静无声，唯有紫月微微的啜泣声回绕在二人身边。他们拥抱得如此紧，以至于心与心慢慢地贴近，并逐渐融合在一起，水乳交融！

远处，不知什么时候驶过一艘轮船，汽笛声声，似乎在为他们鸣音祈福！

紫月被龚求真用力地抱着，终于，泪水如开闸般宣泄涌出，顺着盛满笑意的脸颊，流淌下来……

二人的上空飘荡着为爱而歌的潸然旋律……

泪洒衣襟，
情难自控为你流泪。
逝去的那不堪回首的爱；
不期而来又被拥抱的爱。
曾几何时，
在心底深处默默耕耘着。
梦醒时，
翘首以待我爱的踪影。

噙着泪水，
苦苦追寻为爱远征。
曾经执著却无能为力的爱；
几度远去而又回到身边的爱。
朝暮间，
深埋心底的甘甜悄然而至。
猛然间，
芳香浸透我迷离的心扉。

如今，
原本抖动的身躯，
枕着你的臂弯，
感受着温情、炽热。
梦已醒，
放飞如醉如痴的情，
宛如远空回转的风筝，
一根红线攥在你的手中。
期待着，
拥有一生一世，
爱你的爱人。

此时，
徜徉于梦境中，
吻着你的幽香，
我的心醉了、醒了。
天地间，
漫无边际的海天一线，
不再一个人飘荡，
温柔似水般的情淌着我的心。
憧憬着，
刹那间融为一体，
爱你的爱人。

十五　当断则断

既然是老板礼贤下士之人，龚求真自然而然成为众矢之的。要想真正立足并有所作为，短时间内拿出让人信服的实力，这是龚求真的当务之急。其实即便龚求真不这么想，有的人已经跃跃欲试了，明为请示，实则借机探探他的“底”。

接下来的日子可想而知,各色人物粉墨登场了。利益至上的导向标,指引着身处同一职场的每个人,不得不抢占更多有利于自己的资源。龚求真表面心平气和,就事论事,其实内心也在不断调整自己的状态,如何在做好本职工作的前提下,更好地或融入其中、或隔山观虎。以他的认识,在家乐作管理,不得不时刻考虑鹿灵曾经跟他说过的话:企业管理,不仅仅是科学,更是艺术。在民企中,这种管理的双重性体现得尤为深刻。

正式的较量从办公室主任权清丽开始!

第一次见权清丽,龚求真对她的印象并不好,他觉得此人颇攻心计。不过,龚求真知道,她年龄大,在家乐工作的时间最长,应该能对家乐有更全面的认识,而这种信息正是他所需要的。所以尽管印象不好,龚求真还是决定了解公司先从她这开始。

"权主任,"龚求真敲了敲原本敞开的门,高声道,"现在方不方便,向你了解一下公司的情况。"龚求真开门见山提出了自己的要求。

空旷的办公室,就权清丽一个人,她正埋头整理一摞资料。听到有人叫,她放下手上的活,随手理了理黑里依稀见白的鬓发,抬头一看是龚求真,微微一怔:"龚经理,"她站起来,背靠办公桌,双手交叉置于胸前,似笑非笑地说,"你想了解公司的情况,行,就是再忙,我也要先把手上的工作放下。龚经理,咱们到会议室吧,那儿安静,免得在这一个电话跟着一个电话的,大事小事都找我。"

会议室。权清丽坐下后,龚求真从门斜侧的料理台上拿起水壶和水杯走过来,边给她倒水边坦诚地说:"权主任,我刚来公司,对公司的情况不了解。白总虽然没给我什么明确的指示,但压力反而不小。我就想啊,怎样才能尽快融入公司,做出成绩。"说完,他坐到权清丽的对面,暗暗观察着她的反应。

本就诧异龚求真如此热情地倒水,再听他这么说,权清丽原本严肃的面容舒展开来。她想了想,接着"哼"地一笑,身子稍微往前移了移,双手伏在桌上,赞道:"我在公司这么多年了,还真没见到过像你这样的员工!"

“是吗?”龚求真似乎没弄明白权清丽的弦外之音,佯装不解,“权主任,你这话的意思是……”

“龚经理,”权清丽摆摆手,笑道,“你别多心,我这可是表扬的话,是说你素质高!”接着,她岔开话题,“不说这个了,龚经理,你想了解公司,那我就有什么说什么。”

权清丽拿起水杯,呷了一小口,兴致高涨地说:“我先大体说说公司。公司在业内也算是长寿公司了,这么多年的发展很不容易。我进公司最早,当初和白总没日没夜地忙,这才有了今天的家乐。我这个人曾经在很多大公司待过,太了解管理了,经常给白总提改善的意见。还别说,每次改善都能看见成效。我对下面的员工要求很严,我不管你以前做过什么,达不到要求就不行,可以说只有我说他们,谁也挑不出我一个不字。”她说话的声音越来越大,龚求真第一次见到她这个年龄的大嗓门。可听听她说的内容,这哪里是在介绍公司,分明在显摆自己。

看她那样子,后背紧紧贴在椅背,似乎更加自鸣得意,“我在公司一向对事不对人,不管这个人是谁,都不能损害公司的利益。要是有不服从公司管理的,我早晚得把他骂走。你来之前也有像你这样的经理人,很认同我。可惜他们都没留下来,可能是不适应公司吧。我看你既有管理能力,又有实践经验,应该没问题。”

听权清丽这么说,龚求真马上判断出,她是在给自己下马威。既然她如此,那自己也得拿出姿态,不能刚来公司就被她镇住,否则以后还怎么开展工作。想到这,龚求真微咳一声,慢条斯理地说:“权主任,你说的没错。还真是啊,你的管理意识绝对超前。我作过管理,接触过不少像家乐这样的公司。虽然成长时间不短,但还有许多需要改善的地方。我想白总也意识到这一点,我来之前我们就曾多次在不同场合沟通过。管理好企业,既需要做好系统化工作,还必须从微观入手。总之,科学化管理是家乐必须要走的阶段,甚至是不得不迈过的坎。我有幸得到白总的信任,自当竭尽所能。所以,正如你说的那样,不管是谁,都要服从公司的管理改革,是不是,权主任。”

跟这样的人谈话,一定不能输给她,否则她会踩着你的脖子往上爬。果然,这番话说完,龚求真就注意到权清丽的态度有些改变,身子向前倾了倾,似乎有意要收敛一下。

“对，对，没错。白总不会看错人的，我会尽量配合你的工作，有什么要求尽管提。”权清丽收起趾高气扬的架势，语气略微僵硬地说。

随着沟通的深入，龚求真觉得和这样倚老卖老的员工没什么好说的。她絮絮叨叨，总说不到点子上。一开始交谈，她的确有板有眼，不过谈着谈着就离题万里，让人大失所望。龚求真有些纳闷，她到底和白宏涂什么关系，就这样的能力也能做到中层，恐怕不仅仅一起白手创业那么简单。

眼看着时间不早了，这样谈下去只是浪费时间。龚求真又咨询了几个可问可不问的问题，道谢过后，直接回办公室了。

龚求真手拿记事本一进办公室，彭炫一脸愁容地站起来，拿着一纸传真走向他。“龚经理，”她皱着眉头，气愤地说：“前不久一个被辞退的员工索要加班费，你看怎么解决？”

龚求真看了彭炫一眼，随手接过传真，回到自己的座位上，仔细看了起来。

“按理说公司应该支付员工加班费。”龚求真边看边自语道。虽然嘴上这么说，但此时他却想着员工索要加班费背后的事。来家乐工作才两天，彭炫就把这个看似简单的问题抛给龚求真。他知道，企业的性质不同，支付加班费的形式也不尽相同。像家乐这样的服务性的企业，加班费通常都折算到事先约好的工资里。当然，也存在这种可能，老板不愿意甚至不想过问，他希望手下的员工在不支付加班费的情况下也能做好工作。所以，在不了解实际情况之前，龚求真觉得对这种事的处理马虎不得。

“龚经理，”彭炫打断了他的思绪。

“关于加班费的问题，我想还是应该特殊处理。”龚求真手拿传真，严肃地说，“彭炫，我认为在家乐的每个员工，都应该知晓，我们不可能完全按国家规定的政策。毕竟我们从事的是服务性工作，顾客节假日休息的时候，正是我们提供服务的时候。”

彭炫点点头，不过却带着一副不以为然的样子。

龚求真斜眼一瞥彭炫，注意到她此时的表情，不觉一笑，进而轻松地说：“彭主管，从劳动法的角度看，员工索取加班费是对的；但从公司情况看，那就得换个大家都能接受的方式。比如从工资的设计上看，我们比同行业的标准要高出一块，这就等于把可能遇到的节假日加班费都算在内，何况我们还安排串休，这些都是在不违背劳动法的前提下的合理调整。现在我觉得

问题的关键还不在于此，而是当初此人被录用的时候我们是否明确提到这一点，并体现在用工合同上。”

彭炫略微想了想，肯定地说：“龚经理，当初的确没有明确说明，合同上当然也没注明。”接着，她又低声嘀咕道，“这个人真是的，也不是第一次做这样的工作，现在谈什么加班费呢！”

“我想我们是不是可以这样考虑，”龚求真抬起头，看着彭炫，“几个原则，我们要把握：一、不要闹到公司外面，否则只能对公司不利；二、绝不能开支付加班费，或者说加班费这一说法的先河；三、妥善处理之后，你有必要向白总汇报；四、把以前制定的制度找出来，重新修改。”

彭炫认真地听着，紧锁的眉头随着龚求真的“一二三四”逐渐舒展开，如释重负。可龚求真说完后，彭炫却依然站在那，一动不动。

龚求真转而用不解的眼神看着彭炫。

“龚经理，我马上按你说的做，不过，”彭炫展开的双眉又挤到一起，低声问，“怎样才能让大家都满意呢？”

“满意？”龚求真马上接过话，“彭炫，大家都满意是不可能的。”他拿起传真看了看，建议道：“你看这样行不行。你现在马上把员工录用的一系列制度按我刚才说的那样完善起来，不相符的一定要删掉，避免以后再出现麻烦；再有，你拿着新定的制度，当然要让员工认为是以前的，让员工都知道，公司这样做并不违反劳动法。至于加班费嘛，我想可以换个形式，比如适当送些优惠券，作为对离职员工的补偿。我建议你把其他的工作先放放，马上把这个事处理好，然后向白总汇报，你觉得怎么样？”

彭炫思索了半天，终于似有所悟地点点头，圆润得有些胖嘟嘟的脸颊之上，笑容重现。

龚求真把传真递给彭炫，嘱咐道：“尽管谈，该坚持的一定要坚持！”

接下来，龚求真开始翻阅从彭炫那拿的有关人事管理方面的规章制度。从这些资料中，龚求真不仅要了解家乐的现状，也要找出其中不合理的做法并罗列改善的思路。

看了一段时间，龚求真有点坐不住了。毕竟他以前的工作不这么机械，不用一天到晚坐在办公室。“该走动走动了。”龚求真心想，“对了，去媒介部看看，和张经理聊聊，看看他又能说些什么。”主意已定，龚求真放下资料，直奔张扬的办公室。

张扬很舒服，算上助理，整个办公室就两个人。再看看自己的办公室，加上内勤、司机等，把办公室挤得满满的。对比之下，龚求真突然觉得心里有些不平衡。还好，心态的失衡不足以影响到工作，他敲了敲门，冲助理微笑示意，走了进来。

“龚经理，”一看是龚求真进来，张扬马上站起来打招呼。

“张经理，”龚求真笑道，“在忙呢！能不能占用你一点时间，了解一些公司的情况。”

“能有什么了解的，过一段时间你就会熟悉。”张扬扭过头，继续盯着电脑上的图片。

张扬不是很热情，龚求真觉得有点出乎意料，他由此更加断定此人不是那种随和的人。

“张经理，向你了解情况主要是希望你能以媒介部经理的身份谈谈对公司的认识。角度不同，了解的也就不一样。其他员工肯定不像你更了解公司在品牌建设、广告运作等方面开展的情况。我还是请教请教你，用不了多长时间！”龚求真不想放弃，既然进来了，不了解情况就出去，总是不妥。

龚求真如此坚持令张扬似乎不好再拒绝。他耷拉着脸，轻轻点点头，并示意到会议室谈。

与权清丽不同，张扬的名字看似张扬，不过人倒是一点也不张扬。龚求真本以为能通过他了解公司的情况，没想到此君从不多说一个字。龚求真让他先谈谈对公司的认识，张扬可能觉得没什么好说的，心不在焉道：“你慢慢就会了解，我真没什么说的。嗯，说什么好呢，还是你问吧。”

“张经理，你是媒介部经理，那就先谈谈公司的品牌建设。”龚求真抛出第一个想了解的内容。

“说是品牌建设，其实没那么多工作，无非就是多在报纸上做广告，有时我也写一些软性文章，宣传公司。”张扬干脆地回答。

“是这样，那么你觉得公司的品牌建设与战略有什么关系？”龚求真接着问。

“哪有什么关系，我从来没清楚过公司的战略是什么。都是白总让做什么，我们就做什么。真的，公司的情况没什么好说的，还是那句话，时间长了你就会了解。”张扬有点不耐烦地说。

既然他这么说，龚求真觉得别再自讨没趣了。张扬不愿多说，可能是因为他不想随便说公司的事,或者是他本就不善言谈。总之,和这样的人沟通,挺费劲的。

回到办公室,龚求真继续看资料。转眼,中午午休的时间到了,该吃午饭了。

“龚经理,还没吃饭呢,一起吧!”财务部经理苏言走了进来。她双手搭在彭炫的肩上,佯作嗅态:“吃什么好的,我看看。”

“哪有好的,就是家常饭。”彭炫边说边打开饭盒。

一股米饭特有的香气随即散开,瞬间就充满了狭小的办公室。香味刺激着龚求真站起来:“苏经理,你们怎么吃午饭?”

“龚经理,在这上班吃饭就是不方便。你看周围写字楼林立,可以吃到家常饭的馆子几乎没有。外面的饭菜要么贵得要命,要么没法吃。”苏言抱怨道。

正如苏言所说,中午吃饭的问题还真是可怕。说心里话,龚求真舍不得花在外面吃饭的钱。就那么一点点量,花的钱足够吃一整天了。饭菜的质量不见得有保证,时间一长,身体可能真的受不了。工作要做好,但身体更为重要。

彭炫他们并没有在办公室吃饭,而是聚到了会议室,大家边吃边聊些杂七杂八的话题。在这些随意的话题中,龚求真自然被提上桌面。公司来了新员工,还是人力资源部经理助理,白总破天荒地亲自引荐给各部门,大家的重视程度当然高。一般来说,某个人或某件事,拿出来品一品,是办公室永远新鲜的话题。

“哎,你们对新来的龚经理怎么看,白总把他介绍得很厉害,又是创业,又是做项目,而且对管理也很在行。他这一来,是不是公司又要有大动作了!”彭炫吃完一口后,放下勺子,用纸巾擦了擦嘴,带出一个话题。

最先接话的是彭炫的属下,人力资源部的文员小文。小文边整理饭盒边说:“看龚经理斯斯文文的,对人真客气。要说他能做出什么大动作,现在还看不出来。”

“第一印象能看出什么。龚经理才第二天上班,就看他以后唱什么戏了!”财务部现金出纳小金不以为然地说。

“你们别小看龚经理。据说昨天他和白总到下面各店转了一圈,每个店都指出一些问题,特别是利达卖场店,当场就提出一些改善意见。我听洪店长说，人家龚经理提的挺有道理，白总很满意。”企管部策划文员小丁显然看好龚求真。

大家你一言我一语，说的都是对龚求真好的评价。很正常，大家都不知道龚求真的底，特别是他和老板的关系。世上没有不透风的墙，尽量说得好些，或是比较中肯的评价，总不至于被别人打小报告，惹来一身麻烦。

那边，龚求真和苏言找了一家地下一层的快餐店，吃的是定量的套餐。

“这里面的饭菜质量还不错，价钱也挺合理，就是人多，最好像现在这样，晚一点过来不那么挤。”苏言拿了一份，坐在龚求真的对面，很有经验地说。

龚求真看着饭菜质量还行，米饭、汤、炒菜、鸡腿，搭配比较合理。不过说到价钱，龚求真觉得贵了一点。可当着苏言的面，贵的话还是别提了。

“苏经理，我听说公司以前也有些职业经理人，干了一段时间基本上都离开了。”龚求真有意无意地找个话题，想通过苏言验证权清丽说过的留不住人的话。

“这种情况有。你看公司成立至今10多年了。从当初的一家小门脸发展到今天，肯定有很多人付出努力。白总一直很器重人才，希望聚集一些有本事的人共同发展。现在你来公司，为公司注入新鲜的血液，但愿公司发展得更快。”苏言低着头，随意地说。

苏言的回答并没有让龚求真满意。确切地说，苏言没有回答龚求真提出的问题。可能这个问题比较敏感，龚求真意识到还是别再追问了。

“苏经理，我有话直说。来家乐，我就想凭自己的经验和知识，当然还有同事们的努力，为白总做点事，把管理搞好。做好这项工作，我想前期应该把制约公司管理的关键问题找出来，适度改善。以后随着工作的深入，我会更加系统地完善企业管理。所以，我特别想听听你对公司目前的管理有什么看法。”龚求真坦诚地说。

“公司整体来说在管理上没有什么特别的问题。要说现在能改善的，我想应该在工作流程的监督上。公司早就有各项工作详细的流程指南，但总有些业务不按流程走，工作效率不高。我觉得你是不是先把工作流程理顺，让大家的工作都能井然有序。”苏言建议道。

龚求真从苏言的话里听出了问题的严重性。苏言看似轻描淡写地说了说，但话语间却透出一些无奈和焦急。任何事总要靠人为协调，她可能觉得这就是目前管理上最为严重的问题。

对苏言的看法，龚求真深有感触。其实不仅仅是家乐，以前他在蓝海不就是这样。可以说人为意识是管理的“通病”，严重制约工作流程的有效衔接。处理大量的人际关系，总是一件很头疼的事。现在他是公司的一员，并且专职做这项工作，必须找到问题的根源。

“你说的没错，这确实是个严重的问题。如果任这种现象发展下去，公司的管理就成了一纸空文，何谈继续发展。”龚求真无奈地说。就在此时，“叮叮，”一阵手机铃响。龚求真拿出一看，原来是白总打来的。“龚经理，你赶紧到我办公室来。”白宏涂焦急的声音传来。“白总，我正和苏经理一起吃午饭，我这就回去！”龚求真放下手机，对苏言道：“苏经理，白总的电话，看来有很急的事，我先回去了，你慢慢吃！”不待苏言说什么，龚求真马上起身离去。

回到公司，龚求真径直向白总的办公室走去。一进门，他就看见白宏涂踱着步。室内烟气腾腾，一股辛辣味冲他扑面而来。

“白总，您急着找我？”龚求真随手带上门，一时忍不住咳嗽了一声，气喘吁吁地问。

“我就说嘛，老范就是不注意。跟他说多少次了，要学会管理员工，要稳定军心。现在正是销售旺季，走掉一个人都是损失。”白宏涂气愤地说。

“白总，您先坐，慢慢说！是不是工厂出问题了？”龚求真以劝慰的语气问道。

“今天一早突然有 3 个生产线的员工同时提出辞职，这还不耽误生产！龚经理，你先坐下，我把工厂的情况简单跟你说说，然后看看怎么补救。”白宏涂用手指了指，示意龚求真坐到沙发上。

刚一坐下，龚求真突然冒出一个念头：早上的事？按理说员工离职，彭炫怎么没提呢，她没必要隐瞒。如果说范君刻意想隐瞒此事，白总又怎么知道，难道有人背着范君偷偷向他汇报了此事？如此念头闪过，龚求真心下竟有些不安。

“我早就说过，作为管理者，一定要和生产线的员工搞好关系。过于强硬的管理，会让他们反感。现在好了，一天 3 个员工离职，而且有两个都是工作了两三年的员工。现在正是忙的时候，他们一走，没有人接上，不好办呢！”白宏涂看似平静，可说话的语气中充满了焦虑与不满。

听着白宏涂的抱怨,龚求真脑海中飞速地思考:他的抱怨难道仅仅是走了几个员工,还是因为日积月累的问题得不到解决? 自己还没去工厂,不了解生产部经理范君的情况,现在还不便下结论。想到这,他顺着白宏涂的意思:"白总,可以肯定地说,现在员工的离职不仅仅是对生产进度的影响。我曾经听说工厂的员工离职率相对要高,我怕现在的事会产生一些负面影响。"

"哪些负面影响,说说看!"白宏涂点着一根烟,追问道。

"我虽然没去工厂,但就目前的情况看,同一天关键岗位的几个员工离职绝不是一时的冲动,这里面肯定有对公司的不理解,甚至不满。通常情况下,当员工的要求得不到重视或者满足,不良情绪的积累可能会转变为现在的突然离职。进一步说,我想最主要的负面影响是对那些还正常工作的员工发出了某种信号:能干就暂时干着,有更好的机会马上走。有了这种想法,我们很难要求员工工作做到尽善尽美。说白了,所谓'一石激起千尺浪',此事不好好处理,后面还不知会发生什么事。"龚求真说的负面影响多少有些含糊。他自己清楚,管理上的问题有时不能仅仅看表象,否则可能会影响对问题的正确判断。龚求真想借着这么说,不仅缓解白宏涂的抱怨,还要让他感觉确有其事。果然,听龚求真一说,白宏涂显得平静了一些。

"咚、咚,"门外想起了敲门声。"进来,"白宏涂吆喝一声。

推开门的是彭炫。"白总,刚才范经理打来电话,跟我说了员工离职的事,他让公司赶紧给他找人,说生产正等着用人。"

"他这个人,唉! 抓紧时间让中介公司找人,你先出去!"白宏涂看了彭炫一眼,示意她出去,目光又转向龚求真。就在此时,白宏涂似乎想起了什么,当彭炫即将带上门的那一刹,喊道:"小彭。"彭炫一听老板叫她,马上转过身来。

"龚经理现在是人力资源部的负责人,以后人力方面的事直接向他汇报。"白宏涂提高了声音道。

彭炫面无表情地点点头,并未说什么,转身带上门。

龚求真一看就明白,白宏涂是想当着他的面要求彭炫。不过再看看彭炫的表情,龚求真隐隐感到,她似乎并不欢迎他。

龚求真还在琢磨着,就听白宏涂接着说:"龚经理,生产有很多问题,有时间你过去看看。范经理这个人你要和他多聊聊,帮他提高自身的管理水平。”说到这，他停了停，又刻意嘱咐道，“让小彭抓紧时间招人，一定不要耽误生产。”

白宏涂话音刚落，龚求真就站起来：“白总，我马上和范经理联系，尽快了解一下工厂的情况，拿出一个管理改善的方案。”

回到办公室，龚求真马上示意彭炫先放下手头的工作：“小彭，说说工厂的情况，去之前我好有个准备。”

彭炫正在电脑前整理资料，听到龚求真在叫自己，眼睛却依然盯着电脑屏幕，随口道：“龚经理，我得抓紧时间确认合适的员工，你先等一下。”

龚求真斜着眼看了看她，嘴角不觉轻轻一笑，随手拿起一份资料，专注地看起来。

5 分钟过去了，彭炫把打印好的拟录用员工的名单拿给龚求真，似有解脱地说：“龚经理，这是好不容易找到的员工名单，你再筛选一下吧！”

龚求真拿起名单，粗略一看能有 10 多个人，并附有基本的个人信息。他仔细看了一会，点了点头，随手搁在一边。

“小彭，你先坐。”龚求真摆手示意道。

“我不了解工厂的情况，但从刚才白总的言语中，我感觉到他对工厂有不少意见，不仅是这几个离职的员工，或许还有其他方面的问题。你在公司工作的时间长，了解更全面，不妨说说。”

彭炫听了，思考了一会，用一种近似抱怨的语气道：“龚经理，工厂是有些问题。我经常听到个别员工对范经理的抱怨，说什么范经理不尊重他们，随意安排他们加班，经常呵斥他们工作中的不足。还有就是范经理不能以身作则，他自己就经常违反规定。”

“从你说的这些情况看，工厂的管理还真得好好抓一抓。白总是不是常去工厂，他批评过范经理吗？”龚求真这么问，其实是想弄清楚白宏涂和范君的关系。他知道，在民营企业，这种内部复杂的关系处理不好，再科学的管理也没用。

“白总在工厂有自己的办公室，几乎每天都要过去。要说到批评嘛，好像不是很多。除了开会的时候，白总对范经理的不足提出意见之外，很少看到他在工厂当着员工的面狠批范经理的。不过有一点，那就是这段时间白总对范经理好像不满，可能是与员工背地里告范经理的状有关。”

从彭炫的话里，龚求真大致听出点意思：白总近期的工作重点放在了工厂;白总对范君的不满增加;白总表面上对范君还算客气。经过粗略地分析,龚求真基本上确定了近期工厂的工作方向,那就是理顺工厂管理、证明范君的能力不胜任管理,同时尽早物色一个懂工厂管理的专业人才,以便随时顶替范君。

明确了工作方向,再看着彭炫,她说起工厂的时候,俨然一副高高在上的样子。龚求真不难想象,她想必是个管理欲望极强的人。按理招人的事一定要先向自己汇报,她却直接找老板,好在白宏涂挺有心的,提醒了她。想到这,龚求真站起来,以命令的语气道:“就了解这些。彭选,你现在要做的事就是赶紧和范经理沟通,尽快确定人选,安排面试。名单还是你拿着,去安排吧!”

彭炫手拿名单,看了一会,轻轻咬了咬嘴唇,转身回到自己的座位。

彭炫坐在那,不紧不慢地拿起电话。从她的举动上看,龚求真再次断定她是不满自己。或许是自己没有对这些名单作出明示,亦或是白宏涂旁敲侧击地批评了她。总之,她现在的情绪一定是因自己而起。

从抽屉里拿出记事本,龚求真准备整理一下思路,列出提纲,好和范经理沟通。

想着白宏涂和彭炫对工厂管理的看法,龚求真脑海中已经有了初步的思路。他正待下笔,突然,办公室门口传来非同寻常的声音,“龚经理!”

龚求真听出是魏衡的声音,不觉有些不舒服。不知为什么,他第一眼见到魏衡,就有浑身起鸡皮疙瘩的感觉,魏衡不仅外在的形象和方天明画等号,就连声音也是同样的尖利刺耳。

不过他现在和魏衡毕竟是同事,况且魏衡不见得就如同方天明那样,龚求真也得客气一些,就扬了扬手,笑道:“魏经理来了!”

“我想和你谈谈工作的事,听听你的高见。”魏衡边说边走了进来。

看到魏衡过来,龚求真放下笔,把记事本合上,站起来,略表谦虚道:“高见不敢说。正好我也想向你了解一些公司的情况。你在公司做了多年的管理,会有很多独到的看法。本想找你谈谈工作,可忙到现在还没静下心来。你看,白总又交代了急事,我明天要去工厂,现在正要列调研的提纲。”说完,龚求真指了指记事本。

魏衡瞥了一眼,知趣道:“要不你先忙,我们另外找时间?”

龚求真此时虽然不想和魏衡谈什么,可他既然主动找上来,不好拒绝,更何况自己是新来的，别让魏衡说三道四。想到这，龚求真忙道："没事，只是列个提纲而已，其实很多想沟通的内容都在这。"龚求真指了指自己的大脑，"难得魏经理有时间，我们就谈谈公司的情况。走，到会议室！"

到了会议室，魏衡搬开座椅，客气地说："来，龚经理，你先坐。"

龚求真有些不好意思："魏经理，我自己来就行！"话虽然这么说，龚求真还是一屁股坐下了。

"魏经理，我刚来没几天，对公司的情况不了解。你这做企业管理的，肯定对公司有全面的认识，能不能说说？"看到魏衡坐下了，龚求真马上开口提出自己的要求。

魏衡双手搓了搓脸，略带疲惫地说："龚经理，公司的情况我想你会慢慢了解的。今天我找你是想向你请教店面管理，帮我理理思路。"

看着魏衡似乎很急切的样子，龚求真心想：家乐这些中层都挺有意思的，你向他们了解公司的情况，没有愿意多说的，看来大家都不想谈对公司的看法，只是想向你了解解决问题的做法。想想也是，每个公司都有自己的特点，甚至是不愿公开的东西。如果你说多了，是不是也会惹麻烦上身。每个人都很精明，精明到说话办事以不损害自身利益为前提。

"说到店面管理，虽然 3 个店我都去了，但因为时间关系，只是粗略看看，还没有形成一个完整的思路。现在谈店面管理，我觉得为时过早，但我们可以谈谈店面管理的一些常规性的做法。"龚求真无法说具体问题，只能轻描淡写地带过。

"龚经理，这样吧，我们还是就事谈管理。这 3 个店我都找出一个问题，看看你有什么高招解决。"魏衡拿出一个小本，试探着道，"先说说白总最为关注的利达卖场的旗舰店。这个店的地段好，公司的投入最多，但白总总认为回报应该更多。做成现在这个样子，店长的管理绝对有问题。举个例子，今天我过去，看见公司配置的装饰品竟然都没有摆出来。我一问原因，她说怕丢，所以没摆出来。幸好我看见了，要是白总看见了，还不定会怎么发脾气。再说说海青路店，店长坐不住，经常不经申请就自发去小区混搭着别人家搞活动，这种做法显然不利于公司的品牌推广。而金华社区店则显得太过安静了。店长对自己很自信，虽然不是很配合公司的整体宣传活动，不过她的经验摆在那，也能卖到一定的量。这些就是 3 个店各自的问题，龚经理，你看看是不是挺有意思。"

魏衡说这番话的同时，龚求真详细地做记录。当魏衡一口气说完的时候，龚求真已经密密麻麻记了一整页了。

“魏经理，我觉得你的工作很辛苦。除了要协助白总管好店面之外，还要参与工厂管理，不容易！”龚求真说了一些客套话。尽管他和魏衡接触不多，但却不由自主地将其归到方天明一类中，因而说话也就言不由衷了。

果然，一听龚求真这么说，魏衡有点飘飘然地说：“没办法，白总待人这么好，我得为白总分忧啊！”

一看魏衡这样，龚求真突然有种“踏破铁鞋无觅处，得来全不费工夫”的感觉。自从经历过方天明那一档子事后，龚求真潜意识中就想再遇到像方天明这样的人，再和他过过招。此时，龚求真感觉到，魏衡绝对和方天明是“一丘之貉”。对这样的人，先下手总不至于吃亏。

“魏经理，你刚才提到了3个店面的问题，我想实际上都是管理不善造成的。”龚求真以一种咨询顾问的严谨语气道：“就拿管理来说，管理虽然可以通用，但一定要和赖以生存的环境相匹配。一般来说，什么样的环境下，就会产生什么样的管理。想当初，老板创业的时候，面对生存的艰难，那个时候可能不会考虑到管理，先填饱肚子才是重要的；而现在，企业发展到这个程度，要说不满意，根本原因就在于管理。只要管理跟得上，公司的发展就会有保证。现在这3个店，我想问题可能不一样，但在管理方面肯定都有共性问题。店长自身的管理能力不足，公司管理上有误区，二者是相互影响的。我们不能脱离任何一方去解决店面问题。不过，现在我想首要解决的是店长的问题，包括意识方面、制度方面，还有就是团队建设方面，这些需要重点解决。我想最好在调研了解的基础上，找到每个店的焦点问题，以点带面，才好全面提升店面管理。”

魏衡聚精会神地听着，偶尔还会作记录。听完后，魏衡拿起本子，若有所思地看了看，又放下，道：“龚经理，你说的有道理，特别是你提出的团队建设，看来真是说到点子上了。工厂或者是利达卖场店，都需要着重做好团队建设的工作。这样吧，今天就这些，你到店面转转，保准你有收获，我就不多说了。我还有事要办，先走了！”说完，魏衡合上本子，微笑示意后转身离开。

龚求真没在意魏衡的离开，倒是他其中的一句话似乎有所指。他怎么特别要提到团队建设，是不是店长和店员之间有矛盾。要是这样的话，解决起来就更困难了。不知道这些人之间的关系，拿谁先下手会很难决定。处理不好，有些人就会习惯到老板那去闹，而老板通常会认为是你没解决好。

想到这，龚求真在本子上写下了“团队建设”四个字。

不知不觉，时间已近下午5点，眼看着快要下班了。龚求真本想趁下班前这段时间，把明天的工作思路理顺。他还没走到办公室，正好看见白宏涂站在办公室门口处的复印机前，翻阅上面放的当天的晚报。

看见龚求真走过来，白宏涂随口说了一句：“以后报纸要及时送到我办公室，不要到处乱放！”

白宏涂看似随意地一说，龚求真却有些发楞：还有这事？这事还要自己安排？那么以前都是谁做的？为什么现在没人做了？一连串的问号一下子占据了龚求真的大脑。还没等他反应过来，白宏涂拿着报纸，已然走开。

回到办公室，龚求真马上问彭炫：“白总看的报纸是怎么安排的？”

彭炫放下手中的活，脱口道：“都是楼下物业送过来。他们总是把报纸放在打印机上，我们谁看到谁就送到白总办公室。”

听彭炫这么说，龚求真心想：原来是没专人负责，怪不得刚才他提起此事，带着责问的语气。“彭炫，和物业打招呼，报纸就放在物业，到了指定的时间由专人去拿，然后直接送到白总办公室。送报纸的事就由你负责，以后不要随意乱放了！”

总算是可以坐下喘口气了。龚求真忙了一天，快下班了才感到累。从早到晚就没时间静下心来思考如何做好下一步工作的思路和执行方案，大大小小的事一个接一个，使得他疲于应付。不过一想到当初向白宏涂的承诺以及鹿灵和紫月期待的眼神，龚求真就平添力量。下班的时间到了，龚求真要抓紧时间把今天的问题整理出来，再准备明天的工作计划。

龚求真刚写了几条明天去工厂访谈的提纲，就听见白宏涂关切的声音：“龚经理，还没下班呢！”

看到门口处的白宏涂，龚求真马上站起来，笑着道：“白总，我想写个提纲，晚一点再走。”

“行，不过也别太晚了，我6点要约见一个客户，你掌握好时间。另外，下班走后你要检查一下，你看打印机的电源还没断。以后办公室水电，还有门窗，都得安排专人负责。”

听白宏涂说打印机的电源，龚求真快步走过来。一看，果然打印机连着的插座指示灯还亮着。龚求真赶紧俯下身去，边按下开关边应道：“好的，白总，我明天安排专人下班后检查办公室，以后就形成常规制度。”

这么一折腾，龚求真此时的思路有点乱，无法静下心来写提纲了。再说白宏涂刚才提到6点要见客户，估计是有外人在不方便。“算了，今天就这样，早点回家休息。”龚求真无可奈何地想。

龚求真整理好办公桌，把办公室的门锁好。出来后，他发现白宏涂的办公室的灯还亮着，就过去敲了敲门：“白总，我下班了。”

白宏涂在里面随口说：“好，把门带上。”

这已经不是龚求真第一次注意到。每次下班，白宏涂都要最后一个离开，而且还由他来锁门。“这种事还需要老板自己做吗，为什么不安排别人，权清丽不管这事吗？”龚求真对此感到不解，堂堂公司的老板还负责最后锁门，真是少见。

走到电梯口，龚求真不忘回头看一眼公司的大门，心想：看来白宏涂是个细心的人，也是个事无巨细都看在眼里的人。既然他这样，那么以后可要小心翼翼地工作，特别是琐碎的工作要落实到人，让他挑不出不是来！

龚求真正想着呢，电梯门开。正当他一只脚迈进的时候，手机似乎振动起来。他下意识地冲电梯里的人微笑一下，马上退出来。他拿起手机，接通后向消防通道走去。

“我出差刚回来，就想问问你在那感觉怎么样，你适应了？”不待龚求真开口，鹿灵急急地道出她的关心。

“适应？”龚求真沉默了一会，接着道，“基本上适应了，不过，我就是觉得心太累了！”

接下来，龚求真如数家珍，把自己这段时间做的事说个清清楚楚。

鹿灵一直在听，并未插话。待龚求真的一口气道完，她才以婉转地提了几项建议。临了，鹿灵的声音突然变低，似乎捂着嘴道：“到了一个新的环境，兴奋期一过就会感到身心疲惫。要不，我们见面，我给你带一些案例看看。”

一听鹿灵要见面，龚求真自然欣喜得很。他正要开口，就听鹿灵突然带着讨厌的语气喊了一句：“你怎么偷听呢！”

龚求真一愣，话到嘴边赶紧打住。他不用猜就知道，一定是周天又冒出来了。既然他在，龚求真心想还是和他说说，免得他又误会鹿灵。“鹿灵，我知道是周天。你把手机给他，我和他说几句。”

鹿灵似乎并不急于叫周天接电话，而是默不做声，直到龚求真好言说明他想和周天谈的内容。

又过了一会，手机里传出周天不情愿的声音。龚求真觉得此时还是和他说话直白一些为好。于是，他把和鹿灵刚才说的话以及自己目前的工作情况大致说了说。最后，他甚至还说到了他和紫月处到什么程度。言外之意就一个，希望周天不要再多心。

就这样，龚求真费了半天口舌，周天似乎明白了，语气舒缓下来。可接着，周天做了一个让龚求真无语的举动，他自作主张拒绝了龚求真想再和鹿灵说几句话，直接关了手机。

连拨两次均提示对方已经关机，龚求真唯有无奈一笑。随即，他的心里又感到一丝茫然。龚求真叹了口气，此时他的内心茫然的是：到底该如何跨越横亘在他和鹿灵之间的这座“大山”呢？

第二天一早，龚求真草草填饱肚子，独自一个人去工厂。

一路上倒了两次车，又打听了一番，龚求真这才到了工厂。看门的老师傅不认识龚求真，看到他探头往里看，警惕地问：“你找谁？”

“师傅，我是公司新来的人力资源部经理助理龚求真，找范经理。”龚求真客气地说。

一听是总部的领导过来，老师傅赶紧从值班室跑出来，麻利地把防护门推开。

在看门师傅的指引下，龚求真来到了生产部办公室。

一进办公室，给龚求真的第一印象就是一个字：乱。真可以说是乱得一塌糊涂。

“你找谁？”一个大大咧咧的声音从旁边传来。龚求真顺着声音一看，原来是门口一个正在复印的员工。

“我是公司新来的人力资源部经理助理，找范经理。”

这位员工忙放下手上待复印的资料，满脸堆笑道：“你先到里面坐一会，范经理在车间，我马上去叫他。”说完，她一溜烟跑了出去。

办公室还有其他员工，大家都在忙。只有当龚求真路过哪个员工的办公桌时，彼此才微笑点头，算是打招呼了。

龚求真坐在范君办公桌旁边的沙发上，随手拿起了一份资料，那是工厂生产的有关产品的宣传册。

“龚经理过来了!”龚求真闻言,转头一看,门口站了一个人。龚求真站起来,迎面走过去。范君拿起门口侧面挂钩上的一条毛巾,擦了擦手,快步向龚求真走了过来。

“你好,龚经理,欢迎你到工厂。现在生产很忙,也没时间整理办公室,你看这里乱得!”范君伸出手,和龚求真握了握手,又指了指四周。

还没等龚求真开口,范君接着说:“白总几乎每天都过来,经常批评我怎么就不能让办公室像个样。其实我何尝不想,可看到大家都忙不过来,也就暂时将就了。”

“你好!我是龚求真。范经理,白总和你说了吧,我今天来是想了解员工离职的情况。”龚求真直接说出今天来的目的。

出乎龚求真意料,范君似乎并不知道此事。一听说他来了解员工离职情况,范君脸色微沉,随即故作轻松地点点头。龚求真一直盯着范君,他表情的瞬间变化令龚求真感到一丝意外:不是和白宏涂商定好的事吗,怎么他没有事先通知范君?

“正好你来了,就和你说说工厂的情况。”范君微笑着,用手指了指,示意龚求真坐下。

范君给龚求真倒了杯水,然后也坐下来,一脸无辜地说:“龚经理,不瞒你说,我觉得自己被冤枉了!”

龚求真拿着范君递过来的水杯,不禁问:“被冤枉了?范经理,你是说……”

“龚经理,来家乐之前,我一直做生产管理,还在外企待过。什么样的员工我没见过,再大的问题我都能解决了。现在到了家乐,我还是做生产部经理,大事小事都是我在抓。可以说,我为此付出了很多,要说是我的原因导致这么高的离职率,那就是冤枉我。其实,你可以问问老板,工厂的事哪一件还劳他操心。我这个人可能会有问题,但我的出发点都是为了工厂好。我在这忙着,哪有时间常常到老板那请示。”

龚求真注意到,从范君的这番话所表明的意思看,他似乎很委屈,就差说自己忙得要死,还捞个出力不讨好的话。

“我做管理虽然不是多么优秀,但多年的经验也知道该怎么管员工更合适。就拿这几个离职的员工来说,还不是为了工资的事。龚经理,你可能不知道,工厂淡旺季的工资有明显差别。旺季好说,工资与别的工厂有得一比,可淡季就没法干了,就是基本工资。那些干了一段时间的员工,往往会在这个时候联系别的工厂,毕竟人家给的工资比这要高。这种情况,公司不是不知道,就是不见动静。每次一提,肯定被打了回来,让我自行解决。另外公司还有一些人,就会盯着工厂,经常在白总面前说长道短。时间一长,你说白总能不对工厂有意见?现在你过来,能不能帮着把情况向白总好好反映一下。"范君一鼓作气,似乎想把积怨已久的压抑全都抖落出来。

听着听着,龚求真心中不免一笑:原来范君也是擅长抱怨自己的困难,进而向公司要条件的中层。龚求真知道,对这样的员工,他现在所能做的无非就是多听多记,没有绝对的把握,千万不能向他们承诺什么。

在接下来的时间里,龚求真不停地记着。不知不觉,他开始佩服起范君来。这个人真能说,一件事絮絮叨叨,可怎么听都像是在炫耀自己的功劳,怎么看都和权清丽如出一辙。

听范君说了这么多,有价值的东西却不多,龚求真就想到车间看看,顺便听听下面的员工是怎么说的。

范君陪着龚求真来到车间。顺着生产线,范君简要介绍了各道工序,并穿插现场5S管理、同步化生产等管理术语。龚求真毕竟做过现场管理,尽管他发现其中有很多不足之处,但并没有指出来。范君怎么说,他就怎么听。不一会,他们就转到了离职员工所在的工位,一个看似年龄很小的员工在那忙着记录。

龚求真停了下来,用手指了指:"范经理,这个岗位就是离职员工曾经的岗位?现在是怎么解决的?"

"对,就是这个非常关键的岗位。现在生产不能耽误,而现找的人又不能马上适应岗位。没办法,我只能安排其他岗位的员工顶上,顺便培养新人!"范君看似无奈的言语中透着一丝自满。

"那其他岗位怎么办?"龚求真继续问道。

"这好办,新人胜任之前,办公室的人轮流顶那些非关键岗位。"范君再次得意地说。

龚求真本想和员工聊聊,但范君在跟前,估计得不到有价值的信息。"范经理,你先忙着,我随处转转。"龚求真想借此支走范君。

范君似乎看出龚求真的用意,他犹豫了一会,看样子是不想让龚求真单独转。不过既然龚求真提出来了，范君不好再找理由，于是不情愿地说："行，你到处转转，千万要注意安全，有什么问题随时叫我。对了，用不用我安排人和你一起？"范君似乎还是不放心。

"不用了，范经理，我就是看看整个产品的生产流程，看完我就回办公室。你忙你的吧！"龚求真再次表达了自己独自转转的意思。

支走了范君，不一会，龚求真转到了一个封闭的房间门前，透过门上方的玻璃，能看到里面有两个员工正在工作。

一推开门，龚求真感到一股厚重的粉尘扑面而来。他轻轻掩鼻，走了进去。两个年纪轻轻的员工正在打磨半成品。或许干的时间长了，头发都被打磨下的粉尘包裹，乍一看还以为是两个头发斑白的老人。"房间的粉尘这么大，没办法减少粉尘？"龚求真向在近前的一个员工问。

"没办法，以前用排气扇，这几天排气扇坏了，范经理还没安排人来修。"被问的那个员工抬起头来，用手指了指墙脚高处的排气扇，抱怨道。

"这些事都是范经理管，你们没有再催他？"龚求真想进一步了解员工对范君的看法。

"催，催有什么用？不知道他天天都忙什么，除了训我们，很难看见他。"另外一个员工头不抬，依然在忙着，嘴里嘟囔道。

龚求真继续把问题抛向那个员工。

就这样一问一答，龚求真加深了对范君以及整个工厂的了解。

就在这时，门突然开了一个小缝，范君闪了进来。还没到跟前，他就担心地说："龚经理，这的粉尘大，你没戴口罩，别待时间长了，对身体不好！"

"我也是刚进来。这的粉尘确实大，得想办法解决。"龚求真看似自言自语，实则是说给范君听。

回到办公室，龚求真又听范君讲了一些他对工厂及公司的看法。看看时间不早了，龚求真以去别的店面了解情况为由，婉拒了范君留他吃饭的邀请，跟他打过招呼就离开了工厂。

在回公司的路上，龚求真简要整理了一下在工厂了解的情况。从目前了解到的信息看，龚求真有两点自认为明确了。一、范君的实际管理能力有限，和员工的关系相处得并不好；二、他对总部一些人有看法，认为有人在领导面前"嚼舌头"，而总部确实有人在白宏涂面前说范君的不是，至于是谁，彭炫或是别人，暂时就不得而知了。

尽管时钟的指针已经悄然指向中午 12 点了，但龚求真却顾不上休息，气喘吁吁地敲开了白宏涂的办公室。他知道，但凡老板关注的事，一定不能让他催着办，而必须及时向他汇报。

“白总，我今天去工厂，找范经理了解了情况。因为是第一次去，了解得还不够详细，但对工厂目前的管理现状我有一些看法。”说完，龚求真拿出记事本，翻到了有记录的那一页。

“我和范经理对员工离职的事作了简单的沟通，之后我们又到车间转了转。范经理不在的时候，我和几个员工还聊了聊。总的来说，我觉得范经理这个人虽然曾经有过工厂管理的经验，但在某些方面他的做法欠妥。比如对员工的日常管理，有一点他可能忽视了，那就是对员工反映的问题没当一回事。”龚求真顿了顿，注意到白宏涂略微皱眉头，进而带着顾虑道：“比如说有员工反应排气扇的问题，说范经理除了训他们，就是不给解决排尘。白总，不管是什么层级的领导，不尊重员工、不重视员工的意见，管理的基础就会被削弱。时间一长，必定会产生一些影响，就像几个骨干员工突然同时离职，实际上就是日积月累的结果。”

白宏涂边听边认真地记录，不过他一直紧锁着的眉头不见丝毫舒展。

龚求真接着说：“管理上有这么一句话，那就是‘不要总盯着别人衬衣领子上的灰’。每个人都有他的优势，关键在于我们如何能因势利导，发挥其长处。范经理从事这行不是一天两天了，很多生产上的事都经历过，如果能在管理方面有所改善的话，我想他应该会管好工厂的。”他接着调整了语气，婉转地说，“范经理曾经的经历如何转化为现在管理工厂的优势，这是我重点考虑的。不过对工厂来说，时间和机会都很宝贵，作为同事，我希望尽量帮他把工厂的管理理顺，同时从人力资源的角度考虑，我想公司还应该提前物色更加专业的管理工厂的经理人，作两手准备。总之，所有的工作，一定要结合公司发展的需要。这是我的想法，也是建议。”

白宏涂听完，放下笔，合上记事本，自言自语道：“但愿如此！”

过了一会，白宏涂站起来，缓缓走向龚求真，叮嘱道：“工厂的事就按你说的。再有就是你今后要多留意工厂，帮着范君或者找合适的经理人，总之，既不能耽误旺季的生产，又要循序渐进地完善工厂管理。”他话锋一转，似有无奈地接着道，“范君是别人介绍过来的，起初我不是很满意，但看在他有经验，觉得可以试试，就留下了。现在就看他能不能有所提高了！”

“原来如此，”龚求真不禁释然，“范君并不是无人可替代的，况且白宏涂对他并不完全信任。既然他不足以让白宏涂满意，那么自己就要当断则断，暂时帮着他把工厂的管理规范起来，同时更重要的事就是抓紧时间物色接班的，做到未雨绸缪。”

十六　笼络人心

龚求真心里清楚，即便老板现在认可你，可具体的工作还是需要有人支持的。因此，工作之外，发展“志同道合”的人是关键。同级中，要有在关键时刻帮着你说话的人；下级则要百分百对你服从，而且有较强的执行力。此外，对那些明里暗里唱反调的人，必要的打压不可或缺。

今天,龚求真起得很早,因为他要正式参加早例会。

一般来说,大多数公司上班的时间都在8点30分。不过家乐对此作了调整,把上班时间定在9点。这可好了,大家可以比别的公司的员工晚半个小时上班。然而实际情况却并非如此。因为公司还规定了早例会制度,也就是8点40开始进行10分钟左右的例会。在此之前,公司要求员工打扫各自的卫生区域,例会之后则要作好正式工作前的准备,要求能以饱满的热情迎接9点的到来。9点,是正式工作的开始时间。

龚求真对公司的这项规定说不上有什么意见,毕竟不知道当初是怎么定的,一切还要等参加之后才能判断是否需要调整。

龚求真8点25分到公司。一进公司,龚求真就看到大家都在忙着打扫卫生。边走边打着招呼,人已经进了人力资源部办公室。放下公文包,龚求真随手从办公桌里拿出一块抹布,准备擦桌子。

"龚经理,你别忙了,桌子我都擦过了!"小文见状,脱口说道。

"擦了? 那我到会议室!"龚求真手里攥着抹布,准备去会议室。

"龚经理,你还是别去了,每个部门都有负责的区域,会议室是财务负责,人家早就打扫好了。"说完,小文又拿起扫帚扫地。既然如此,龚求真只好象征性地擦擦自己的桌子,边擦边等早例会开始。

"铃、铃……"一阵铃声响起。"龚经理,早例会开始了!"小文随着铃声喊道。

龚求真马上放下手中的抹布,随手找了纸巾擦擦手,快步来到大厅,站在了最前面。

今天的早例会由苏言主持。按照惯例,新员工第一次参加例会要向大家作自我介绍。接下来,苏言统计各部门员工的到岗情况,并询问是否有事需要在例会上公开说明。一看大家不约而同地沉默不语,苏言翻开书,开始为大家读书,读的内容是有关员工自动自发工作的小故事。

10分钟过去了,早例会结束,员工回到各自的办公室,新的一天的工作开始了。

“彭炫,我们每天的早例会都是这样开吗?”龚求真站在办公室门口,刻意地问彭炫。

“嗯,每天都是这样。”彭炫嘴上随口答应着,手上依然在忙着擦桌上的电脑。

“每天读的内容对员工有没有指导作用?”龚求真问话的焦点集中到那本书上。

听龚求真问起那本书,彭炫放下手中的抹布,转过头看着龚求真,随即“扑哧”一笑:“龚经理,你没看见那本书已经很破了,那是反复读的结果。一年下来,也就那么几本书,读来读去,背都背会了。”

“哦。”龚求真摆手做了个擦的动作,示意彭玄继续擦她的电脑。

“龚经理,”彭炫正要擦电脑,突然想起了什么,瞪大了眼睛问,“你不会是想取消例会吧!”

龚求真轻轻一笑,并未理彭炫。

彭炫一直注视着龚求真坐下来,眼睛眨了眨,心下起疑:例会可是白总要求的,而且到目前为止一直都很满意,他是想取消还是想换个形式?

龚求真早已经安排好今天的工作,先到工厂,后到店面,了解实际情况。还没到正式工作的时间,龚求真就想利用工作前的有限时间,把早例会是否有必要调整想清楚。从大家的反应看,这样的例会,现在似乎已经成了“鸡肋”。当员工都在应付了事的时候,取消就成为必然,否则必须换个方式。凭着自己的经历以及前段时间向鹿灵学习的心得,龚求真知道员工总会对公司的要求产生抵触,或是经过一段时间后变得疲沓。就拿公司现在的例会来说,有一点是可以肯定的,那就是利用工作之前的时间,把公司的相关信息集中传达,便于各部门员工统一认识,这是一个有效的举措;而无效的一面则在于早例会始终如一的模式,比如读书这一环节。其实读书并不是不可取,关键在于用什么样的方式让大家重视并理解所读的内容,并对自己的工作有所指导。做到这一点,早例会无疑是非常有特色、有实效的。可是,在没有弄清早例会由来的情况下,龚求真不能轻易建议取消例会。因此,在形式或内容上改进,早例会或许能真正焕发活力。

龚求真快速地理了理思路,直到他认为改善的方案可圈可点,这才起身去找苏言。

从见到苏言的第一面开始,龚求真对她的印象就非常好。一来他知道,在民营企业中,像苏言这样做财务的,通常都和老板有着不同寻常的关系;二来是苏言对待工作总是全情投入。有了这两方面的认识,龚求真觉得有必要和苏言走得更近,也好得到她工作上的支持。今天的例会是她主持的,那么关于例会调整的建议有必要先和她沟通,再让白宏涂看效果。

苏言正在和员工谈话,看到龚求真进来,笑着问:"龚经理,你找我?"

"是啊,"龚求真点头进来。

"龚经理,"苏言道,"你先等一等,我还要把表格整理好,白总急着要!"

"不急,"龚求真坐在一边,随手从桌上拿起一本财务方面的书,一边翻阅,一边偶尔瞥她一眼。

苏言简短交代了工作之后,开始噼里啪啦地敲着键盘。都说男人专注的时候最让人侧目,在龚求真眼里,女人何尝不是!在蓝海,秦薇就给她留下深深的印象。而此时,一旁的苏言,乌黑的头发层层向头顶盘起,一身大开领的深色职业装显得格外精干,再辅以专注的神情,让人忍不住多看几眼。

过了一会,苏言似乎忙完了,她双手掐着腰,长长地呼出一口气。

龚求真看在眼里,有意关切地说:"电脑前一动不动忙了半天,的确挺累的!"

"就是,唉!"话音未落,苏言想起龚求真找她有事,于是转过身来,略表歉意道,"龚经理,你看我忙完了却忘了你的事!"

龚求真笑了笑:"苏经理,第一次参加早例会,有些个人的想法和你谈谈!"

苏言闻言起身,笑道:"好啊!龚经理,我们出去谈吧!"

和苏言谈工作,龚求真觉得相对轻松。虽然他和大家的接触才刚开始,但每个人都给他留下了深刻的印象。苏言对待工作很认真,她是那种让你感觉无时无刻不在关心公司利益的员工。听别人说,特别是白宏涂曾经提过,对苏言的工作,任何人都可以提意见,只要是为了公司好,苏言都会接受。那么,和苏言谈早例会的事也该是如此。龚求真把自己的想法和建议全盘托出后,就见苏言略微沉思,接着无奈道:"其实我也觉得例会的效果不如最开始的时候好,大家现在都在应付。其实在例会上公司的信息可以更广泛、更直接地公示;再有就是读书。一直以来基本上都是我在读,整天照本宣科,我都能感觉到大家心不在焉。"苏言抱着膀,又点头道:"你的建议我觉得可行。每个员工轮流做主持,提高了大家的参与性;再就是结合各自的工作找素材,故事也就不会像现在这样空洞、乏味。每个人都动起来,才能认真对待例会。待会我找时间和各部门负责人沟通一下,争取明天就开始。"

"每个人都要参与,大家肯定会对此有意见。以前可以说事不关己,现在要他们做主持,但愿别有太出格的举动。哪怕准备不充分,说的少,也是个变化。让白总看到效果,自己的工作也算是好的开始。"看着苏言的背影,龚求真自忖明天早例会可能带来的变化。

和苏言谈完工作,龚求真又特意请示白宏涂之后,一个人外出调研。

原本平静的办公室,在龚求真离开后"炸了锅"。起因则源于龚求真关于早例会的建议。

接纳龚求真的建议后,苏言回到办公室,坐下来仔细考虑该如何和大家谈。"早例会是白总提议的,并且已经坚持了这么长时间。白总原本的初衷是好的,但现在的确有点形式化,特别是读书,真的是在应付。如果按龚求真的建议,是可行,但就是不知道大家怎么想。"想到这,苏言看了看在一旁忙着的现金出纳小金,试探着说:"小金,明天早例会的形式可能会有改变。"小金忙于记账,一听是早例会的事,忙抬头,愣愣地看着苏言:"早例会怎么要调整了,现在不是挺好的吗!"苏言简要地把龚求真的建议说给小金。"啊,要这样,还要自己准备材料,那不得把人折磨死了!"小金皱着眉头、挤着眼睛,老大不高兴的表情让苏言心里一震。"果不其然。平时看着大家似乎都对早例会有意见,一旦真的改起来,大家又都反对。"苏言无语中带着一丝对这些只会嘴上说说而已的员工的不满。

不仅小金有这样的想法,其他任何一个人都对龚求真的建议都颇有微词。好在经过苏言的一番解释,大家没有明确反对。经过安排,苏言确定了各部门主持的顺序,早例会明天开始就按新的方式进行。

手拿主持排序表,苏言心怀忐忑地进了白宏涂的办公室。毕竟事先没有请示就作了决定,苏言揣摩不出白宏涂怎么看关于例会形式所作的调整。

"白总,早上龚经理跟我提了针对早例会改善的建议,主要是在形式上有所改变,目的是让每个员工都参与进来。你看这是主持排序表,如果可行的话,明天就开始。"苏言站在白宏涂的一侧,手指着表格,紧张地说。

白宏涂看着表格，沉思片刻后，问："龚经理怎么说的？"

苏言一五一十地把她和龚求真的沟通内容叙述了一遍。

听苏言说完，白宏涂双手轻柔着太阳穴，满意地说："好，很好，就按你们的方案。记住，要随时观察大家的反应，随时完善。"他把表格递给苏言，"正好，苏言，你坐，谈谈你对龚求真的印象。"白宏涂摆手示意苏言坐到对面的沙发上。

毕竟做财务的，苏言实事求是地说了他对龚求真这一建议的认可。白宏涂笑眯眯地听着，不住地点头。或许在他看来，经年累月的机械式做法早就该换了，他最不希望看到员工表面积极，而私下里沉寂得如一潭死水。大家只有动起来，公司发展的步子才更快，这是白宏涂认准的。

由龚求真的建议开始，苏言又直言不讳地表达了她对龚求真的认可，觉得他在做事方面不仅专业，而且还想得全面，公司招进这样一个优秀的人才，对下一步的发展会起到不小的推动作用。

"苏言，"白宏涂插了一句，"让你看好的员工可不多，他难道真就无可挑剔？"

"白总，"苏言认真地点点头，"我一直认为，做工作不仅要专业、用心，还要讲究方式。我觉得他提建议的方式不像有的人那样居高临下、颐指气使，而是娓娓道来，让人逐渐接受！"

"嗯，"白宏涂心里知道苏言反感的那个人是谁。不过他并没有指明或是示意苏言接着说，而是吩咐道，"例会的效果要及时汇报。另外，你也要多接触龚求真，他做的事，或者他做事的方式、思路等，你心里要有数。"

苏言点点头，眼神中掠过一丝为难和不悦。好在白宏涂低着头说话的时候，并没有注意到她面部表情的微妙变化。

就在苏言向白宏涂提及关于例会改革的方案时，龚求真已然到了利达卖场店。

龚求真一进来，看到洪店长在擦拭展品，打了个招呼："洪店长，你好！"

洪广利正低头干活，一听有人叫他，忙循着声音，一看是龚求真，旋即咧开嘴，热情地招呼："是龚经理，怎么有空到店里！"

"顺路，顺路过来看看。"龚求真不想看她那并非发自内心的笑，视线落在了展品上。

和洪广利第一次见面的时候,龚求真就敏锐地觉察到,白宏涂对她有意见,只是某种未知的原因,洪广利才得以继续当店长。或许原本就是这样一个静态,大家都有看法,但暂时还得凑合,现在龚求真掺和进来,静态平衡被打破,洪广利不得不小心言行,她理所当然要提防龚求真。在她眼里,龚求真的不满意很有可能就会促使白宏涂下定决心处理她。所以,洪广利的内心是矛盾的,她既希望龚求真帮她,又暗自恼怒这个多余的人,以至于她每次看到龚求真,内心的矛盾自然就体现在似笑非笑、布满斑点的脸上。对此,龚求真心里也是一清二楚,对这样的员工,多少得来点以权谋私的做法,借用职权扶一扶,打一打。

龚求真把公文包放下,四下看了看,自言自语道:“顾客不是挺多的吗?”

洪广利在一旁听得清清楚楚,她知道龚求真话有所指,却佯装不知,讨好地说:“龚经理,快坐,我给你倒杯水!”

趁洪广利倒水之际,龚求真随手打开身旁展柜的抽屉,果然看见几个精致美观的装饰品静静地躺在那里。

“龚经理,”洪广利拿着水杯过来,热情道,“喝杯水吧!”

龚求真礼节性地说了声“谢谢”,并示意洪广利也坐。

“这个店的顾客是多一些,但成交率不高。我想主要是由于大环境不好,加上产品相对贵,顾客看得多,买得少。”洪广利抱怨道。

“话是这么说,可还是有有购买力的顾客。”龚求真脱口说道。话一出口,他就意识到此话欠妥。再看看洪广利,明显看得出她有些尴尬。

“对了,我曾经听魏经理提到装饰品的事?”龚求真意在转移刚才的话题。

“还说装饰品呢!”洪广利一听,马上气不打一处来,无奈而又气愤道,“公司配的装饰品都算店面的费用,丢了要照单赔偿的。你说这个店面,有四个口,顾客来来往往,我们光接待都来不及。为了避免装饰品丢失,有时我就把一些贵一点的放在橱里。”

龚求真接着她的话拉开展柜抽屉,目光扫向洪广利:“就是这些吧,可放到里面我觉得也不安全。”

洪广利尴尬地点点头,嘴里嘟囔着:“应该锁起来!”

“洪店长,我觉得这种事还是你们自行解决的好。店面放置装饰品有助于激发顾客的想象力,促成销售。要是怕丢的话,你完全可以安排导购分四个门站,或者找个东西,把装饰品固定住。就像商场卖笔记本那样,一根线拴着不就解决问题了。”龚求真未加思索就提出了建议。

“对呀,龚经理,我怎么没想到。把装饰品用绳,最好用好看的小拉链固定住,既美观又防丢失,两全其美。”洪广利豁然开朗,不住地点头。

“每个店面都可以这么做。洪店长,你不妨向魏经理提出申请,统一配置。”龚求真接着建议道。

一听这话,洪广利微微一瘪嘴,不言语了。不一会,她带着讽刺的语气低声说:“这种事肯定还得自己想办法解决,就不麻烦领导了!”

龚求真听出洪广利话里有话,这分明是在说魏衡,确切地说,她是在抱怨魏衡。龚求真自打进了家乐,他就有意了解这些人相互之间的关系。虽然现在每个店都归魏衡管理,但这些店长有时也会越过魏衡,直接向白宏涂反映一些问题,而白宏涂似乎也喜欢这种方式,不管什么性质的问题,他都欣然接受。眼下,很明显,魏衡并不受洪广利待见,而且其他两个店长也不见得怎么认可魏衡。

龚求真正准备再向洪广利了解情况,突然手机振动,他拿起一看,原来是白宏涂打来的。龚求真赶紧接听:“白总,我正在和洪店长谈工作,您有事?”

“龚经理,马上回来,看看你的员工,在办公室大发脾气,像什么样子!”白宏涂的语气很重,显然很生气。

“好的,白总,我马上回去。”意识到问题的严重性,龚求真不由得紧张起来。到目前为止,白宏涂对龚求真都是客客气气的。而刚才的言语中明显流露出不满,这还是第一次。龚求真猜不到,谁的胆子这么大,竟然在办公室发脾气,甚至惊动了白宏涂。这个既重要又紧急的事,他一定要马上回去处理。

放下电话,龚求真看了洪广利一眼,面色有些沉重道:“洪店长,本来这次过来,准备提一些管理上改进的措施,不过,”他略一停顿,叹口气道,“我前脚刚出来,办公室就有人发脾气了。我看今天先这样,我得赶紧回去。”

“有人吵架?!”洪广利小声嘀咕着,“我看又是某些人闲得无聊,没事找事!”

龚求真惦记着吵架的事,也就顾不上再去打探她说的某些人指的是谁。

办公室起火了,而且还烧到白宏涂那里,龚求真的头等大事就是抓紧时间灭火，否则麻烦可就大了。

一坐上出租车，龚求真跟着喊了一声："师傅，我赶时间，麻烦你快点！"在报出了目的地后，师傅一脚油门，龚求真瞬间感到一股强烈的推背，车子蹿了出去。

龚求真目不转睛地看着窗外，心里却想着应急的对策。或许是看出龚求真真有急事，师傅开车并未走大路，而是专捡社区的小路穿行。果不其然，减少了红绿灯或者可能的堵车，时间大大缩短，眼看着公司快到了。

就在车子即将出社区的时候，速度突然降下来。龚求真正待发问，就听师傅自言自语道："现在的年轻人就是猛啊，大白天的，还跟拍片子呢！"他努了努嘴巴，"真漂亮！怎么好像哭了？"

龚求真顺着师傅眼神的方向，一看之下，不禁大吃一惊。原来，就在一侧不远处的大树下，一个五大三粗的男人看样子正在对紫月动手动脚。紫月低着头，不停地用手挡着那个男人。

"师傅，停车！"龚求真本能地一声高叫，害得师傅一个急刹车。龚求真扔下钱，挎包从车里跳出来。

"哎，你，给你找钱！"师傅喊道。

龚求真充耳不闻，人步跑过去。

"你干什么呢，放开她！"人未到，龚求真洪亮的声音一下子镇住了那个男人。

二人同时转向声音的方向。

那个男人原本想抓住紫月的手停在了半空，而紫月一下子奔龚求真跑来。

龚求真迎上来，一把抓住紫月的手，另一只手随即擦了擦她的眼角，然后拉着她向那个男人走去。

"我问问你，你刚才干什么？你是谁？"龚求真仍然抓着紫月的手，瞪着眼睛问道。

"哼，"男人轻蔑地一笑，双手插兜，不紧不慢地说，"你问问她吧！"

紫月一听这话，忙低下头，一句话也不说。

龚求真看了看他，义看了看紫月微微抖动的身子。他一下子明的了，这个男人一定就是那个曾经深深伤害过紫月的人。

想到这，龚求真突然间感到轻松，他知道，紫月的心结该解开了。

“你也是个男人，应该有个男人样。既然你当初放弃承担责任，那么就不要再来伤害紫月。”龚求真的目光转向紫月，又用手抚摸了她的脸颊，闭着嘴唇冲他一笑，“我和紫月要结婚了，如果你是个男人，你可以参加我们的婚礼，否则，今后不要再做这些没有人味的事。”说罢，龚求真拉了拉紫月，转身欲走。

“慢着，”那个男人粗暴的一声，“我们两个人之间哪有你说话的份？”

闻听此言，龚求真徐徐转身，松开拉着紫月的手，缓步走向他的近前，眯着眼道：“你做的事你心里清楚。”龚求真同头看了看紫月，“虽然我和紫月还没有正式结婚，但我现在已经是准爸爸了。估计找和紫月结婚那天，我们的孩子就是最好的‘婴儿伴童’。我爱紫月甚至于我的生命。兄弟，天涯何处都有芳草，做个明白人吧！”

看着他怪异的表情，龚求真假装哈哈大笑起来，随即转身，揽住紫月的腰。

紫月似乎有很多话要说，龚求真做了个“嘘”的手势。那种自信的种态令紫月大为宽心，她不由自主地也揽着他的腰，头紧紧地靠着他盼臂膀，由他拥着转身离去。

一路走着，龚求真时不时注意到紫月依然用充满不解的眼神抬头看他。“怎么说呢？”龚求真并不想挑明他刚才对那个男人说的话，但此时他觉得有必要说点什么让紫月彻底放下“包袱”。

“紫月，”他停下，扳过她的香肩，柔情道，“我和他说什么不重要。唯一重要的是，你和我永远在一起，不受外界的打扰。我们已经融为一体了，再也无法分割。你记住这一点，你放不下的过去才能真正离我们远去，放下过去才能抓住未来！”

紫月眼噙泪水，沉默了一会，微微点头。

“你说你手里总是抓着没用的东西，你还有第三只手抓我？”龚求真开着玩笑，动了动胳膊，眼神示意紫月该挽着他了。

紫月又沉思片刻，终于破涕为笑。“我哪来的第三只手，”似乎手里有脏东西，紫月扑打扑打双手，紧紧地勾住了他，“我们走吧，我陪你回公司！”

龚求真内心深处长长地舒了一口气。他微微一笑，忍不住侧头采了亲她的嘴角，干脆搂着她向公司的方向走去。

到了公司楼下，龚求真又说了几句玩笑，意在缓解紫月的心情。直到紫月的背影远去，他这才定了定神，快步上楼。

一进办公室，龚求真就感到气氛不对，特别是彭炫，铁青着脸，坐在电脑前，狠命地敲着键盘，像跟键盘有仇似的。不用说，肯定是彭炫出问题了。

“彭炫，发生什么事了?”龚求真的语气有些硬。

“龚经理，我们还是到会议室吧!”彭炫觉得办公室还有其他人，有点不方便，就提出到会议室。

会议室里，龚求真盯着彭炫，等着她解释。

“龚经理，我实在忍不住，多简单的事，可每次我都要费半天口舌才能说清楚。要是不说的话，工资一定会做得乱七八糟，到头来我还得挨白总批。”彭炫一上来，满是抱怨的口气。

“别急，彭炫，你就把到底发生了什么事说清楚。”龚求真不想听她的抱怨，让她就事论事。

“还不是因为工资的问题。我多次讲过，可她每次做得都是一塌糊涂。耽误发工资，白总就会说我，可我一个人也不能把他们的工资都做完。”彭炫越说越激动。

“慢慢说，”龚求真双手向下压了压，示意彭炫不要激动。

“讲，人家不听;她自己做呢，到处都是问题，我还得再改，你说我能不和她吵!”彭炫的声音变得尖利起来。

一看彭炫这样，龚求真下意识扭头看了看会议室的门是不是关着。要是任凭她这样，说不定会把白总喊来。

“好了!”龚求真摆摆手，沉着脸道，“彭炫，这是在公司，注意你的情绪!”他缓了缓，接着用告诫的语气道，“有一点可以肯定，不管什么原因，在办公室这样的公共场合大声吵架都是不合适的，特别是白总还在。作为人力资源部的主管，我希望你以后千万要注意，下不为例!”

话是这么说，但彭炫显然没有意识到错误，还是一个劲嘟囔着。

“龚经理，你有所不知。工厂的工资都是权主任做的。你看她挂着个办公室主任的头衔，其实根本没做多少办公室的工作，很多工作都是小文帮着做。她现在主要负责巡检，检查各部门的工作情况、处理客户投诉等，还包括工厂的工资管理。每次做工资，我事先都要和她讲明，但最后报上来的却总是有很多错误，我还得调整。和她理论，她还一肚子理由，这样说着说着我们就吵起来了。”彭炫此时似乎意识到自己太过了,有意控制着情绪。

“做工资的事以前有没有和白总提过?”龚求真接着问。

“说过不止一次了。白总也要求她好好做工资,可每次出了问题,她绝对抢先反映到白总那去。白总每次倒是批她,可最后还是老样子。”彭炫无奈地摇摇头,显得一点办法都没有。

“龚经理,下次开中层会,你能不能在会上和白总说说工资的事,别总是这样,我真是,唉……”彭炫长长地叹了口气,恳求的目光看着龚求真,似乎急不可待地要得到他的承诺。

“好吧,我和白总提提,尽量减轻你额外的工作负担。”龚求真随口应道。

听龚求真这么说,彭炫也就放心地点点头,可脸上依然余怒未消。

看着彭炫一副不甘心的样子,龚求真突然意识到,这是个绝佳的震慑下属的机会,就打算话里带话给她一个提醒。

“彭炫,”龚求真缓缓道,“我来家乐,白总从没有对我发过脾气。不过我知道,他这次发脾气是因为我没能担起管理的责任,特别是对下属。电话里白总就说,出现这种事,首先要明确我的管理责任,然后才是当事人的。我听白总的语气,估计会对你和权主任严肃处理。”

“龚经理,”听着听着,彭炫似乎紧张起来,忍不住插话,“我,我可都是为了工作啊!”

“又有谁不是为了工作?”龚求真反问了一句,又面色严肃道,“我还是刚才那句话,作为中层管理者,而且还在办公室吵架,这是绝对不允许的。”

彭炫一听,就像是霜打的茄子,一下就蔫了。她想必意识到了问题的严重性,目光变得茫然。

就听龚求真继续说:“作为你的上级,我要承担管理不力的责任。不过我想以你们吵架为契机,按白总的要求,加大力度规范公司的管理。吵架的事,彭炫,以前有没有我不管,既然我管理人力工作,我要求你自己要认识到错误,并杜绝下次再犯。白总那边我会自查,承担管理下属不力的责任,而你,我希望你能接受教训,拿出积极的行动,让白总看到我们这个部门的变化。”说完,龚求真站起来,走到彭炫面前,意味深长地说:“彭炫,我说的很明确了,如果下次还出现这种事,你应该知道后果!这样吧,你写份自查书,好好反思反思,你的问题到我这为止。至于权主任,我必须和她谈谈,作为管理人员,她同样负有不可推卸的责任。”

看着彭炫把会议室的门带上,龚求真低头沉思起来。从她的言语中,龚求真看得出这里面的问题不仅仅是做工资这么简单,也许做工资只是个导火索,她们能够在办公室吵架,没有前期矛盾的积累,是不会这样的。可以肯定,彭炫和权清丽的矛盾不止一天两天了。而且,权清丽应该是擅长打报告的人,善于说白宏涂爱听的话的人。对这种人,自己以后要多加留意。而彭炫当然也有自己的小算盘。不过,话说回来,彭炫干活还是让人满意的。况且刚才对她说的那番话,掷地有声,彭炫是个聪明人,她该知道今后怎么做。借用这个机会,把她调理得服服帖帖的,对今后工作的开展绝对是有利的。

龚求真确定彭炫经过这件事之后,会摆正自己的位置,而权清丽不是彭炫,而且她和白宏涂的关系也没定论,就事论事是肯定的,但也得考虑既能让权清丽因为此事矮自己一头,也能让白宏涂认可自己处理她的思路和方法。

考虑了半天,龚求真总算有了眉目,准备回办公室。就在他刚站起身的时候,会议室的门开了,权清丽走了进来。

“龚经理,是不是为所谓的吵架心烦呢！不是什么大不了的事,大家都是为了工作,理解的不一样,自然就会有争论。我们俩都是那种嗓门大的人,说来说去,声音就越来越高。争论归争论,你可能还不知道,我每天一大摊子的事要忙,工厂的工资还要我做,老范每次提供的数据都不准确,我也没法重新统计这些数据。你看那个彭炫,什么事嘛,她就是懒得审核,看她阴阳怪气的,我就想和她理论。”权清丽一股脑说完这些,见龚求真没接话,于是又提高了嗓门,略微得意道,“刚才我已经向白总认错了,不过我也和白总说明了,老范做统计总是出错,而且还有员工离职等很多问题,我真是心急,恨不得所有事都能帮老范。龚经理,待会你见白总,还是想想该怎么改善工厂的管理吧!”

有意思,一口气说这么多,怎么听都听不出她自己有什么问题。龚求真不禁莞尔,心想:她不是意识不到吗,那就借机让她收敛一下。

“其实我们工作的时候就要以事论事,必要时坚持自己的原则也没错,但方式方法要掌握,毕竟这里面涉及到公司管理制度的严肃性以及公司的形象。”龚求真略一停顿,进而语重心长道,“影响公司发展的事,大事也好,小事也罢,要看性质如何。其实很多小事,如果不注意,就会在日积月累的过程中演变成难以收场的大事。一旦像火山喷发那样,公司还谈什么发展。”

听龚求真说什么火山喷发,权清丽不觉一愣。

“权主任,”龚求真接着道,“公司发展,不仅仅要取决于老板的战略眼光,更重要的是大家要齐心协力实现老板的战略目标。试想一下,如果每个人都带着不满或是不屑一顾的情绪工作,你觉得会有公司期望的结果吗?”他带着质疑的眼神看着权清丽。容不得她盘算该如何应答,又道:“作为公司的中层,必须要带好头,让下面的人挑不出不是来,也就能接受并认可领导,才有可能‘合力断金’! 这些话我想还得和白总说说,一定要让他充分意识到如何才能最大限度地发挥中层管理者的表率作用。”

此时的权清丽一改大嗓门,轻声附和:“你说的也是,我们是应该注意自己的言行!”

见权清丽的态度似有转变,龚求真知道她已经听出弦外之音。不过权清丽毕竟不同于彭炫,他只能点到为止,给她留个台阶下。

“权主任,白总还在等着我对这件事的处理意见,我们找时间再谈,好不好?”龚求真急于见白宏涂,也就不顾及她了。

就在龚求真开门的那一刻,权清丽突然喊住了龚求真:“龚经理,这件事我有责任,你说的对,我一定会带个好头!”

听权清丽这么说,龚求真停下,转头冲权清丽微笑点头,离开了会议室。

会议室里,权清丽走来走去,脸上呈现出焦急神色。

白宏涂果然在办公室等。一看龚求真进来,他放下手中的报纸,倍感欣慰地说:“龚经理,你看这张报纸,有公司的内容。今天一上班,我听见张扬打电话和报社理论,原来是因为我们的内容没放在头版。你看张扬,不管大事小事,处处维护公司,所有的员工都是这样就好了。”

龚求真拿起报纸一看,是一篇介绍家乐的软性文章。虽然没放在头版,但位置也不错,不见得有什么影响。“和张扬沟通的时候,看不出他有多关心公司,或许只有在白宏涂面前才做出这么积极维护公司利益的举动。”龚求真想着,嘴角微微一动。“维护公司的利益,的确应该从看似小事的事做起!”龚求真小声嘀咕道。

“看似小事?”白宏涂听个大概,“龚经理,你说的小事指什么? 吵架的事?”

“白总,”龚求真信心满满地道,“吵架看似小事,可却是影响公司利益的大事。”

“哦?”白宏涂微微一笑,转身坐到座椅上,兴趣十足道,“接着说!”

龚求真已经了解当事双方吵架的前因后果,但要向白总汇报,就不能仅仅复述此事,一定要跳出这件事,说出自己的见解。“白总,权主任和彭炫为了做工资的事产生一些争论。双方都为了把工作做好,理解的角度不同,争论的声调高了些。我在向她们了解情况的同时,明确指出了不妥的地方,并结合公司现有的规定让彭炫写自查书。我想不管怎样,在公开场合以这种方式对待工作显然是不对的,何况他们都是中层,带头违反公司规定,更是大错特错。万一有客户过来,又是个嘴快的,到处乱说,那可就影响公司的品牌形象了。像这种明目张胆的违纪行为发生在办公室,而且两人还不是普通员工,这会给其他员工带来很大的负面影响,领导不带好头,还能指望下属做好本职工作?他们这么做,有悖于公司的规范化管理的建设。而管理不规范,势必制约公司的发展。她们认为是小事,并且没有意识到错误的性质,不积极改观,一定会导致有损公司利益的大事发生。”龚求真一口气说完。见白宏涂还在做记录,龚求真就想趁这个机会,进一步提高自己在白宏涂心中的地位,于是话题就上升到科学管理的层面。

龚求真说着说着,见白宏涂偶尔点头,他知道,他的话得到了白宏涂的认可。果不其然,接下来关于对彭炫和权清丽的处理也得到了他的肯定。见此情形,龚求真心满意足,他知道这样做,既能让彭炫感激之余多了服从,也给权清丽留足了面子。

白宏涂看起来很满意。接着,他又问起利达卖场店的情况。

“白总,洪店长对工作还是挺认真的,不过就是抱怨多了一些。对此,我建议她,要善于把抱怨转换成动力,向公司要条件之前,要做出让公司满意的事。只有这样,公司才可能为她提供更有利的工作条件。”

龚求真刚说到这,就听白宏涂插话:“举个例子!”

龚求真略一思考,装饰品的事此时不便说,总不能口无遮拦吧,万一那些人知道,以后还有谁反映情况。所以一定要找个大家都认可,并希望白宏涂给解决的事来说。

“有这么个事。洪店长提到中午吃饭的时候,有时顾客比较多,通常会耽误大家吃饭。虽然他们轮着吃饭,中午一般会安排两个员工留守,但因为顾客增多而人手不够的情况经常存在。还有,她觉得去外面吃饭麻烦。天天如此,不仅费用高,而且饭菜质量也不好。所以洪店长建议公司能否配个微波炉,这样会方便一些。"

"你的想法?"白宏涂问。

"可以肯定,在店里吃午饭不合适,毕竟中午会有顾客在店里。员工要是边吃饭边接待顾客,成何体统?"龚求真语气一转,道,"不过,换个角度看,如果洪店长真的作出让公司满意的改善,公司不妨换个方式满足大家的要求。比如安排专人做中午饭,或是临时开个类似钟点房的小房间,专供员工吃饭。"

白宏涂的面部表情依然如故,让人看不出心里所想。

既然提到了中午吃饭的问题,龚求真头脑中突然间闪过一个念头:为总部的员工谋点便利,解决吃中饭难的问题。他觉得这样做可以拉近和员工的关系,就当是笼络人心了。

经过一番上升到管理层面的解读,白宏涂破天荒地接受了龚求真的建议,他竟然提出给总部的员工配一台微波炉,一台能用就行的微波炉。

龚求真的目的达到了。原本他建议由快餐公司统一配餐,或者雇人做饭,可没想到白宏涂想到要配置微波炉。也好,大家带饭热着吃,也能吃个舒服。

回到办公室,龚求真向小文作了安排。微波炉是大家来用,那就是大家的事了,各部门都要在回单上签字申请,最后拿给白总审批。一圈走下来,既符合流程,又能让大家都知道是龚求真为大家争取的。

龚求真觉得自己办的这件事非常合适,一台微波炉,大家都满意。虽然说是生活上的事,但创造一个温馨的工作环境,大家能体会到公司的良苦用心,转而更加努力地工作。

除了微波炉这件事,龚求真顺带建议白宏涂去店面检查工作的时候,偶尔可以带些慰问品。比如大夏天的,能否捎带些水果,创造员工感动。这样做能促进彼此间的和谐,提高员工的工作积极性,最终还是为了公司的发展好。

不单小文的办事效率高,大家也都出奇的配合。第二天一早,白宏涂就看到了这份回单,上面满是同意,就等着他签字了。

白宏涂拿着这份回单，看着看着，慢慢紧闭起双唇。他心想：以前有人提议配微波炉，可在办公室吃饭不合适，自己就没答应，虽然有的员工带饭，自己不赞成，但也不好强制。现在好了，有了微波炉，总部中午可就成了食堂。想到这，白宏涂放下回单，站起身来，在办公室来回踱步。

走了一会，白宏涂重又坐下，拿起笔来，在总经理落款处写了“同意”两字并签了名。对龚求真提的提议，白宏涂最初并不认可，可能是后来考虑到他说的那番话在理，同时也有点庆幸招来龚求真这样能抓大事，又细心于小事的经理人。“他这种事都要主动管，不多见，但愿员工能知道公司的良苦用心！”白宏涂想着想着，随手拿起电话，通知小文取单。

临近中午，龚求真下楼吃饭。一出办公室，就看见有员工在搬微波炉。“这么快就买上微波炉了！”龚求真随口问了一句。“多亏龚经理想得这么周到！”“龚经理，你真是解决了我们的大问题啊！”“龚经理，以后你也可以带饭了！”在一片溢美声中，龚求真慢步走出公司，脸上依然如水般的平静。

中午简单吃过饭，龚求真就急忙赶回公司。下午要开中层经理会了，龚求真第一次参加会议，他要提前准备。

开会之前的这段时间，好像是小文最忙碌的时候。她频繁打电话给各个经理，催要他们的工作总结和计划。龚求真一边整理自己的发言，一边观察小文。她至少给每个经理打过两次电话，最有意思的是权清丽。由于她到工厂办事，现做来不及，于是电话指导小文。一通记录下来，不下20多分钟。“小文，每次中层会前你都这样催他们？”龚求真不解地问小文。“唉，我要挨个打电话，还要整理好他们的内容。这次还算好的，你不知道有时比这还麻烦，我真恨不得飞过去，当面向他们要材料。龚经理，你不是说要改善吗，那能不能让他们主动提交总结和计划，我好拿出时间多做些别的工作。”小文不停地把大家的内容整理到一份固定的表格中，手不停嘴也没停。龚求真没有表明是否接受小文的提议，只是抬腕看了看表，轻声说：“时间不多了，赶紧打印一份，送到白总办公室。”

会议开始前的10分钟内，大家陆续到了总部。

会议准时开始。

今天的会似乎很特别，因为增加了主角——龚求真，其他参会人员是：白宏涂、苏言、魏衡、权清丽、范君、张扬。

白宏涂主持会议。他主持的第一件事就是让龚求真先发言。

一切都在龚求真的预料之中,他已经作了充分的准备。

“谢谢白总,谢谢各位经理。我很高兴得到白总的认可和信任,有幸加入家乐公司,成为其中的一员。能与各位共事,我想一定是快乐的事。到公司这几天,我分别和大家接触,从你们那了解了一些公司的情况,这有助于我快速了解公司,融入公司。当然,白总也给我很多信息和建议,并给我指明了下一步的工作方向。相信有白总的指导和大家的支持,我会把工作开展得有声有色,和大家一起提高公司的管理水平,让家乐发展得更快、更好!”

龚求真话音刚落,白宏涂带头鼓掌。之后,他看了看每个人,神情凝重地说:“龚经理说出了自己的心里话,这就是公司所希望的。你只有对公司真心,公司才能给你提供发展的平台,当然,公司给每个人提供的机会都是均等的。再有,我希望大家能像龚经理那样,发表自己的真实想法,不要支支吾吾或是藏着掖着。龚经理可以说作了一个好的开场白,接下来再具体谈谈工作!”

看到大家对自己的开场白感到满意,龚求真暗自高兴。

“很庆幸,我有机会接触了几个不同特色的企业。看这些企业,都有这样或那样的因素左右其发展,但仔细研究就会发现,促成这些企业发展都有一个共同的要素,那就是管理。那些重视管理、以管理促发展的企业,都有持续的生命力。虽然有些企业的发展暂时没有达到预期,但已经意识到管理的重要性,即使眼前有困难,可是因为有管理的意识和基础也能走在持续发展的轨道上。”龚求真先从管理的角度切入,也是为后面谈的工作作铺垫。“就拿我们家乐来说吧,十多年的发展应该说在一定程度上夯实了管理的基础。要说还有不满意的地方,我想应该是针对现有的管理需要作适度的改善,而不是一味地进行变革。这段时间,我了解了一些工作流程,的确发现了问题;还有就是管理的方式方法也需要一定程度的调整。结合我了解到的情况,下一步工作的重点应该在人性化管理方面、工作流程的衔接方面、制度的完善方面等。由于第一次参会,而且来公司的时间不长,我还没有全面了解公司,对某些出现的问题还不便直接提出。不过对这些问题,在我和当事人沟通的时候,就已经提出我的建议,也就是改善的办法。这是我的一种工作方式,发现问题,及时解决问题。当然,有些工作我还没有进一步展开，接下来还需要各位经理多多配合，白总您也要不时地提醒我。我就先说这么多吧！”说完，龚求真合上本子，转转眼睛，快速扫过每个人，而后目光定格在膝盖上的记事本。

大家都很平静。

“龚经理说得非常好，大家是不是也应该改变改变，别总像以前似的，就我一个人说，你们向龚经理学学，多发表一下自己的想法。我们以后要立这样的规矩，那就是知无不言、言无不细。”白宏涂看着大家，接过龚求真的话。

大家依然很平静。

“难不成每次开会都这样！”龚求真斜着眼看了看旁边的张扬，他把头埋得深深的，一直盯着没写几个字的本子。

“这样吧，轮流发言，按次序来，张扬，该你了。”看大家不积极说话，白宏涂只好点名让张扬先说。

张扬一听白总发话了，不禁一怔，沉默了半天才含混不清地说：“我也没什么好说的。我的工作都是固定的，每天要和媒体沟通，对网站的内容进行增减，保证每个店面的宣传用品制作到位。也就这些了！”张扬说完，赶紧低头在本子上快笔写着。

“张经理，你的话以后别这么金贵，好不好，你多练练！”白宏涂说了一句看似批评的话，“接下来该是魏经理了！大家按顺序，我就不点名了。”

在之后的发言中，大家谈了各自的本职工作。白宏涂听着每个人的汇报，不停地在本子上记录着。偶尔也会根据需要，打断对方，提出指示。

会议在机械的节奏中进行了近两个小时，眼看下班的时间要到了。

龚求真第一次参会，除了开始作了介绍之外，其他时间基本上都是以一个观察者的身份在那旁听，只是偶尔白宏涂会就着某个人的说法，转而咨询龚求真，听听他的见解。龚求真多半是从管理的角度作说明。对每一个经理的发言，龚求真都很重视。不仅听他们说的内容，更注意他们表达的方式和表情，以便捕捉到每个人不同的特点。

通过前几天的接触，龚求真多少能从对方的言行中了解他们是什么样的人。加上今天的会，龚求真进一步验证了自己的判断。看着他们的举动，听着他们说的内容，龚求真下意识地为白宏涂感到揪心。每个人谈的工作都是皮毛，就是在记流水账，很少有对事件的分析、判断以及应对方法。大部分内容最后还都是白宏涂来定，大家只会一味地点头。甚至有时，为了一件事，大家还能争论起来，这时的话就明显多了，都在指责对方的不是，显然不想在老板面前承担责任。要不是白宏涂看不下去，大声呵斥，真不知他们还能争论到何时。其时，张扬的举止尤为突出。别看他不愿多言，可要是别人说到他的不是，他马上满脸涨红，辩解的时候甚至有点口齿不清。每每这时，白宏涂就会替他打圆场，看来他还是认可张扬的。可能就是张扬这种遇事不张扬的性格，看起来老实巴交，时刻想着公司利益，让白宏涂很认可；苏言还是一如既往的认真，处处维护公司的利益，不过却很少提到自己工作中的不足；魏衡到底是做企管的，说起话来一套一套，多是说他人管理方面的不足，特别是下面3个店，让他批得简直是体无完肤；这些人中动静最大的当属权清丽和范君。两个人因为对工厂管理的见解不同，争论得很凶，处处指责对方的不是。白宏涂很明显站在权清丽这边，虽不明说，但总是指桑骂槐地批评范君。最后弄得范君无话可说，只有听权清丽在那趾高气扬地对着他说三道四了。

龚求真努力地听着大家的发言，不，听的应该是争论。他假装在本子上记着，但心里却盼望会议早点结束。第一次参会，龚求真没想到会是这样，可能以往他们也是这样，难怪工作效率不高。龚求真郁闷地坐着。好在不久，大家似乎都觉得兴趣索然，于是在白宏涂的提议下，会议总算结束了。

十七 软硬兼施

正所谓“权力是给的，威信是树的”。对某些员工，在制度面前，一定要不折不扣地执行，而方式则要灵活一些，让人容易接受，而不是以势压人。对于在非常时期顶风而上犯错的员工，龚求真一定要把他们请到总部，晓之以理。他的目的不仅在于处罚，更要让老板看到过程和效果，这才是最重要的。

回到办公室,龚求真正准备整理会议记录的时候,魏衡尖尖的声音传来:“龚经理,还不下班?”

龚求真笔杆子不停,嘴上机械地应道:“不急,忙完再走,魏经理,再见!”

本以为魏衡也就是随意打个招呼,可龚求真没想到他竟然走了过来,就听他难得坦诚的声音道:“既然不急,那就占用你几分钟!”

龚求真猛地停下笔,扭头看了魏衡一眼,若有所思地点点头。

魏衡百无聊赖地坐在一边,望着窗外的街景。有魏衡在,龚求真没有心情或是思路再做什么,他虽然拿着笔,可心里却想着魏衡可能要谈的事。二人默默无语,自顾坐着,办公室陡然间寂静无声。

时间一分一秒过去。没多久,魏衡打破了令人窒息的沉闷。

“龚经理,”魏衡蹭着旋转椅,转向龚求真一边,有意无意地问,“笔没水了?”

“啊? 不是。”龚求真随口说道,“我在想 3 个店当务之急要解决的问题,白总看起来有意要调整调整。”

魏衡干脆贴过来,一只手放在桌上,另一只手搭在龚求真座椅的椅背上,诧异地问:“调整,白总要调整店面的工作?”

龚求真向另一侧挪了挪,一只手托着腮,岔开话题,道:“魏经理,是不是有事找我,尽管说!”

“哎,”魏衡叹道,“我看这段时间白总很关注利达卖场店,每次去总有让他生气的事,尽管事后我反复告诫洪广利,可她,要么摆出一大堆理由,要么我行我素,就是不见改啊!”

龚求真能判断出,他的确是为洪广利发愁。不过龚求真心里也清楚,他发愁倒不完全是因为卖场管理上不去,而是接二连三地惹恼白宏涂,这才是他最为紧张和担心的。看着魏衡无计可施的样子,龚求真心头不禁一丝窃喜,他知道,该到魏衡难堪的时候了。

曾经的经历让龚求真不得不重新思考如何才能在职场游韧有余。要想不在同一个地方屡次跌倒,就要学会总结并灵活地变通,这才是立足于职场,并能长治久安的根本。把每天都当成新的一天,把工作当成一种享受,感受克服困难之后的喜悦,这是龚求真对待工作的态度。而尽心尽力、尽职尽责,是他对工作一贯的要求;工作之外,平衡不同性质的同事关系,也是身处职场必须要做到的。龚求真相信自己的专业能力,他有把握胜任每一项工作,因此也就能拿出额外的精力“鼓捣”同事关系。就目前的判断,虽然接触白宏涂的时间不短了,但他反而更让人捉摸不透,或许唯有做出让他满意的工作才是保全自身进而发展的前提。再看看其他同事,苏言对工作的投入让龚求真相信,他们基于对工作的认识,完全可以成为同一战壕里的人;张扬为人沉稳,你不招惹他,他就是那种与世无争的人;彭炫的工作能力强,是个好助手,但却要控制得住;和权清丽多年的关系在这,和她打交道,就像“拉大锯”,拉拉扯扯是必然。不过经历吵架的事之后,她必然会收敛一下恣意的行为;范君不用多虑,从白总对他的态度看,龚求真估计他离开家乐也就是近期的事;魏衡类似方天明那样其貌不扬的人。正所谓“一朝被蛇咬,十年怕井绳”,龚求真打心底里不舒服和这种人共事。或许印象不好,或许魏衡的能力不足以胜任企管部经理的职位,龚求真就想着一定要把他从企管部经理职位上拿下来,给他个不好折腾的岗位,或者做自己的下属,也就好管了。正因为对魏衡有这种想法,现在他既然主动找上门来,那么游戏也就该开始了!

“现在三个店可以说既有共性问题,又有细节方面的不同,解决起来不是一朝一夕的事。”龚求真面带难色,紧皱双眉,意味深长地说。

“就是,”魏衡叹道,“关键是利达卖场店,白总一直盯着,可就是不见起色,真拿她没办法。”

“任何问题都有解决的办法和途径,”龚求真宽慰道,“关键就看方向对不对了。”

闻听此言,魏衡一脸狐疑,他不清楚龚求真说这话的意思。

龚求真并未理睬魏衡,进一步说:“凡事都有轻重缓急,魏经理,既然你觉得洪店长需要注意她那个店,那你也得扑下身去,帮帮她。”

魏衡似乎一时转不过弯来,什么看方向,什么轻重缓解的,这些他现在都不看重。他现在急的就是洪广利,他想请教龚求真,帮他想个辙,尽快让店面有起色,让白总满意。虽然他对龚求真的到来有抵触和戒备的心理,但现在的棘手问题,让他不得不真诚地讨教,更何况龚求真和老板的关系看起来不同寻常，这也让魏衡轻易不敢对龚求真做小动作，至少是现在。

龚求真瞥了魏衡一眼，看他眼珠微微转动，就知道他并没有理解自己刚才说的那番话的意思。没错，龚求真要的就是这个效果，让他无法揣摩自己的真实意图。说是看方向，魏衡只看对了一半，白宏涂现在表面上看一直盯着利达卖场店，内心却想着如何以点带面系统地完善三个店的管理，这一点，想必魏衡目前还看不出来；至于什么轻重缓急，无非是帮他出招，短时间内让白宏涂感受到利达卖场店的新气象。这两个方面，龚求真一直在筹划着。他在等魏衡主动找他，也好支使魏衡出面做一些他不方便做的事。

"魏经理，"龚求真指了指自己的记事本，示意魏衡看。

魏衡低头凑近，并没有看到什么。"龚经理，你，你让我看什么？"魏衡茫然不解。

龚求真笑了笑，拿起笔，在纸上写了四个字：走动、驻场。写毕，他放下笔，笑眯眯地看着魏衡。

看着这两个词，魏衡轻声道：走动和驻场，什么意思？

"魏经理，"龚求真双手交叉着，以专业的语气念道，"走动、驻场，是两种针对店面的管理方式。走动有点类似巡检的做法，适合三个店面同时管理；而驻场管理，则适合现在对利达卖场店的管理。洪店长这个人其实还是有管理经验的，只是看问题爱看表象，而且好钻牛角尖，公司提供不到位的服务，她就抓着不放。如果我们采取驻场管理，她就不得不把主要精力用在进店的顾客身上。要是监管到位的话，她还是能出业绩的。"

"哦，"魏衡听完，似有所悟，不住地点头。

"魏经理，"龚求真笑道，"我想如果你能驻场，一定会起到事半功倍的效果，白总绝对会满意的。"

接下来，龚求真不厌其烦地把如何开展驻场管理以及如何应对洪广利的抱怨等都做了具体的行动指南，直到魏衡原本阴沉着的脸转为晴朗才告一段落。

看着魏衡拿着写有谈话内容的那张纸匆匆离去的背影，龚求真陷入了沉思，他知道，魏衡一定会在管理改善到一定程度的时候，把刚才的建议换成他自己的想法去邀功的，而一旦他这么做，那就正中龚求真下怀。因为在这段时间里，龚求真肯定会拿出改善店面的切实可行的方案，而且这个方案必定包含有关驻场管理实施的内容。到时，他会把方案汇报给白宏涂，并亲自指导实施。待到魏衡汇报的话,他说的内容就不足为奇了,因为白宏涂早就知道,魏衡做的只是龚求真方案中的一部分。他这么做不仅得不到好处,还会让白宏涂猜忌他的管理能力和别有用心。那时候,魏衡在白宏涂心中的地位就更加不足为虑了,他说什么都会让白宏涂觉得有盗用他人之嫌,让他彻底在店面待着,也就顺理成章了。

想到这,龚求真暗自得意,嘴角不觉露出微笑。不过,笑过之后,龚求真突然觉得自己的行为不妥,毕竟不是什么光明正大的事,尽管以前别人也是这么对付他的,但真到他“以其人之道,还治其人之身”的时候,他却有点不忍心或者不好意思了。“做得也别太过分了,”龚求真告诫自己,“让魏衡到店面去,做自己的下属也就行了。魏衡这样的人,似乎只有当他的领导,才可能不被他算计!”

这天中午,眼看着快到吃午饭的时间,白宏涂突然把龚求真叫到办公室。

“下周公司要做大规模的促销活动,内容都传到下面了?”白宏涂手拿打印好的策划方案,问道。

龚求真知道白宏涂指的是由自己部门下传的促销方案。“白总,我早已经安排传真到各店面了,他们应该都知道。”龚求真肯定地应道。

“洪广利打电话过来,问促销方案的内容。她说没有收到总部发的传真。龚经理,你确定都发过去了?”白宏涂话语中似乎透着不满。

龚求真一听,脸色登时有点发青。他皱了皱眉,带着似有不可思议的语气道:“白总,这怎么可能。我安排在同一时间依次给各店面发传真。刚才李非还打来电话,和我确定促销方案中的有关注意事项,怎么洪店长说没收到。再说了,下周的促销活动早已经在会上达成了共识,她要是没收到,怎么也不问问!”

“龚经理,他们做事你得盯着,不管是什么情况,你都要随时跟踪,不要发了传真就了事。她说没收到,你又说发过了,你说到底是谁的问题。”白宏涂略显不悦。

“既然这样,白总,我打电话问问校店长,看看她收到没有。”龚求真不承认是自己的问题,要打电话确认。

龚求真真的给校华革打了电话,得到了肯定的答复。随即,他回到白宏涂办公室，一副释然的样子："白总，您看，大家都收到了。我想一定是洪店长不记得放在哪了，又过来要。我刚才安排彭炫又给她发了一份。

"记得发过后一定要打电话确认。"白宏涂板着脸，嘱咐道。

看似不可能出现问题的小事却让白宏涂如此重视，龚求真惊诧之余想到的是马上弥补自己的过失，哪管稍作解释也好，免得白宏涂对自己产生不好的印象。

"白总，"龚求真一脸歉意，"是我的工作没形成闭环，我有管理责任。"

一听到闭环，白宏涂似乎来了兴趣，他示意龚求真坐下，笑着道："龚经理，我跟你说，你一定要时刻想着，他们这些人办事必须要盯着。"

"盯着他们我想只是一种目前暂时有效的管理方式，或者是手段。"龚求真看得出白宏涂在意闭环，就开门见山道，"不过从发展的角度看，要想不被市场淘汰，不让员工拖企业发展的后腿，我们必须要把流程的各单元、节点都纳入到体系中来。这样，有明确的流程指导，工作有头有尾，处在全程监控之下，这就形成了闭环，人为制约的因素也就尽可能避免了！"

"除非，"龚求真稍作无奈状，继续道，"除非店里的传真坏了，或者她有不得已的原因，但这些想必都是借口。一旦体系健全，是不会给员工任何借口的！"

白宏涂一直盯着龚求真，直到他一口气说完，沉思片刻后才满意地点点头。"龚经理，你说的对，手段要有，但也不能指望着用手段管企业，还真的要结合你常说的规范管理。"

一看白宏涂满意自己对这件事的态度，龚求真悬着的心"噗"地落下。

龚求真走后，白宏涂在记事本上写下了"闭环"、"人为意识"、"体系"等词，然后陷入了沉思。

下午。白宏涂召集中层经理临时开会。

现场，除了生产部经理范君之外，大家都到齐了。

这次临时会议讨论的内容是生产部经理由谁接任。与其说是讨论，可事后一看，权清丽当生产部经理已经是板上钉钉的事。

"这次临时会议不占用大家太多的时间。我先宣布一件事，生产部范君经理因个人原因已经申请离职。他走后，工厂由谁来管，大家都说说自己的想法。张扬，还是你先说。"白宏涂道。

“我对生产管理是个外行,但我觉得还是应该找一个有经验的人。”张扬一贯沉默寡言。

“我赞同张扬的提议,所谓就熟不就生。”魏衡接过张扬的话,轻描淡写地说了一句。

苏言坐在魏衡的旁边,听二人这么说,无奈一笑道:“你们是不是该说出个人选吧!要是让我看哪,能不能让龚经理管工厂,他不是以前也做过生产吗。”

苏言话音刚落,权清丽马上接过话:“我认为龚经理更适合以人力资源部经理的身份多做些管理工作。”她停了停,看着大家,“正好借这个机会,我毛遂自荐!这段时间我可以说天天靠在工厂,我相信我有能力管好工厂,让白总少操心。”

白宏涂坐在大家对面,看着大家你言我语,一直没有插嘴。当权清丽自荐自己的时候,白宏涂看似无意地插了一句:“公司就应该多几个像权主任这样的员工,能为我分忧。你们分担的多,我就能抽时间多想想公司下一步的发展。”

轮到龚求真了。

苏言刚才提到自己的时候,弄得龚求真一愣,好在权清丽接过话,让他得以缓解轻微的尴尬。

权清丽的自我推荐,令龚求真突然想起前几天她找自己谈工厂的事。现在想想,原来是她想当生产部经理,让自己能支持她。此时的龚求真头脑清醒,他知道范君的离开决不是简单的个人原因,看着权清丽自信满满的样子以及白宏涂那句有意无意的插话,龚求真断定,权清丽一定经过白宏涂的授意才有如此言行。可是,话说回来,权清丽绝对不适合管工厂。她不仅没有具体的工厂管理理论和实践,更没有做工厂管理者的素养。要是让她管工厂,就事论事地说,龚求真真担心她不仅管不好,而且还可能会惹出更大的麻烦。

“白总,管理工厂的人需要的是丰富的管理理论水平和实践能力。目前来看,内部选调是一种办法,而外部招聘也可以选择。最好是两个渠道都进行。”龚求真谨慎地说。

“嗯,龚经理说的有一定道理。那就这么办,由人力资源部负责对外收集合适的人才,尽快安排面试。在这之前,我想还是暂时让权主任接管一段时间，毕竟她是最熟悉工厂的。权主任，这段时间你要忙起来，尽快熟悉生产流程，熟悉每个工人。还有，我再次嘱咐大家，工厂的管理，大家都要多出主意。我们是个团队，只有大家协调好了，公司才能有好的发展。”白宏涂说到这的时候，刻意提高了声调，目光依次扫过大家，“今天的会就到这，权主任，你留下来，其他人都去忙。”

大家陆续离开。权清丽等大家都走出办公室，这才站起来，大步走到桌前，微微躬着身，强抑兴奋道：“白总，谢谢您信任我，我就是累死也要把工厂管好。”

“行了，”白宏涂轻声吆喝道，“老权，你说说，龚经理的建议怎么样，其实我一直想从外面找个合适的人。”

“白总，外面找人不是不可以，但以前我们不是经常招聘那些自认为很有能力的人吗？结果怎样，还不是干不长的时间就走，有哪个能和公司一条心的。白总，您只要给我机会，我保证尽快让工厂有起色。”权清丽再一次积极地请求。

“很有信心嘛，”白宏涂眯着双眼紧盯着她，“行，既然你这么有信心，那我就放手让你管工厂。我整理了工厂近期要完成的一些事，你看看。”说完，他把记事本递给了权清丽。

二人在办公室讨论工厂管理的细枝末节。

再说说龚求真。

从白宏涂办公室出来，龚求真没有心情和他们几个谈工作，转而直接回到了办公室。“彭炫，你找找给各店发促销方案的传真记录。”龚求真急切道。

龚求真此时还对洪广利没收到传真一事耿耿于怀，他一定要看看当时的记录，到底是谁收的。

“怎么没有呢？她忘做记录了？”彭炫翻看传真记录表，自言自语道。

“行了，先别找了。我问问，以前是不是也有传真漏发的事？”龚求真气呼呼地问。

“不会的。你看，每次我这都有记录。正常情况下，我们发的传真都是人工的，在对方给信号前会说明传真的内容。”彭炫信誓旦旦地说。

龚求真觉得彭炫说的有一定道理。如果工作中大家都能认真，或者按程序来，就能减少许多不必要的麻烦。但是，在家乐，至少目前还应有这个环节，否则就会出现类似洪广利推卸责任的事。

想到这，龚求真突然想起上次参加店面和工厂业务交流会的情形。那次也出现类似的事情，而且店面和工厂还差点为推卸责任而吵架。

事情是这样的：店面和工厂为了一份设计图纸数据的更改，互相推脱责任。按正常的程序，店面和工厂任何一方，如果因实际需要作数据更改，必须在第一时间以传真的方式通知对方。当校华革在会上说工厂没有及时将更改的数据传到店面，导致店面工作被动时，工厂不干了。范君坚持说已将更改的数据传到店面，还说这是工作流程，怎么可能不做。双方就为这事，各执已见，最后也没争出个结果。白宏涂一直看着大家，呈现出的神态看似不满，但却给人一种习以为常的感觉，就好像是家常便饭一样。当争论没有结果的时候，白宏涂出面了，再次重申今后一定要相互留回执，而大家也一致认同他的要求，保证不再发生类似的事。

在会上的时候，龚求真觉得此事不可思议的地方，不在于他们之间的推诿，而在于白宏涂的态度。当时的轻描淡写与现如今对自己的严谨简直就是判若两人。

龚求真感到费解：他到底是怎么想的，他难道就不知道这种事以前有过？好在龚求真及时提出了整改方案，得到了白宏涂的认可。这样的事，在龚求真看来，不仅仅是教训，教训他今后做事要万分小心，不论大事小事，在管理控制方面，都要有始有终。同时，这件事更让他对白宏涂多了一份认识：他是个事无巨细、事必躬亲的人。但凡公司的事，他都要想着，那么自己就要更加费神关注公司的每件事。

白宏涂办公室。权清丽还在和白宏涂讨论着。

龚求真敲了敲门，得到允许后，推门而入。

一看是龚求真，权清丽马上停下来："白总，龚经理找您有事，那我先出去了！"

"龚经理，进来。老权，就按刚才我们定的办。"白宏涂招了招手，示意龚求真坐下。

待权清丽离开，龚求真开门见山说："白总，有件事我觉得有必要说说我的想法。"

"好，你说吧！"白宏涂有些心不在焉，随口说道，并习惯性地翻开记事本。

“白总,工厂更快更好的发展,需要一个优秀的管理者。权主任去工厂,从管理的角度看,我认为她并不是最佳人选。这一职位我建议可以招聘有实际管理经验和管理素养的人。目前这样的人在家乐不见得有合适的,我们不妨从外部招聘。只要这个人达到我们的要求,并辅以必要的监督,我觉得工厂的管理还是让人放心的。权主任可能做别的合适,做工厂管理不合适。她熟悉工厂,但并没有具体管理过工厂,而且理论知识也有限。另外就是她这个人话太多,和她交流的时候,你很难有机会说自己的看法。更何况她谈工作,往往会偏离主题,所以我觉得她不适合管工厂。这是工厂管理的事,还有……”龚求真正准备接着说,就看见白宏涂做了一个打住的手势,于是就停下来。

“龚经理,你看得很清楚。没错,权主任的确不是最合适的人选,但却是目前最让我放心去管工厂的人。管工厂的人是应该既懂管理又懂工艺,但更要让人放心。这样的人从外面找,很难找到。以前工厂就有个这样的人,到后来不也走了,留下个烂摊子,我费了好大劲才恢复到现在的水平。权主任是家乐的老员工,从创业的时候开始,她就一直跟着我。能力固然有限,但工作的干劲很足。给她个机会,你们再帮帮,我觉得工厂的管理应该不会有太大问题。”白宏涂明确地说出了自己的看法。

龚求真细细听着白宏涂说的这些话,同时不断揣摩他的心思。“看来,权清丽当生产部经理不用讨论。不管她合不合适,只要能让老板放心。自己的忧虑看来不值一提,早知这样,会上还不如支持权清丽呢。唉,她管工厂,看着吧,麻烦不会少。”龚求真看着白宏涂,心下想道。“白总,刚才的想法,我也是客观为之,不过从主观上看,权主任或许是眼下最佳人选。您说得对,我们一起帮他,一起努力,还怕管不好工厂! 这段时间,我一直在考虑工厂的管理,还写了改善的方案,就当是给权主任的建议!”说完,龚求真站起来,走到白宏涂的办公桌前,坦诚地说,“白总,我也是对事不对人。我的职责还有您对我的期望,都决定了我首先要站在客观、科学的角度看待企业管理,我必须实事求是地谈我的想法。不过我也想过,有些事还真的要灵活一些。白总,您放心,除了店面管理,我同样关注工厂管理,和权主任一起把工厂管好!”

听着龚求真这番话,白宏涂着实满意。就见他用期许的目光看着龚求真,站起来用力拍了一下他的肩膀,由衷地道:"这就对了,龚经理,记住,要学会理论联系实际!"

看着白宏涂目光中闪烁出点拨他人的成就感,龚求真内心深处暗暗舒了口气,并有种卸下担子的感觉。此时,他突然发出一种怪怪的感慨:实事求是不可少,灵活变通当为之!

店面管理并非一帆风顺,而生产的事也是层出不穷,龚求真可以说两头受累。权清丽新官上任,非要烧什么"三把火",结果忙不迭中得罪了不少人,还得龚求真出面套用制度暂时息事宁人;魏衡倒是接受了龚求真的建议,干脆驻在利达卖场店,可能是盯得太紧了,惹得洪广利时不时向龚求真抱怨。好在白宏涂这段时间一直在外,龚求真得以喘息,有时间慢慢理顺工厂和店面内部错综复杂的关系。不过他一直担心的事还是来了。李非通过彭炫向龚求真提出了辞职,她希望龚求真能在短时间内安排接替的人。李非辞职虽然打了龚求真一个措手不及,但他知道,以李非的为人,她肯定会走的,只不过是想争取一点时间,给自己的离开提供些筹码而已。

有了这个时间差,龚求真就可以名正言顺地安排魏衡了,可他还要等白宏涂回来,以"狐假虎威"的方式让魏衡乖乖去海青路店,不至于表面上闹得不愉快。

这天,中午吃饭的时候,很少带饭的魏衡也带饭了。看到龚求真不在,魏衡便来到人力资源部办公室,和大家一起吃饭,顺便向彭炫了解一下龚求真近期的工作。

"魏经理,你又得忙了,赶紧给海青路店找个接替的人吧!"彭炫嘴里嚼着饭,含混着说。

魏衡嘴里正嚼着一块肉,听到彭炫这么说,嘴一张,嚼了一半的肉掉到饭盒里。"接替的人选,接替谁?"魏衡吃惊地问。

"你还不知道啊,李非不想干了。"彭炫边吃边说,并没有注意到魏衡大为诧异的表情。

魏衡没有接话,愣了一会,又继续嚼着那块没嚼好的肉。

魏衡知道,不用多问,以彭炫的性格,保准会一五一十地把她知道的事吐露出来。

果然,彭炫吃着饭还收不住嘴,把李非辞职的事说了个清清楚楚。

下午，白宏涂出差回来，看见魏衡在办公室门口，边开门边说："小魏，有事进来说！"

办公室内，魏衡向白宏涂汇报了李非离职的事。

"白总，李非既然有离职的想法，就应该让她马上走。您想想，她已经提出来了，肯定找好了去处，我们何苦还变着法留她，这让其他员工知道多不好！不知道龚经理是怎么想的，他极力挽留她的做法，不合适。白总，我有个建议，您看这样是否可行。"

听魏衡有办法，白宏涂略一沉思，说："你有好的办法，说说。"

"白总，您看，龚经理来公司的时间不短了，到现在还没有提出具体的管理改善的方案。可能是这段时间公司的事太多了，大家都认为他做过管理，都想找他解决问题。这不奇怪，毕竟公司还真没有科班管理出身的。与其让龚经理继续调研，不如给他海青路店，让他管理。以龚经理的知识和能力，我相信他会给公司带出一个规范化管理的旗舰店。"魏衡谨慎地提出了自己的建议。

白宏涂斜着眼睛看了看魏衡，用略带不满的语气说："你让他管海青路店，不是不可以。但是，有两个人如何安排你考虑过没有？"

"还有两个人？什么意思？"魏衡不安地想着。"白总，您说还有两个人安排，我……"

"小魏，你做事就不能再周全些。什么事一定要想清楚再做，改改你的毛病。"白宏涂看都没看魏衡一眼，责备道。

魏衡注意到白宏涂的反应，知道自己可能是哪出问题了，于是抢过话："白总，是不是我做错什么了，您就指出来，狠批我。"

"小魏，之所以给你机会，让你做企管部经理，是想让你沉稳一些，做事学会从大局考虑。就拿你刚才提的建议来说，至少现在不合适。我把龚求真请过来，无非是希望他能从公司发展的角度改善公司的管理。应该说，他具备这个经验和能力。如果说现在还没有达到预期，也许他来的时间不长，也许和我们的行为方式不符，但他还是提了不少有用的建议。要是现在就让他具体管海青路店，那就降低了他的作用。我花着高薪让他做事，不仅仅是管一个店。另外，李非也是有一定能力的，只不过她的预期有点高，我想再考察她一段时间。这回明白了，要是按你的调整，我想这两个人都干不长。"

听着听着，魏衡越发地感觉到自己提的这个建议不妥。

“小魏，你要抽时间多向龚经理学管理，自己尽快成熟起来。顺便告诉你，我初步考虑过，你要做好准备，做好李非离职后接替店长的准备。”

魏衡一直惴惴不安。突然，他听到白宏涂让他具体管海青路店，大脑“轰”的一下，“怎么又把我扯进去了！”魏衡怎么想也想不到结果会是这样。“白总，我还是留在总部吧！这段时间我多留意店面，再找找合适的人，行吗？”魏衡硬着头皮，乞求道。

“就这么定了！小魏，你利用这个机会锻炼一下。在做店面管理的时候，一定要多向龚经理学习，这才是重要的，明白了？”说完，他冲魏衡微微地笑了一下，“龚经理还是有一套的，是不是？”

魏衡麻木地点点头。“让我去海青路店，我才不去呢，还是把李非留住吧！”他又冒出个想法。

从白宏涂的办公室出来，魏衡不住地抓着头。就是打死他也想不到，为了海青路店的事，龚求真早就和白宏涂达成了共识，只要魏衡找白宏涂建议龚求真去海青路店，那就正中龚求真下怀。事先的铺垫，足以让白宏涂相信，魏衡真是不适合做企管部经理，不适合同时管3个店，目前唯一可能有他的用武之地，也就是接替即将离职的李非。

苏言正好从财务办公室出来，看到魏衡这样，随口问：“你怎么了，头疼？”

见是苏言，魏衡忙放下手，不好意思地笑了笑：“没什么，就是刚才突然头有点麻，没事！哎，苏经理，我想问问，这段时间店面刷卡消费的情况怎么样？”

“我正想找你呢！你真的要好好把公司的财务规定向几个店长明确，而且还要让下面每一个员工都清楚。你看，就在刚才，金华社区店又发生违反规定的事。不过这次不是校店长的问题，而是她不在时员工出的岔子。事后，我一问，校店长以自己不在为借口，把责任推给员工。魏经理，店面管理是你的事，你得抓起来，还是多到下面走动走动吧！龚经理不是建议你走动管理吗？”

魏衡一听，怎么她也知道走动管理，再加上店面违反规定的事，他不由得叹气摇头。“金华社区店真是头疼，校店长总能找很多借口，公司的规定对她就如同一张废纸。还是找龚经理吧，看他怎么处理。”魏衡想起白宏涂的建议,心里想着还得去找龚求真。“苏经理,我马上找校店长,太不像话了!”

“那好啊,公司就是重复出现的问题太多了,累就累在这,你这个企管部经理要好好考虑呀!”苏言看似开玩笑,其实委婉地批评了魏衡。

这段时间,龚求真简直忙得没有一刻清闲,大大小小的事,白宏涂都希望他能管起来。有时,龚求真在办公室,准备方案的时候就会不经意地想:但愿能少一些突发的事。

说来也怪。每当龚求真要静下心来准备方案的时候,准能有突发事打断他。这不,他刚在本子上整理出企业文化培训的提纲,就听见彭炫急急的声音:“龚经理,洪店长找你。”

“真是没办法,又来了!”龚求真微一摇头,显得很无奈。

龚求真放下笔,接过电话,低沉着声音道:“你好,洪店长!”

“龚经理,看来又得麻烦你了,我服了这些员工了。刚才白总打电话过来,狠狠批了我一顿,让我反省。”电话那头,洪广利委屈地说。

“洪店长,你说员工又出事了?”龚求真平静的语气问。

洪广利长长地叹了口气,郁闷地说:“龚经理,我休息都不省心啊!刚才有个客户到店里,正巧看见有两个员工在玩游戏。可能这个客户认识白总,直接就给白总打了电话。你说他们是怎么回事。公司早有明文规定,不允许员工工作时间使用电脑做工作以外的事,更何况现在正是客户多的时候,他们竟然这样。龚经理,你说该怎么给他们处罚?”

龚求真正想着该如何处理这件事,彭炫递给他一张小纸条,上面写着:白总让你现在就给他打电话,现在!

看着纸条的内容,龚求真忙对洪广利说:“洪店长,我要接白总的电话,我稍后再打给你。”

龚求真马上拨通了白宏涂的手机:“白总,是我,您找我?”

“员工上班玩游戏的事你知道了?这些员工真是大胆!”白宏涂的声音带着一种“恨铁不成钢”的味道。

龚求真此时并没有来得及考虑这件事。现在白宏涂急着问,他只能按正常的程序提个折中的处理办法。

“白总,我觉得这件事的性质确实太严重了。您看看,有这么几点,就足以严肃处理他们。首先，他们公然违反公司规定；其次，他们趁洪店长休息的时候这样做，全然不顾店长的管理权威；再有一点，也是我认为最不能宽容的是，他们明知现在是旺季，正是提升业绩的关键时候，还能做出此事，在一定程度上证明他们根本就没有和公司站在一起。对这样不重视公司利益的员工，原则上开除他们都不为过。不过，"龚求真稍一停顿，"白总，我想了解一下实际情况后再下定论。"

白宏涂并没有马上接话，他似乎在思考着龚求真所说的话。

半晌，白宏涂可能消了气，语气舒缓地说："龚经理，你说的没错，像这样公开违反公司规定的员工，是可以把他们开除。可再想想，开除了，谁来顶他们的岗位。再说了，这两个员工的业务能力还可以，而且在公司做了好几年，熟悉业务流程。开除似乎不是好办法，还是想想其他的办法。想想一个既能让他们认识到错误，又能警示其他人，同时又不影响大家的工作情绪的办法。"

听白宏涂这么说，龚求真第一感觉就是不可思议。"对犯有如此严重错误的员工，他还能考虑再三，也真难为他了！"想法归想法，要是按白宏涂的建议，龚求真觉得操作起来不那么容易。谁有那么大的本事，能找到两全其美，不，应该是三全其美的办法。

"白总，按规定和潜在的影响来看，在任何一个管理规范的企业，他们一定被开除。但是，我也在想，公司现在向规范化管理迈进，但这需要个过程。在这个过程中，我们应该找到平衡点，毕竟抓效益是公司的生存之本。"龚求真道出了自己的观点，又无奈地道，"白总，既然规范化管理和效益都得要，我会尽可能找个两全其美的办法。我想先了解情况，然后拿出个好办法，您看行吗？"

"嗯，"电话那头，传来白宏涂的一声叹气，"看来只能这样了，龚经理，抓紧时间！"

在处理这件事的同时，龚求真还要完成培训和考核方案。现在，就算有一些事找他，他也尽量交给彭炫去办。自打龚求真来之后，彭炫并没有以前那么忙了，可能是龚求真刚来，做了很多本应该彭炫做的工作。龚求真逐渐意识到这点，而且他自己越来越忙，就明确要求彭炫把以前的工作继续下去，不用什么事都请教。

经过两天的忙碌，龚求真不仅完成了培训，而且关于员工考核的方案也几经修改，看来，自己设想的工作，也是向白宏涂承诺能见效的工作终于有眉目了。龚求真想着是不是该歇歇。想歇，做不到，员工玩游戏的事还没解决呢，这也是白宏涂关注的事，一定要在他询问之前就解决。想到这，龚求真只能打个哈欠，伸伸腰，然后让彭炫安排下去，把两个员工叫到总部，谈谈心。

找员工谈心，以谈心的方式打消员工的顾虑，是龚求真在家乐工作一段时间后，找到的解决问题的最佳方式之一。确切地说，这也是从白宏涂那学过来的。经过接触，龚求真发现家乐这些员工大多素质不高，做事想当然，而且白宏涂似乎也愿意掺和到员工的矛盾之中，愿意和他们谈心。或许白宏涂认为这样做才能充分了解每一个员工，能掌控每个人。龚求真深谙其中之道，他知道，给白宏涂打工，就得顺着他的思路，再采用独到的办法解决问题。现在，把两个员工叫来，高压之下却带着柔和，让他们没有顾虑，敞开心谈事，工作也就好开展了。

很准时，第一个谈话的对象可以说分秒不差地在龚求真规定的时间到了总部。

会议室。龚求真特意倒了杯水，放在了他的面前。

“谢谢龚经理。真不好意思，我违反公司规定，愿意接受处罚。龚经理，大家都说对你的印象很好，还真是这样。你看，以前我们到总部，不管什么事，没见哪个经理给倒水。”这个员工紧张中说出了心里话。

龚求真笑了笑，摆手示意他先喝口水。

其实不用了解什么，龚求真早就认定：不管什么原因，在现在的特殊时期，公然违反公司规定，给予严肃处理是没有任何借口的。

接下来的时间，龚求真尽量听，听两个人陆续把这件事的前前后后说明白。

事情其实很清楚了，谈话只是个过场而已。龚求真利用这个机会，尽可能了解了他们所知道的店面和公司的情况。经过谈话，龚求真发现一个共同点：他们都对洪广利有微词，抱怨她喜欢向领导打他们的小报告。对此，龚求真并不感到意外。在家乐的这段时间里，他了解了很多，发现向白宏涂打小报告似乎成了家乐的潜规则，而白宏涂显然也乐于此。

事情了解得差不多了，龚求真决定趁着下班前的这段时间，向白宏涂汇报自己的处理意见。

白宏涂办公室。魏衡坐在白宏涂的对面,他们在讨论着海青路店的情况。

龚求真敲门而入。看龚求真进来,魏衡马上打个招呼,知趣地离开。

“白总,我刚才和他们分别谈过话,事情的整个过程我都了解了。从反应上看,他们很后悔自己的行为,对公司的任何处理都没有意见。我当时因为还没有向您汇报,所以并没有明确告知他们公司的处理结果,但对这样的事,我给他们分析了,指出了问题的严重性,相信他们会意识到,今后不再犯这样的低级错误了。”

白宏涂阴沉着脸,问:“洪广利是怎么说的,她有没有责任?”

“洪店长很平静,自始至终都强调自己休息,也就没能制止他们。”龚求真把洪广利的原意简单地说出来。

龚求真刚一落话,就听见白宏涂恨恨地说:“这个洪广利,我就知道她会推卸责任。”

龚求真很赞同白宏涂的话,他也感觉到,洪店长惯于推卸责任。

“洪店长的管理责任一定要追究,我建议扣除她这个月的奖金,而且还要她拿出切实可行的自我管理改善的方案。另外,我考虑给两个员工严重警告,扣掉这个月的奖金,全员通报批评。我还想亲自去店面,当众宣读处理通告,好让他们能重视起来。”龚求真盯着白宏涂,高声说道。

白宏涂听后,沉思了良久。“龚经理,”他点着一根烟,赞许道,“这个方法可行,而且我想还有必要在全员大会上再通告一次,警示一下。对了,”他似乎又想起什么,低声道,“魏衡又跑到我这谈条件。龚经理,他对公司还是忠心的,但就是缺少像你这样的能力和素质!”

龚求真心领神会。他知道,魏衡现在已经是自己手中的“棋子”,只有控制住他,他才能专心工作,没有琢磨他人的时间和空间。想到这,龚求真突然想起了方天明那异常刁钻的眼神,魏衡和他真是有得一比呀!

十八　因小失大

在职场，老板永远都是对的。龚求真偶尔为此困惑，难道错的也要一错到底？身处职场，给人家打工，就一定要学会权衡。龚求真虽然不赞成对某些人的处理，但最后也只能遵从老板的意思。好在龚求真坚持原则的同时，又做到了变通。真正为老板好，永远都不会错。

办公室内，白宏涂正在和大家商量事。

突然，彭炫敲门进来。她走近龚求真，俯下身子，低声说："龚经理，李非刚才打电话过来，说有很重要的事，看来挺急的。"看彭炫表情有些异样，龚求真判断可能确实有很重要的事，轻声道："我知道了，你先出去！"

大家已经争论了好长时间，龚求真忍不住想出去透透气，正好彭炫进来，于是他起身走到白总近前："白总，李店长说有很重要的事，我想先回个电话。"

电话刚一接通，就听见李非的高音，嗓门大得差一点就把电话震坏了。

什么事能让如此清瘦的弱女子发这么大的火？龚求真本能地把电话放下，心中暗想。

"龚经理，工作没法干了，我怎么会摊上这样的员工！我决定了，这就到公司办理辞职手续。"李非嚷嚷着。

远远听李非讲完了，龚求真才把话筒凑到耳边，安慰道："李店长，发生什么事了，别急，慢慢说！"

电话里随即又响起震耳欲聋的"连珠炮"，龚求真强忍着。不知多长时间过去了，李非似乎有些累了，声音趋于平缓。龚求真听了半天，她虽然牢骚一大堆，但无非就是一件事：有员工的行为过火了，让她尴尬到难以忍受。

"李店长，你说的事我知道了。不过，出于慎重，我需要到店里了解后再定夺。总之，不管是谁，只要违反公司规定，就一定要接受处理。我现在正在开会，白总还等着我呢。这样吧，我明天就去店里，我们再详谈。"电话里毕竟有些事说不清，龚求真不想现在就妄下定论。况且会议还没结束，这么长时间了，别让白宏涂等得不耐烦了。

"龚经理，你正在开会，那我就不多说了。反正这件事公司必须要给我个说法，你明天可一定要过来。谢谢你，龚经理，不耽误你了，再见！"李非一口气说完，"啪"的一声扣了电话。

一会白宏涂肯定要问，龚求真前后想了想，寻思着这种事最好不要在会上说，还是了解后再向他汇报合适。"龚经理，白总叫你过去！"彭炫轻声催促。

“龚经理,下周的工作有些跟你们人力有关,你记一记。”白宏涂发话了。

龚求真赶紧坐下,翻开记事本,抬头看着白宏涂,准备随时记下他对人力工作的安排。

白宏涂给每个部门都布置了下周重点要完成的工作。看着大家记完了,白宏涂宣布今天的会议结束。

会议结束,大家陆续离开办公室。龚求真本想单独留在办公室,好将李非的事向他汇报。可当其他人出去之后,权清丽还没有起身的意思。白宏涂注意到龚求真好像有事,就问了一句:“龚经理,是不是刚才的事?”

“白总,李店长和员工闹别扭。”龚求真看了看权清丽,“我打算落实清楚后再向您汇报!”

“权主任,你的事先放放,一会再说。”白宏涂看出龚求真似有单独汇报之意,就叫权清丽先出去。权清丽起身离开,走过龚求真面前的时候,脸上挂满尴尬。

权清丽离开后,龚求真一五一十地把电话里交谈的内容汇报给白宏涂。白宏涂听完,一拍桌子,叫了一声:“这还了得,龚经理,要严肃处理。你明天就去海青路店,把情况给我弄清楚。必要时把当事人叫到总部,我要仔细问问。”

看来白宏涂真的生气了。龚求真汇报完,赶紧走了出来。这个节骨眼,龚求真觉得还是别站在他身边了,免得他把气撒到自己身上。出来不一会,龚求真就看见权清丽进了白宏涂的办公室,不知道她又要汇报什么。权清丽的汇报内容可真多,这段时间就看见她时不时往老板那跑,哪有那么多事呢?

权清丽的确有很多事,而且都是别人的事。这次她一定要留下,是想当着白宏涂的面好好说道龚求真的一些她看不惯的做法。

“白总,这段时间可真够忙的,范君走后留下的摊子不好收拾!”权清丽一脸疲惫,向白宏涂诉苦。“你说多好的员工,怎么现在变成这样了!记得当初我在工厂的时候,大家工作起来可是兢兢业业。现在好了,自从范君来之后,您看员工走得多频繁,对生产的影响实在太大了。没办法,我只能不断地安慰大家,总算把状态调整过来。”权清丽抱怨后又变相邀功。

白宏涂沉稳如故。

“白总,”权清丽又带着不满的情绪道,“其实工厂也没大问题,根本不像龚经理说的那么严重。可能您还不知道,他当着大家的面,毫不留情地指出了工厂的管理弊端,弄得大家都下不了台。白总,您也知道,工厂很多员工都跟您好多年了,既然范君走了,还能再有什么问题,依我看,龚经理小题大做了!”

“什么?”白宏涂随口问,“小题大做?”

“白总,”见白宏涂感兴趣,权清丽一时上来兴致,像模像样地说,“龚经理搞的那套所谓的规范化管理,看着一大摞的规章、制度,其实根本用不了几个,我们还不都是凭着以往的经验,大家都认为龚经理那是在‘纸上谈兵’,不切实际!”

白宏涂抬头看了权清丽一眼,似有疑问:“他怎么不切实际了?”

“那我就举个例子吧,”权清丽清了清嗓子,自信道,“他做了一个业务传递表,只要是涉及到对方的工作,一定要通过这张表格,而且还要有双方的签字。您看看,白总,都在一个办公室,有什么事招呼一声不就得了,何必这么麻烦?”

白宏涂呵呵一笑,摆手示意权清丽打住,“老权啊,看来我以前跟你说的白说了!”

权清丽闻听此言,面部表情瞬间僵硬起来,就像被人突然打了一记闷棍,愣怔地看着白宏涂。

“你们可以啊,我怎么说呢!”白宏涂叹道,“你这样,魏衡也这样。老权,你刚才说的那些话,龚经理已经说过了,他就是担心暂时还不能扭转你们的观念,希望我在你们提到的时候多开导你们。”说着说着,他站起来,走到权清丽身边,苦口婆心地告诫道:“老权,我们以前就是经验行事太多了。现在,我们需要转变。多了我不想再说了,你回去好好反思,怎么样才能真正把工厂管理抓起来,见到成效。能做到吧!”

白宏涂的话让权清丽无比震惊。她没想到,原来龚求真早已经算到她会到老板面前告状,先下手为强了!“看来龚求真这个人打小报告的功夫不比自己差多少!”权清丽咬牙切齿地想着。可想归想,权清丽虽然心里不痛快,但老板如此重视龚求真,她也无计可施,只能是对他又多了一份戒备之心。

当权清丽离开白宏涂的办公室的时候,其他员工早就下班了。整个总部空空荡荡的，只有白宏涂还在，他在本子上正记着什么。

这是白宏涂一直以来的习惯。他要等大家都走后，一个人静静地思考一些人和事。

海青路店。

李非给龚求真倒了杯水，她看似平和，内心却充满了怒气。经过龚求真的好言开导，她才把当时的情况详细地说了一遍。

公司总部每天早上都要开早例会，各个店面也是如此。昨天开例会，李非先把前天的工作作了总结，并安排当天的重点工作。看似早已形成惯例的早例会，却蕴藏着火气。李非的火气源自一个人，一个白宏涂看好并挖过来的叫小印的员工。

“你说这个人，真是无组织无纪律，每天来店面，基本上就是坐在电脑前。是，他是做一部分设计的工作，但也不能整天霸着电脑。更为可气的是，你说什么他都不听，完全按自己的想法。和客户交谈的时候，他根本不考虑公司定的促销政策，太实在了。我曾经多次和他提起，告诉他应该注意哪些。可他一副爱理不理的样子，甚至还拿白总说事，那意思无非是说，他是白总看好的，我无权管他。我觉得我这个人对大家其实挺松的，能过去就行，但总要有个度吧？昨天早会，他又迟到，我当面批评了他，同时把他以前不妥的地方顺带提了提。这下好了，捅马蜂窝了，他当着大家的面和我理论起来，还想动手，幸亏其他人拉开。整整一天，他对我虎视眈眈的。我让他到会议室，想好好和他谈谈，没想到他根本不听。你看，临下班的时候，我要检查他的工作，没想到他直接拔了电脑插头，二话没说，走了。你说我能不生气，就给你打电话了。我觉得你懂管理，而且又负责人力工作，能处理好这件事。反正一句话，他要是还在这，那我就走。”李非瞪着杏眼，似有一腔怒火要喷发出来。

听完李非的诉说，龚求真意识到这个问题看似简单，其实挺难解决的。按白宏涂的意思，拿出处理结果前，还得找这个叫小印的员工谈谈。“李店长，你把小印叫来，我和他谈谈。”龚求真道。

“别叫了，他今天请假没过来。这个人隔三差五请假，真是差劲。”李非板着脸，不屑道。

既然这样，龚求真决定先回去向白宏涂汇报一下。“你们的事我知道了，不过我还要找小印再谈谈。如果真是他的行为严重违反公司规定，我看就算辞退也不为过。但是，考虑到他在设计方面的优势，我必须征询白总，争取尽快拿出处理意见。李店长，你也别烦，别耽误工作。相信我一定会妥善解决的。”龚求真信誓旦旦地说，以便暂时给李非吃个“定心丸”。

“龚经理，希望你能尽快解决。”李非期盼道。

“龚经理，昨天你们又开会了，”李非似乎消了气，又找个话题，“是不是又是你唱主角?!”

“主角，”龚求真大感不解，“李非，你是指……”

“说得多呗，”李非无奈道，“其实公司一贯如此。每次都是新来的唱主角。那些老员工以老自居，白总似乎拿他们没办法。你们经理会我没参加，但我们这个层级的会就是这样。那个校店长，从来不多说，自然就没有责任。相反，我比她们来得晚，每次开会白总都是对着我。”李非的语气又转为抱怨。

听李非这么说，龚求真看出点门道。看来李非的抱怨还真不少，她对校店长也有意见。

接下来，李非又提到她的主管魏衡和媒介部经理张扬，言语中依然是抱怨。

其实都是大不了的事。比如李非提到给店面设计的宣传品全部由张扬负责，上边设计好后，各店面就要无条件利用好。而设计的内容是否更适合店面的情况，张扬从不考虑。即便下面有时会提出意见，但都会被张扬拒绝，用张扬惯用的一句话就是:你们懂什么，瞎操心。据说以前曾有已离职的店长和张扬争辩，居然被不爱说话的张扬给说哭了。龚求真想不到张扬还是个“双面人”，中层会上，张扬沉稳内敛，不善言谈;而遇到下面有人给他提意见，按李非的话讲，真是话语连篇，简直就像换了一个人。

通常情况下，非直接领导遇到这样的抱怨，最好的办法就是转身离开。听什么抱怨，把自己的事做好就行了。很多时候，大部分员工习惯了抱怨，实则是为自己工作的差距找借口，似乎只有解决了抱怨才能把工作做好。不然。即便解决了眼下的抱怨，接下来还会有没完没了的新抱怨。龚求真知道自己不应该理会这些人的抱怨，他最重要的工作其实还在于和白宏涂沟通，把老板弄明白了，那些员工还成问题?但是现在，龚求真精力充沛，他想把接触到的事尽可能解决。

龚求真很想帮助李非，虽然他知道处理小印可能有困难，毕竟他和白宏涂有一定的关系。如何才能在平衡关系的过程中，用科学管理解决出现的问题，做到公司和员工都满意，这是龚求真不得不考虑的。他知道，现在只是初步了解情况，要想解决好，关键还要看白宏涂的态度。

龚求真又安慰了李非，告诉她千万别为此影响工作，公司一定会给她合情合理的交代。

从李非那出来，龚求真觉得时间还早，于是在回公司的路上，顺便去了一趟金华社区，到校店长那看看。

在龚求真去金华社区的路上，白宏涂正在办公室。一根烟下来，他拿起电话，直接问："彭炫，龚经理一早出去了，知道去哪了？"

"他走的时候没说，我想会不会到店里去了！"彭炫不明就里，遮遮掩掩地回答。

"我知道了，龚经理回来后，让他到我这来！"白宏涂放下电话，随手翻开本子中的一页。上面写的并不是有关工作安排的事，而是权清丽曾经向他汇报的内容。

本子上记有权清丽说到的一件事：龚经理从不详细填写外出记录。看到这，白宏涂耳边又想起权清丽不无担忧的声音：龚经理刚来公司，多了解情况也是正常，但他毕竟不是一般的员工，更应该以身作则。再有，他是不是应该真正解决一些问题，好让大家看看他的管理水平……

看着本子上这么多关于龚求真的内容，白宏涂不由自主地嘀咕："权清丽可能代表一些人的观点，龚求真要以身作则才对，管理别人的同时更要管好自己。"他抬头看了看墙上的时钟，"估计去海青路店了，可现在都快中午了。我不了解情况，下午怎么和小印谈。"

正当白宏涂为龚求真没有及时汇报情况而难掩不满的时候，龚求真已经到了金华社区店，正和校店长开心地聊着。

校华革很高兴龚求真能来他们店指导工作，当然，这些都是客套话。接下来，龚求真详细询问了店里的情况，特别是在员工管理方面，校店长所做的一些举措；而校华革也针对一些管理难题向龚求真咨询解决的最佳方法，他们一唱一和，看起来很默契。不过交流中，龚求真还是觉得她跟权清丽挺像的。他们都是老员工，都自认为对公司的发展尽心尽力。另外，他们都喜欢评论他人，抬高自己。要说不同的地方，校华革很满意现在的工作，想必她觉得做店长最合适，并不奢求其他；而权清丽似乎并不满足空有架子的办公室主任头衔，甚至是生产部经理，她总想跟老板走得更近，获得更高的职位或者其他不为人知的预期。

不知不觉中，时钟的指针悄然指向了12点。龚求真决定该走了，于是他起身准备离开。

“在公司，了解情况有时比做好工作更重要。你只要清楚内在的事，就知道怎么做更合适。虽然我们接触不多，但我非常认可你，你能在公司干更长的时间。”见龚求真起身，校华革看似无意地又多说了几句话。

龚求真没想到要走了，她又冒出这样的话。“什么我能干更长的时间？那就是说以前有比我干的时间短的人了！不行，怎么也得再套点什么。”念头一闪而过，龚求真故作若无其事地说：“校店长，从我来家乐的第一天开始，就想尽最大可能把公司的管理理顺了。当然了，这是个过程，需要脚踏实地走下去。”

“龚经理，你没问题，公司现在有谁像你那样懂管理，而且素质又高，你这样的人正是白总看好的。不过老板心细，你一定要经常和他沟通，他放心了，你的工作就好开展了。”校华革自信地指点迷津。

“是吗？”龚求真假装惊讶，眼睛眨了眨，接着语气一转道，“校店长，下午上班前我要赶回公司，还要向白总汇报工作。以后工作上的事，我们再沟通。再见！”龚求真知道可能是双方接触的时间不长，她不好多说工作以外的事，那就等以后慢慢接触多了，再了解他所不知道的事。

从金华社区店出来，正是午饭的时间。龚求真打算草草填饱肚子，顺路去趟图书馆，把一直想借却没有时间借的书借出来。

去图书馆也就两站路。吃过饭后，龚求真看看时间还早，就决定走过去，权当散心。

临海的秋季又悄无声息地来临。

一阵北风袭来，龚求真不由得打了个哆嗦，本能地紧了紧衣口。今年秋天，似乎比往年来得都早。昨天还是春光明媚，可转眼间，北风牵来寒意，让人感觉仿佛一下子跌到冰窖里。不过毕竟刚入秋，冷空气一过，高悬的太阳不甘心当配角，讨好地照着大地，让人感觉又是暖融融的。

掐指一算，龚求真在家乐也几个月了。对于有心的人，可能一个月的适应就比得过旁人一年的时间。龚求真有意识地调整自己，渐渐融入家乐。每天工作，虽然很忙，而且不经意还会沾上“勾心斗角”的事。但龚求真乐在其中，努力且灵活地面对，这让他有种享受挑战的乐趣。也正是有如此心态，龚求真愈发地喜欢自己的工作，积极的状态不由得让白宏涂为之侧目。

紧张忙碌之余，龚求真偶尔也会给紫月、鹿灵，当然还有林源打打电话。期间，在白宏涂出差或者有活动的时候，他才能抽身享受周末跳出工作的惬意时光。而这种惬意，是他和紫月在一起才能感受到的。说来真是不该，龚求真只要有时间，就想和紫月见见面，聊聊天；而当他遇到工作中困惑的事的时候，他却想到向鹿灵倾诉。每每此时，听着鹿灵婉转柔和的安慰和指点，龚求真就感受到她传递给他的自信与力量。用鹿灵的话说，他龚求真就是个“忘恩负义”的家伙，需要帮助的时候才想起她。对此，龚求真并不解释，只是目光轻柔地看着她，眼神中散发出不加造作的自然与真诚。

脑海中正想着紫月和鹿灵，龚求真已然进了图书馆。

中午，人不多，借阅室除了值班的师傅，见不到几个人在看书。

很顺利，龚求真在茫茫书海中找到了他倾心已久的书。拿着书，龚求真迫不及待地翻开，贪婪地看着。

“行了，我不想听，我不想听你解释！”走廊的尽头，拐角处传来一个女孩略带哭腔的颤音。

龚求真循声望去，虽然看不到人，但他的心却突然一震：难道是她。他合起书，向着声音的方向走去，脚步越来越快。

熟悉的背影，依然是大波浪的秀发披肩低垂。看着看着，龚求真的眼睛有些湿润。他微微张张嘴，却说不出话来。

那个有着婀娜丰腴的背影的女孩，正是他曾经喜欢，不，现在同样放不下的女孩，馨璐。

自从离开临海，除了仅有的电话联系之外，他再不曾与馨璐见面。没想到，他潜意识的期盼，竟然在此变成了现实。此时，看着她似乎因生气，或许因啜泣而微微发抖的身子，一丝懊悔爬上他的心头。

龚求真知道，肯定又是那个让人反感的兰可心，那个可恶的家伙。

通话过后，馨璐渐渐止住了啜泣，她徐徐回过身来，一下子被定格在转身后的刹那间。她看见了龚求真，看见他紧紧咬着嘴唇，投射过来火一般的爱怜与柔情。

馨璐赶紧把头扭向一边。不一会，她缓缓抬头，迎着龚求真的目光，犹豫着向他走过来。

“你，”她一时不知说什么好，“你出差回来了？”

龚求真笑笑，微微摇摇头。“不出差，我回来了，好几个月了！”他盯着她看。

“是吗，”她点点头，目光随即又转向一边，不再说话。

“是不是又是他，”他气气地问，“你们，你们结婚后过得好吗？”

她依旧扭着头，不言语，而眼泪却悄然滚过脸颊，无声地落下。

龚求真看在眼里，疼在心上。不经意间，他注意到她的眼角处，似乎有一小块青色，确切地说，应该是青淤。

龚求真颤巍巍地双手按住她的肩头，一字一字地问：“你的眼角，是不是他弄的？”

馨璐不吱声。过一会，她轻轻点点头，随即抢着解释道：“没事，怪我不小心。”

说完，馨璐轻轻擦拭了一下眼角，转而欣喜地说：“你找了工作，不再出去了？”

龚求真下意识地轻轻理了理她耳边的发丝，点点头：“馨璐，我想不到在这看见你，更想不到，你结婚后，他还欺负你！”

“没什么，”馨璐的嘴角强行挤出一丝笑，“夫妻之间，哪有不磕磕绊绊的，没事！”

“你看你的眼角，还说没事呢，”他气愤中带着不解道，“真想不到，他下得了手！”

“好了，求真，说说你吧，”她笑着看着他，轻声问，“你现在怎么样？你，你有朋友了？”

馨璐这么一问，倒让龚求真冷静下来，他赶忙放下手，不好意思地笑了笑。

二人难得偶遇，似乎多年不见，话题越来越多了。

他们正在这说着话，远处，一双同样湿润的眼睛一直盯着他们。巧的是，紫月路过图书馆，本想进来看书休息一会，无意中看见了这一幕。

远远看着那个和龚求真交谈甚欢的女孩，紫月感到有些眼熟，却也想不起来是谁。和龚求真在一起的时候，他曾经提到过几个女孩，不知这个女孩到底是哪一个。可看情形，女人特有的敏感告诉她，他们二人之间的关系不寻常，远非同事或朋友的关系。特别是看到龚求真抚摩女孩云鬓的时候，紫月的心一阵悸动。她甚至想冲过去，厉声质问他，但她又不敢也不会那么做，她相信龚求真不会和她交往的同时，又恋着别的女孩。紫月强忍着情绪，极力往好的一面想。她站在那，表情异样地注视着他们，惹得过往行人不住地打量，而她仿佛天地间只她一个人。她定在那里，一动不动。

紫月的眼神似乎具有超强的穿透力。或许某种预感袭来，龚求真感到有人在盯着他和馨璐。他下意识地四下瞄了瞄，猛然看到了令他震惊的一幕：紫月竟然在看他们。“糟了，”龚求真暗暗叫道，“天底下怎么会有这么巧的事！”

看到龚求真不自然的表情，馨璐忍不住侧了侧身。她看见一个女孩，正神情怪怪地往这边看。她仔细一看，似乎在哪见过女孩。

她转而看着他，笑而不语，那神情像在问：是不是你的女朋友？

龚求真尴尬一笑，点了点头，随即又绷紧了脸。

“馨璐，”龚求真急道，“你先等我一会，我过去和她说几句话。”言罢，龚求真转身，朝紫月跑过去。

紫月呆在原地，一看龚求真奔过来，猛地转身而去。

龚求真跑得快，没等紫月走几步，他已经来到近前。“紫月，你，”他气喘吁吁道，“你怎么也在这！”

“是太巧了，”她嘟着嘴，“太巧让我看见，是吧？”

“不是，”他赶紧解释，“她就是馨璐，我好长时间不见了！”

“啊，原来是你曾经的相好，”她酸溜溜地说，“怪不得那么亲热呢！”

“你误会了，”他拉着她的手，坦然道，“我们没什么，她好像被她老公打了，我是一时关心……”

“一时关心？”紫月一甩手，怨气十足地说，“你当然是关心了，又是搂着肩又是摸着头发的，是不是太关心了？”说完，紫月“哼”了一声，扭头向出口处跑去。

“紫月，”龚求真喊着，又回头看了看馨璐。见她冲自己摆手，龚求真不及多想，追了出去。

没想到紫月很快拦了一辆出租车，当龚求真追出去之后，紫月已经上了车。不得已，他停了下来，用脚狠狠地踢了几下地面。

馨璐跟着出来。见紫月已经坐车远去,她拉着他的胳膊,心有歉意地说:“求真,你看都怨我,让她误会了,这可怎么办才好?”

龚求真喘着粗气,冲馨璐摆摆手,进而又看着早已消失的出租车的方向,不住地摇头。

他知道,问题来了,他要找机会向紫月解释,可是,馨璐的遭遇又让他忧心不已,他真恨不得把自己“一分为二”。

此刻,他心乱如麻,不知所措。

下午。白宏涂办公室。

“李非又怎么了!”白宏涂若无其事地问。

龚求真自了解这件事的真实情况后,就一直感到为难。如果按公司规定,开除小印没有一点问题,但他肯定和白宏涂有某种关系,也就不能不考虑如何处理更为妥当。有时关系没处理好,再好的管理也没法执行下去。龚求真对此有深刻的印象,天禧不就是这样,更何况洪广利和员工玩游戏的事就是前车之鉴。现在白宏涂这样问,一时让龚求真摸不到门路。

看到龚求真没有马上接话,白宏涂又接着说:“龚经理,怎么想就怎么说!”

“白总,公司的规定对任何人都是有约束的。现在出现这样的问题,经过了解,一切属实。因此,小印不适合留在公司。但是,从另外一个角度看,小印的业务能力还是不错的,而且又是第一次犯这样的错误,我想他本身并不是故意的,按理说还可以给他改过的机会。但现在看他们的关系,明显水火不容。小印留在店里不合适,我考虑把他换个地方,叫他戴罪立功!”

龚求真的话音刚落,就听白宏涂说:“龚经理,不要考虑太多,谁违反规定就处罚谁,这一点是毋庸置疑的。如果这件事处理不好,有些员工跟着效仿,以后还怎么管理!”

白宏涂如此说,龚求真觉得他似有开除小印的想法,于是就附和道:“白总,的确是这样。小印的事处理不好,起不到警示作用,以后就不好管理其他员工。若想现在借这个机会,好好强化一下公司的管理,我觉得照搬规定执行,开除小印是理所当然的事。不过,我还是想尽量找个更合适的办法。”

白宏涂没说什么,只是在那沉思着。过了一会,他有些无奈地说:“龚经理,你说的对,还是考虑周全一些要好。嗯,我先找小印谈谈,然后让他再找你。你看看他是怎么想的,然后拿出一个妥善的处理办法。”

从白宏涂办公室出来,龚求真感到茫然,或者说无语。按理,这样的员工,犯这么大的错误,开除都是客气的。龚求真见到过各式各样员工的违规行为,但像小印这样有恃无恐,而且敢拿老板出来压人,还是头一次碰到。要想从企业发展大局的角度出发,给公司规范化管理一个明确交代,龚求真认为开除小印绝不为过。进一步说,即便小印和白宏涂有一定关系,但这种关系也不至于以牺牲公司发展的利益为代价,草草处理了事。这样做,纵然白宏涂想改善管理,但在无形中已经使管理的尊严荡然无存,以后还有哪个员工把管理当一回事?这样下去,公司还能有更大的发展?

龚求真虽然对白宏涂的想法感到费解,但他还是决定在正式处理前,按他的要求,让小印过来一趟,自己也好近距离接触一下小印,看看他又是怎么说的。

龚求真安排彭炫联系小印。一听又是小印的事,彭炫马上摆出一副大为不解的表情:“还联系呀,不是开除吗?”龚求真没理会她,用生硬的语气道:“马上联系,让他两小时之内到总部来。”

小印倒是听话。没多久,他就出现在总部会议室,边看书边等着龚求真。

不一会儿工夫,龚求真走了进来,而小印却依然稳坐不起。

“你就是小印,我是龚求真。”龚求真作了自我介绍。

小印没有说话,只是抬头看了龚求真一眼,微一点头。

对小印此时的举止,龚求真不免气愤,心想:这是什么素质,我毕竟是人力资源部经理助理,代表公司和你谈话,哪有你这样的态度。这样的员工不开除,一定会“腥了一锅汤”。

心里虽然这么想,但龚求真还是给他倒了杯水,接着正色道:“小印,关于你和李非店长的情况,白总也有所了解。现在我代表公司和你谈谈,心里怎么想的尽管说。”

小印背靠沙发,跷起二郎腿,百无聊赖地说:“龚经理,我本不想来的。白总已经找过我了,我说得很清楚。他让我再找你谈谈,我这才过来的。”接着,小印有意无意地爆出一句粗口,进而不屑道,“就李非那种管理能力,我服她了!”

注视着小印的一举一动,龚求真尽管气愤至极,但还是尽量控制情绪,继续不厌其烦地说:“我刚才跟你说了,我是代表公司,而且对这种事的处理也是我的职责所在。其实我完全可以不叫你来,不管什么原因,你在店里的所作所为已经严重违反了公司规定,公司一定要严肃处理。你把事情说清楚,这也是公司尊重员工的体现,希望你能理解。”

一看龚求真有点动真格的,小印似乎觉得该适当收敛一下自己的言行,于是有意向前倾了倾身子,故作苦相说:“龚经理,你应该多到店里看看。不是我说李非,大家都对她有意见。她自己的管理水平差,还占着店长位置,有事没事就说这个那个的,没谁服她。有很多事,我跟你一说,你就知道她是怎么管我们的。”

“好,小印,说说看!”龚求真道。

在接下来的时间里,小印成了主角。就像人为修坝拦高的水一样,一旦倾泻下来就一发不可收拾。小印真是如此。他好像平日里积攒了众多怨怒,这下可有了发泄的机会,一股脑地倒给了龚求真。

听完小印的“控诉”,龚求真第一感觉就是公说公有理、婆说婆有理。大家都有理,那么到底是谁的问题?小印可能觉得自己没错,但在龚求真看来,却有些片面。李非作为店长,也是经过白宏涂考核的,还是有一定的管理能力的。小印只是关注到李非某方面的弱点,抓着不放,这就有点过了。况且人无完人,李非多少会有一些不合适的做法。也许是她没在意,也许是她积习难改。大家都抓着对方的弱点不放,反而忽略了各自的长处。

好了,龚求真对当事人的情况都有所了解。又经过一番对小印的点拨与批评之后,龚求真这才打发走小印。小印走后,龚求真大致理了理头绪,去白宏涂的办公室。

龚求真一进来就看到他正在看书。白宏涂这段时间给龚求真的印象最深的一点是:他是个爱读书的人。每次龚求真进来,都能看到他在看书,而且都是管理方面的书,甚至有时还能看到他在看某个管理名家讲课的光盘。老板爱学习,这当然是好事,但老板是不是还应该有更重要的事做,而不是总是让下属看到在办公室看书或是什么。每次带着不解想要试探着问白宏涂的时候,龚求真就感觉到似乎有一双无形的手拉着他,示意他不要冲动张口问。对龚求真来说,他无非就是个高级打工者,也许做好本职工作才是最重要的。

“白总,刚才小印过来,说了事情的原委。”龚求真把自己和小印沟通的内容向白宏涂作了汇报。虽然龚求真对小印的印象并不好，倾向开除他为最佳选择的处理办法，但在汇报中并未明确提到如何处理。龚求真这么做，无非是在乎白宏涂的想法。就这样一个员工，为了违规的事，白宏涂还亲自找他谈话，显然这里面有龚求真未知的东西。在不清楚白宏涂的真实想法之前，龚求真决定谨慎一点，说事情可以，但自己先不表态，看看他的态度再定。

听完龚求真的汇报，白宏涂沉思了一会。"龚经理，我想自始至终应该都是小印的问题，他可以说严重违反了公司的规定。公司现在正在规范管理，他这是顶风而上，你主管人事工作，应该按规定处理。可话说回来，小印在和我谈话的时候，已经认识到错误，考虑到他在设计方面的能力还不错，你考虑考虑，看看能不能找到一个既能维护公司规定，又能让大家引以为鉴，今后好好做事的折中办法。"

果然如此。不知怎么了，龚求真一看白宏涂此时这个态度，心底突然涌上一阵无语或是愤慨。虽然他想强压心头之"火"，但白宏涂的做法在他眼里是一而再地纵容践踏管理的行为，甚至和当初他们一起谈管理的初衷截然不同。和小印仅有的一次接触，龚求真就没看好小印，这样的员工如果没有规范的约束，一定会"祸乱管理"的。想到这，龚求真用力干咳一声，委婉道："白总，洪广利和员工违纪的事刚过去没多久，现在又发生小印的事，这些都是对公司规范化管理的挑战，或是不屑，而唯有更加严肃处理，才能确保公司管理的严谨与权威。"

白宏涂不动声色地听着，不知不觉间，双眉皱在一起，不住地瞥着龚求真。

"白总，"龚求真此刻还醉心于他坚持的管理原则，并没有注意到白宏涂很少见的双眉紧锁，自顾道，"现在又出现小印这种事，如果再不及时果断地处理，这种事说不定就会层出不穷，这种公然对抗管理的歪风邪气得以助长，我们又怎能通过规范化的管理促进公司的发展。是，从眼下看，开除他会带来某种影响，但我想这是暂时的。而一旦公司的管理权威树立起来，可以最大限度地遏制此类事件发生，或者是有苗头的时候也能及时地于源头掐断。正所谓'失小求远'，从公司发展的角度考虑，对违纪员工该按规定处理了！"

白宏涂依然"稳如泰山"，只是手中的笔被他不停地拨弄着。

龚求真一口气说完，这才看到白宏涂不同于以往的神态。他的内心“嗖”地一惊，一种从未有过的不安瞬间涌上心头。

“龚经理，”白宏涂话音低沉，听不出任何的不满，“也许，不，按理，也就是你常说的规范化管理，你的做法不为过，但是，我想要的是可行，是结合企业现状的可行，这一点，上次处理洪广利的时候，我仅有的要求就是可行，不是也见到效果了！所以小印的事，我想啊，龚经理，发挥你的聪明才智，你会想到好办法的！”

白宏涂稳稳当当地说完，接着摆手示意龚求真可以走了。

“砰”的一声，龚求真带上门，眼神不觉迷离，内心腾起一种到家乐以来不曾有过的“恐惧”。白宏涂看似不经意，其实发出了明确的不满信号。龚求真强行梳理着自己刚才的思路，坚持原则，而且确实有助于公司的发展，应该没有错。不过他转念一想，基于角度的不同，白宏涂有他自己的理解。他不冷不热又振振有词的言语中，不满之余似乎又多了一层告诫，他告诫自己什么呢？龚求真此时不由得打个冷战，似乎对刚才的一幕仍然心有余悸。他微微晃着头，试图清醒过来。此时，心底一个声音传来：读懂白宏涂！

回到办公室，龚求真又理了理思路，经过一翻慎重思考，确切地说是“秉承圣意”，他作出了看似完整，却经不起管理推敲的处罚决定。一切都在意料之中，白宏涂很满意，特意在处罚通知中写了他的处理意见：引以为鉴、绝不姑息！得到回复后，龚求真告知彭炫，马上出一个强化员工遵守公司管理规定的红头文，并随之配发有白总签字的关于对小印处理结果的通告，传达各部门，但愿大家能引以为鉴。不过龚求真知道，以小印的为人以及言行，迟早要惹出更大的事端。作为人力资源部经理助理，龚求真想到的是必须提前作出预警，有效地控制小印可能犯的错误，既让他发挥专业能力，又让白宏涂满意放心。“看来很多不得已而为之的事要学会平衡，坚持原则固然没错，但也要注重方式方法！”龚求真无奈地笑着，而心里却渐渐敞亮起来。

与龚求真心里的敞亮相比，白宏涂此时却有些感到龚求真不可理喻，甚至或多或少还掺杂着失望。

龚求真走后，白宏涂在本子上随手写了几个字：执行、灵活。在他看来，请龚求真加盟，无非是看中他的管理能力和经验，并希望通过他的言行引导企业更快更好地发展。虽然龚求真有时的想法带点“书生气”，想必他还没有真正领悟管理这些员工需要一定的权术与厚黑。总的说来，直到今日，他的努力与贡献有目共睹，但需要尽快地成熟起来。“本来这次就应该……唉，看看再说吧！”白宏涂心里想着，在本子上又写下：假以时日？达我所愿！

再说说李非。

李非在店里，心里七上八下地走来走去。她知道小印分别被白宏涂和龚求真叫去谈话。“他们谈什么呢?”李非不停地想着，“会不会他又一顿乱说！他这样的人能干出这种事来！”

就在此时，魏衡来到店里：“李店长，怎么了，看你心不在焉的！”

“魏经理，你来了，正好我有事找你。”李非被魏衡打断了思路，随口说了一句事先没有准备的话，以掩饰自己的尴尬。

“我来店里是想了解一下关于下周促销活动的准备情况。具体内容公司已经发文，我就不再多说。只是关于宣传材料，店里一定要准备充足。如果你觉得宣传方式可以适度调整，及时向张经理反映。”魏衡边摸弄着饰品边说。

“算了吧，魏经理，还是按公司的要求吧，可别自己创新了。每次不都是因为调整，被张经理挑毛病，还说我们没他了解情况。”李非颇有些无奈地说。

听李非这么说，魏衡停了一下，接着又继续转到另一个展台旁。

这样的事，魏衡心里揣着明白，表面却装着糊涂。他知道这些店长对张扬有意见。尽管自己主管各店的管理，但很难和张扬沟通到一起。再说老板挺信赖张扬，自己还是多一事不如少一事吧！

其实对魏衡来说，按他的能力不应该仅仅负责 3 个店的管理。单就企管部经理这一职位来说，魏衡还是可以对公司的管理负责。然而事实并非如此。魏衡的企管部经理一职同样徒有虚名，而这一切都源自他过于张扬的个性。所谓“树大招风”。魏衡是以总经理助理的身份进公司的，早期他也做过一些初具成效的工作，让白宏涂认可的同时，却也招来一些怨言。由于他想当然地进行某项改革，个别员工的工作因此发生变化，随之而来的就是利益的多寡。特别是权清丽，由原来的人资部经理变成了清闲的办公室主任，招致她诸多不满。另外，随着工作的开展，魏衡的能力得以展现，其张扬和强势的风格逐渐显露出来。虽然在白宏涂面前唯唯诺诺，但私下里，魏衡总会做些喧宾夺主的工作，似乎让白宏涂有些不满。时间一长，很多人都不满魏衡，总能挑出魏衡工作中不足的地方。于是，白宏涂干脆让魏衡做企管部经理，只是专职负责各店面的日常管理工作，顺带着工厂。要说魏衡也是个能屈能伸的人。即便如此，但工作却比以往更有精力，在白宏涂的心目中形象又逐渐好了起来，直到龚求真加盟家乐，他操之过急的做法令白宏涂对他又慢慢冷淡下来。

现在，魏衡不得不经常到李非这个店。老板越来越高看龚求真，他这个企管部经理更加名存实亡。本来他想借李非辞职的事把龚求真安排到店里，那样就可以有更加方便的时间和借口离间龚求真和老板的关系，可没想到低估了他，一切算计竟然在龚求真的预料之内，而且自己的做法还让老板更加小看自己，这令魏衡无比郁闷。他清晰地看出门道，龚求真看似斯文，可肚子里东西不少。文绉绉的光环之下，居然藏着更高明的做法。一切迹象表明，如果不出大的意外，龚求真自然而然会成为家乐“一人之下、万人之上”的人物，自己今后也只能顺从他了。好在和龚求真接触一段时间后，魏衡发现他并不想把自己“一竿子打死”，而是对事不对人。至少现在，只要自己和龚求真都还在家乐，也就只好“夹尾巴做人”，一切听龚求真的。也许正因为看明白了，这段时间，魏衡隔三差五就跑到海青路店，名为巡检，实际上为接手店面多做些准备工作。他知道，只有尽快把店面的管理搞上去，他才能再次得到白宏涂的青睐。

十九　游刃有余

龚求真自顶撞老板后，主动承认了错误，而且工作比以前更为积极主动。老板看在眼里，员工更看在眼里。不知为什么，龚求真的工作越来越得到大家的支持，秘密恐怕还是老板的态度吧！

处理小印的红头文发下去之后，在员工中并没有掀起多大风浪，大家似乎已习以为常。倒是小印，早晨上班时就注意到了张贴在显眼处的处罚通告，令他大为恼火。他特意用手机拍下来，怒气冲冲地找到白宏涂，有意要理论一番。龚求真当时在总部，亲眼看见小印急匆匆奔白宏涂办公室而去。而让龚求真颇感意外的是，与先前的火急火燎相反，没多长时间，小印就耷拉着脑袋，撅着嘴出来了。当时，龚求真刚巧从自己的办公室出来，就见小印一副感激涕零的样子，不好意思地对龚求真说："龚经理，真是谢谢你了！"说完，他尴尬一笑，快步离开。看着小印就像"霜打的茄子"，沮丧离去，而且嘴里还冒出一句莫名其妙的话，龚求真一时没琢磨过来。

"啪"的一声，有人在后面轻拍了龚求真一下。他回头一看，原来是白宏涂。就见白宏涂笑眯眯地看着他，相当轻松地说："别看了，来，到我办公室！"

本来龚求真打算第二天一早就处理小印的不成熟做法向白宏涂道歉，或者说请罪。现在白宏涂叫他，龚求真不知道他揣着什么想法，心下惴惴不安地跟他进了办公室。

"坐，龚经理，"白宏涂指了指沙发，示意他坐下。

"小印的事我很有感触，"白宏涂正色道，"我想借这个机会，大张旗鼓地把公司的规范化管理搞上去。"

听白宏涂这么说，龚求真算是明白一点：接二连三的事发生，可能对白宏涂触动很大，看来他要动真格的了！

"我不能总做灭火员，"白宏涂自嘲道，"这些事太浪费精力。刚才小印竟然有胆子找我，说他不同意公司对他的处理，跟我这一阵抱怨。一个小印还好，要是大家都这么做，还不乱套了。我一顿臭骂，告诉他要不是龚经理网开一面，他早就被公司开除了，如果再不收敛自己的行为，那就赶紧滚蛋！"

"哦，原来是这样，"龚求真立时明白，"怪不得小印说什么感谢呢！白宏涂明为骂小印，其实也是给自己机会，他真是厉害啊！"

龚求真快速扫了白宏涂一眼，就见他此时盯着桌上的记事本的眼神如此有神，当然也藏着犀利。

“白总，”龚求真态度诚恳地说，“昨天晚上我想了很长时间，小印的事，还有之前洪店长的事，可以肯定地说，是管理不到位造成的。所以，您刚才说的规范化管理，我正想着手立即执行。再有，”他站起来，大有领悟道，“两件事相继发生，对我也是个挑战，特别是白总您的明示，让我感受到规范化管理如何能有效地结合实际，我想这个思路很切实，也能见成效。下一步管理的提升，这个思路就是指导原则！”

白宏涂依然低着头看着记事本。当龚求真说完，他抬手示意龚求真别站着。“很好，”白宏涂满意地点点头，接着用期许的眼光看着龚求真，肯定的语气中带着鼓励道，“你的付出可以说有目共睹，我本来想再给你加点责任，不过你还需要成熟。你刚才的一番话，说明你有意识地注意如何更有效地处理实际问题，这就好，继续努力！”

龚求真用力地一点头，应道：“白总，我知道该怎么做。”言毕，他又站起来，“我尽快草拟个方案，全方位提升管理的方案。”

白宏涂没言语，只是眼神示意龚求真去忙。

从办公室出来，龚求真心里突然坦然多了，他看得出，虽然经过小印这样令他和白宏涂产生分歧的事，但白宏涂还是认可自己的，下一步，也可以说是当务之急，就是顺着他的思路，做出能看见效果的事，千万不能再因小失大，影响后续的工作。龚求真还记得，白宏涂说过本打算再给自己加责任，言外之意，不就是肩上的担子加重了。“是不是他有意提拔自己，要是做个总助或者副总什么的……”龚求真想着想着，嘴角一抖，得意地微微一笑。

“嗡”的一声，兜里的手机振动了。他摸出一看，竟然是好久没见面的林源。“他回来了！”龚求真心下惊喜。他和林源不是你出差就是我出差的，很长时间了，竟然难得在临海见上一面。

“这么长时间不见，你瘦了！”二人在老地方见面。一见面，龚求真抑制不住内心的冲动，一下子抱住林源，激动地说。

林源似乎不好意思被龚求真抱着，轻轻地拍了拍他，嘴里喊着：“怎么这么大力！”

龚求真松了手，拉着林源坐下。

“来,”龚求真往林源杯里斟满了酒,又给自己倒了一杯,然后端起酒杯,兴奋地看着林源,“什么话都不要说,我们先干了这杯!”

酒杯相碰,二人相视一笑,接着仰脖一饮而尽。

“你小子混得好啊,”林源看着他,啧啧赞道,“真是三日不见,当刮目相看啊!”

“哪里,”龚求真扭头笑着,“无非就是想明白了,知道怎么做事了!”

随后,龚求真说了一大堆掏心窝子的话,往日的憋屈、忍辱、兴奋以及前景都在与酒相伴的话语中轻轻地流淌着,此时,龚求真的内心难得的清净与豁达。

林源审视着这个老乡。他看得出,历经坎坷之后,龚求真成熟了许多,他不再是当年那个一上来就气吞山河、意气风发的“毛头小伙”,而是沉稳干练、思路清晰、语言严谨的职场精英。

林源由衷地为龚求真的成长感到高兴。他仰着脖,又是一杯酒下肚。

二人心无杂念、口无遮拦地向对方谈着感兴趣的话题,什么事业了、女人了,都是他们关注的,而林源尤其认可龚求真对紫月的那份包容与根植于心底的爱。按他的理解,像龚求真这样的人,在这个物欲横流、现实势利的社会中,已经很难得了!

除此之外,龚求真借着酒劲,终于对林源说了一番发自肺腑的感激的话,并提到了介绍他到蓝海公司的那位一直不知名的校友。

“你说他啊,”林源拍着脑门,遗憾地说,“出国了,估计今后难见面喽!”

“啊,出国了!”

“就是今年夏天,和他老婆一起走的,听说办的技术移民。”林源言语中透着羡慕。突然,他似乎想起了什么,“对了,你可能还不知道,你猜他的老婆是谁?”

看着林源故作神秘的样子,龚求真有点好笑,随口说:“猜,你让我猜什么,我哪里知道他的老婆?”

“秦薇,”林源大声道,“就是招你进蓝海的秦薇,不记得了?”

“噗”的一下,龚求真一口酒还没下肚,就被林源这番话弄得吐在了地上。他用鞋底稍微蹭了蹭地面上的一小摊酒水,瞪大了眼睛看着林源,惊讶中似乎还带着些许遗憾。

林源不明就里,关切地问:“没事吧,你?”

龚求真乍一听到这个事,的确有些意外,而比意外更多的还有遗憾。一直以来,龚求真都津津乐道他当初找工作的那股闯劲和灵光一现能力。他自诩当初的纠缠或者小伎俩,才让秦薇答应了面试,并把他推荐给图青,他这才顺利地加盟蓝海。而如今,当他得知秦薇是校友的老婆时,他内心深处存有的一点自豪感突然被狠狠地敲打:那不是他的能力,而是别人的帮忙。他能想到,秦薇一定是受了校友,也就是她男友或是老公的嘱咐,这才特意关照自己的。对了,龚求真又想到了当初他偷听的蔺有成和图青的谈话,说什么秦薇看好自己。原来,进蓝海并不是自己争取的,而是得到了别人的帮助。想到这,龚求真不觉有些落寞,心底里甚至对那个校友冒出一点点微词。

林源一直注视着龚求真面部表情的变化,看着他似乎想着既高兴又无奈的事,就不解地问:“又是转眼珠,又是咬嘴唇,你想什么呢?”

“没,没想什么,”龚求真不好意思说出自己的心里所想,忙端起酒杯抿了一口,掩饰自己的尴尬。

“要说你小子也真有福,”林源羡慕道,“别人找工作那么难,没想到一介绍,就被你抓住机会!”他转而用赞扬的语气道,“机会其实是给有准备的人的。我记得校友曾说过,当初秦薇并不想凭着她做人事的权利把你招进蓝海,你靠的是自己的本事!”

听林源说这些,龚求真觉得这里面是不是还有别的事,就放下酒杯,目不转睛地看着林源。

“秦薇这个人我也是在送他们走的时候见了一面,”林源接着道,“校友说得对,她对待工作的确非常严谨,甚至有点固执地坚持原则。你当初去蓝海,她并没有因为校友的关系对你有特殊照顾。事后,她曾经对校友说过,说你的执著、闯劲,当然也包括你的专业成绩打动了她,她才看好你,并安排你面试。”说完,林源给龚求真倒上酒,用不容置疑的语气说:“求真,有一点你要知道,你最终是凭着你的毅力和能力才进蓝海的。”

原来自己的心思竟然被林源看透,龚求真不禁脸颊发烫,他尴尬地一笑,敬林源一杯酒。

趁林源上厕所之际,龚求真拿起手机,他考虑再三也没拨通秦薇的手机,而是真诚地发了一条短信:我是龚求真,谢谢你曾经对我的认可与帮助!祝你们在异乡幸福!

短信发出，龚求真又倍感失落，他不知道秦薇能不能收到他发自肺腑的祝福。在这一刻，他想起了和秦薇在一起工作的时光，是那么让人留恋与品味。今生今世，不知能否有缘，再一次见到秦薇，哪怕七老八十，秦薇在他的眼里，永远是那个严谨干练、端庄高雅的“女白领”。

不久，李非正式向公司提出辞职，白宏涂并没有挽留，甚至没有找李非谈谈。也许李非过于高看自己，她还以为怎么的公司也能留住她。可是，很快，彭炫就给她办好了离职手续，李非怅然若失。走前的最后一刻，龚求真特意到店里，礼节性地和她聊了聊，接着就监督李非和魏衡办交接。魏衡也算是个有心人，自从他知道公司对他的安排之后，就异常专注地投入到海青路店的管理，以至于这段时间，李非似乎成了摆设。交接完毕后，龚求真再次叮嘱魏衡要尽快按原计划执行店面管理改善的方案，然后客气地送李非出来，惋惜之意，溢于言表。

李非走后，龚求真并没有马上折回海青路店。虽然临海已入隆冬，但源于独特的海洋气候，太阳当头一照，仍然令人暖融融的。龚求真不想和魏衡走得太近，就想趁这个机会，去金华社区店，和校华革谈谈工作。以前见校华革，她似乎有很多话，但却总是欲言又止，不过慢慢接触多了，除了谈工作，以校华革的个性，她总会透漏公司一些鲜为人知的“秘密”，而她说的这些，不管是抱怨还是赞赏，都会让龚求真受用的。

每次来的情况都差不多，光顾这个店的顾客总是不多。但由于该店位于高档社区，一单业务成交，可能抵得过海青路店三四个单。这就好比卖高级跑车，一年拿不了几个单，但成交一个单就有可能够吃一年的。

校华革正坐在电脑前，津津有味地看着什么。

龚求真推开门，走了进来。为了避免可能引起的尴尬，一进门，龚求真就招呼道：“校店长，忙呢？”

一听是龚求真的声音，校华革并没有马上应答，而是赶紧切断电源，关了电脑。随后，校华革站起来，迎过去，满脸堆笑说：“龚经理，又来指导工作了！”

“谈不上指导，顺路进来看看！”龚求真快速扫视了一眼店堂，嘴上客气地说，心里却在想：看她手忙脚乱的样子，肯定是在干与工作无关的事情，嗨！

“你来得正好，龚经理，我手头有些工作要征询你的意见。来，到里面坐，好好给我出出主意。”校华革做了一个请的手势，又冲正在擦拭展品的小张吆喝道，“小张，给龚经理倒水！”

接下来的时间里，校华革向他说了很多工作上的事。龚求真时不时根据她说的，提出看法和解决的措施。就这样，眼看着快要到下班的时间了。

“龚经理，你来公司就这次在店里的时间最长，你给我提了不少好的建议，谢谢了！”校华革抬起手腕，边看时间边说道。

“没什么，能想到的我尽量提出来。”龚求真整理着公文包，低头说道。

“龚经理，要下班了，我看你就不必再回公司了！你住哪，要不一起走！”校华革提议道。

龚求真看着时间，心想：这个点回到公司的话，白总估计也该下班了。算了，那就一起走吧！

凑巧，他们坐同一路车，路上还可以继续聊聊。

还好，车上人不是太多。除了发动机的轰轰声，就剩下乘客们的窃窃私语声。

“龚经理，不是我夸你，这么多年了，公司没有像你这样的！”校华革先开口，打破了两人之间的沉默。

“校店长，你这句话是说我行还是不行？”龚求真以开玩笑的口气回应道。

“龚经理，你管理上有一套，而且人实在，素质高。就凭这，公司没有谁能和你比的。”

“哪里，每个员工都有自己优秀的一面！”

“那是你看的。如果你再了解一段时间，就不像现在这么想了。你看公司的规模不大，故事却不少。”

似乎说者无意，听者用心。“我需要多了解公司，这样才能更好地开展工作。校店长，我总是给你们提建议，你不妨也给我建议，怎么样？”龚求真似有讨好地说。

“龚经理，我告诉你，公司里的事可多了，很有意思。先说说老板，他绝对是个精明人，你很难猜透他。不过人家是老板，就得精明，虽然有时精明不在地方，但我们做员工的还是少操这个心，关键是做的事让他放心、满意。而其中最主要的，我早就琢磨出了，就是放心。只要老板对你放心，你就不愁做不好工作。还有，老板这个人眼里不掺沙子，他能看透很多事。他一言九鼎，他认的理容不得别人比画；再说说那个权清丽，我是一点都看不上她。她这个人表面看似关心公司，那也就是在老板面前。她做的很多事，其实老板并不知道。很多人认为她和老板的关系好，告她的状也没用，于是大家就不跟她计较了。不知你注意到没有，权清丽经常往老板办公室跑，那是去打小报告，生产部的范君就是让她说走的，你以后可得小心点。她这个人野心不小，一直想做公司'二当家'的。这不看你来了，她知道自己不行，于是就想着法把范君赶走，好当生产部经理。她总算如愿以偿，可我怎么看都看不出她能管好工厂。唉，还有很多事，太多了。"

龚求真虽然坐在校华革的旁边，但因为车内噪声大，当她说的时候，也就只好侧身尽量靠近。还好，听了个一清二楚。

听过之后，龚求真虽不至于倒吸口凉气，但也感到很突然。校华革别看离退休不远了，可她把公司的事参得很透。白宏涂和权清丽在她面前简直可以说"毫无遮挡"。校华革说的没错，白宏涂这个人真的难以琢磨，就像小印的事，其实龚求真并无意埋怨白宏涂的不是，但他当时就感觉到，白宏涂的权威是不能触动的。通过这些事，包括现在校华革对白宏涂的评价，龚求真不由得释然：为这样的老板打工，除了要发挥自己的专业能力之外，更要让老板认可、放心。想必只有让白宏涂放心，接下来的工作才能有效地开展。进一步理解，龚求真觉得，让白宏涂放心，那就得通过必要的言行体现出对工作、对公司的无比忠诚，实际上也就是对白宏涂的忠诚。"做到了绝对忠诚，个人发展的空间才能越来越广阔！"龚求真给自己明确了这一要求。

一路上，校华革说个不停。家乐公司的许多故事，听起来新鲜得很。

好在一路上堵车，给了他们聊公司的机会。校华革的话匣子一直没收住，龚求真也乐得多听听家乐的"小道"消息。

终于，校华革先下车了。耳边一时清净了不少，龚求真抱着膀，打起盹来。

不知过了多久，他被手机震醒了。"这个时间了，能是谁呢？"龚求真翻出手机，睡意朦胧的双眼勉强被扒开一丝缝，一看，竟然是馨璐打来的。

龚求真马上直起身子，接通手机，一个不熟悉的女孩的声音传来："你是龚求真吗？你的朋友喝多了，你快过来吧！"

得知馨璐在一个叫"海伦"的酒吧，龚求真急忙从座位上起来，挤到下车门。车到站,门一开,龚求真一步迈到站台,然后跑到车后面,不停地挥手拦车。

好在早已过了下班高峰,不一会,龚求真就拦下一辆出租车,直奔海伦酒吧而去。

一进酒吧,龚求真猛地被混合着酒气的烟雾呛得干咳了一声。他顾不上这令人“作呕”的气味,赶紧问门口接待的小妹,是不是有个女孩喝醉了。那个小妹盯着龚求真看了半天,嘴里嘟囔着:“女朋友都那样了,你怎么才来?”她抬手指了指右侧的走廊,嘴巴向前一努。龚求真点头微笑,以示谢意,然后快步向小妹指的方向走去。

在过道的尽头,一个半敞开的圆形沙发上坐着一个一手抓着易拉罐,另一只手撑着额头的女孩。

龚求真轻轻走过去,从她手里拿开易拉罐,然后悄然坐在她的一侧。

馨璐颤着抬起头,一看是龚求真,面无表情地笑笑,语无伦次地说:“你,你怎么来了!”她一下子抢过易拉罐,“跟我喝酒吧!”

龚求真随即抓着馨璐的手,关切地问:“你这是怎么了,喝成这样!”

馨璐挣开了龚求真,双手掩面,身子一阵抖动,竟然哭出声来:“我该怎么办?我们,我们分开了!”

“分开了?”龚求真下意识地想,“难道,难道他们离婚了?结婚还不到一年,怎么就……”

龚求真从口袋里拿出一包纸巾,抽出一张,然后分开馨璐的手,轻轻地擦了擦顺着脸颊滚落的泪水。原本娇艳妩媚的俏脸此时竟是如此的黯然失色,令龚求真怜惜不已。

“馨璐,”龚求真拉着她的手,心疼地说,“你看你都成什么样子了,你们为什么分开了?”

馨璐缓了缓情绪,无奈地笑道:“不知道什么原因,他这段时间很少回家,一回家就冲我发脾气,说我不理解他,你说我还要怎么理解他?”

龚求真咬了咬牙,心里那个气,他知道,就是为了避免别人嚼舌头,让兰可心更好地发展,从他们结婚那天起,馨璐就辞职在家,专心照顾兰可心。本以为馨璐就此幸福,可自从那天在图书馆偶遇馨璐,并且无意中看到她眼角边的淤青,龚求真就有种不安,他能猜到,馨璐过得并不幸福。这还没过多长时间,又出了这样的事,此时的龚求真恨不得给兰可心重重一记耳光。

就听馨璐接着哭诉道:“我原以为他就是说说,可没想到,今天一早,他竟然收拾衣服,说要去宿舍住,还说什么到此为止,等过段时间,他忙完手头的工作,就,就和我离婚!”

说着说着,无助或者说绝望的泪水又夺眶而出。她又开启一个易拉罐,仰着脖“咕咚咕咚”地喝着。看着馨璐难过的样子,龚求真不再制止她,他想让她借着酒劲暂时缓解一下难受的心。

馨璐就这样边喝酒边向龚求真倾诉他们婚后的生活。似乎是天意注定,馨璐和兰可心走到今天,验证了龚求真当初的判断:兰可心这样的势利之人,是不会真正带给馨璐幸福的,也许馨璐只是他追求欲望过程中的筹码而已。

眼看馨璐已经喝得不省人事了,龚求真替他擦干了眼泪,又给她穿好外套,然后扶着她起来,送她回家。

馨璐比比画画,费了半天劲,出租车总算到了她家楼下。龚求真干脆抱起馨璐,小心翼翼地踩着台阶梯上楼。进了馨路的卧室,他把她抱上了床,褪去她的外套,然后盖了层被子。

龚求真又走到卫生间,拿了一块毛巾,顺便看了看梳妆台,果然只剩下一套洗漱用具,兰可心真是狠心走了。

卧室的馨璐不时说着胡话,龚求真轻轻地给她擦着脸和手。一切妥当之后,他坐在床边,忍不住又拉住她的手,就这么看着馨璐。

想当初,他来临海,和馨璐第一次见面就喜欢她了。在龚求真眼里,馨璐个子高挑,容貌娇艳且性感十足,而且她的欢声笑语总能挑动他的心。曾几何时,他梦想有一天,他能牵着她的手,向婚姻的殿堂走去,那会是多么幸福的一刻。然而梦想终归是梦想,那个可恶的兰可心夺走了馨璐,却并没有给她想要的幸福。想着想着,龚求真就觉得心如刀割,这个他曾经喜欢的女孩,此时如此痛苦。他看着看着,忍不住低下头,轻轻地在她的额头上亲了一口。随之而来的,是馨璐轻柔的哼唧声以及沁人心脾的体香。龚求真不禁心神一动,身体里似乎有一股热浪不停地翻滚着,不知不觉,他滚烫的嘴唇从她的眉宇间滑过,顺着鼻梁向下、向下……

突然,龚求真不由自主地打个冷战,耳边似乎传来另外一个女孩的声音,那是紫月的声音。龚求真猛地抬头,进而像被电击打了似的站了起来。看着醉意朦胧中的馨璐,他定了定神,又稍稍往上移了移被子,转身来到客厅。

靠着墙边站了一会，龚求真用力打了自己一耳光。他对自己的行为感到懊悔和憎恨，尽管他知道，此时的馨璐或许能接受他，而紫月又该如何呢？他不禁想起曾经和紫月的"海誓山盟"，他和紫月的爱都是发自内心的，不是可怜或是勉强的爱。他要是和馨璐怎么了，又怎么好面对紫月，紫月已经受过一次伤害，他不能做出对不起紫月的事。可是，馨璐，龚求真觉得自己这一辈子都很难放得下她。此时的他，真恨不得把自己一分为二，留下一半照顾馨璐，他放不下眼前备受折磨的馨璐。

龚求真走到厨房，从冰箱里拿出一罐啤酒，呆坐在沙发上，满脑子不停地闪着紫月和馨璐的样子，偶尔也会看到鹿灵娇小可人的模样。龚求真大口喝着酒，他的内心是混乱的，甚至有些迷茫，到底，到底喜欢……龚求真自己也说不清了！

一直放不下醉酒中的馨璐，龚求真当晚就睡在客厅的沙发上。一夜无话。第二天一早，龚求真早早起来，到馨璐的卧室一看，她还在睡着。他简单地给馨璐准备了早点，并留了一张纸条：早点备好，放开心情吃，车到山前必有路！走之前，他又到卧室看了馨璐一眼，虽然又有种亲她一下的冲动，但他还是控制住，轻轻掩好门，离开了馨璐的家。

整整一天，龚求真都在自责自己的行为。上次紫月对他和馨璐在一起产生了误会，昨晚上又发生这样的事，这让龚求真越发感到伤害了紫月，他想着要尽快约紫月，和她开诚布公地说说心里话。

一天的时间，龚求真尽量掩饰自己的低迷状态，做起工作来给人的感觉依然是生龙活虎。好不容易捱到临近下班，龚求真慢悠悠地收拾桌上的资料，心里却想着如何向紫月解释。就在这时，彭炫递过来一句：白总让你过去！龚求真脑中顿时"嗡"的一声，好好的心情被一盆迎头扑面的凉水浇灭，真是不胜其烦。

好在龚求真对此已经习惯了。不知道算不算老板们固有的习惯，反正白宏涂总是会在这个时候叫上某人到他办公室谈工作。龚求真当然不认可他的做法，但人家是老板，"人在屋檐下，不得不低头！"龚求真快速调整了一下自己的情绪，拿着记事本，去白宏涂的办公室。

白宏涂坐在电脑前，不知又在看哪位专家的讲课视频。一见龚求真进来，白宏涂招了招手，并示意他自己倒水喝。

龚求真给自己倒了杯水，又凑到白宏涂办公桌旁，尽管他看见白宏涂的水杯里还有多半的水，仍然习惯性地为他加满了水，然后坐在对面的沙发上。

"白总，"龚求真拿起水杯，微微抿了一口，随意地问，"您又在看哪个老师讲的课？"

白宏涂闻言一笑，合上笔记本，双手捧着水杯，岔开话题："魏衡这段时间怎么样了？"

"您问海青路店？"龚求真赶紧转换思路，微一思索道，"这段时间我一直在跟踪海青路店。让人欣慰的是，魏衡独立管一个店还是胜任的，他的各项工作基本上都达到了方案的要求。坚持下去的话，我想店面会有明显的改善。"

白宏涂站起来，点上一根烟，意味深长地说："真是啊，适合的才是最好的，这话没错。"他慢慢踱着步子，又感慨道，"你看魏衡挺准的。企管部经理他不合适，没想到沉下身去管店面，他倒是可用之才！"

龚求真也跟着站起来。他盯着白宏涂的一举一动，心里同时揣摩他的意思。难得有些事能让白宏涂感慨，看来他安排魏衡管店面应该是做到白宏涂心里去了。那么，何不利用这个机会，再借用一下魏衡，令自己和白宏涂走得更近一些呢。龚求真快速地盘算着，怎么样才能借魏衡的事，让白宏涂感到自己始终想着公司的利益？

白宏涂自顾感慨了，看来他也是通过观察，看到海青路店的进步以及魏衡的努力。就这么几个来回的踱步，他居然没有注意到龚求真尽管站在那，但心里却紧锣密鼓地想着心事。

"白总，海青路店管理的提升，离不开大家的努力。"龚求真肯定地道，"不过，白总，对像魏衡这样的员工，从顺应公司发展的角度看，我实话实说，只有有效地监管，并把他放在合适的岗位上，他才能真正发挥作用。"

白宏涂停下来，看着龚求真，点头示意他接着说。

"和魏衡接触一段时间后，我觉得他这个人是有一定的能力，但欲望又太强，他不甘心只做企管部经理，这就无形中促使他时刻考虑工作之外的事。所以，我就想着怎么才能发挥他的能力，借用他的能力为公司做事，而不再继续给他遐想的空间。去海青路店，我不断地给他加压，他只有最大限度发挥能力，想办法把事做好，毕竟魏衡还是个不服输的人。”龚求真言简意赅地说。

白宏涂边听边沉思，偶尔也会抬眼看看龚求真。他不动声色，让人很难觉察到他的反应。当然，龚求真也没有闲着，他一直捕捉白宏涂可能的细微变化，以便琢磨接下来的话该怎么说。在旁人看起来很难猜透的事，现在的龚求真却从细节中看出了白宏涂的认可。他注意到，白宏涂听他讲这番话的时候，既看不出双眉紧锁，也不见怎么舒展，他似乎很平静，而能让白宏涂如此平静，显然是他对龚求真讲的话有心理准备，并且认可。

既然这样，那就不妨多说些。想到这，龚求真走过去，又给白宏涂的水杯里象征性地加了点水，“白总，我觉得三国里有个故事完全可以和魏衡联系起来。”

白宏涂坐下来，用奇怪的眼神看着龚求真，随即笑着说：“怎么和三国沾上边了，说说看！”

“白总，蜀国有位将领叫魏延。当初魏延投奔蜀国的时候，诸葛亮见他脑后的反骨，料到此人日后必反。但诸葛亮还是收留了魏延，并委以重任，而魏延确实不辱使命。不过诸葛亮始终将魏延置于他的监控之下。诸葛亮死后，魏延果反，千钧一发之际，他被诸葛亮早就授意安排的马岱斩于马下。”

“哈哈，”还未等龚求真说完，白宏涂笑了起来。他指着龚求真，心悦诚服地道：“我说龚经理，真难为你了，怎么还想到把魏衡和魏延联系起来。”他随即又正色道，“不过你说的有道理，用人不能死板，发挥其长项才是最重要的。”

龚求真配合着点点头。

“龚经理，看得出，你也是用心良苦！”白宏涂长叹一声，赞许了一句，似笑非笑地看着他。

白宏涂用一种说不出的眼神看着龚求真，让龚求真倍感不自然。好在他看了一会，冒出一句话让龚求真如释重负。白宏涂似乎自言自语道：“总算没看错人！”

“能看出我用心良苦，要的就是这个结果！”龚求真心里想着，心满意足。

接着，借这个机会，在白宏涂兴致高的时候，龚求真着重谈了自己在以后的时间里，如何全面提升家乐管理的速度和质量，并委婉地建议，能否借外部管理咨询公司的力量,进行大刀阔斧的改革。本着一从以公司利益的角度出发,龚求真于公于私极力推荐鹿灵的公司介入。一番坦诚、不加修饰的深度沟通后,白宏涂似乎真正认识到管理改善的重要性和迫切性,他接受了龚求真的全部建议,并要求龚求真立即作规划,争取春节前就能看到第一轮的成效。

和鹿灵可以有更多的时间在一起,这让龚求真欣喜不已。

从白宏涂办公室出来,龚求真看了看时间,将近7点钟了。

紫月一如既往,既没有明确拒绝龚求真,也没给他好话。其实本就是龚求真理亏,而且还拖了好几天才想着向紫月当面请罪,紫月答应见他就已经不错了。

在一家小餐馆,二人见面了。龚求真打电话的时候,紫月早就吃过晚饭了。本来龚求真打算约紫月一起散散步,边走边聊,可紫月得知他还没吃饭,就坚持边吃边聊。今天的紫月很奇怪,按理说应该很生气,可她却异常关心龚求真,竟然做主给他点了一份营养丰富的炖菜和一份精致小炒,还说她请客。龚求真对吃饭不放在心上,得到紫月的理解和原谅才是最重要的。紫月似乎知道他要说什么,每次开口都被她制止,说现在要专心吃饭,有话吃过饭再说也不迟。

龚求真吃进嘴里的东西一点也没感觉到有多好吃,但他却恍惚间看到了幸福:紫月像个贤惠的妻子,做好饭菜,恬静地坐在一边,看着丈夫大口地吃着。

在紫月的一再“命令”下,龚求真终于吃完了饭。吃罢,龚求真觉得浑身热气腾腾的,而且更加舒服的是心里的热乎。在这个湿冷的初冬,让人暖胃的饭菜已经是一大享受,而身边有紫月的温存做伴,更是大快朵颐。

龚求真沉醉在幸福之中,似乎忘了他约紫月出来的目的。还好,一出门,一股斜刺里杀过来的北风吹醒了他,他才意识到,不是让紫月看自己吃饭的。

他们沿着海边的木栈道,缓缓走着。

紫月一句话不说,乖乖地任由龚求真拉着手走。

“紫月,”龚求真忍受不了她一声不吭,停下来,看着她坦诚地说,“那天在图书馆,对不起,我向你道歉!”

紫月不说话,转身面对大海,凝视着远方偶见的点点灯光,那是灯塔发出的光。

“紫月,看着我,”龚求真双手抓着她的双肩,大声道,“你不说话我就更觉得是我伤害了你!”

看着龚求真,紫月嫣然一笑,轻声说:“你不能轻点吗,谁受得了你这么大的劲!”

听紫月说话的语气,似乎并不是自己想的那么严重。龚求真心下一松,转而握着她的手,惭愧道:“你不生气就好了!”

紫月随即嗔道:“我生气,那也得有人当受气筒。哎,我真羡慕她,还有人心疼地给她理发髻!”

紫月这么一说,龚求真不禁想到了在图书馆的那一幕,更想到了他在馨璐的卧室吻她额头的情形,一时面红耳赤。

紫月注意到龚求真面部表情的变化,赶紧捣了他一拳,佯装怒道:“是不是又想什么美事呢!”

龚求真被紫月一拳打得回过神来,他支支吾吾道:“我能想什么美事,不就是想着怎么能让你原谅我吗!”

“原谅,”紫月长长叹口气,黯然道,“我不知道怎样做才是原谅,现在的我都不敢再说原谅了!”

一看紫月如此神伤,龚求真知道,他是在说他曾经的男友。那个人每次做错了事,都会想着法哄紫月原谅他,而紫月呢,原谅到最后,更是被他抛弃了。

“紫月,对不起,”龚求真自责道,“我不说原谅了。我想说的是,她家里出了点麻烦,我没有理由回避她,她现在需要的是温暖和帮助,我这么做没别的意思,你要理解我。”

接着,龚求真就把和馨璐的这两次见面如实讲给了紫月,不过他对一些敏感的事,诸如抱馨璐上楼、陪了她一个晚上等却只字未提。无关紧要的事龚求真并没有说,他这样做是避免让紫月心里疙疙瘩瘩的。女人嘛,都有点小心眼,也不能什么事都实话实说。

紫月靠在龚求真的肩膀,小鸟依人地听龚求真讲馨璐的故事。“她真可怜,”待龚求真说完,紫月仰起头,伤感地说。

龚求真给紫月理了理外套的衣领。此时的北风,似乎如海浪般,一浪高过一浪。紫月瀑布般的秀发被吹得凌乱地散在肩头。北风过后，紫月不由得瑟瑟发抖。原本洁白娇艳的脸庞，爬上斑斑红晕，白里透红又显出一份可爱。龚求真看在眼里，禁不住她的“诱惑”，猛地把她揽在怀里。紫月身上淡淡的清香冲撞着龚求真，令他心醉。

“紫月，”他咬着她的耳朵，低声道，“记得我跟你说过的话吗？”

紫月顺势紧抱着龚求真，整个人都嵌入他的胸膛。

“我跟你说过，我不善言辞，但我会一直抱着你，永远都这样。”龚求真深情地说。

“我相信你，但是，但……”紫月说了一半，停下来。不一会，紫月又道：“求真，给我时间，好吗，我，我怕……”她哽咽了。

龚求真心里一紧，他知道紫月的意思。或许被深深地伤害过，或许怕再被纠缠，紫月向往真爱，却又缩手缩脚，她无法忍受再一次的伤害。怀抱中的紫月，温暖着龚求真，也让龚求真越发地心疼。他突然闪过一个念头：他对紫月的爱是可怜吗？不过刚一出头，就被一种不知从哪来的力量击碎。不，他不仅仅是可怜她。紫月带给他人生的全部，满足了他的种种美好愿望，他的本能已经被紫月牢牢抓住。尽管有时，甚至说就在紧紧抱着紫月的时候，他的脑海中依然会闪过馨璐或是鹿灵的影子，但那也只是瞬间。他相信，随着他和紫月爱的交融，那时的他，心里的唯一注定就是紫月。也许紫月说的对，给她时间，给他们时间，让他们和时间一起慢慢见证爱的真谛吧！

二十 春风化雨

龚求真越来越受到老板的青睐，他的管理理念付诸实践，并取得了看得见的效果。加薪、升职自然水到渠成，更为重要的是，他梦寐以求的真爱"开花结果"。努力，必定有回报。工作是一种享受，而享受生活享受爱，想必就是对幸福的最好诠释！

掐指算来,距离春节也就剩下两个多月的时间了。结合白宏涂的指示,龚求真联系了临海较为知名的三家咨询公司,通过公开招标,最终确定由鹿灵的公司进入,同时鹿灵被一致推任为项目经理,全面负责家乐规范化管理的建设。这一结果,表面看似乎是水到渠成,其实是龚求真煞费苦心安排的结果。不过对于这一结果,龚求真认为理所当然,即便他和鹿灵没有关系,以鹿灵在沟通过程中表现的严谨和学识,再加上她背后的团队,白宏涂都被深深地折服了。

在仅有的三次公开招标会上,鹿灵的实力打动了白宏涂,以至于最后,白宏涂并没有和龚求真过多探讨,就默认了鹿灵。龚求真也乐于此,同样没有发表太多意见。对于这件事,他和白宏涂有着难得的默契,不像以往,白宏涂总要问个所以然。就这样,事情进展得异乎寻常的顺利,合同签订后的第二天,鹿灵带着项目组就要按计划进驻公司,召开项目动员大会。

白宏涂原本不打算参加项目动员大会,已经定下的事,他就希望鹿灵的咨询公司按计划进行,他要的只是可见的效果。头一天下午,龚求真安排好第二天大会的各项准备之后,无意中告诉鹿灵,白宏涂不参会了。

“求真,白总必须参加!”鹿灵语气肯定并带着焦急。

“项目小组成立的时候,白总不是说过,工作放心大胆地开展,他只参加阶段性结果汇报。”龚求真听出了鹿灵的急切,却不以为然地道,“不就是个动员大会,让大家知道不就行了?”

“唉,”鹿灵微微一叹,“求真,你不了解,项目能否有效开展的前提一定要得到客户高层的重视,这样才能让每个员工重视起来。否则的话,我们制订的方案得不到执行,你说哪来的效果呢! 所以啊,老板参加动员会,无非是作个表率,给员工们看。我想你应该有感受,老板重视的事,没有哪个员工轻视,你说是不是这个道理?”

龚求真想了一想,自己在家乐这段时间,有些工作不也是把白宏涂抬出来狐假虎威,的确有助于工作的开展。“鹿灵,你说的是,”龚求真信服地说,“我这就去找白总,怎么也得让他参加明天的动员大会。”

“求真，尽量多从管理和执行力的角度说服白总。”鹿灵建议道。

“好，我知道了。”龚求真答应道。

动员大会的事谈过后，二人在电话的两头均默默无语，却都没有放下电话，似乎在等着什么。

过了一会，龚求真才含糊地说：“鹿灵，你，你下班后要马上回家？”

“嗯，”鹿灵想了一会，道，“不过我想明天就要正式开始工作了，于情于理我都应该代表公司请客户吃饭。要不晚上我们见个面，我代表公司请你！”

龚求真正有此意。

其实不用拐弯抹角地摆道理、讲事实说服白宏涂，没等龚求真几句话说出，白宏涂可能悟出其中的利害，点头称赞鹿灵想得周到。他答应明天准时参加动员大会，并安排龚求真通知各中层，作好发言的准备，内容无非是表表决心，拿出个积极的态度就行了。

龚求真按他的意思，让彭炫向每个中层传达指示。龚求真并没有简单地传白宏涂的话，而是增加了一些要求。他特别嘱咐彭炫，一定要着重强调，除了表决心之外，还要有如何才能更好地融入到管理改善之中，也就是打算用什么样的行动匹配决心。

一切安排妥当之后，龚求真看了看时间，快下班了。

或许是代表公司出面，鹿灵选择了一家高档酒店宴请龚求真。

龚求真兴致十足地赶到酒店，在礼仪小姐的带领下，他来到指定的包厢。一进门，一个身着职业套装，盘着发髻的女孩站起来，笑盈盈地看着龚求真，柔声道：“龚经理，里面请！”

龚求真瞪大了眼睛，一边走进来一边用诧异的眼神看着鹿灵。

鹿灵轻轻走近龚求真，娴熟地帮他脱去外套，并微微挪了一下椅子，示意龚求真坐下。

她给他斟满了水。“龚经理，喝口热水，暖暖身子！”她热情地说。

龚求真很听话地喝了一口水，随即抬头看着身边的鹿灵。以前他和鹿灵在一起的时候，鹿灵都是那么随意。而此时的鹿灵，似乎变成另外一个人，简直就是成熟高雅、硬朗干练的女白领。一身藏青蓝的职业套装，辅以立领白衬衫，再加上从未见过的职业妆，鹿灵于清纯淡雅之外，更显出几分妩媚和成熟;两个依然盛满水珠的小酒窝,一笑起来,犹如画龙点睛,更似锦上添花,衬托出鹿灵别样的俏美。鹿灵此时的样子,其实和在作项目沟通的时候没什么两样,或许在柔和的灯光下,在两个人的世界中,龚求真得以目不转睛地尽兴看着,才至于此的。

“鹿灵,”龚求真有点语塞,“你,我怎么认不出你了!”

鹿灵笑吟吟地坐到了龚求真的对面。“龚经理,我代表公司,先敬您一杯酒,我先干为敬!”鹿灵说着,举杯示意,接着微一仰头,一饮而尽。

龚求真拿着酒杯,一脸的不自然:“鹿灵,你还是别代表公司了,你这样我还真不适应!”

鹿灵“扑哧”一笑,接着起身,坐到了龚求真的身边。“求真,”她轻轻地说,“我没想到,我们能一起做项目,谢谢你给我这样的机会!”

龚求真一听,心里喜滋滋的,随手就想拉鹿灵的手。可还没等出手,一个念头闪过,他下意识地收住了手,顺势摸着酒杯,目光转向别处。

鹿灵似乎注意到龚求真这个微小的举动。她抿着嘴,一只手搭在了他的手上。

他的手微微动了一下,并没有离开。

“求真,我们还是先说说项目吧,看看我们怎么配合,争取尽快有看得见的效果。”

时间一分一秒地过去,二人边吃边交流。起初关于如何开展项目的兴趣随着时间的流逝而消失,二人的话题渐渐转到了各自的感情生活,也许这个话题才能让他们彼此的心贴得更近。

“周天现在学好了,不管你了!”龚求真调侃道。

“他呀,唉,”鹿灵叹了口气,“他倒是不跟着了,不过打电话的劲头让人受不了!你看,”她指了指桌上的手机,无奈道,“我把手机关了,免得他频繁打电话!”

听鹿灵这么说,龚求真这才意识到,这么长时间没见鹿灵接电话,原来是关机了。

“他还是那样子,总是喜欢问个究竟,一看我生气,又反过来赔不是!”鹿灵低声抱怨道。

所谓“听者有心”。鹿灵说话的语气怎么和以往说周天时不一样了。那时的鹿灵,龚求真依稀想起,她在自己面前一提到周天,要么怨恨、要么无助;而此时,她看似抱怨,却微带嗔怪的语气。龚求真的内心深处不由得长长舒了口气,却又难免失落。他看着鹿灵,禁不住抬手理了理她散落在耳边的零星秀发,而鹿灵似乎习惯了他的举动,任他抚弄着。

“还是不说周天了,”鹿灵打破了沉默,进而试探着问,“说说你吧,你们!”

“我们?”龚求真意识到自己行为的不妥,忙收回手。他不好意思地一笑,喝了口酒,反问道,“你是说我和紫月?”

鹿灵眨了眨眼睛,点了点头。

说到紫月,龚求真不加掩饰,把二人目前的关系颇有兴致地描绘出来。一旁的鹿灵,就像紫月那般,小鸟依人似地靠着龚求真,感受他此刻的幸福。

正说着紫月呢,龚求真不知为什么想起了馨璐。待说完他和紫月的进展后,他突然冒出个想法:能不能让鹿灵帮着给馨璐介绍个公司。就在他们吃得差不多,准备走的时候,龚求真提了馨璐的事。其实鹿灵知道馨璐曾经和龚求真的关系,不过当她得知龚求真让她帮馨璐,还是有些不解和不悦。特别是当她得知馨璐此时的状况,不禁为龚求真担心,至于担心什么,鹿灵也说不清楚。

龚求真看鹿灵稍微一皱的双眉,忙问:“鹿灵,你可别拒绝。我觉得你接触的客户多,找机会帮馨璐介绍,她总是待在家里不合适!”

“不是,”鹿灵摇摇头,“我是担心怕一时半会找不到合适的。”

龚求真呵呵一笑:“馨璐的工作能力很强,况且人长得漂亮,会有机会的!”

鹿灵白了他一眼,笑骂道:“我看你就是喜欢漂亮女人!”

龚求真看着鹿灵,笑而不语。

白宏涂参加动员大会,显而易见的效果就是除了必须值班留守的员工之外,大家居然难得地都到齐了。可见,正如鹿灵说的那样,高层的重视,对项目的顺利实施有着不可估量的作用。

作为项目经理,鹿灵主持了动员大会。按照惯例,在她作了简要的开场白之后,白宏涂受邀作指示性的发言。在热烈的掌声簇拥下,白宏涂不紧不慢走到前台,他环顾左右,摆了摆手,示意大家安静。

“家乐经过10余年的发展,走到今天,确实不易,我要感谢在座的每一个员工,包括那些曾经为家乐作出贡献的员工。家乐今天的成绩有目共睹,但是,”他停下来,眼神再一次扫过大家,提高了声音道,“正所谓居安思危,我们不能沉湎于现在,更何况现在的家乐还有很多不足之处。所以,家乐必须时刻保持清醒,前进的发条要上足了劲。那么,从现在起,我们要怎么做才能更快更好地发展呢?我想,有一点是肯定的,那就是企业发展的根基是管理,只要管理上来了,何愁家乐进一步发展?实际上,这段时间我的观念也在变,靠我一个人的监督,或者请来像龚经理这样的职业经理人,都有些片面。因此,经过慎重考虑,我们有幸请到专业的管理咨询公司,就是要借力促发展。借着今天的动员大会,我要给各位提个醒,大家一定要重视起来,如果说哪位想拖后腿,那么对不起,你可以回家了!我就讲这么多!”

白宏涂说到最后,语气异常严厉,下面的员工大多低着头,不敢正视他犀利的目光。

鹿灵很善于把握现场的气氛,马上接过话讲了一个管理小故事,实则是印证白宏涂刚才所说:管理是发展的基石。之后,鹿灵的团队成员依次上台向大家作了自我介绍,并详细说明有关子项目的开展内容和要求,力求让现场的每个员工能详细了解今后配合项目实施的各自的责任和工作内容。

鹿灵的团队讲完了,接下来,按事先安排好的,家乐的中层经理陆续上台发言,也就是表决心、谈行动。台下的白宏涂,一言不发,神情专注地看着每个中层过场。鹿灵则和龚求真组成了临时的评估团,评价大家的发言。每个中层都顺利地过场,毕竟这只是动员大会,大家能拿出个积极的状态就已经是很好的结果了。可对魏衡和权清丽,龚求真并没有“放过”他们。他知道,虽然这两个人现在忙于各自的工作,似乎无暇他顾,但有必要在这样的场合点点他们,好让他们继续专注于眼前的工作,不要想着工作以外的事。

权清丽嘴皮子就是厉害,下的决心让人感动。不过,在龚求真看来,“戴高帽子”在家乐应该逐渐被杜绝,因此点评起来也就话里带话。“权主任的发言所表达的决心足以感动全场。作为一名老员工,时刻想着的是公司的利益,并能在工作中以身作则,就这一点,我想现场的每个人都应当学习。”龚求真扭头看了看大家,赞叹道,“权主任接手工厂管理,以她的年龄,接二连三地加班,很不容易。此外,用心和创新可以说是权主任管理工厂的法宝。也正是因为如此,我门看到,工厂的管理在不断改善。但是,我更想说的是,权主任表的这番决心，还应该辅以必要的执行思路和措施，只有这样，决心才能落到实处，才能看到效果和结果。同时我还要给权主任明确一点，只有在规范化管理的框架下，创新才能见实效，想当然地创新，那就是经验行事。”

权清丽站在台上，不停地看着龚求真和白宏涂，表情由原来的兴奋转为略微尴尬。白宏涂一直低着头在记事本上记着什么，根本就没有抬头看她一眼。

龚求真接着道：“好在我们请到了专业的管理咨询公司，我想权主任今后的工作可以更多地参考一下他们的建议。像权主任这样用心的员工，再加上专业的指导，工厂管理一定能有更大的改观，一定能达到白总的预期。”说完，他将目光转向白宏涂，轻声道：“白总，您看权主任的发言？”

“很好，”白宏涂合上记事本，抬起头，肯定地说，“权主任，看来你是用心准备了。”

得到白宏涂的肯定，权清丽重又恢复到刚才发言时的兴奋状态。

“不过，”就听白宏图委婉的语气道，“我说权主任，值得肯定的方面，我就不多说了，刚才龚经理对你的评价很中肯。我要强调的是龚经理后面提到的，那也是我对你的要求。龚经理看出来了，帮我说了，你可要加以重视，啊？”

权清丽不住地点头，不仅对白宏涂，还顺带着冲龚求真点头。龚求真看得出，微带诚意的眼神背后，依然是抱怨和嫉妒。其实这都不要紧，白宏涂说的话很有分量，肯定自己的同时，也变相地帮着打了打权清丽不甘安分的心。

权清丽毕竟是老员工，而且是白宏涂非常信任的老员工，龚求真也只能点到为止。而对魏衡，龚求真就不那么客气了。站在台上被人点评，即便准备得再好，但台下挑“毛病”总是有的。当魏衡意气风发地表了决心后，龚求真毫不客气地指出了多处不足，什么态度、思路、观念，甚至是相关的执行措施，他都直言不讳地点出了不妥之处，一时弄得魏衡在台上甚是尴尬。此时，鹿灵插话了，她以第三人的身份，先是赞同龚求真的指点，接着又肯定了魏衡为今天的动员大会所作的准备，多少缓解了魏衡心中的不安。而又加重魏衡不安的是白宏涂，他特意重复了龚求真指出的不足之处，并明确要求魏衡借管理项目的启动，多向龚求真和鹿灵的团队学习，做事就是做事，就像龚经理说的那样：用心才能打造执行力！

一切的一切都如同预计的那样，达到了龚求真的预期。这次动员大会，因为白宏涂的重视以及鹿灵团队的参与，大家都非常用心地做到了善始善终，全面了解了家乐规范化管理的重要性以及迫切性，为接下来项目的执行开了个好头。

馨璐最终还是离婚了。得知这一消息，龚求真惊讶得半天没缓过神来。在他眼里，馨璐绝对是男人心中的女神，他兰可心怎么能舍得离开馨璐？不过现实却又是残酷的，馨璐的婚姻竟然一年都没维持到头，就这么草草收场了。可想而知，对于要强的馨璐，她的心是多么痛楚。

小年前一天，兰可心彻底走了，留给馨璐的就只有冷冰冰的屋子。毕竟曾经有过一段感情，馨璐始终无法让龚求真释怀。得知他们的事，龚求真给馨璐打了电话，说能不能一起过个小年。

这回馨璐似乎没喝酒，只是在电话里淡淡地说："你，你要是不和她一起的话，那就来吧！"

龚求真顾不了那么多，他知道，此时的馨璐最需要安慰和关怀，他想紫月一定能理解他的。

下班时间已到，龚求真并未急着离开公司，而是特意去了白宏涂的办公室，汇报今天的重点工作的完成情况。一直以来，龚求真要求自己，除了节假日休息，不管任何情况，都要向白宏涂汇报工作，电话也好，当面也好，总之要把当天的事说一说。当然了，龚求真也不是事无巨细地汇报，而是选择白宏涂感兴趣的事。尽管白宏涂曾经说过，不用天天汇报，但龚求真一直坚持这么做，而白宏涂似乎也习惯了。即便没什么重要的事，他也想有话没话地和龚求真聊聊公司的人和事。

龚求真简短地作了汇报后，白宏涂似乎也有急事要走，二人互合心意，就一起离开了公司。

龚求真去了超市，采购了一些吃的，然后提着大包小包，打车赶往馨璐家。

很快，龚求真就到了楼下。他抬头望去，馨璐的卧室透着微弱的灯光，与原本柔和温暖的色调不同的是，此时的灯光竟然给人一种孤寂阴冷的感觉。"馨璐现在是不是这种感觉？"龚求真心里想着，提着袋子上楼。

"咚咚，"龚求真轻轻敲门。抬起的手还未放下，门慢慢向里而开，馨璐散着头发站在龚求真的面前。

看着馨璐憔悴的样子，龚求真不觉心中一酸，但他还是强装笑脸，打趣道："黄脸婆，怎么才开门！"

馨璐把龚求真迎了进来，跟在身后，不说话。

"今天过小年，我买了好吃的，我们一起过！"龚求真高提着袋子，在馨璐眼前晃来晃去。

馨璐的嘴角挤出一丝笑，随即又被哀伤取代。"谢谢你，求真！"她淡淡地说。

"你跟我还客气了，"龚求真笑道，转身走向厨房，兴奋地叫道，"我给你做小年饭了！"

看着龚求真的背影，馨璐鼻子一紧，泪水在眼圈里打滚。

此时的龚求真再不是当年那个看见她还脸红的龚求真了。馨璐禁不住惆怅，她哀叹命运的捉弄，这个曾经苦苦追求自己的男人，曾经被自己无情伤害的男人，现在却成了最温暖自己的人。要是当初接受他，自己是不是这个世界上最幸福的女人？馨璐想着想着，泪水再也不甘心于眼圈中打转，终于夺眶而出。

龚求真把袋子放下，又整理了一番后，扒着门缝看了馨璐一眼。一看馨璐抹着眼泪，龚求真赶紧走过去，随手拽出一张纸巾，打成卷给馨璐擦去脸颊的泪水。

"不要这样，馨璐，"龚求真安慰道，"事已至此，又怎能挽回？一个人的心已经离去，那就结束吧！"

馨璐看着他，突然双手掩面，哭出声来。

龚求真顺势把她抱紧，大声道："哭吧，哭出来就好了！"他不停地抚摩着馨璐的后背，任由她在他怀里宣泄。

抱紧馨璐的同时，龚求真的内心深处不仅想到要给馨璐安慰，同时也想到了紫月，他不也曾这样抱紧紫月吗？他现在这样做，似乎不合适，但又怎能忍心决绝眼前的她？龚求真的内心又做着激烈的思想斗争。不一会，他突然觉得有一丝坦然，他给馨璐的关怀与温暖，是发自内心的，这一点就足够了。想到这，龚求真倍感轻松，他松开馨璐，双手为她整理散乱的头发，笑着说："别想那么多了，一会痛痛快快地吃我给你准备的大餐，好不好？"

馨璐双手擦了擦脸颊，渐渐止住了啜泣，点了点头。

龚求真扶馨璐坐下,又打开电视让馨璐看,借以缓解她的情绪。

他陪着她看电视节目。不一会,龚求真注意到馨璐好了很多,就给他削了一个苹果,告诉她先吃着,他要去做饭了。

本来馨璐想给龚求真打下手,可他夸张地按着馨璐,不让她起来。“你就看电视,千万别到厨房,我要给你个惊喜!”龚求真眯着眼睛,神秘兮兮地说。

馨璐一脸好奇地看着龚求真,不知道他的惊喜是什么?

就听见龚求真在厨房里乒乒乓乓,不一会,一股油烟味传来,馨璐忍不住,悄悄走了过去。

透过厨房虚掩的门,馨璐看见龚求真正在卷着袖子炒菜,而在餐桌上,赫然摆放着一个大大的果盘,里面盛着五颜六色的东西。“难道是水果沙拉?”馨璐心里暗想。

龚求真麻利地掂了掂勺,热气腾腾的菜出锅了。怕被龚求真看见,馨璐又悄悄地折回客厅,心不在焉地坐在那看电视。

很快,龚求真端着两个盘子出来了。馨璐一看放在茶几上的两盘菜,竟然都是绿绿的蔬菜。她知道,龚求真最喜欢吃肉,怎么如今吃起素了。

龚求真笑而不语,又指了指厨房的方向,意思说:别急,还有呢!

终于,龚求真端着那个果盘过来,放在了馨璐的眼前。

“水果沙拉?”馨璐看着果盘,好奇地问。

“没错,水果沙拉,只是,”龚求真坐下来,指着果盘的中间说,“这不是一般的水果沙拉。”

看着馨璐瞪大了眼睛,龚求真故弄玄虚地说:“这是有寓意的水果沙拉。你看,像什么?”

馨璐盯着果盘,不时自言自语:“这个,切去一面的香蕉,是小船嘛;后面怎么还跟着一小堆紫黑色的,哦,那是蓝莓……”馨璐摇摇头,看着龚求真。

龚求真呵呵一笑,夸着馨璐的鼻子,道:“晚餐有绿绿的蔬菜和开胃的水果,最适合你了。”他又带着煞费苦心的腔调说,“真难为我了!要说有寓意,也很简单。香蕉就是小船,上面几个是小圣女果,后面跟着的是蓝莓。那几个圣女果代表着你我,还有你的家人,我们都在一条船上,同舟共济;而后面那些紫黑色的东西,则代表一个接一个的烦恼。我们现在要做的,就是把这些烦恼吃下去,当是享受。没了烦恼,我们这条小船才能轻松前行。至于旁边的木瓜、苹果之类的,那是生活的点缀。”

馨璐听着听着,不觉眼圈又红了。虽然龚求真说得不免牵强,但馨璐知道,他用了不少心思安慰和鼓励自己。馨璐强忍住泪水,不一会就破涕而笑,接着抓了几个蓝莓,大口地嚼着。

龚求真配合着馨璐的举动,一口一个吞下蓝莓,夸张的动作让馨璐忍不住笑得捂着肚子。

没多久,他们就把桌上的食物一扫而光。龚求真简单收拾妥当,和馨璐说了他想让鹿灵帮着介绍工作的事。本来他以为馨璐会找借口拒绝,没想到馨璐似乎有意重返职场,她还嘱咐龚求真,别催人家鹿灵,好的机会是可遇而不可求的。

馨璐的脸颊渐渐光泽再现,一如龚求真第一次见的模样:白里透红、娇艳多姿。没错,这才是馨璐本来的样子,这才是那个让他曾经为之茶饭不思的馨璐。龚求真深情地注视着馨璐,感受她涓涓而出的醉人的美,他吮吸着、咀嚼着……

馨璐即将开始新的生活,而她的心灵归宿又在哪里?龚求真的内心不禁一阵迷茫,但转念间,他明白自己只能真心地祝福她!

龚求真和鹿灵合作默契,白宏涂也在各层级员工会上反复强调项目的重要性,因而使得项目的第一阶段圆满达到预期。眼看着离除夕夜也就两三天的时间了,龚求真刚布置彭炫召开年度大会的任务,白宏涂就进来了。一看老板进来,龚求真和彭炫不约而同地站起来,正要打招呼,就见他笑着问:“员工大会准备得怎么样了?”龚求真看了彭炫一眼,她心领神会,充满自信道:“白总,您放心吧,一切都按计划进行,待会我把会议议程整理好,给您送过去!”白宏涂闻言点点头,接着对龚求真道:“龚经理,到我办公室。”说完,白宏涂一转身,先行离开。

龚求真与彭炫互相对看。看着彭炫略微不解的表情,龚求真微一点头,意思说别紧张,按计划准备会议就是。

白宏涂办公室。龚求真进来后,就见白宏涂正在沏茶。一看龚求真,白宏涂指了指沏好的茶,兴奋地说:“这可是托人捎回来的好茶,我也是第一次品尝,来,”他递过茶碗,“你也尝尝!”

龚求真接过茶碗,一闻,果然香气扑鼻,不由叫道:“白总,真是好茶,淡淡的清香，久久不散！"说完，他微微抿了一口。

白宏涂笑着，又象征性地给龚求真斟上。

"今年的大会与众不同，我想把这次会看成家乐里程碑式的大会。"白宏涂意气风发地说。

难得见到白宏涂如此激昂和感慨，龚求真意识到，或许这段时间的工作，让他切实看到管理带来的成效，他才如此。

配合着白宏涂高涨的情绪，龚求真也表达了同样的意思，那就是家乐从现在开始，已经成功迈上新的台阶，走上科学管理之路。同时，龚求真也不忘把近期的工作以及会议的筹划等内容作详细汇报。

白宏涂一边品着茶，一边津津乐道，轻松自得。

待龚求真说完，白宏涂放下茶碗，大为感动地说："龚经理，一直以来，你的工作尽管有些磕磕绊绊，但付出的努力和成绩大家是认可的，我代表公司谢谢你！"

龚求真闻言，登时一副受宠若惊的样子。他不好意思地笑着说："白总，我是家乐的一员，理应如此！"

白宏涂微笑着点头，以示认可和鼓励。接着，他又故作神秘地说："龚经理，付出一定要有回报，我想在明天的大会上，给你个意外。"

"意外？"龚求真疑惑丛生，"他一贯地让人无法揣摩他的心思，他说的意外又会是什么？"

龚求真看着明白，可还是揣着糊涂离开了白宏涂的办公室。虽然和他接触大半年了，但龚求真始终认为，他了解白宏涂还不够，甚至根本就不可能洞悉他更深层次的那一面。

白宏涂果然非常重视今年的年度大会，特意在一早赶往会场，亲自调配人手，开始布置。

年度大会在一片热烈而又充满激情的氛围中如期开始。彭炫打扮得雍容华贵，作为主持人，她用充满节奏的语调拉开了会议的大幕。

整个会议进行得张弛有度。各中层代表本部门，在会上作了工作总结，并结合明年的年度战略规划作了重点工作的设置和具体的执行措施的阐述。总体说来，大家的思路清晰、措施有力，基本上达到了龚求真事先设定的标准，这令白宏涂甚是满意。

眼看着会议即将结束，龚求真期待的意外并没有出现。他时不时瞥着白宏涂，就见他笑容满面，偶尔有节奏的鼓掌配合台上员工的发言。白宏涂越发的淡定自若，龚求真就越猜不出他可能带来的意外。“会是什么意外?”龚求真一幕一幕地设想着不同的意外，但始终不得其解。

正当龚求真揣摩着白宏涂所说的意外的时候，意外突然而至。

“龚经理，”白宏涂大声道，“会议最后一项，你来压轴!”

白宏涂突然这么一将，打了龚求真一个措手不及。“难道这就是他说的意外?”龚求真大失所望。他一时语塞，进而脸颊微微泛红。白宏涂似乎看出龚求真的窘样，于是站起来，笑道：“这样吧，龚经理，我和你一起!”说完，白宏涂拍了龚求真一下，示意一起上台。

此时的龚求真，真是“丈二和尚摸不着头脑”。他跟在白宏涂身后，机械地走上台。看到大家同样诧异、疑惑的眼神，龚求真瞬间平静下来，他摆出成熟的微笑，看着台下的员工。

“会议进行最后一项，”白宏涂拿着麦克风，“龚经理发言，大家欢迎!”

台下短暂的沉默后，不知是谁带的头，掌声马上连成一片。

白宏涂双手压了压，示意大家安静。“严格来说，龚经理的发言应该是获奖感言!”白宏涂诡秘地笑着，看着龚求真。

龚求真猜想，既然是获奖感言，八成他要给自己表彰了!

果然，接下来，白宏涂正色道：“经过对龚经理大半年的工作考核，我代表公司，在这次年度大会上，宣布一项特别任命。从即日起，配合管理项目建设的需要，公司聘请龚求真为常务副总经理主持工作，必要时可行使总经理职权。”

台下又是一片沉默。台上的龚求真更是没有想到，白宏涂竟然作出这样的决定。仅仅半年多的时间，他就由一个人力资源经理助理一跃而成为副总，而且是主管全面工作的常务副总。白宏涂给的意外，让龚求真做梦都没想到。

白宏涂带头鼓掌。台下沉默片刻的大家，也不约而同地鼓起掌来。在这些掌声中，想必会有嫉妒、抵触、不以为然，不过这些都不重要。龚求真心里清楚，这一刻其实是水到渠成，没有先前在蓝海、天禧的工作经历，没有像鹿灵、林源这样的朋友的关注与帮助，没有自己的努力和转变，也许就不会有此时的成绩。想到这，他微笑的目光扫过现场每个人，理所当然地接受大家的掌声。现场的掌声,龚求真更希望能有来自鹿灵的,只可惜,碍于周天,鹿灵此时早已回家了,这不能不说是个莫大的遗憾。

掌声中,龚求真思绪万千,同时也在整理自己的发言。

“谢谢白总! 谢谢各位!”龚求真高亢的声音道:“可以这么说,有幸和光荣最能代表此时此刻我的心情!”他环视台下,感慨道,“要说有幸,在这大半年的时间里,我得以和家乐共成长;而说到光荣,立足于一个追求科学管理、追求梦想的企业,这不仅是我的光荣,我想也是在坐的每个人的光荣。”

白宏涂满意地微一点头,并轻轻地鼓掌。

台下掌声雷动。

“新的一年,白总和家乐赋予我更大的担子,对此我深感压力。不过正所谓有压力才有动力,我希望,不,确切地说应该是我坚信,有了大家的共同努力,明天的家乐必将厚积薄发,取得众望所归的成绩。”龚求真洪亮的声音响彻全场,“明天就是除夕了,请允许我代表白总、代表家乐,向大家道一句亘古不变的祝福:过年好!”

台下掌声连连。

在大家的掌声簇拥下,龚求真跟着白宏涂走下台。紧接着,彭炫大声宣布:迎新年晚宴正式开始。一时间,大家开怀畅饮,共同举杯,期盼新年的到来、祝愿家乐光辉灿烂的明天、祝福每个人幸福无边!

晚宴进行着,大家似乎摆脱了行政约束,无所顾忌、把酒畅饮、笑声不断……

微微醉意之下,龚求真借故小离一会。他独自一人来到酒店大堂,徐徐推开转门。一股裹挟着湿冷空气的海风吹过来,龚求真顿觉清醒许多。他信步走出去,沐浴在一轮圆月之下。他仰望星空,思绪翻滚着,不由得感慨万分。此时的龚求真已不是刚离开“象牙塔”的愣头青,周身青涩稚嫩。光阴荏苒,一丝丝老成取而代之,这完全归功于一系列的“被”:被规则、被算计……好在被动转化为主动,龚求真在他的人生旅途中取得了阶段性的“斩获”。得意之余,不经意间,过往的一幕幕像放电影似的呈现在他的眼前:火车上啜泣的大眼女孩对他不冷不热,大冷的天,她狠心给了他一巴掌、原本信赖的同事却在关键时刻“落井下石”、一起合作的老板不择手段,煞费苦心地使出“美人计”、先下手为强,最终与权清丽打了个平手、不计前嫌,为家乐储备“魏延”式人才、做梦都能梦到琢磨不透的白宏涂……对了,还有上天赐给他的紫月。曾经的一切,跳跃式一闪一闪,龚求真安详地享受斗争的乐趣、品味感情的纠葛……

回到宿舍,龚求真把这个好消息告诉了紫月,他不仅品味到了紫月由衷的欣喜,而且还争取到年后一起外出度假的机会。这样的机会,龚求真可是梦寐以求。

除夕夜,龚求真不能与父母共度,好在亲戚多,二老还不至于孤零零,这多少让龚求真聊以自慰。没办法,龚求真的工作使得他务必坚守到一年中的最后一天,而年后难得的几天假期,他毫无保留地给了紫月。

好不容易捱过孤寂无聊的除夕夜,大年初一,龚求真就和紫月踏上了充满诱惑和神奇的北国之旅。

他要带紫月玩耍于北国的皑皑白雪之间,醉心于大自然的二人世界;他梦想着和紫月肩并肩、手拉手,一同漫步在一望无垠的临海雪原,倾听着嘎吱作响的踩雪声。他们有说有笑,或者说打情骂俏,迎着红彤似火的朝阳,向着远方的天与地,越走越远……

跋

一部小说的面世,它是作者思想观念和生活体验的结晶,承载着太多太多……

以小说的方式承载我对社会、对人生、对实现自我价值的理解与追求,而这部小说正是传承达意的载体。

小说不应该局限于故事情节的构思、人物性格的刻画、典型环境的描写等,而更要在内涵上体现出时代的特征。孜孜以求中,我恍然大悟,原来包容正是我们这个社会不可或缺的!纵观当下众生,可谓异彩纷呈。欣欣向荣有之、郁郁寡欢有之;光明正大有之、阴暗浮躁有之。每个人在执着地前行中,都会不同程度地“被规则”。人生一世,不经意或身不由己地“被”何其之多,以至于我们不得不发出感慨:这是怎么了?我们该何去何从?我们深陷迷茫,却没有失去对明天的憧憬,我想包容就是最好的选择。

包容现实自然包容社会、包容他人。因而我们不要总是逆水行舟,要在自己的周围,创造一个相对包容,进而相对和谐的小环境,直至放大。随着时代的进步,现如今的我们,理应更加审视并珍惜属于我们的美好时代。因此,包容现实成为我创作小说的基调,而既正视、理解,又改过、择善则成为包容现实的核心。简而言之:万事万物,存在皆有一定道理,不妄加评论而泰然处之,所谓正视而处之;甄别事物的美与丑,从容待之,跟从社会主流,此乃理解而从之;人不贵于无过,而贵于改过。以身作则,闻过则喜,更要持之以恒地改过,是为改过而喜之;择其善行,亦有责任规劝他人改过,视作择善而行之。如果说正视和理解是一种心态,那么改过和择善则是行动,正所谓言行兼顾、知行合一。

这部小说,我想已经不是单纯意义上的职场小说了。全书由始至终,洋溢着包容现实的基调,并且融合成长励志、都市言情、职场纠结,引人深思,给人以启迪。本书通过主人公踏入社会,对追求事业和爱情的坎坷历程的描写,引申出现如今的我们,该如何对待工作和爱情,以及对人生的思索。

享受生活享受爱，我想，这就是对幸福最好的诠释！

仅以此拙见，与之共勉！

感谢关注与帮助我的每个人，并在此特别感谢：我的岳父江志俊；青岛朗讯董事长师继光；青岛国信集团总会计师、中国海洋大学博士生导师徐国君教授；青岛城阳区作协主席马立宪；青岛军旅作家张凡军；中国经济出版社责任编辑杨邵川；我的妻子江霈。

2010 年春初稿

2010 年冬二稿

2011 年春二稿改于青岛